地球の静止する日

レイ・ブラッドベリ，シオドア・スタージョン他

メリエスの昔より，SFは映画とともに歩んできた。本書はそうした綺羅星のごとき名作SF映画の数々の中から，知られざる原作短篇を精選して贈る，日本オリジナル編集のアンソロジーである。古典として愛されつづけている表題映画の原作に加え，ブラッドベリが近年になって初めて公開した「イット・ケイム・フロム・アウタースペース」原作，スタージョンによる原作として伝説的に語られてきた「殺人ブルドーザー」など，本邦初訳を収録。また，やはり初訳のハインライン「月世界征服」には著者自身が撮影の舞台裏をしたためた顛末記を付した。

SF映画原作傑作選

地球の静止する日

R・ブラッドベリ, T・スタージョン他
中　村　融　編

創元ＳＦ文庫

A MATTER OF TASTE
AND OTHER STORIES

edited by

Toru Nakamura

2006

目次

はじめに

　ここにお届けするのは、わが国で独自に編んだSF映画の原作アンソロジーである。じつはノヴェライズやノンフィクションも収録しているので、厳密にいえば「原作アンソロジー」とはいえないのだが、そこは大目に見てもらいたい。要するに、SF映画と小説の関係を探ってみようという試みである。

　SF映画の原作アンソロジーといえば、たいていの人が「2001年宇宙の旅」の原作であるアーサー・C・クラークの「前哨」や、「トータル・リコール」の原作であるフィリップ・K・ディックの「追憶売ります」といった作品を集めた本を思い浮かべるだろう。じっさい、海の向こうでは、その手のアンソロジーが何種類も刊行されている。

　そういう本を作りたい気持ちもないわけではないのだが、本書を編んだ動機は、まったくべつのところにある。つまり、世に知られざる秀作を集めて、スポットをあてたいと思ったのだ。

　スポットをあてたいのは、原作の場合が多いが、映画の場合もあり、その両方の場合もある。

たとえば、ロバート・ワイズ監督の映画「地球の静止する日」に原作があったことをご存じだろうか？　あるいは、ウォード・ムーアの名作「ロト」が、かなり出来のいい映画になっていることを。あるいは、レイ・ブラッドベリに未発表の短篇があり、それが映画「イット・ケイム・フロム・アウタースペース」の下敷きになったことを。

ご存じであれば、本書は、あなたにとっていっそう興味深いものとなるだろう。ご存じでなければ、本書が、あなたの前に新しい世界を開いてくれるはずである。いずれにしろ、本書には珍しい作品、知られざる秀作ばかりを収録した。どなたにも楽しんでもらえると自負している。

ところで、本書を編むきっかけは、数年前に古いSF映画を集中的に見たことだった。もちろん劇場で見たわけではなく、衛星放送やヴィデオのお世話になったのだが、一九五〇年代から六〇年代初頭にかけて作られた白黒映画ばかりである。具体的に名前をあげれば、「空飛ぶ円盤地球を襲撃す」、「宇宙船の襲来」、「原子怪獣現わる」、「金星怪獣イーマの襲撃」、「宇宙大征服」、「遊星よりの物体X」、「ドノヴァンの脳髄」、「百万眼をもつ刺客」、「放射能X」、「蠅男の恐怖」、「未知空間の恐怖・光る眼」、「恐怖の火星探検」……切りがないので、これくらいにしておこう。正直いって二流の映画が多いのだが、どれも非常に面白かった。これらの映画は、異星からの侵略、宇宙探検、モンスターといったSFの基本テーマに則っており、素朴ながらも力強い魅力に満ちあふれていた。SFの原点はここにあるのだなあ、と再認識させられたしだい。

そのころ見たなかの一本に「性本能と原爆戦」という映画があった。核戦争ものだというが、題名が題名なので期待せずに見はじめたら、緊迫感にあふれたなかなかの秀作。そのうち、これはウォード・ムーアの「ロト」じゃないかと気がついた。ところが、映画を見終わってクレジットを確認すると、原作の表記はどこにもない。あわてて資料を調べても、「ロト」が原作かどうかはわからずじまい。これでSF映画と原作の関係に俄然《がぜん》興味が湧いてきたのだ。

同じころ見たのが、「イット・ケイム・フロム・アウタースペース」。侵略ものと思わせて、じつは……というひねりが面白い。レイ・ブラッドベリ原案として名高い映画だが、肝心の原作は未発表だと知っていた。ところが、その原作がついに公開されるという情報がはいってきた。これは現物を手に入れて読んでみるしかないではないか。

やはり同じころ見たのが（正確には再見したのが）「地球の静止する日」。さすがに名作だと感心して見終わって、ハリイ・ベイツの原作を読んでみたら、あまりにもちがうので驚いた。原作の一部を借りて、まったくべつの作品を創りあげている。両者のちがいを検討することで、SF映画と原作の理想的な関係が見えてこないか。

こういう具合に、SF映画と原作の関係を探るための材料が、しだいに手もとに集まってきた。そのなかから特に珍しい作品を選りすぐったのが本書である。

収録作品は全部で六篇＋オマケ一。そのうち五篇が本邦初訳である。順にあげれば、レイ・ブラッドベリの幻の短篇「趣味の問題」、シオドア・スタージョンの隠れた傑作長中篇《ノヴェラ》「殺人ブルドーザー」、ドナルド・A・ウォルハイムの都市伝説風ショートショート「擬態」、ロバート・A・ハインラインが自作を原作とした映画をさらに小説化した珍品「月世界征服」と、映画製作現場に密着したレポート「「月世界征服」撮影始末記」となる。

残る二篇のうち、ウォード・ムーアの「ロト」はSF史に残る名作中篇《ノヴェレット》、ハリイ・ベイツの「主人への告別」（旧訳題「来訪者」）は、SF映画史に残る名作の原作である。

冒頭にも書いたとおり、本書のねらいは、SF映画と原作の関係を探ることにあり、さらにいえばその検討の材料を提供することにある。本書をきっかけに、読者のみなさんが両者の関係に興味を持ってくだされば、これに勝る喜びはない。

二〇〇六年二月
中　村　融

地球の静止する日

趣味の問題

「イット・ケイム・フロム・アウタースペース」原作

レイ・ブラッドベリ

It Came from Outer Space (1953)

銀色の船が舞い降りてきたとき、わたしは空の近くにいた。大いなる朝の糸を張った巣づたいに高い木々のあいだを抜け、友がそろってわたしに同行した。われわれの日々はいつも同じであり、いつも喜ばしく、われわれは幸福だった。しかし、銀色の乗りものが宇宙から降りて来るのを見るのもうれしかった。というのも、新しいが不合理ではない変化が、われわれの綴れ織り《タピストリー》に生まれることを意味したからだ。そしてその模様に順応できる気がした。なにしろ、われわれは百万年にわたり糸のほつれともつれに順応してきたのだから。

われわれは古く賢い種族だ。いっときは宇宙旅行を検討したが、断念した。というのも、われわれがみずからの一生に求めている改善が、嵐のなかの巣のように引き裂かれ、十万年分の哲学が、熟《う》れきってこの上なく望ましい実を結ぼうというまさにそのとき、中断されることを意味したからだ。われわれはこの雨とジャングルの世界にとどまり、平穏に生きることにした。

しかし、いま——天から来たこの銀色の船が、おだやかな冒険のわなきをわたしたちにもたらした。われわれとは正反対の道を選んだ旅人が、ほかの惑星からやってきたのだから。ことわざによれば、夜には昼に教えることがたくさんあるというし、太陽は月を照らすともいう。

だからわたしはうきうきと、わたしの友たちはうきうきと、愉快な夢にひたりながら、銀色の乗りものが横たわるジャングルの空き地へ向かってすべるように降りていった。

その午後のようすを述べなければならない。大いなる巣の都は冷たい雨でキラキラと輝き、木々は滝のような水で洗われたばかり。そしていま太陽がきらめいていた。わたしはとりわけ汁気《しるけ》の多い食事、ブーンとうなるジャングル蜂の極上のワインを仲間と分かちあってきたところで、温かなけだるさにもほどよくつつまれており、興奮がいっそう楽しいものとなっていた。

しかし——奇妙な話だ。おそらく千は下らない数のわれわれが、友好的な態度で船のまわりに集まっているのに、船はなにもせず、しっかりとみずからを閉ざしたままだった。その舷門《げんもん》は開かなかった。つかのま、その上の小さな舷窓に生きものの姿を見かけたように思ったが、見まちがいだったのかもしれない。

「なにかの理由で、この美しい船の住民は、出てこようとしないのだ」

われわれはこの件を話しあった。結論はこうだった。ひょっとすると——ほかの世界から来た動物の理屈は、われわれのそれとは性質が異なっているかもしれないので——ひょっとすると、こちらの歓迎委員会の多さに恐れをなしているのかもしれない。この結論は疑わしかったが、それにもかかわらず、わたしはこの意見を周囲の者たちに伝達したので、たちまちジャングルがゆれ、大いなる金色の巣が震え、船のわきに残るのはわたしだけとなった。

それからわたしは一気に舷窓まで進み出て、声をはりあげた——「ようこそ、われらが都とわれらが地へ！」

うれしいことに、船の内部でなにかの仕組みが動いていることにまもなく気がついた。しばらくして舷門が開いた。

だれもあらわれなかった。

わたしは友好的な声で呼びかけた。

わたしを無視して、船内である会話が早口にとりかわされていた。当然ながら、わたしにはちんぷんかんぷんだった。知らない言葉で話されていたからだ。しかし、その本質はとまどいであり、わずかな怒りであり、わたしには不可解な途方もない恐れだった。

わたしには正確無比な記憶がある。わたしはその会話をおぼえている。それはなにも意味しなかったし、いまだになにも意味しない。その言葉はいまわたしの心のなかにある。それを引きぬくだけで、逐一を伝えられる——

「行くのはあなたですよ、フリーマン！」

「いや、きみだ！」

もごもごと口にされるためらいの言葉、いりまじった懸念《けねん》の言葉がつづいた。わたしが友好的な招きを繰り返そうとしたとき、一体の生きものがおそるおそる船から出てきて、わたしを見あげた。

奇妙な話だ。その生きものはすさまじい恐怖に身を震わせた。

わたしはすぐさま心配でたまらなくなった。この理不尽なパニックが理解できなかった。わたしが温厚で、名誉を重んじる個体であることはまちがいない。わたしはこの訪問者に悪意をいだいていなかった。じっさい、悪意という仕組みは、われわれの世界ではとっくのむかしに廃《すた》れたのだ。それなのにこの生きものは、わたしが金属の武器だと理解したものをわたしに向け、ガタガタ震えているのだ。殺すという考えが、その生きものの心にあった。

わたしはすぐさま彼をなだめた。

「わたしはきみの友だちだ」とわたしはいい、重ねていった、思考として、感情として。心のなかにぬくもりを、愛を、長く幸福な一生の約束を置き、これを訪問者に向けて送りだした。

さて、その生きものはわたしの言葉には反応しなかったが、テレパシーには目に見えて反応した。その生きものは——安堵した。

「助かった」とそれがいうのが聞こえた。そういったのだ。わたしは正確におぼえている。意味のない言葉だが、生きものの心は、そのシンボルの裏で先ほどより温かくなっていた。

ここでわたしの賓客《ひんきゃく》について述べさせてもらいたい。

それはとても小さかった。身長はたったの百八十センチ、短い軸に載った頭をそなえており、肢《あし》は四本しかなく、そのうちの二本はもっぱら歩行に使われるらしいのに対し、ほかの二本は歩行にはまったく使われず、ものをつかんだり、身ぶりをするのに使われるだけだった！　もうふた組の肢、われわれには不可欠で、たいへん重宝する肢が欠けているのに気づくと、わたしはおかしくてたまらなくなった。とはいえ、この生きものは自分の体になんの不自由も感じていないようすだったので、わたしはそれが自分を受け入れているのと同じ感覚でそれを受け入れた。

ほとんど毛のない青白い生きものは、奇妙きわまりない顔形をしていた。とりわけ奇妙なのが口で、いっぽう目は落ちくぼみ、正午の海のような驚くべき芸術を思わせた。概してそれは異様な作品であり、風変わりで、新たな冒険であって、きわめて刺激的だった。わたしの趣味と哲学に対する挑戦だったのだ。

わたしはたちまち順応した。

つぎのような考えを新たな友に向けて念じた――

「われわれはみなあなたがたの父であり、子供である。われわれはあなたがたを大いなる木の都《みやこ》へ、われわれの聖なる暮らしへ、われわれのおだやかな習わしへ、われわれの思考へ歓迎する。あなたがたはわれわれのあいだを平和裡《り》に動きまわるだろう。恐れるにはおよばない」

それが声にだしていうのが聞こえた。

「なんてこった！　怪物だ。身の丈《たけ》二メートルを超える蜘蛛《くも》だ！」

つぎの瞬間、それはなんらかの呪《まじな》い、なんらかの発作に襲われた。液体を口からほとばしらせ、激しく身を震わせたのだ。

わたしは同情と憐れみと悲しみをおぼえた。なにかがこの哀れな生きものの健康を損ねているのだ。それはうつぶせに倒れた。真っ青だった顔が、いまでは真っ白に変わっていた。それはあえいだり、わなないたりしていた。

わたしは助けに駆け寄った。そのとき、動きの速さでどういうわけか船内の者たちを警戒させてしまったにちがいない。というのも、倒れた生きものを助けようとかかえあげたとき、船の内側のドアがさっとあけはなたれたからだ。わたしの友に似たほかの者たちが叫びながら飛びだしてきた。混乱し、おびえ、銀色の武器をふりまわしながら。

「フリーマンがやられたぞ！」

「撃つな！　まぬけ、フリーマンにあたるぞ！」

「気をつけろ！」

「ちくしょう！」

そういう言葉だった。いまでも意味はないが、記憶に残っている。とはいえ、彼らのなかに恐れを感じた。それは空気を焼いた。わたしの脳を焼いた。

わたしには回転の早い頭がそなわっている。即座に、わたしは突進して、仲間の前肢が簡単にとどくところへ生きものを置くと、音もなく彼らのもとから退き、彼らに向かって思念を飛ばした――「彼はきみたちのものだ。彼はわたしの友だちだ。きみたちはみなわたしの友だちだ。すべてはうまくいっている。許してもらえるなら、わたしはきみたちと彼を助けるつもりだ。彼は病気だ。ちゃんと面倒を見てやってくれ」

彼らはぎょっとした。棒立ちになり、頭のなかにあるのは、驚愕とある種のショックだった。彼らは友だちを船内へ連れもどし、わたしをじっと見あげていた。わたしは温かな海風のような友情を彼らに送った。彼らにほほえみかけた。

それから宝石をちりばめた巣の都、太陽のもと、さわやかな空に浮かび、高い木々に囲まれたわれらの大いなる都へもどった。雨が新たに降りはじめていた。子供たちとそのまた子供たちのいる場所へ着いたとたん、はるか下のほうから言葉が聞こえてきて、船の舷門に立った生きものたちが、わたしを見あげているのが目に映った。言葉はつぎのとおりだった——

「ちくしょう、友好的だぞ。友好的な蜘蛛だ」

「そんなことがあっていいのか？」

すっかりいい気分になって、わたしはこのタピストリーとこの語りを織りなしはじめた。金色の巣にならべた野生のライム・プラムと桃とオレンジを使って。それはすばらしい模様になった。


一夜が過ぎた。冷たい雨が降り、われらの都を洗い、透きとおった宝石で都を飾った。わたしは友たちにいった、船は放っておこう、なかの生きものたちがわれわれの世界に慣れるようにしてやろう、最後には彼らも遠くへ出てきて、われわれは友となり、愛と友情が生まれれば、すべての恐れが消え去らねばならないように、彼らの恐れは消え去るだろうと。われわれのふたつの文化には、学ぶべきことがたくさんあるだろう。新しく、金属の種子に乗って大胆にも宇宙へ乗りだした彼らと、非常に古く、真夜中にみずからの都にくつろいでぶらさがり、やさしく降りかかる雨を味わっているわれわれ。われらは彼らに風と星々の哲学を、緑がどのように生長するかを、正午に青く温かいとき、空がどんなふうかを教えるだろう。彼らはこれを知りたがるにちがいない。お返しに、彼らは遠い惑星の物語でわれわれを生き返った気分にさせてくれるだろう。ひょっとすると、戦争や闘争の物語で、われわれの過去と、われわれが良識にしたがって悪いおもちゃのように海へ捨て去ったものを思いださせてさえくれることだってあるかもしれない。友よ、彼らに辛抱させよう。数日のうちに、なにもかもうまくいくだろう。

たしかに興味深かった。混乱と恐怖の雰囲気が、一週間にわたりその船にたちこめた。木立のなか、空に浮かぶ居心地のいい場所にいるわれわれは、こちらを見あげている生きものたちを何度も何度も見かけた。わたしは船内に心をのばし、彼らの言葉を聞いた。意味はさっぱりわからなかったが、とにかく感情的な中身はとらえられた――

「蜘蛛だぞ！　ちくしょう！」

「でかいやつだ。きみが出る番だぞ、ネグリー」

「いやだ、勘弁してくれ！」

七日めの午後のことだった。生きものたちの一体が、単独で、武器を持たずに出てきて、空にいるわたしに呼びかけてきた。わたしは叫びかえし、彼に心からの友情と善意を送った。たちまち、陽射しを浴びた大いなる宝石をちりばめた都が、わたしの背後で震動した。わたしは訪問者のわきに立った。

わかっていて当然だったのだ。彼はひるんで逃げだした。

わたしはすこし身を引き、善意と親切心にあふれる思考を絶えず送りだした。彼は落ち着いてもどってきた。彼らが志願者を募るか、くじ引きのようなことをしたのが感じとれた。そしてこの生きものが選ばれたのだ。

「震えないで」とわたしは考えた。

「わかった」とわれわれ自身の言葉で彼が考えた。

こんど驚くのはわたしの番だったが、うれしい驚きだった。

「きみたちの言葉を学んだ」と彼がゆっくりと声にだしていった。目をキョロキョロさせ、口をわなわなと震わせていた。「機械を使って。一週間。きみたちは友好的なんだろう?」

「もちろんだ」わたしはうずくまった。おかげでわれわれの高さが同じになり、目と目が合った。一メートル八十センチほどはなれていたのかもしれない。彼はじりじりと遠ざかりつづけた。わたしはほほえんだ。

「なにを恐れているんだね? まさか、わたしを恐れているんじゃないだろうね?」

「いやいや、とんでもない」と彼があわてていった。

彼の心臓が空中で激しく打つ音がした。太鼓だ。すばやく野太《のぶと》い温かなつぶやき。

わたしが心を読めるとは知らずに、彼はわたしたち自身の言葉を使って内心でこう考えた――「まあいい、ぼくが殺されても、船に欠員がひとり出るだけだ。ひとりを失うほうが全員を失うよりはましだ」

「殺すだって!」その考えに愕然として、わたしは叫んだ。呆然とすると同時に面白がっていた。「おいおい、われわれの世界では、暴力で命を落とした者は十万年にわたっていないんだ。お願いだから、そんな考えは捨ててくれ。われわれは友だちになるんだ」

生きものはごくりと唾を呑んだ。

「計器できみたちを研究してきた。テレパシー・マシンで。さまざまな計測器で」と彼はいった。「きみたちはここに文明を築いているんだろう？」

「見てのとおりだ」

「きみたちのＩＱはわれわれを仰天させた。見聞きしたところからすると、二百を優に超えている」

その用語はちょっと曖昧だったが、ふたたび、わたしはくすぐったい気持ちになり、彼に喜びと愉悦《ゆえつ》の思念を送った。

「そうだ」とわたし。

「ぼくは船長の副官だ」と生きものがいい、彼自身のほほえみだと判明したものを浮かべてみせた。ちなみに、われわれとのちがいは、彼が水平にほほえむ点にある。いっぽう、われわれ木々の都の民《たみ》は垂直にほほえむのである。

「船長はどこだね？」とわたしはたずねた。

「病気だ」と彼は答えた。「到着した日からずっと病気だ」

「お目にかかりたいな」

「あいにくだが、無理だろう」

「それは残念だ」とわたし。心を船内へ送りこむと、船長がいた。ベッドのようなものの上で大の字になり、ぶつぶついっていた。たしかに重い病気だった。ときどき悲鳴をあげた。目を閉じて、熱に浮かされて見る幻のようなものを追い払っていた。「ああ、ちくしょう、ちくしょう」と彼自身の言葉でいいつづけていた。

「きみたちの船長はなにかをこわがっているのだろうか？」とわたしは丁重に訊いた。

「いやいや、とんでもない」と副官はそわそわといった。「ただの病気だ。あとで出てくる新しい船長を選ばないといけなかった」じりじりと遠ざかり、「じゃあ、またこんど」

「明日はわれわれの都を案内させてくれたまえ」とわたし。「全員を歓迎する」

そこに立っているあいだ、そこに立ってわたしと言葉をかわしているあいだずっと、すさまじい震えが彼のなかで暴れていた。ブルブル、ガタガタ、ブルブル、ガタガタ。

「きみも病気なのか？」

「いや、そうじゃない」と彼はいうと、身をひるがえし、船内へ駆けこんだ。

船内で、彼の具合がひどく悪くなったのを感じた。

わたしはいたく面食らい、天に浮かぶ木々に囲まれたわれらが都へもどった。

「なんと奇妙な」とわたしはいった。「この訪問者たちはなんと神経質なのだろう」

夕暮れに、このプラムとオレンジのタピストリーを織りつづけていると、ひとつの言葉がわたしのところまでただよってきた――

「蜘蛛だ！」

しかし、すぐに忘れた。というのも、都のてっぺんまであがり、沖から吹く最初の新たな風を待ち、友にまじって、平穏無事にそこにすわり、そのすべての香りとすばらしさを夜明けまで満喫するころあいだったからである。

真夜中に、わたしはすばらしい子供たちを産んでくれたものにいった――「どういうことだろう？　なぜ彼らはこわがっているのだろう？　なにを恐れるというのだ？　わたしはすばらしい知性と友好的な性格をそなえた立派な生きものではないのか？」すると答えは「そうです」だった。「ならば、なぜブルブル震え、病気になり、具合が悪くなるのだろう？」

「ひょっとしたら、彼らがわたしたちにどう見えるかに答えが潜んでいるのかもしれません」と妻がいった。「わたしにいわせれば、彼らは奇妙です」

「そのとおりだ」

「それに風変わりです」

「もちろん、そうだ」

「それに外見にすこし恐ろしいところがあります。彼らを見ると、なんとなく落ち着かなくなります。彼らはあまりにもちがっています」

「その点を考えぬけば、知的に考えれば、そんな考えは消えてなくなるだろう」とわたし。「それは美意識の問題だ。われわれは自分たちに慣れているにすぎない。われわれには肢が八本あるが、彼らには四本しかなく、そのうちの二本は脚としてはまったく使われない。なるほど、奇妙だし、風変わりだし、さしあたりは不安に襲われる。だが、わたしは理性にしたがってすぐに順応した。われわれの美意識には弾力性がある」

「ひょっとすると、彼らの美意識はそうではないかもしれません。彼らはわたしたちの見かけ

ませんか。耳をすましてください。耳をすまして」

「お忘れなさい」と妻がいった。「新しい風が起きています。耳をすまして」

「知りたいものだ」とわたし。「知りたいものだ。彼らをくつろがせてやりたいものだ」

「もちろん、おっしゃるとおりです。ほかに原因があるにちがいません」

「なんと、ただの外見をこわがるだと？　莫迦ばかしい！」

わたしはこの考えを笑いとばした。

が気に入らないのかもしれません」

翌日は新しい船長にわれらの都を見せてまわった。われわれは何時間も話をした。われわれの心と心が出会った。彼は心の医者だった。彼は聡明な生きものだった。なるほど、われわれほど聡明なわけではない。しかし、これは偏見のいわせることではない。彼は機知に富み、陽気で、かなりの知識をそなえ、じっさい、偏見にほとんどとらわれていない生きものだと判明した。それでも、その午後を通じて、天にもやわれた都を見てまわるあいだ、隠れたブルブル、ガタガタを感じた。

わたしはそれをふたたび口にするほど不作法ではなかった。

新しい船長は、ときおりたくさんの錠剤を呑みくだした。

「それはなんだね？」とわたし。

「神経の薬だ」と彼はすかさず答えた。「それだけのことだ」

わたしは彼をありとあらゆる場所へ連れていき、できるだけ木の枝で休ませてやった。また進むときが来て、はじめて彼に触れたとき、彼はすくみあがった。ただでさえ恐ろしい顔が、正視に耐えられないほど恐ろしくなった。

「われわれは友だちだろう?」とわたしは気づかわしげにたずねた。

「そう、友だちだ。なんだって?」彼ははじめてわたしの言葉を聞いたように思えた。「もちろんだ。友だちだとも。きみたちはすばらしい種族だ。これは美しい都だ」

われわれは芸術と美と時間と雨と都について語りあった。彼は目を閉じたままだった。彼が目を閉じたままだと、われわれはうまくやれた。やがて話をするうちに彼が興奮して、笑ったり、喜んだり、わたしの機知と知性に関してお世辞をいったりした。妙な話だが、いまにして思えば、彼といちばんうまくやれたのは、わたしが空を見て、彼を見ていないときだった。これは奇妙な点なので、注意をうながしておく。彼は目を閉じて、心と歴史と古い戦争と問題について語り、わたしはすぐさま答えを返した。

目をあけたときにかぎって、彼は一瞬にして遠ざかった。わたしはこれが悲しかった。彼も悲しんでいるように思えた。というのも、すばやく目を閉じ、語りつづけたからだ。するとたちまちさっきまでの親しさがよみがえった。彼の震えは消えてなくなった。

「そうとも」と彼は目を閉じたままいった。「われわれはたしかに親友だ」

「そういってくれるとうれしい」とわたしはいった。

わたしは彼を船へ連れもどした。お休みの挨拶をかわしたが、彼はまたブルブル震えていて、船にはいると、夕食が喉を通らなかった。わたしにはそれがわかった。心がそこにあったのだから。そしてわたしは家族のもとへ帰った。一日を知的に過ごしたせいで興奮していたが、ついぞ知らなかった悲しみにいろどられていた。

わたしの話は終わりにさしかかっている。この船はもう一週間われわれのもとにとどまった。われわれはすばらしい時を過ごし、話はつきなかった。彼は顔をそむけるか、目を閉じるかだった。われわれのふたつの世界はうまくやっていくだろう、と彼はいった。わたしは同意した。すべては偉大な友愛のもとになされるだろう。わたしはさまざまな乗組員に都を見せてまわったが、なんらかの理由で身動きできなくなる者もいて、わたしは謝罪し、呆然としながら、彼らを宇宙船へ連れもどした。彼らはひとり残らず着陸したときよりも痩せているように見えた。ひとり残らず夜は悪夢にうなされていた。悪夢は熱い霧となり、夜更《よふ》け、闇にまぎれてわたしのもとまでただよってきた。

これから記録するのは、最後の夜にその船のさまざまな乗組員のあいだでかわされた会話である。わたしはそれを心で聞いた。わたしはなにひとつ忘れないので、聞いたままの言葉を記しておく。それはなにも意味しないが、いつの日か、わたしの子孫にはなにごとかを意味するかもしれない。ひょっとすると、わたしはなんとなく落ち着かないのかもしれない。どういうわけか、今夜はすこしだけ気分が沈んでいるのだ。下にあるあの船のなかには、いまだに死と恐怖にまつわる考えがあるのだから。明日はなにが起きるかわからないが、あの生きものたちがわれわれに危害を加えるつもりだとはとうてい信じられない。たとえ彼らの考えが苦しみにさいなまれ、混乱しきっているとしても。とはいえ、信じられない出来事が起きたときにそなえて、彼らの会話をタピストリーに織りこんでおく。後世のために森の埋葬塚の深いところにタピストリーを隠すとしよう。さて、会話はこのようにつづいた――

「どうするんです、船長?」

「あいつらのことか? あいつらのことか?」

「蜘蛛です、蜘蛛ですよ。いったいどうするんです?」

「わからない。ちくしょう、答えをだそうとしてきたんだ。あいつらは友好的だ。すばらしい心の持ち主だ。あいつらは善良だ。これはあいつらの邪《よこしま》なたくらみなんかじゃない。われわれが移住し、彼らの鉱物を使い、彼らの海をわたり、彼らの空を飛びたいといえば、きっと彼らは愛と慈悲をもってわれわれを歓迎してくれるだろう」

「異論はありません、船長」

「しかし、妻子を連れてくることを考えると――」

わなわな。

「うまくいかないだろう」

「いきっこありません」

ブルブル、ガタガタ。

「明日また出ていくのはご免だ。あいつらともう一日いるのには耐えられない」

「子供のころ、たしか、納屋《なや》に蜘蛛が――」

「ちくしょう！」

「でも、おれたちは男だ。強い男だろう？　根性はないのか？　おれたちはなんだ、腰抜けか？」

「理屈じゃないんだ。本能、美意識、好きなように呼べばいい。明日はおまえが出ていって、〈でかぶつ〉と言葉をかわすか？　八本脚の毛むくじゃらで、恐ろしく背の高いやつと」

「勘弁してくれ！」

「船長はいまだにショック状態だ。だれも食べものが喉を通らない。おれたちがこんなに弱かったら、子供たちはどうなる、妻たちはどうなる？」

「でも、彼らは善良だ。親切だ。気前がいい。われわれがけっしてなれないすべてが彼らなんだ。彼らはだれでも分けへだてなく愛す。われわれを愛してくれる。助けを申し出てくれる。われわれを招き入れてくれる」

「そしてわれわれは入植しなければならん。商業やらなにやら、たくさんの立派な理由で」

「彼らはわれわれの友だちだ！」

「ああ、ちくしょう、そのとおりだ」

ブルブル、ガタガタ、ブルブル。

「でも、うまくいきっこない。あいつらはそもそも人間じゃないんだ！」

わたしは仕上がりかけたタピストリーとともにこの夜空に浮かんでいる。船長がまた出てきて、言葉をかわす明日が待ち遠しい。いまは混乱して、すこし警戒しているが、じきに愛し、愛されることを、われわれとともに暮らし、われわれの良き友になることを学ぶはずのあの善良な生きものたちがそろって出てくるのが待ち遠しい。明日、叶《かな》うものなら、船長とわたしは雨と空と花について、そしてふたつの生きものがおたがいを理解すればどうなるかについて語りあうだろう。タピストリーは仕上がった。最後は引用で締めくくろう。彼ら自身の言葉、船内の男たちの声、青い夜風に乗ってわたしのもとまでただよってきた声から引用した言葉で。先ほどよりおだやかに思える声、状況を受け入れ、もうこわがってはいない声。これにてわがタピストリーは終わる——

「じゃあ、決心したんですね、船長?」

「やるべきことはひとつしかありません」

「そうだ。やるべきことはひとつしかあり得ない」

「毒はないのよ!」と妻がいった。

「それはそうだけど!」夫は飛びあがり、片足をあげると、ブルブル震えながら、絨毯《じゅうたん》を三度踏みつぶした。

床の上の濡れたしみをじっと見おろす。

震えが止まった。

(中村融訳)

ロト

「性本能と原爆戦」原作

ウォード・ムーア

Panic in Year Zero ! (1962)

ロト、ゾアルに至れるとき日《ひ》地の上に昇れり。エホバ硫黄《いおう》と火をエホバの所より即ち天よりソドムとゴモラに雨《ふら》しめ、其邑《そのまち》と低地《くぼち》と其邑《そのまち》の居民《ひと》および地に生《おう》るところの物を尽《ことごと》く滅し給《たま》えり。ロトの妻は後を回顧《かえりみ》たれば塩の柱となりぬ。

〈創世記十九章〉

ジモン氏は、これから休暇旅行にでかけでもするように、うきうきした様子すら見せていた。

「さあ、諸君。これ以上待ってもしようがない。準備完了だ。出発出発」

だが、尻尾《しっぽ》はどこかに出るものだ。ジモン氏は、家族に「諸君」と呼びかけるタイプではなかった。

「デイヴィッド、あなたほんとに……？」

ジモン氏は微笑を返すにとどめた。これまたつね日ごろとは別人のようだ。ふだんは、妻のそれが癖になっている尻切れとんぼの質問に、ガミガミときつくやりかえすのに。十七年を一つ屋根の下で暮らしたいまでは、質問の中の、口に出されない、より大きい部分が、なにか神秘的なやりかたでさっとわかってしまう。まるで導入部がどんなキーではじまっているかで、いいまわし全体はおろか、その場の状況や気分がそれに添える色合いや含みまでが、ちゃんと胸に伝わってくる感じがする。それに対して、無言でやんわりと相手を見据えるか、それともより効果的に、どうもよく意味がわからんのだがね、と応酬してやろうと幾度決心をかためても、ついぞ実行できたためしがない。この危機の瞬間にいたるまでは。危機か——と、まだ微笑をたもったジモン氏は、率先《そっせん》してドアのほうへ歩きだしながら考えた。危機は人間を変える。隠れた性格をおもてへひきだしてくる。

彼に代わってモリー・ジモンの質問に答えたのはジュニアだった。生意気ざかりのいらいらした鼻声で、「やんなっちゃうなあ、ママ。どういうつもりだい？ 国道なんか、じきにふさがっちゃうぜ。いくら前もって計画したって、準備したって、ここでママがぐずぐずいいだしたら、みんなおじゃんじゃないか。しっかりしてくれよ。さあ行こう行こう」

母さんになんて口のききようだ、という反射的な叱責をジモン氏は声に出さなかった。そのかわりにいささか同情をもって思いやったのは、女性の反応ののろさかげんだった。出産にはプラス、車の運転にはマイナス。いまのモリーの頭の中は、この家と家財道具のことでいっぱいなのだ。自分と、娘のエリカの衣類。テレビ——電力を絶たれたその陰気な醜悪さ——まもなく中身が腐り、悪臭を放ちはじめるだろう冷蔵庫、死んだストーブ、ステーション・ワゴンに積みきれなかった地下室いっぱいのボール箱入りの缶詰。そして、ガレージにしまいこんだビュイック——これは思慮深くタイヤの空気を抜き、バッテリーを隠してある。

もちろん、家の中は略奪にあうだろう。だが、そんなことは前からわかっている。一家が——いや、自分が、といいなおそう、この瞬間に備えてジモン家の防衛態勢を整えたのは、管理職としての思考と訓練の賜物《たまもの》なのだから——そもそもあれほど綿密に、すべてを見通して計画を立てた時点から、自分は生命と財産を秤《はかり》にかけた上で、きっぱりと生命をとったのだ。それ以外の決定がありうるはずはない。

「あなた、せめてパールとダンに電話だけでもしておいたら？」

こりゃまたどうしてだ、と些細《ささい》な立腹など超越した心境にあるジモン氏は考える。どうしておれがダン・デイヴィスンに電話しなけりゃならんのだろう？（なぜなら、もちろんモリーがいってるのは、初恋の人、ダンのことだからだ。いや、そのころのダンときたひにはまるきりの無名、一文なしで役立たずの夢想家だった。だいぶあとになってから、やっと数学の鬼才と認められたのだ。いまや大学教授、その他もろもろの肩書の所有者でもある——だが、モリーがいうときは、ダンではなく、自動的に「パールとダン」とコミになってしまう）しかし、いまとなって、ダンお得意のマイナス・ゼロの平方根ひくMイコールなんとかが、いったいなんの役に立つ？　それとも、ダイヤをぜんぶ持ったかと、おれがパールにきくわけかね？　質問——なぜパールは真珠《パール》をつけないのか？　なぜダイヤだけなのか？　家内の友人でしてな、はははは——しかし、この言葉にどれほど微妙なニュアンスをこめてみたところで、だいじなお得意とパールとダンをいっしょに招待したときなどは、説明のしようがない。

ところで、なぜこのおれが電話を？　モリーめ、急性マヒにでもかかったのか？　それともヒステリー？

「いや」とジモン氏はいった。「パールとダンに電話はしてない」

それから、ちょっと不憫《ふびん》になってこうつけたした。「電話はあれからずっと不通なんだよ」

「でも」とモリー。

まさか、町なかまで運転していけといいだすんじゃあるまいな。彼はそれに備えて、幾通りかの返事をえらんだ。しかし、モリーは情けなさそうに電話機を見やるだけだった（でぶでぶした女がそうするんなら話はわかるが、と、ジモン氏は思う。本当だよ。せめて小肥《こぶと》りでもいい。なまじ痩せているもんだから、キビキビしているように見えてしまう）。そこでまた、彼は優しくいいきかせた。「あのふたりなら、きっとだいじょうぶだよ。うちとおなじくらい、あれからの距離がはなれているからね」

ウェンデルはもうステーション・ワゴンに乗りこんでいる。きっとワギーをどこかに隠しているな。あの犬は愛護協会へ引き渡しておくべきだった。一服盛ったほうが犬のためだ。もう遅い。ワギーは運を天にまかせて生きていかなくちゃならない。マリブの山手には、たくさんの野兎《のうさぎ》もいることだし。家のすぐそばでだって、よく姿を見かけたことがある。とにかく、もう積載重量ぎりぎりまで積みこんだワゴンに、犬など乗せる余地は絶対にない。

エリカが台所のほうから元気よくはいってきた。茶色の乗馬服《ジョドパーズ》のおかげで、一見、十四歳という年齢よりも幼く見える。だが、それは一見だけの話。よく見ると、腰と胸のふくらみが、乗馬服の強調した幼さを打ち消している。

「水道も止まったわ、ママ。もうここにいてもむだよ」

モリーは信じられないという面持ちだ。「水道が？」

「もちろん、水道も止まるさ」ジモン氏は、いくらか自分の先見の明への満足もあって、気ながに説明した。「給水管がやられなくても、ポンプが問題だ。電力で動くんだからね。電気が止まれば、当然水道も止まる」

「でも、水道まで」モリーはくりかえした。まるでこのとどめの一撃が、あらゆる道理の――あれといっしょにもたらされた言語道断な論理さえもの――範囲外にある、といいたげに。

ジュニアが肩をいからして、先に外へ出ていった。エリカはほつれ毛を撫でつけ、騎手帽をまぶかにかぶりなおし、ちらと両親を見やってから、ジュニアのあとにつづいた。モリーは五、六歩あるきだしてから立ちどまり、鏡をのぞいて曖昧にほほえみ、それから外に出ていった。

ジモン氏はポケットを軽くたたいてみる。現金は残らず持った。あとをふりかえりもせず玄関のドアを閉めると、錠が掛かったのを確かめるために把手《とって》をガチャガチャ動かした。錠が掛からなかったことはいままで一度もないが、ガチャガチャやらないと気がすまないたちだ。大股でステーション・ワゴンに近づきながら、荷を積みすぎていないか再確認するように、スプリングに目を走らせた。

　空はどんよりと曇っている。知らなければ、この地方特有の深い朝もやとまちがえるところだ。ジモン氏は南東に目をこらしたが、なにぶんあれは遠すぎるので、なにも見えない。もうエリカもモリーも前の席にすわっていた。ふたりの息子の姿は、うしろのきちんと積まれた荷物のあいだに隠れている。ジモン氏は運転席に乗りこみ、キーをまわして、エンジンをかけた。それから、肩ごしにさりげなく、「ジュニア、犬を出しなさい」

ウェンデルが待っていたように反駁《はんばく》した。「ワギーなんかいないよ」

モリーが声を上げた。「まあ、デイヴィッド……」

ジモン氏は我慢づよくいった。「貴重な時間をむだにする気かね。犬を乗せる場所はない。やる餌もない。そんな余裕があれば、もっとだいじな品物が積める。その何キロかが、あとでえらい違いになるかもしれない」

「見つからねえや」ジュニアがつぶやく。

「いないよう。いないってば」ウェンデルが半泣きで叫んだ。

「わたしがエンジンを切って犬をつかまえにいけば、ますます時間とガソリンがむだになるんだぞ」ジモン氏は依然として冷静で論理的だ。「動物愛護なんて問題は終わった。いまは生死の問題なんだ」

エリカが抑揚のない声でいう。「パパのいうとおりだわ、犬か、それとも人間か。ウェンデル、犬を出すのよ」

「このやろう――」とウェンデル。

「つかまえたぞ！」ジュニアが叫んだ。「よしよし、ワギー！　ほら外へ出な、達者でな」

つかみ上げられたスパニエル犬は、有頂天《うちょうてん》に身もだえしながら、窓からほうりだされた。ジモン氏はエンジンをふかしたが、それでもウェンデルの泣き声はかき消せない。兄にとびかかって、なぐる蹴るの大騒ぎ。ジモン氏はアクセルから足を離し、犬が車の近くにいないのを確かめたあとで、ゆっくりとステーション・ワゴンを私道から出し、海岸に向かって丘を下りはじめた。

「ウェンデル、ウェンデル、およしなさい」モリーが訴えた。「あなたもひどくしちゃだめよ、ジュニア」

ジモン氏はラジオのスイッチを入れた。ブーンという唸りにつづいて、いきなりバリバリという雑音がとびこんだ。五つのボタンを順々に押してみたが、雑音の大きさが変わるだけだ。

「わたしにやらせて」とエリカがいった。彼女は手動ボタンを押し、ゆっくりチューナーをまわした。音楽がちょろちょろと洩れてくる。

ジモン氏は鼻を鳴らした。「メキシコの局だ。ほかへまわしてごらん。ヴェンチュラが出るかもしれない」

急カーブを曲がった。「ウォービンの車じゃないかしら?」とモリーがきく。

あれが起こって以来はじめての発作的な苛立ちを、ジモン氏は味わった。いくら神経の昂《たか》ぶったいまのたよりない目でも、ウォービン家の青いマーキュリーを見まちがえることは不可能だ。ランブラ・カタリナ地区でそんな車を持っている家はほかに一軒もないし、いまどきよそ者の訪問客などあるはずがない。モリーよ、わかりきった話じゃないか!

しかも、この二カ月間、ウォービンはジモン氏を市内まで乗せていくために、毎週五度もその青いマーキュリーをジモン家の私道に停《と》めていたのだ――ジモン家がこの瞬間に備えてビュイックをしまいこみ、ワゴンに荷物を積みこみはじめて以来ずっと。もちろん、ウォービンの車にきまっている。

「……軍隊ノ進行ヲ妨害シナイヨウニオ願イシマス。各病院ニハ、スデニ十分ナ人数ノ救護班ガ待機中デアリマス。各地区ノ民間防衛部隊モ、スデニアラユル手段ヲ講ジテ……」

「サンタ・バーバラ局だよ」ジュニアが専門家らしくラジオのほうへあごをしゃくった。

ジモン氏は、US一〇一号線までウォービンのあとについていくつもりで速度を落としたが、マーキュリーが停まったので、追い越そうとハンドルを切った。ウォービンが運転しており、細君のサリーがその横にすわっている。後部席は、あわてて投げこんだらしいわずかばかりの品物だけで、あとはからっぽだ。先の見えない男だな、とジモン氏は思った。

ウォービンが窓から出した手を威勢よく振り、サリーもなにか叫んだ。

「……アワテフタメイテハ、救助作業ヲ遅ラセルダケデアリマス。死傷者ハ当初オ伝エシタヨリハルカニ僅少デ……」

「わかるものか」とジモン氏はつぶやき、ウォービン夫妻に愛想よく手を振ってみせた。

「あら、デイヴィッド、車を止めませんの？　なにか用があるらしいわよ」

「なあに、どうせたいしたことじゃない」

「……飲料水ハ一滴モムダニシナイデクダサイ。マモナク臨時発電所ガ作業ヲ開始シマス。事態ヲミダリニ恐レルコトハアリマセン。ツギニ……」

バックミラーで、ジモン氏は青いマーキュリーが動きだすのを認めた。やはり思ったとおりだ。どうでもいいようなことをいいたかっただけらしい。まったく、時もあろうに。

US一〇一号線との交差点では、五台の車がランブラ・カタリナ線の出口をふさいでいた。ジモン氏はハンド・ブレーキを引き、開けたドアにつかまって身をよじるように背伸びしながら、前に止まった車のむこうを見通した。一〇一号線はほとんど動かない車でぎっしり詰まっている。中央分離帯のむこう側の南行き車線にも、規則無視で北へ向かう車があふれている。

「みんな東へ逃げるはずだったんじゃないの?」車内の反対側から、ジュニアがからかうようにいった。

ジモン氏は息子の皮肉などにびくともしない。トレーラーを採用しなかったのは、こうなると実に賢明だった。もちろん、大多数の車は、こちらの計算どおり東へ向かっているはずだ。このののろのろした行列も、いまやパサデナ、アランブラ、ガーベイ、ノーウォークなどへの道をぎっしりふさいでいるだろう無数の車に比べれば、ものの数ではない。そして、北へ避難する車も、きっと九九号線か正規の一〇一号線をえらぶだろう——いまジモン氏の前にある道路は、実は一〇一号線のバイパスだ。いちばん有利な出口をえらんだことになる。

ウォービンの車が真横へはいってきた。「せいては事をしそんずるぜ」細君の顔をよけて身を乗りだしながら、ウォービンがそうどなった。

ジモン氏は手をのばしてイグニションを切った。ガソリンがもったいない。にっこり笑ってウォービン夫妻に首を振ってみせた。彼らに教えてもはじまらない——さっきマーキュリーを追い越したとき、こちらが道路の内側を確保したことを、だからハイウェーに空きができたとき、割りこむにはこちらが有利であることを。「ジュニア、車の中へはいんなさい。ドアを閉めて。すきまができたら、すぐに出るから」

「いつのことだか」とモリー。「なんてひどい混雑でしょう。これならいっそ……」

ジモン氏はウォービンが彼をにらみつけているのに気がついており、そっちをふりむくまいと堅く決心していた。だから、ウォービンがこう叫んだときも、聞こえないふりで通した。

「あんたがジャッキを忘れたのを教えてやろうと思ってな。うちのガレージの前にあったぜ」

ジモン氏のみぞおちは、からっぽになった。もし、いまパンクでもしたら？　破滅だ、死刑の宣告だ。彼はウォービンに対して灼《や》けつくような憎悪を感じた――借りっぱなし、近所迷惑、考えなしのずぼらな悪党め。ほんとうならステーション・ワゴンからとびおりて、やつののど首を絞めあげてやるところだ……

「あの人、なんていったの、デイヴィット？　ウォービンさん、なんのことをいってますの？」

やっとそのとき、彼は気がついた。ビュイックのジャッキだ。ステーション・ワゴンのジャッキは、すぐ出せる場所にちゃんとしまってある。だいいち、そんなにだいじな備品のチェックもせずに、このような旅へ出発するはずがないじゃないか。「なんでもないさ」と彼はいった。「つまらんことだ」

「……高空偵察ノ結果、敵ノ攻撃目標ハシグナル・ヒル地域デアッタト判明シマシタ。ロング・ビーチ、ウィルミントン、サン・ペドロニ、軽微ナ被害ガアル模様。非軍用機ハマインズ飛行場ニ接近スルコトヲ禁止……」

　バンパーとフェンダーの衝突音が、耳なれた感じでハイウェーから聞こえてきた。いまいる場所からはなにが起こったのか見えないが、しびれを切らした車がそれをやらかしたようすは容易に想像できる。ジモン氏は微笑こそしないが、内心かすかな満足を抑えきれなかった。前方での衝突は事態を悪化させるだけだが、後方でのそれは――どのみち避けられないものであり――いずれはすきまを作ってくれるにちがいないのだ。

　そう考えているあいだにも、ランブラ・カタリナ線の出口にいた先頭の車が、ハイウェーの路肩へと強引に割りこんでいった。ジモン氏は席に体をすべりこませてエンジンをかけ、先行車にくっついてじりじり前進した。そばにいられては気になるウォービンの車も、しだいにうしろへ去っていく。

「おしっこ」やぶから棒にウェンデルが宣言した。

「だからいったのに――！　しようがない、早くしなさい！　ジュニア、ドアを開けといて、車が動きだしたら中へひっぱりこむんだ」

「ここじゃ出ないよう」

じゃあがまんしろ、とどなりたくなるのをジモン氏はこらえた。あくまでも穏やかに、「ウェンデル、いまは非常時なんだよ。上品ぶってる場合じゃない。さあ早く」

「……閃光ハ、北ハヴェンチュラ、南ハニューポートカラモ目撃サレマシタ。タダイマヘリコプターデ到着シタ目撃者ノ語ルトコロニヨリマスト……」

「持つべきものはヘリコプター」とジュニア。「なにもかも考えたようでいて、パパもどこか抜かってたぜ」

「お父さんにむかってなんです」モリーが叱った。

「やだな、ママ。いまは非常時。お上品ぶってる場合じゃねえや」

「あなたはお利口だものね、ジュニア」とエリカ。「でかくてタフなけだものさん」

「ぶっとばすぞ、このガキ」とジュニア。「ほらほら、ハナが垂れてら」

「念のためにいっておくがね」ジモン氏は穏やかにいった。「飛行機もヘリコプターもいちおう検討した結果、不適当と判断したんだ」

「出ないよう。ほんと、出ない」

「気楽になさい、ね。だれも見てやしませんから」モリーがいいきかせた。

「……先ニオ伝エシタコンプトン、リンウッド、サウスゲイト、ハーバーシティ、ロミタナドノ火災ハ、マモナク鎮火ノ見込ミ。住民ノミナサン、国道ハ極度ノ混雑ヲ示シテオリマス。避難ハヤメテクダサイ。自宅ヤ勤務先ノホウガハルカニ安全デス。民間防衛……」

前の二台がぶつかりながら前進した。「中へはいれ」ジモン氏はどなった。

ステーション・ワゴンの左前輪が、ようやく路肩のアスファルトにはいった。コンクリートの二車線は届くすべもない彼方にある。そしてまたストップ。ぎっしり詰まった行列。ダッシュボードの時計は十一時四分。あれが起こってからすでに五時間近いというのに、まだ家から三キロかそこら離れただけ。歩いたほうが早いくらいだ。それとも馬に乗ったほうが。

「……ロサンゼルス地区ノミナサマニ申シ上ゲマス。平静ヲ保ッテクダサイ。マモナク、電力、水道ノ復旧トトモニローカル放送モ再開サレマス。スパイ潜入ノ噂ハ、非常ニ誇張サレタモノデアリマス。FBIハスデニ容疑者全員ヲ逮捕……」

ジモン氏は手をのばしてラジオを切った。それからもう五センチ強引に前進してみる。ボール箱を満載した乱暴な運転のキャデラックと、もうすこしで接触しそうになった。左側では、A型トラックがぶるぶる身震いしている。そのトラックが、自称夫婦のふたりの絵描きの持ち物であることを、ジモン氏はある不快感とともにおぼろげに思い出した。荷台には世帯道具が山と積まれている。こそ泥でも遠慮するようなガラクタばかりだ。車の中で、ふたりの絵描きはビール瓶を回し飲みしていた。男のほうが愛想よくその瓶をこちらに振ってみせた。ジモン氏は気のないようすでうなずきかえした。

バックミラーの上の温度計は三十二度。暑いのも道理だ。もちろん動きだしさえすれば……のどが渇くな。たぶん気のせいだ。温度計なんか見なければよかった。とにかく、うしろへ手をのばして水筒をさぐるなんて真似は、絶対にしないぞ。先見の明。武器に関してもしかり。彼は咳ばらいしていった。「グローブボックスに自動拳銃がある。知ってるね？ もし、そっち側のドアをあけようとするやつがいたら、それを使え」

「まあ、デイヴィッド、あたしとても……」

ああ、人類愛。無抵抗主義。ガンジー。あたくし、標的以外のもの撃ったことがございませんの。まったく、こんなときに。しかし、口でいってわかるもんじゃない。

「うしろから、ライフルでやっつけてやるよ」とジュニア。「いいだろ、パパ？」

「ぼく散弾銃だ」とウェンデル。「至近距離だとあのほうがいいんだってさ」

「まあ、たのもしい殿方たち」エリカがからかった。ジモン氏はだまっている。散弾銃もライフルも装塡《そうてん》してないのだ。これも先見の明。

交通流に生まれたしゃっくりのような切れ目に、すかさずジモン氏は割りこんだ。われながら驚くほどのすばやさ。しかし、この路肩をいつまで走れるものだろうか。そのうち、排水溝に行きあたり、コンクリートの部分まで道幅がせばまるのを覚悟しなければならない。それまでせいぜい二キロそこそこか。だが、とにかくランブラ・カタリナ線を出て一〇一号線にはいれたのだ。

ジモン氏はおそろしく愉快になった。上々の首尾だ。

「さあ行くぞ！」帽子をとばすなと、もうすこしでつけ加えそうになった。

もちろん、路肩もぎっしり前がつかえており、ギアをローに落としても、進行速度は頭が変になりそうなほどのろくさい。ガソリンの食いかたは、もう考えたくもない。燃料計の針がFを愛撫していることに感じた誇りも、しだいにしぼんできた。いくらポケットいっぱいのクーポン券があっても、ガソリンはなかなか手にはいるまい。闇市場。

「もういっぺんラジオつけてもいい？」エリカがききながら、スイッチを入れた。

ジモン氏は先ほどの成功に味をしめて、左の前輪をそろそろとコンクリートに侵入させた。

左に並んだポンティアックから、さっそくとがめるようにクラクションの音がはねかえってきた。「……地区ハ平静デアリマス。敵ノ損害ハ……」

「ほかの局は出ないのかい？」とジュニア。「そんなしけたのでなしによ」

「テレビがあるといいのになあ」ウェンデルがいう。「ジョー・テリファーのおやじは、クライスラーへテレビを入れたよ」

「やかましいや、ちび」とジュニア。「どたまを冷やしやがれ」

「ジュニア！」

「ママったら、構っちゃだめ！　おもしろがってやってるのよ！」

「おい、このあま。てめえが女でなきゃ、けつをぶったたいてやるとこだぜ」

「妹でなきゃ、といいたいんでしょ。これがよその女の子なら、そういう幼稚くさいオサワリごっこが楽しめるとこなのにね」

「エリカ！」

まったくどこでおぼえてくるんだろう、とジモン氏は舌を巻いた。これが進歩的教育というやつかね。

ポンティアックの運転者が脇見をしたすきに、彼はとびたつ思いで前輪を内側へ割りこませた。むこうが腹を立てて車をぶつけてこないかぎり、もう車体の長さだけのコンクリートは確保したようなものだ。

「さあ、しめた！　もうこっちのもんだぞ！」凱歌《がいか》を上げた。

「へっ、おれの運転なら、いまごろオックスナードまでの半分は行ってるぜ」

「ジュニア、お父さんにむかってなんです」

ジモン氏は超然と考えている——モリーの効果のない叱責は、それでなくても目にあまる十六歳のジュニアの生意気さを、いっそう煽《あお》りたてるようなものだ。いや実際、モリーがあんな女でなかったら、ジュニアも……。

もちろん、こういう可能性もあるな——ここでジモン氏はブレーキを踏み、すぐ前のコンバーチブルとの接触を免《まぬが》れた——ジュニアがいま「むずかしい時期」にさしかかっているだけでなく(なにがそうむずかしいのか? モリーがこれ見よがしにほうりだしておく、思春期の心理学的問題を扱った本のすべてにむかって、そう反問したい。あの子のほしがりそうなものはすべて与えてある)まかりまちがえば——そう、非行少年とまではいかなくても、それに近いものになりやすいタイプで……。

「……ロング・ビーチ、ウィルミントン、サン・ペドロ地域デアリマス。当地ノ今朝ノ被害ハ、ピッツバーグノソレニ比ベテ、アラユル面デ軽微ナコトガ判明シマシタ。全火災トモ間モナク鎮火ノ見込ミデ、負傷者モスデニ全員救護ヲ受ケテオリマス……」

「ほんとのことをいってないみたい」ジモン夫人が感想をのべた。

彼は鼻を鳴らした。その意見には同感だが、モリーはいかなる経路でそんな結論にたどりついたのだろうか?

「野球中継を聞きたいなあ。野球の放送にかえろよ、姉貴」ウェンデルが要求した。

十一時十六分、国道を北へ向け進行中。わるくない、上出来だ。先見の明。さて、ここでもうすこし左へ割りこんで南行き車線へはいってしまえば、二時までにサンタ・バーバラのネックを越せるだろう。

「電気いれっぱなしだわ！」モリーが叫んだ。「水道の蛇口も！」

やめてくれ、とジモン氏は思う。これはひどいよ。漫画だよ。

「おちつきなよ」とジュニア。「電気も水道も止まってるんだ。わかった？」

「ジュニア、お母さんはそれほどバカじゃありませんよ。止まったことぐらい知ってます。こんど直ったときを考えているのよ」

「いやだぜ、ママ。来月の請求書を心配してんのかい、いまから？」

ジモン氏は、ステーション・ワゴンを左へにじり寄せながら文案を練った。息子よ、もう請求書など心配するな、それを払うような日は終わったのだ。それを声に出していう代わりにもう一句。モリー、おまえの頓狂《とんきょう》さかげんは、まさに天才の名に値するよ。この語られざる二つの名言は、彼にいたく満足を与えた。

交通流がつかのまスピード・アップし、彼はその出足を利用して二車線道路の左側を確保した。すぐ左横は、南行き車線と北行き車線を隔てる長いコンクリートの分離帯だ。「わりかしやるじゃない、パパ」ウェンデルがほめた。

わが子の賞讃によってジモン氏が感じたいささかの快感も、憤懣《ふんまん》に裏打ちされている。ウェンデルも、ジュニアとおなじように、ジモン家よりはマンヴィル家の血が濃いらしい。顔にも考えかたにも、モリーの刻印が押されている。エリカだけが純粋なジモン家の子だ。おれに瓜二つだな、とジモン氏は自慢でなくそう思う。

「やはり、パールとダンに連絡だけでもしておくのが、いちおうの礼儀じゃなかったかしら。かけてみるぐらいは。それに、ウォービンさんのことだって……」

コンクリートの分離帯の切れ目は意外に早くやってきた。彼はさっそく、比較的すいた南行き車線へ乗り入れた。アクセルを踏むと、ステーション・ワゴンはいそいそと唸りを上げて走りだした。はじめてジモン氏は、自分がどれほど堅くハンドルを握りしめていたか、腕から肩、首すじまでどれほどコチコチになっていたかに気づいた。先行車のスピードに合わせて速度計の針を七〇の目盛のすぐ下あたりに保つと、すこし肩の力を抜いてみた。しかし、〈いちおうの礼儀〉のモリー、〈上品ぶってる場合じゃねえや〉のジュニア、〈出ないよう〉のウェンデルに対する反感は、唾液とともに舌の裏からあふれてくる。脛《すね》かじりめ、役立たずめ。おれがいなければどうするのだ。寄生虫ども。

ときどき、エリカがラジオをつけた。いつも新しいニュースは約束されるが、ほとんど報道されたためしがない。鉄壁の民間防衛陣とか、前進を重ねるわが軍とか、損害の程度を小さくいいくるめて、聴取者をなだめようとする、曖昧で神経質な言い訳ばかり。そして、なにかというと、ピッツバーグの被災との比較を持ち出す。ロサンゼルスのわりあい軽微な破壊に比べたら、むこうの被害は何層倍も大きいのだそうな。よほどひどいらしい、とジモン氏は思う。軍需生産も壊滅だな……。

「おなかへった」とウェンデル。

モリーがもぞもぞ身動きして、ジュニアにサンドイッチのありかを教えた。ジモン氏は暗然と考える。これから、文明の嗜好品――パンやマヨネーズやハム――のなくなった状態に、うまく順応していけるだろうか。ウサギやリスやアワビや魚をとって、生きていくのだ。ウェンデルも、腹がへったら自分で食べ物を探すのだ。自給自足。質実剛健。

オックスナードで混乱した交通は、ふたたび這うような歩みにもどった。それを越え、北の本道との合流点へきても、苛立たしいペースは変わらない。ヴェンチュラへ着いたときには二時をとっくにまわっており、この一時間ほど座席の上でもじもじしたり、立ったり坐ったりをくりかえしていたウェンデルが、ついに宣言した。「ぼくもうくたびれちゃった」

ジモン氏は唇をへの字に結んだ。モリーがむなしい忠告を与えた。「横になってみたら?」

「だめだい、こうゴチャゴチャ積んであっちゃ、キリギリスでも横になれないや」

「ふふん、ほざくじゃないかよ」とジュニア。

「ジュニア、ほっときなさい! 相手は子供じゃないの」

カーペンテリアで太陽がカッと照りつけてきた。これで霧が晴れたと思うのはまちがいで、どっこいこれからが霧の濃くなる時間なのだ。サンタ・バーバラから先、サン・マルコス峠《とうげ》をえらぶか、それとも遠まわりだが道のよいほうをえらぶか? プランは融通自在だが……もうすこし様子を見よう。

サンタ・バーバラに着くともう四時で、ジモン氏は家族全員のまだ組織的でない反抗に直面した。ウェンデルは体の凝《こ》りと退屈でどなりちらしている。ジュニアはだれにともなく、このサンタ・バーバラでネックを越えるんだってよ、とつぶやく。モリーは、とにかく清潔そうなガソリン・スタンドで停まってくださいな、という。エリカまでが、「そうよパパ、もうこんどこそ停まらなくちゃ」と声を合わせる。

ジモン氏は呆れはてていた。一秒もおろそかにできず、うしろからは恐怖にかられた避難民の大群がつめかけてくるというのに、せっかくこっちが熟練と大胆さと好判断で手に入れた貴重なリードをむざむざ捨てさせようというのか。信じられない近視眼的愚かさ。それも、自分たちのとるにたらぬ快楽のためにだ——まったく、肉体的苦痛がおまえたちの専売特許だとでも思っているのかね？ こっちだってすっかり体は凝っているし、小便もうんとたまっている。しかし、時間と空間だけはかけがえがないのだ。ここで半時間をむだにすれば、永久にサンタ・バーバラを出られなくなるかもしれない。

「いま半時間をむだにすれば、それこそここから永久に出られやせんぞ」

「あら、デイヴィッド、それがすべての終わりというわけでもないでしょう、ねえ？ ここには、ちゃんとしたホテルだってあることですわ。あなたのいうような、森の中で野宿して、狩りや釣りをしているより、どれほどいいか……」

ジモン氏は一〇一号線から離れた。その平行道路の名は思い出せなかったが、たしかに交通量は少ない。彼は怒りをこらえた——もう余裕たっぷりにではなく、必死に。「お聞きしたいが、そのちゃんとしたホテルとやらに、いつまでいるつもりなのかね？」

「あら、家へ帰れるようになるまでですわ」

「なあ、モリー……」なんといえばいいのだ？　なあ、モリー、もしきみがマリブのことをいってるんなら、われわれはもう永久にあの家へ帰らないんだよ。それとも——なあ、モリー、きみはなにが起こったか、ちっともわかってないんだね。

彼の心の中の明確なビジョンを伝えようとする試みのむなしさ。つきることのない群衆がロサンゼルスからもくもくと流れ出し、逃げ道と避難所を狂おしく探しもとめ、いやましに広がる輪となって周辺地帯の物資をむさぼりつくし、あらゆるホテル、アパート、下宿、民家にあふれかえり、あらゆる物価をめちゃくちゃに暴騰させ、あげくに彼らのもちこんだ混乱が、そこから彼らの逃げだしてきた混乱と見さかいのつかぬものになり果てていく——もし、この光景がぱっと自動的に頭にうかばないようなら、彼女にどういいきかせたところでわかるはずがない。目的もなく計画もない、不用意なほかの連中に、それがわからないのとおなじように。

だから、モリー、なにもいわないことにするよ。

沈黙に勢いを得たか、彼女は追い討ちをかけてきた。「デイヴィッド、ほんとにどこへも止まらないつもりなの？」

そうだ、と答えてもはじまらない。彼はいよいよ唇を堅く結び、サン・マルコス峠と海岸ぞいのコースをふたたび天秤にかけてみる。もうどちらかに決めなくては。

「あきれたわ。こうして待っている時間、前の車が動くのを待っているあいだに、すませてしまえるのに」

モリーを愚かといえるだろうか？　周囲をとりかこんだ車のスタートを、いまかいまかと待ちわびながら、ジモン氏はその問いをゆっくりと公正に検討してみた。もし、物理と幾何《きか》の法則が棚上げされるなら、彼女の言い分も成り立つし、論理的かもしれない（物理と幾何でよかったかな？　相異なる二つの位置を同時に占める物体？）。非論理的なのは外の世界なのだ——モリーではない。モリーはただこっちの癇《かん》にさわるだけだ。

ガビオタだかゴレタだか——ジモン氏はいまだにこの二つの区別がつかない——までの半分まできて、彼の先見の明と冷酷なまでの厳格さが実をむすんできた。なんの用意もなく、あわてふためいてロサンゼルスを飛びだしてきた連中が、ガソリンやオイルの補給、タイヤの修理、食料品の買いこみ、手洗所の捜索などのために、ぽつぽつ落伍したり、スピードをゆるめたりしはじめたのだ。わがステーション・ワゴンは、着実に前進をつづけていく。

ジモン氏は、サンタ・バーバラの町はずれで旧街道に運命を賭けることにした。もし事故でもあれば、その二車線道路はたちまち通行止めになってしまうだろう。だが、それさえなければ、広い直線道路をえらんだ車の群れに、いっきに差をつけてしまえる。いまや、場所によっては、八十キロまでスピードを上げることもできた。一度などは、一キロかそこらの距離を百五キロの、ごきげんなスピードですっとばせた。

そして、まわりでパチパチはじけていた反抗の火花が、一斉爆発の様相を呈してきた。

「ほんとにもう——」と口を切ったモリーは、これでは穏やかすぎると思ったのか、断固とした調子で、あらためていいなおした。「デイヴィッド、あなたって人はどうしてそこまで利己的で冷淡になれるんでしょう」

ジモン氏はこめかみの血管がふくれあがるのを感じるが、それは顔に表われない激怒だった。

「でもパパ、十分間ですべての破滅になるものかしら?」エリカがたずねた。

「モノマニア」とジュニアがつぶやいた。「まるで馬車馬。ヒトラーそっくりだ」

「犬をかえせ」ウェンデルがわめいた。「犬殺しのくそじじい」

「知ってるかね、累積――」すくなくともエリカは、理性的に話しかけてきた。彼女にだけは、わからせることができるのではなかろうか? 「ええと、累積――」はて、なんだったかな。頭の中には、山を転がりおちる雪だるまのイメージがあるのだが。「まあいい、そんなことは」

旧道は新道と合流した。ふたたびステーション・ワゴンは寄木《よせぎ》細工の一片となった。あの爽《そう》快《かい》な、無制限(に近い)百五キロから、足踏み状態の六十キロに逆もどり。おちつけ、どうにもならんのだ、とジモン氏は自分を叱りつけた。ここだよ、精神力が必要なのは。きっと前方に事故でもあったのだろう。そして、とつぜん満足感が湧いてきた。もし、あそこで非常手段をとっていなかったら、いまでも四十五キロ組の中でうろうろしていたことだろう。それも動いたり止まったりの四十五キロだ。

「あきれたもんね」とモリーが叫んだ。「ジュニアのいうとおり、あなたの頭がどうかしたんじゃないかと思えてきたわ」

ジモン氏は微笑した。モリーが子供たちの前で公然と彼に反抗したり、子供の肩をもったりしたのは、これがはじめてだ。ついに本性を現わしたか。圧力に負けたな。事件の圧力じゃない、それにはとんと鈍感なことは、サンタ・バーバラでの滑稽《こっけい》きわまる言動が示すとおりだ。膀胱《ぼうこう》の圧力、それだけのこと。

「あとにとり残された連中は、正気を失わなかった誇りで、いまわのきわの自分を慰めているだろうさ」この言葉はなんの乱れもなくすらすらと出てきた。ジモン氏の不幸な体験からかえりみて、もっとも痛烈な応酬の効果をも半減するきらいのある、あの耳ざわりないいよどみも、「えーと」とか「エヘン」とかの挿入句もない。

「そりゃ、人によっては、いつも目的で手段を正当化するものですわ」

「そういう連中は、監禁しちゃえばいいんだよ――」

「もうおよしなさい、ジュニア！」

基本的偽善にたちもどる早さなら、モリーにまかせておこう。習慣的な刺激によって起こる自動的反応――ここでジモン氏はうまい表現を見つけた――いや、条件反射だな。モリーはこちらの良識に対してはっきり反対の立場をとったくせに、その硬直した生活信条――汝《なんじ》の父を敬え、レーヨンは裏側からアイロンをかけること、棄権はやめよう、夫婦喧嘩を人目にさらすな、魚料理には白ぶどう酒、クビにした使用人は二度と雇うな――が、すばやく刺激を類型にすりかえてしまうんだ。ああ十七年。

道路は海岸からそれて、内陸へ山地へと身もだえをはじめ、ペースはいっそう遅くなった。と、ふいに四車線の、分離帯のあるハイウェーが前に開けた。ためらうことなくジモン氏は南行き車線をえらぶ。ランブラ・カタリナを出てからはじめて、彼の足はアクセルを心ゆくまで踏みこみ、ステーション・ワゴンは安堵の吐息をもらすと、なめらかな恍惚《こうこつ》たるスピードに身をまかせはじめた。

これこそ臨機応変というやつだよ。ジモン氏は、今朝マリブで模範を示してくれた勇気ある連中に、大らかな敬意を表したくなった。そう、南へ向かう車など一台もありはしないのに、ほかの車は再燃した習慣からいまなお北行き車線にしがみついている。その臆病さ、型にはまった惰性。いまに彼らも、こちら側には行く手をはばむ交通も白バイもないことにおどおどと気づくだろうが、こっち側へ渡るチャンスは、それから何キロも先へ行かなければやってこない。そのあいだに、こちらはまだ比較的混んでない直線へとたどりつけるわけだ。

「あぶないわ、デイヴィッド」

法律にしたがえ。禁煙。芝生を踏むな。出るときは服装をあらためましょう。通り抜け禁止。カリフォルニアの野草や灌木を折ることは禁じられています。駐車は四十五分以内。べからず、べからず。

モリーの抗議は、めずらしく質問形式でなかったな。そうされたほうが、こっちの癇にさわっただろうか？「あぶなくなーい、デイ・ヴィッド？」これに対する冷静な結論——どっちだっておんなじさ。

「上品ぶってる場合じゃないって」ジュニアがさえずった。

ジモン氏は赤ん坊の頃のジュニアを思い出そうとした。タイムとニューヨーカー以外のすべてを読みあさっていた当時のあらゆる三文小説、はじめてテレビを入れる以前に見たあらゆる映画は、現実をやわらげるのにそんな回想が最良の特効薬だと教えていたものだ。もし、デイヴィッド・アロンゾ・ジモン・ジュニアの生後六カ月の可憐《かれん》な姿を思いおこすことができれば、かすかにでもその面影の通いあうところを見いだして、現在のジュニアに多少の好意を持てるのではなかろうか。

ところが、初産の前の果てしない嫌悪と戦慄の日々は今なおまざまざと思い出せるのに（あのときはモリーが死ぬことを本気で恐れていたのだろうか？）、長男の幼い日の姿は、どうしても思い出せない。ある時期よりあとのそれしか……。あれはジュニアが六つのときじゃなかったか、小さな妹を連れて外へ遊びにいき、どこかではぐれて自分だけ帰ってきたのは（モリーが外出を許したのだろうか？ いまもって謎だ）。迷子のエリカが見つかったのは、それから四時間もたってからだった。

間欠《かんけつ》的なサイレンの唸りが彼の回想に割りこみ、それをこなごなにした。いったいなにが……？ 彼はアクセルから足を上げ、従順に車を右へ寄せた。サイレンの音で、根強い敵意が呼びさまされた。

「だから、あぶないといったでしょうが！ わたしたちを殺すつもり？」

前方の坂の頂上に、二台のオートバイが爆音を立てて出現した。そのうしろに、長い雑多な車輛の列がつづいている。ほとんどが消防車と救急車で、ところどころにくすんだオリーブ色の軍用車が混じっている。行列は白いセンターラインを両車輪でまたいで、フル・スピードで坂を降りてきた。ジモン氏はステーション・ワゴンをできるだけ道路わきへ寄せたが、それでもむこうからの隊列がなんらかの譲歩なしに通れる余地はない。

オートバイの警官の膝と肱《ひじ》が横に大きく張り出している。まるでバッタだな、とジモン氏は思った。近いほうの一台が、ステーション・ワゴンの左前のフェンダーめがけてつっこんできた。一瞬、ジモン氏は目をつむり、コースを譲らぬ相手がフェンダーを切り裂いて、軽くタイヤにバウンドしながら行きすぎる光景を想像した。目をあけたとき、すぐ前を、こちらへの怒りに大きく口をあけた警官が弾丸のように通りすぎていった。真正面では、別の一台が急ブレーキをかけて止まった。

「さあ、やられるぞお」小気味よさそうにウェンデルがいう。

旧弊な父親、彼のような現代人がそぞろ戦慄をおぼえるあの恐るべき標本なら、ここで内心の緊張をやわらげるために、うしろをふりむいてウェンデルの頰げたを張りとばしたかもしれない。ジモン氏はただエンジンを切っただけだ。

警官のほうも、ゆっくりとオートバイを降り、獲物にむかって一歩一歩威嚇《いかく》をこめて近づくという、あのおきまりの不気味な演技はやらなかった。さっとオートバイから降りると、数フィート離れたジモン氏の窓まで無造作に歩みよってきた。

大きなゴーグルがその目を隠している。埃と無精ひげに覆われた顔。「運転免許証!」

ジモン氏は相手がなにをいったかを知っているが、サイレンと自動車隊のたえまない轟音で、その声はききとれなかった。またもや警官は、いつもの定石からはずれたことをやらかす。さしだされた免許証を信じられないといった顔つきで眺めて、やおらメモと鉛筆をとりだす代わりに、いきなりジモン氏の手にあるカードを見ながら、召喚状を書きはじめたのだ。

それでも、召喚状に署名させるため警官が窓ごしにそれを突きつけたときには、もう最後尾の車――サン・ノゼ消防署――が通過したあとだった。「Uターンして正規の方向へ進め」簡潔にそう命令すると、警官はカードをポケットにしまい、手早く上着のボタンをはめた。

ジモン氏はうなずいた。ジモン氏は無言。警官は、彼が言い訳めいたことをするのを待つかのように、しばらくためらった。

「ごまかすなよ」警官は肩ごしにいいすてた。「Uターンして正規の方向へ進むんだ」

警官はオートバイまで駆け足でもどると、エンジンをふかし、通りすぎしなにもう一度ジモン氏をにらみつけてから、サイレンを鳴らして走り去った。ジモン氏は、バックミラーでその後ろ姿の小さくなるのを見届けてから、エンジンを始動させた。「いままでの稼ぎが逆に大損だぜ」ジュニアが批評した。

ジモン氏はバックミラーをもう一度たしかめ、前進に移ってからギヤをセカンドに入れた。

「デイヴィッド！」モリーが愕然としたように叫んだ。「あなた、向きを変えないつもり？」

「慧眼《けいがん》ですな」ジモン氏は歯をくいしばってつぶやく。

「パパ、ただじゃすまないぜ」ジュニアが賢《さか》しげに忠告した。

ジモン氏は返事の代わりにあらあらしくアクセルを踏んだ。がらんとしたハイウェーは、彼をさし招くかのように延びている。二、三百メートル右手には、蟻のように車の群がった北行き車線が見えた。急に体を動かしたはずみに、膝の上の召喚状がふわりと床に落ちた。エリカが屈んで拾いあげた。

「捨ててしまえ」とジモン氏。

モリーが息をのんだ。「いよいよ気がふれたのね」

「ばかもの」ジモン氏は穏やかに答えた。「なぜそんな紙きれをとっとかなきゃならない？」

「ポリにはそういわなかったぜ」ジュニアの嘲笑はもう大っぴらである。

「むだなやりとりで時間をつぶしてもよければ、そうしたかもしれん。まったく、うちの家族はどうしてこうまぬけぞろいなんだ」

「どうやら遺伝らしいや」

もしジュニアが大声でそれをいったのなら——とジモン氏は考える。いささか悪質だし、軽薄で陳腐にはちがいないが、まあノーマルな家庭漫才として聞き逃せたろう。しかし、聞きとれるかどうかぐらいの小声でそれをつぶやくというのは、最終的な挑戦だ。本で読んだことがあるが、遠い先史時代、若者たちは自分に力が備わったのを感じると、さっそく老首長の支配をくつがえして、その地位を奪おうとした。おそらく、その挑戦の前ぶれに、唸りを上げたり、歯ぎしりしたことだろう。彼らはそれほど利口でないが、ある型にしたがって行動した。その型を、いまジュニアはたどっているらしい。

ジュニアを彼に似合いのネアンデルタールの舞台に置くことで、鬱憤《うっぷん》の晴れたジモン氏はつづけた。「——おまえたちのだれひとり、現実を把握するほんのわずかな意欲も能力もないらしいな。交通キップ、警官、判事、陪審、そんなものはもうなんの意味もない。いまある法律は、適者生存の法則だけだ」

「すこし芝居じみてやしないこと、デイヴィッド？」モリーの口調は、興奮した子供をさとすおとなのそれだった。

「一語一語アンダーラインが聞こえるようだったわよ、パパ」とエリカ。だが、ジモン氏は彼女の冗談に悪意のないことを感じとった。

「もうなにをやってもいいってわけ？　人を撃っても？　車やなんかを盗んでも？」とウェンデル。

「ほうら、デイヴィッド！　こうなるのがわかりませんの？」

わかってるさ。おまえよりはね。小さな野蛮人。これも型どおりだな。いったいウェンデルは――そしてほかの何千何万のウェンデルは（モリーの遺伝子と日ごろの躾《しつけ》の影響が独特なものと考えるのは、公平でないだろう）、六カ月の無政府状態のあと、どんなものに変貌しているだろうか？　それとも、六年後には？

そう、生存者ではあるだろう。だが、ただそれだけのことだ。素裸で、無知で、凶暴で、迷信だらけの野蛮人にすぎない。ウェンデルはともかく読み書きだけはできる（おれやおれの世代があの年頃にできたようには、すらすらとはいかないがね）。その進歩的教育の片鱗《へんりん》が、いつまでたもてるものやら。

そしてジュニアは？　冷静に、ジモン氏はジュニアの行く末を予測してみた。新しい条件に順応するであろうウェンデルとちがって、ジュニアは別の意味で野性に帰っていくだろう。あの子の価値観はすでに固定している。テレビ、ハイスクールのデート、コミックス、法と秩序、などで培《つちか》われたそれだ。文明から解放されたあの子の短い将来は、良心にとがめられながらの暴行と略奪、そしてあげくの果ては、おなじ道に転落したほかの若者やその集団の餌食《えじき》だ。モリーは急速に崩壊をきたして死んでいく。エリカは……。

ステーション・ワゴンは、比較的すいたハイウェイを疾走している。つぎの高架をくぐってからは、南行き車線にも道連れがふえてきた。しかし、北行き車線も前ほどの混雑はない。

ジモン氏は、エリカの中に文明を残す計画に夢中だった。自分の知っているすべてをエリカに教えこもう（保険屋稼業もかね？）……ああ、せめて自分がなにかの科学者だったら——といっても、ダン・デイヴィスンみたいな抽象思考派はお断わりだ。彼らのやることといえば、いつも新しい破壊の方法を考えだすだけなのだから。そうではなく……フランクリン？　ジェファーソン？　ワット？　南モンテレーの丘陵地帯をうろつく避難民から、昼も夜もあの子を守りとおすのだ。ライフルの弾薬は、うまく使えば——これも自分以外には使わせないことにする——何年も保《も》つだろう。弾薬を使いきったあとは——自殺をえらんだこの世界の破片がふたたび奇跡的につながって、帰る場所を提供するということがなくても——まだ二張《はり》の弓が残っている。その鋼鉄の鏃《やじり》は、鹿やアメリカライオンとおなじように、人間もやすやすと仕止めてしまうだろう。あれに対する準備をはじめたころ、ほかの貴重な積荷と弓の重さや寸法を秤にかけ、幾張の弓を注文するかにさんざん迷ったすえ、最後に二張が必要にして十分な数だと決断をくだした。あのときからすでに、家族の中で安心して弓をまかせられるのはエリカだけだという考えが、無意識のうちにあったのだろうか。

「おそらく――」とジモン氏は、静かに厳粛《げんしゅく》な口調でいいはじめた。ウェンデルにむかってではない。ウェンデルの質問は、もうとっくに、あのバージニアアカシの生えたなだらかな丘のガソリン臭い空気の中へ、置きざりにされている。ジモン氏の相手は、もっと大きな、無形の聴衆だ。

「おそらく、ほかの連中も考えるだろうな。もう法律も司法組織もなくなった以上――」

「あなた、どうかしているわね！」モリーが子供たちの前でそんな強い口調を使ったのははじめてだった。「あれがロサンゼルスに起こったというだけで――」

「ピッツバーグもだ」

「いいですとも。それとピッツバーグに起こったというだけで、合衆国全体が崩壊して、国じゅうの人びとが逃げまどうことにはなりませんわ」

「しかし」ジモン氏はびくともしない。「しかしだぞ、やつらがロサンゼルスとピッツバーグを攻撃して、ゲイリーやシアトルをほっとくなんて考えられるか？　ましてやニューヨークやシカゴを？　それとも、この国にまだすこしでも秩序ある生活らしいものが残っているうちに、ワシントンが休戦の申し入れをするとでも思うのか？」

「その前に、やつらをみな殺しにしてやるさ」愛国的衝動におそわれたジュニアがいいはった。

ウェンデルが機銃でそれを援護した。「ダダダダダ」

「だろうな。しかし、それも断末魔のあがきさ。とにかく安定した共同社会が再建されるのは、もし生きてそれを見られたにしても、何年も先だ」

「デイヴィッド、たわごとはよして」

「何年も先だ」ジモン氏はくりかえした。「だから、法と秩序が衰えたとき、もう勝手に人を殺したり、車や〝なにか〟を盗んでもいいと考えるやつは、大ぜい出てくる。暴力と狡知《こうち》が、唯一の自衛手段になる。だから、わたしはいちばん楽に生存ができると思われる地点をえらんだ。森と水、鳥獣と魚、それだけじゃない。どの幹線道路とも離れているから、それほど大ぜいの人間もやってこないだろう」

「そのとんでもない考えを得々《とくとく》としゃべるのはよしてちょうだい。いまから開拓者になるには、あなたは年をとりすぎてるし、ぶよぶよしすぎてるわ。若いころだって、たくましい野外タイプじゃなかったもの」

ちがいない、とジモン氏は思った。いかにも、おれはカモられタイプさ。あのときそのまま銀行に残っていれば、いい線までいってたかもしれない。だが、おまえはまるでポン引きよろしく哀願した。保険屋のほうがまとまったお金がはいるから、そうすれば共働きをやめてジュニアが生めるし、ちゃんとした家にも住めるわ、と。あのとき、おれのいったように、オロしておけば。ぶよぶよ、ぶよぶよだと！　おまえのガリガリに痩せた体がそんなにご立派かい？

癇癪《かんしゃく》をしずめて、彼はいった。「そのことはもう議論しつくしたんだ。何カ月も前に。体格どうこうより、生命の問題なんだ」

「ナンセンスよ。まるきりのナンセンス。ちゃんと事の真相をわきまえた良識のある人なら……そりゃ、二、三日、それとも二、三週間は、マリブから避難したほうが利口かもしれないわ。大都市に近づかないほうが賢明かもしれない。でも、小さな町村ならだいじょうぶよ。なんなら宿泊設備のある牧場でも――」

「なんだよ、ママ、前に賛成したくせして。おぼえてるだろう？　いったいどうしたんだよう。煮えきらねえなあ」

「ぼくウサギやクマを撃ってみたいや。パパがいったようにさ」とウェンデル。

エリカは無言だったが、ジモン氏には自分に寄せる娘の同情が感じられた。息子たちの応援など、見かけ倒しだ。彼は疲れた気持ちで、もう一度その問題をとっくりいきかせようか、と考えた。ダコタか大スモーキー山中あたりまで行けば、モリーの提案も実行可能かもしれないが、太平洋岸の避難圏内ではどだいむりな話だ。まずいちおう安全と見られる地域まで行きつくだけのガソリンが、だいいち手にはいりそうもない、ということも含めて、その間の事情はもう何度も説明してある。だからこそ、唯一の論理的な目的地として、カリフォルニア州道一号線ぞいのモンテレー南方を、全員一致でえらんだのだ。

行儀よく正規の方向に走ってくる一台の車が、その思考をさえぎった。頭がおかしいのか、それともよほどだいじな用でもあるのだろう、とジモン氏は思った。対向車は道路の右端にくっつき、けしからんといいたげに、むやみにクラクションを鳴らしてすれちがった。

ブェルトンを通過する頃、ふたたびガソリン・スタンドでの小休止を要望する声が上がった。内心ジモン氏は、十分や十五分の損失ならさほど重大でもないと考えている。いまや脱出隊の先頭集団にいるのだから。あとはふだんの旅行に毛の生えたようなものだ。しかし、鬱積《うっせき》した不満と被虐《ひぎゃく》意識のあまり、家族の要求に応じるのを遅らせるためなら、自分も不必要な苦痛をがまんしていいほどの気持ちになっていた。それどころか、この延期が不必要であり、それを課しているのがこの自分であり、そして自分のその行為が——適切ではないにしても——公平な処罰の方法であると考えるだけで、苦痛が薄れてくる。

「サンタ・マリアの手前で停まろう」と彼はいった。「ガソリンを入れるから」

ジモン氏は勝利を自覚した。わが先見の明、計画性と統率力がようやく報われたのだ。このさき、まずはありえない機械の故障——ステーション・ワゴンは快調そのものだ——と事故——最大の難所はもう通過した——さえなければ、脱出の成功はほとんど保証されている。はじめて彼は、この全計画がどれほど非現実的で、どれほどロマンチックであったかを認識するぜいたくに浸《ひた》った。大衆のために用意された運命から逃れようとする試みは、みんなそんなふうに見えるものなのだ。従順な群集はほろんだ。強情な、(だが利口な)個人は生き残った。

勝利感とともに、目的地へ着いてからの生活に関する見通しも広がっていく。そもそもステーション・ワゴンの積載能力と見合わせて、中途半端な品物はわざと積まなかったのだ。テント、缶詰の嗜好品、寝袋、カンテラ、ローソク、その他都会生活と遊牧生活の中間的な、もろもろのキャンプ用品は、どこにもない。その代わり、武器、釣道具、鍋釜《なべかま》を含めて、いわば〈無人島生活必需品リスト〉の小模型がととのっている。弾薬、ルアー、釣針、網、釣糸、鉤《はり》素《す》、火打ち石、作物の種子、罠、縫針と糸、生皮のなめしかたや食用野草とキノコの識別法を書いた官製パンフレット、やすり、釘、基本常備薬、侵入者監視用の双眼鏡など。コーヒー、砂糖、小麦粉は、すべて割愛。どのみち一カ月ほどでそうせざるをえなくなる生活を、いますぐにはじめよう。大昔の、なかば忘れられた人間の狡知で生きていくのだ。

「狡知」と声に出してみる。

「え？」

「なんでもない。なんでもない」

「なんべんもいうようだけど、あなた、パールとダンに連絡だけでもするべきだったわ」

「電話が不通だったのよ、お母さん」

「あのときはね、エリカ。でも、そんなのはよくあることじゃないの。半時間もしないうちに、たいてい故障は直ったものよ」

「お母さん、ダン・デイヴィスンにも自分の身の始末はできるわよ」

このあとの会話に耳をふさいでしまったジモン氏には、その結末がどうなったかはわからなかった。強烈な衝撃をふりはらうように、運転に専念し、スピードを上げることに、それによってかちえる利益を計算することに没頭した。心の核心では　そうした自分とまったく別個に、ジモン氏は考察し、驚嘆していた。

エリカ。あの冷静な、しっかりした、おとなびた口のききよう。寛大にさえ聞こえる口調だが、冷淡さがそれを打ち消している。いままでのエリカなら、モリーのまぬけさに腹を立てるか、荒っぽく言いかえすか、それとも無言の行《ぎょう》をきめこむところだ。

お母さん。彼の記憶にあるかぎり、子供たちがモリーをママ以外の名で呼んだことはない。この「お母さん」は実に——おお、実に多くのことを暗示しているではないか。その一つは、まったく新しい人間関係だ。もっとよそよそしい人間関係、いいかえれば感情のない礼儀正しさ。黒く縮んだ古い臍《へそ》の緒が、苦痛もなくポロリと落ちたのだ。

エリカは電話のことでつべこべ議論もしなかったし、「むかし」といまのあいだに横たわる深淵のことも指摘しなかった。モリーの度を深めていく現実拒否には、ぜんぜん触れようとしなかった。実に……寛大だった。

偽の姻戚関係でくっつけられた、「ダン叔父さん」は衣《ころも》をはがれ（〈パール〉という前置詞も削られて）もはやなんの未練もなくわきへ捨て去られたのだ（そりゃ子供のときは……これこれしかじか……だったけれど、もう子供っぽいことはそろそろ捨てなくちゃ）。その暗黙の自信のゆたかさ。たとえば——ええ、お母さん、人間だれでも弱さや虚栄はあるものよ。お母さんがいつも昔を思い出すのもわかる。でも、お母さん、生意気をいうようだけど、わたしたちはもう中年のノスタルジックな媚態《びたい》のおつきあいなど、まっぴらだわ——これではモリーが気の毒なくらいだな。

……中年のノスタルジックな媚態……

……ノスタルジックな……

はたとすわりなおす、という形容が、いまのジモン氏にはぴったりだった。彼の肉体がすでにその姿勢をとっていたことも、目に見えない変化をすこしも弱めなかった。中年のノスタルジックな媚態という言葉は――ひょっとしたら――ただのいちゃつきとは思えなかったある思い出を指しているのかもしれない。モリーとダンとの。

あまりにもすべての符節があうので、もはや否定するのは不可能だった。無一文の若い恋人どうしが、おなじようにダンの才能を惜しんだあげく、結婚は問題外と気づいて（あれでモリーも抜け目のない女なのだ。ダンの世間知らずということだって、そう、世間知らずとはかならずしも画一恒常的な性質ではない。パールの持参金と結婚するところなど、ダンもけっこう世間知を持ちあわせているではないか）、心ならずも関係を絶ち……

それとも、絶たなかったのかな？

ジモン氏は微笑した。そう考えても腹も立たない。カッコー、カッコー。なんたる低俗、なんたる滑稽。もしジュニアがダンの子供だとしたら？　こりゃ傑作だ。

残念ながら、それにはモリーの因習性という、ぬきがたい壁がありそうだ。ジュニアが自分の腰の産物なのはまちがいない。だが、昔から俗にいうではないか。他《あだ》し男の面影が胎《はら》に宿る、と。したがって、公平なところ、ジュニアは自分の子じゃない。その点ではウェンデルもおなじ。エリカだけは、なにかのまちがいだな。ジモン氏は急にはればれと気が軽くなった。

「つぎのスタンドでガソリンを入れるよ」と知らせる。

「きれいなお手洗いのあるスタンドでね」とモリーが注を入れた。

難攻不落だね。男をあごでこき使う大地の母――生殖、きれいなお手洗い、栄養、浮気の対象、〈家庭と園芸〉。おれには銀行が向いてたんだ。あのまま勤めていればな。それを――あら、デイヴィッド、雑役夫以下の給料じゃないの！　ばかばかしいわよ。そして――あなたがためらう気持ちがわからないわ。それほど仕事の性質が変わるわけじゃなし。

そう、変わるわけじゃない。報酬がいいだけだ。それなら、なぜダン・デイヴィスンにも会計士になれとすすめなかった？　これだっておなじような性質の仕事で、それに報酬もいいじゃないか。おそらくダンは、おれほどまごまごしてなかったんだろう。おれほど従順でなかったんだろう。いや、意志強固というべきかな？　ジモン氏はすこしの仮借もなく、徹底的に自尊心をえぐってみたが、そこには追憶的嫉妬の影すらなかった。いまになってみれば、どうでもいいことだ。もっとも、と彼は認めた――何年も前からそんなものを感じたことはない。

間隔のつまった二つの山頂が、太陽をのみこんだ。ジモン氏は北行き車線にもどることを考えはじめた。もう道路はそんなに混雑していないし、こちら側だとときどき対向車がやってくるのだ。決心する前に、道路の区分がなくなった。

「まさか、どこかのいやらしいモーテルに泊まるつもりじゃないでしょうね」とモリー。「せめて、きれいなお風呂にはいって、おいしい夕食をいただきたいわ」

泊まる。お風呂。夕食。ふたたび穏やかな説得の言葉が口まで出かかったが、それはこの信じがたいまでの巨大な愚鈍《ぐどん》さによって、たちまち吹きとばされてしまった。どう説明すればいい？　むこうへ着くまで走りつづけることが絶対に必要だ、とでも？　およそモリーの認識の中には「絶対」も「必要」も存在しないのに？　なあ、モリー、ピリオド。

「だめだ」ジモン氏はいうと、ライトをつけた。

こんどはウェンデルがひと悶着《もんちゃく》おこす番だろう。眠ってくれるまではどうしようもない。もし眠ればの話だ。ジュニアは、たぶん深夜運転のスリルと、はじめての町に泊まる楽しみを天秤にかけているだろう。いまにくちばしを入れてくるにちがいない。

ガソリン・スタンド兼ストアの明りが近づいた。効率わるく、古ぼけた正面ばかりがあかあかと照らされて、かんじんのガソリン・ポンプは影になっている。ついに機械と肉体の要求に負けて、辛苦のすえかちとったリードを失う口惜しさは、胸にしまっておこう。あらゆる確率に逆らってここまで脱出を導いてきた強烈な執念から、しばらくでも解放されよう。ジモン氏はステーション・ワゴンをポンプのそばに停め、エンジンを切った。目的地までの半道——それも難物の半道、はるかに難物の半道——をすませたのだ。上出来さ。

モリーはぎごちない威厳で、彼女の側のドアをひらいた。「きれいなスタンドとは、お世辞にもいえませんわね」手を窓にかけたまま、しばらく返事を待っているかのようだ。

「ぼろスタンド」ウェンデルが叫びながら、不格好に這いだしてきた。

「それがどうした?」とジュニア。「上品ぶってる場合かよ」影の中を歩いている母親を、さっさと追いこしていく。

「エリカ」ジモン氏は囁くように声をかけた。

「なあに、パパ?」

「いや……いいんだ。あとでな」

なにをいおうとしたのか、自分でもよくわからない。ひそかに彼女だけに伝える、緊急なメッセージでもあったのだろうか。これといった理由もなく彼は車内灯をつけ、整然とした積み荷に目をやった。それから、ハンドルの前を離れた。

係員の姿はない。しかし、営業しているのはたしかだ。明りがついているし、ホースも出しっぱなし。ジモン氏は大きく伸びをすると、しこりから解放された筋肉の快い痛みをたのしみながら、男子用と書かれた粗末な作りの小屋へと歩きだした。モリーめ、きっとカンカンになっているぞ。

もどってみると、ステーション・ワゴンに男がもたれていた。「ハイ・オクタンで満タンにしてくれ」ジモン氏は快活にいった。「オイルと水もチェックしてほしい」

男は動かない。「一ガロン五ドルだがね」ジモン氏は、相手の声に不安げな震えを聞いたように思った。

「ばかな。配給キップはいっぱい持ってる」

「ならいいさ」自信のなさが消えて、残忍さが声にこもってきた。「せいぜいそいつを嚙みつぶして、タンクの中へ吐きだすんだね。どこまで走れるか見せてくれよ」

こういう事態を予想していなかったわけではない。これがロサンゼルスの近所ならもっともっとひどかったろう、とジモン氏は内心満足なのだ。売り手のガソリンの手持ちが心細くなるにつれて、あとからくる連中ほど暴利をむさぼられることになる。「なあきみ」ジモン氏は怒りよりも理性の勝った声でいった。「わたしたちは別にガソリンが切れたわけじゃないんだ。サンタ・マリア、いや、サン・ルイ・オビスポまでは十分にもつ」

「そうかい。じゃ行けよ。だれも止めてやせんぜ」

「まあ聞け。きみの立場もわかる。政府がいくら堅いことをいおうと、きみにも儲ける権利はあるんだからね」

男の言葉つきが、またおびえたものになった。「おい、どうしてさっさと行かねえんだ？　スタンドなら、この先にもいっぱいあるぜ」

気の弱い追い剝ぎめ。ジモン氏は愉快になってきた。最初は、一ガロン二ドルまで値切るか、それともグローブ・ボックスの拳銃で脅かそうか、というつもりでさえいたのだ。それが急に、反駁することすらいじましく、しち面倒に思えてきた。いまさら金がなんの役に立つ？　「よろしい。一ガロン五ドルで払おう」

相手はまだ動かない。「前金だ」

はじめてジモン氏は怒りを感じた。時間がどんどんむだになっていく。「タンクに何ガロンはいるかわからんのに、前金で払えるわけがないじゃないか」

相手は肩をすくめた。

「よし、こうしよう。きみが一ガロンずつ入れるたびに金を払う。前金でだ」ジモン氏はポケットからひと握りの札をとりだした。所持金の大半は財布の中だが、小額紙幣だけをポケットに入れておいたのだ。五ドル札を一枚さしだした。「最初の一ガロンは地面へ流すか、空き缶へでも入れてくれ」

「どうしてだ？」

教えてやる必要がどこにある？　よけいな知恵をつけてやる必要が？　それでなくても欲深な相手に。「変わったやつだと思えばいいさ」と彼は答えた。「とにかく、ポンプからの一ガロン目は要《い》らない。いいじゃないか。きみが五ドルよけいに儲かるだけの話だ」

一瞬、ジモン氏は相手が断わるかと思った。あらためて自分の用心深さに惚れなおしたくなる。しかし、男はポンプのうしろへまわり、四角いブリキ缶をとりだして、その中へホースの筒先を入れた。ジモン氏は札を手渡し、男はハンドルを一回転させてもどした――ジモン氏が何年ぶりかに見るような旧式のポンプだ。男はしずくの垂れたホースを缶から持ち上げた。

「ちょっと」とジモン氏。

彼は二本指を筒先にひょいとさしこむと、その臭いを嗅いでみた。たしかにガソリンだ。水じゃない。十ドル紙幣を一枚さしだしていった。「はじめてくれ」

ジュニアとウェンデルが影の中から現われた。「今晩は映画をやってる町で泊まろうよ、ね？」

ハンドルがまわり、歯の刻まれたクランクが上がってはもどり、ガソリンがごぼっとタンクに流れこんだ。映画か、とジモン氏はつぎの紙幣を手渡しながら考えた。映画、手洗所、風呂、レストラン。大声も出さず、体裁《ていさい》よく、追い剝ぎを働け、か。超現実的な白日夢が湧いた、モリーがポンプのハンドルをまわし、彼の体をクランクの歯で挽《ひ》きつぶして、そのジュースを貪欲なジュニアとウェンデルに飲ませている光景だった。ジモン氏は二十ドルさしだした。

十二ガロン入れたところで、モリーがもどってきた。

「きみの店、電話はあるか?」ジモン氏はさりげない口調でたずねた。ソフト・ドリンクとタバコの煤《すす》けた看板にまじって、青いエナメルの看板があったところからも、答えはすでにわかっていた。

「ポリ公を呼ぼうってのかい?」ポンプをまわしつづけながら、相手はいった。

「いや。ロスへの線は」——ジモン氏はその略称が大嫌いだった——「もう復旧したかね?」

「おれが知ってるわけがないだろう?」

ジモン氏は、男に見えないよう、ステーション・ワゴンの陰へ妻をさしまねいた。すばやい、だがさりげない手つきで、財布の中身をとり出す。二百ドル札がかなりの厚みだった。「これをハンドバッグへしまって」と彼はいった。「わけはあとで話すよ。ところで、パールとダンに電話してみてはどうだい? 無事をたしかめてみたら?」

妻の顔には、おそらくけげんな表情がうかんでいるのだろう。「さあ早く」と彼はうながした。「オイルを調べるあいだにかけてこられるよ」

ストアのほうへ歩いていくモリーの足どりは、心なしか不安そうだ。エリカが男兄弟たちのところへもどってきた。タンクがおくびをもらし、ガソリンがコンクリートに滲《にじ》みだした。

「そのへんでいい」

ホースをしまい、タンクのキャップを締める男の動作がにわかにきびきびしてきた。ジモン氏はもうエンジン・フードをはずしている。男はラジエーターに水をさし、オイルゲージを抜き、ボロで拭いてもう一度つっこみ、明りにかざしてからいった。「オイルはオーケイだ」

「ありがとう」とジモン氏。「乗りなさい、エリカ」

明りの一部が、エリカの顔にじかにあたっている。ふたたび彼は、エリカのひどくおとなびた、自信にみちた表情に気づいた。エリカはきっと生き残るだろう――それも野蛮人としてでなく。男が風防ガラスを拭きはじめた。「そうだ、ジュニア」と彼はさりげなくいった。「ひとっ走り、ママの電話がかかったかどうか見てきてくれ。待ってるから、あわてなくてもいいってな」

「ちぇっ、やんなっちゃうなあ。いつもおればっかり……」

「もしキャンデー・バーを売ってたら、二箱ほど買ってもらいなさい。ウェンデル、おまえもジュニアについて行っておいで、な？」

ジモン氏は運転席にはいると、静かにドアを閉めた。エンジンはほとんど音もなく始動した。クラッチを踏み、ギアをローに入れたとき、エリカが驚愕した顔をこちらに向けたような気がした。ステーション・ワゴンが動きはじめたとき、自分の目にまちがいのないことがわかった。

「これでいいんだよ、エリカ」とジモン氏はいった。「わけはあとで話すから」そうだ、そうする時間はたっぷりとある。

（浅倉久志訳）

殺人ブルドーザー

「殺人ブルドーザー」原作

シオドア・スタージョン

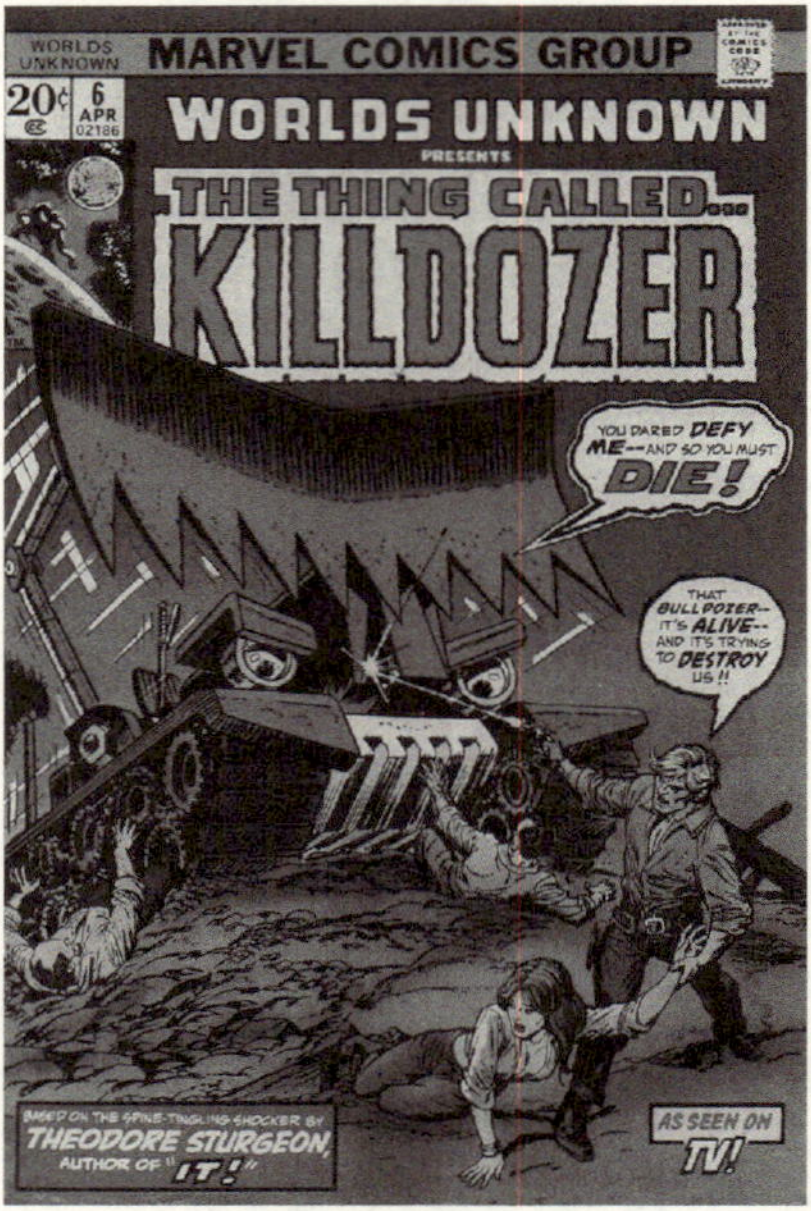

Killdozer（1974）

人類以前に洪水があり、洪水以前にいま一つの種族があった。人類には理解しがたい性質を持った種族が。とはいえ彼らはこの世のものであり、余所から来た《エイリアン》ものではなかった。なぜならこの地球こそ、彼らの大地であり故郷であったからだ。

栄華をきわめたこの種族と、また別の種族のあいだで戦争が起こった。別の種族とは、まさに異質な存在《エイリアン》であった。知覚を備えた雲、形ある電子の知的な集合体だったのだ。人類の原始的な技術概念では理解不能な科学の事故によって、そいつらは強大な機械の中に生み落とされた。その結果、人々の奴隷であった機械が人々の主人となり、その後の闘いは熾烈《しれつ》を極めることとなった。電子生命は原子構造の微妙なバランスをゆがめる能力を持ち、その生命媒体は金属であった。そいつらは金属に浸透し、おのれの目的のために利用した。人々の開発する武器は次々にとり憑かれ、作り手に牙をむいた。だがついにその偉大な文明の生き残りは、身を守るすべを見出した――

絶縁体。あらゆるエネルギー研究の最終生産物、あるいは副産物である――ニュートロニウムだ。

ニュートロニウムのシェルターの中で、彼らは武器を開発した。その実体を知らずに済めば、人類は存続してゆけるだろう——万一知ることになれば、滅亡に至るだろう、彼らが滅んでいったのと同じように。その武器は敵を滅ぼすために送り出されたが、制御不能に陥り、計り知れぬパワーで彼らを巻き添えに自滅し、彼らの都市も、とり憑かれた機械も壊滅させた。地球そのものも炎に包まれて溶解し、地殻はのたうち、揺れ動き、海原《うなばら》は煮えたぎった。何一つ難を逃れたものはなく、われわれが生命として知るものは残らず滅び去った。理解を絶する彼らの機械の、不思議な力場の中で進化した擬似生命も消えていった。ただ一体、頑強な突然変異体をのぞいては。

　そいつは突然変異体であり、皮肉なことにこの一体だけは、同族に対して最初に用いられた単純な方法で殺されていてもおかしくはなかった——だが、単純な方法の段階はとっくに過ぎていた。そいつは知性と、可動性と、破壊の意志と、その他のわずかな要素を持った、電子の場《フィールド》がまとまったものだった。大惨害に呆然として、うなりを上げる地球の上空を漂っていたが、地上を席巻《せっけん》する力が勢いを弱めた隙に、疲労のあまり朦朧《もうろう》として蒸気の立ちこめる地表に降りていった。そこでシェルターを見つけた——死に絶えた敵が自分たちのために作ったシェルターを。ニュートロニウムでできた包嚢《ほうのう》だ。そいつは中へ漂ってゆき、ついに意識を完全に失っていった。そいつを中に横たえたまま、ニュートロニウムは絶えず伸縮する奇妙な性質、どこまでも完璧なバランスを求める性質によって伸長し、入り口を閉ざした。そのあとに続く激動の歳月、包嚢は灰色の泡さながら、荒れ騒ぐ地球の表面を揺れ動いていた。なぜなら地球上のいかなる物質も、それを所有したり、それと結合したりしようとはしなかったからだ。

さまざまな時代が訪れては去り、化学的な作用と反作用が摩訶《まか》不思議な働きをして、ふたたび地上に生命が現れ、進化し始めた。やがてある部族がニュートロニウムのかたまりを見出した。ニュートロニウムは物質ではなく静的な力であり、筆舌《ひつぜつ》に尽くしがたい冷気をまとっていたため畏敬《いけい》を集めることとなった。部族はそれを崇《あが》め、その周囲に寺院を築き、生贄《いけにえ》をささげた。そして氷と火と海とが訪れては去り、歳月のうつろいとともに、その土地は隆起と沈降をくりかえし、やがて寺院の廃墟を頂く小山となり、小山はさらに島となった。島の民《たみ》が訪れては去り、暮らし、建て、死んでゆき、諸部族は過去を忘れ去った。そして現在《いま》、太平洋のどこか、レビヤヒヘド諸島と呼ばれる群島の西に、無人の島があった。ある日のこと――

チャブ・ホートンとトム・イェーガーが見守っているうちに、スプライト号とその後ろに曳《ひ》かれた三艘《そう》のずんぐりした荷船《にぶね》は、鏡のような海原を越えてしだいに小さくなっていった。遠洋航行する大型曳航船《えいこうせん》とその荷物は、遠ざかってゆくというより、ぼやけてゆくように見えた。

チャブは口の端から生えているタバコをたくみによけて唾を吐いた。

「いよいよここで三週間か。モルモット気分てのはどんなもんかね」

「まあ、どうにかなるさ」トムの目じりには一面に細かい皺が寄っていた。チャブより頭一つ分背が高く、すらりとした体つきで、筋骨隆々というタイプではない。筋金入りの重機乗り《オペレーター》だ。この試験の監督として彼を選んだのは賢明だった。仕事ができたし、人望もあったからだ。会社が試験的におこなう飛行場建設の話は、トムにとって大いに魅力的だった。なにしろここには担当の役人も、政府の調査官も、時間記録も、報告書もないのだから。会社は政府から一時的に土地を貸与され、建設計画のうち地取りと地ならしの部分を流れ作業の要領でおこなうつもりだった。この島に降ろされたのは、六人のオペレーターと二人の整備工《メカニック》、それに百万ドル以上かけた、金で買える最上の重機類だ。工事がなかば完成し、政府の基準を満たしていれば、はじめて認可が受けられる。そういう段取りなら怠《なま》けるやつもいないだろうし、賄賂《わいろ》も必要ない。それに労働力の問題もみごとに回避している。「アスファルト敷きの連中が来るころには、ばっちり準備ができてるだろうよ」とトム。

彼はふり返り、オペレーターの目で島をざっと見回した。彼が見て取ったのは現在の島の姿だが、同時にそれが刻々と変わってゆくようすや、自分たちが工事を終えたとき目に映るはずの姿も脳裡に浮かんだ。五千フィートの水はけのよい滑走路、しっかりと固められた路肩、四エーカーの駐機場、敷地内道路と短い誘導路。トムの目は、パワーショベルで泥灰土《でいかいど》の断崖を切り崩す際、削り取ることになる隆起の形を一つ一つ確かめ、次いで断崖の上の荒れ地に注がれた。あそこから塩類平原を通って島の反対側の小さな湿地まで石を運んでゆける。ブルドーザーなら湿地に入れるだろう。

「日が暮れる前にショベルをあの断崖まで運べるな」

二人は海岸を歩いて露頭《ろとう》に向かった。露頭では重機類が枠箱やドラム缶入りの物資に囲まれていた。三台のトラクターが、二サイクルのディーゼルエンジンからマフラー越しのくぐもった音を漏らして、ひっそりとアイドリングしている。巨大なDセブンは、エンジンのゆるやかな一回転ごとに規則的な圧縮音を響かせている。そしてダンプターは音もなく一列に駐車していた。ショベルが土砂を積みこめるようになるまで、ダンプターの出番はないからだ。ダンプターは、ドリトル先生シリーズに出てくる、体の正面が二つある珍獣〈オシツオサレツ〉の機械版のように見えた。巨大な動輪が二つ、小さな可動輪が二つついている。エンジンと運転席は前輪——つまり小さいほうの車輪——にかぶさる形で並んでいる。だが運転手は巨大な後輪にはさまれたダンプ車体に向かってすわるようになっていた。ダンプトラックにすわるときとはちょうど逆の向きだ。つまり、ショベルの元から廃棄場まで行くのに、オペレーターは肩越しに目をやりながらバックで運転し、土砂を捨てる際はマシンを後退させるが、彼自身は前向きに進むわけだ——一日十四時間これをやってのけるのは離れ業だ！　ショベルは重機全体のまん中にうずくまり、ひときわ巨大な姿をさらしていた。ブームを低く下げ、鉄の顎を地面につけて丸くなったようすは、どこかくたびれた大型の恐竜を思わせる。

トムとチャブが近づいてゆくと、プエルトリコ人のメカニック、リヴェラが顔を上げてにやっと笑い、カバーオールの上ポケットにブリーダーレンチをつっこんだ。

「こいつ『行こう《シガロ》』と言ってる」リヴェラの口の周りのグリース汚れの中から、白い歯がきらりと光った。「塗装の上に泥つけたいって」と、セブンのブレードにかかとで蹴りを入れる。

トムは笑い返した——生真面目な顔がほころぶと、決まって意外な印象を与える。

「泥ならたっぷりとつけられるさ。それに仕事が終わるころには、塗装どころか切刃《きりは》もだいぶ削れてるだろうよ。運転席に乗りな、坊主。下の平らな地面まで岩場にスロープつけて、ここからあっちの崖まで盛りあがったとこを削っていってくれ。ショベル《ディッパー》をあそこまで運んじまうからな」

トムが言い終えるより早く、プエルトリコ人は席についていた。セブンはうなりを上げてぐるりと向きを変え、陸側の端まで露頭を進んでいった。リヴェラがブレードを下げると、砂混じりの泥灰土はブルドーザーの前面で丸まり、うずたかく積もって、ブレードを満たし、両端にあふれた分は、平行した二筋の畝《うね》を形作っていった。リヴェラは露頭のすそめがけて土砂を押し進めた。セブンは土砂の重みを受けて減速し、ブルンブルンブルンとうなりを上げ、興奮した雄牛さながら力をこめて、エンジンの回転数を数えられるくらいゆっくりと進んでいった。

「たいしたマシンだ」とトム。

「オペレーターもたいしたもんだ」チャブが太い声で言う。それからつけ加えて、「メカニックにしちゃな」

「あの小僧、なかなかやるぜ」ケリーが言った。まるでずっとそこにいたかのように二人のかたわらに立ち、ブルドーザーをあやつるプエルトリコ人を眺めていた。ケリーはいつもそんなふうに現れる。長身瘦軀《そうく》で、切れ長すぎる緑の目、手足を悠々とのばして動き回る姿が、やせ細ったネコを思わせる。彼は言った。「こんなふうに、船で運んできたマシンをいきなり動かせる日がくるとはなあ。だれも予想しなかっただろうぜ」

「近ごろは重い機械を急いで降ろさにゃならんことが多いからな」とトム。「戦車でやれて、建機でやれんはずはない。おれたちゃものを壊すためじゃなく、造るためにやってる、それだけの違いさ。ケリー、ショベルのエンジンをかけてくれ。燃料《ガバナ》は入ってる。崖まで運ぼう」

ケリーは巨大な機械式《ディッパー・スティック》ショベルの運転室《キャブ》に飛び乗り、調速機を操作すると、始動ハンドルを引きあげた。ディーゼルエンジンがブルンと音を立て、ドッドッとアイドリングを始める。ケリーは運転席におさまり、スロットルを少し開いてブームを上げ始めた。

「どうにもなじめねえな」とチャブ。「こんな仕事を二百人がかりでやってたのは、せいぜい一年前のことなんだが」

トムは笑みを浮かべた。「ああ。あのころはまず事務所を建てて、それから宿舎を造ったもんだな。だがおれはこう思うね、ここには時間記録も、重機使用報告も、進捗《しんちょく》状況やヤード数の報告も、面倒なことは一切ない。あるのは八人の男と、百万ドルの重機類、それに三週間て時間だけ。ショベルと道具箱の山があるから雨はしのげるし、軍用食で腹は満たせる。仕事をやっつけて、島におさらばして、給料もらおうぜ」

リヴェラはスロープを完成させるとセブンの向きを変え、運んでいったばかりの土砂を踏み固めて、スロープを登ってきた。てっぺんでブレードを下ろし、地面に軽く当てると、土砂の畝をならしながら後ろ向きにスロープを降りてゆく。トムが手をふると、リヴェラは海岸に出て、小山を切り崩し、窪《くぼ》みに土砂を押しこみながら、断崖のほうへ進んでいった。作業に合わせて彼は歌っていた。力強いエンジンのビート、巨大で御《ぎょ》しがたいマシンの細やかな服従ぶりを味わっているのだ。

「あのサルはなんでグリースガンを握る以外のことをしてるんだ?」

トムはふり返り、噛んでいたマッチ棒の端を口から取り出した。彼は何も言わなかった。ここしばらく、ジョー・デニスとは口をきかないことにしようと努めてきたからだ。デニスは元経理屋で、西インド諸島における中止になったプロジェクトのご臨終とともに、ある会社から放り出されたのだ。オペレーターは引く手あまただったので、デニスはオペレーターになった。前の会社をあっさりとクビになったのは、小さなオフィス内での駆け引きにふけりすぎたせいだ。デニスは今もそのゲームをしている。酔っ払ったような赤ら顔や、少しなよなよした歩き方に目をつぶっても、やはり現場では浮いていた。現場とはオフィス以上におべっかや陰口の通用しにくい場所だからだ。トムはけんめいに仕事のことだけ考えようとしたが、内心こう認めずにはいられなかった。デニスの不愉快な点は数あれど、わけても最悪なのは、彼がどこにもいないくらい腕のいい被牽引式スクレーパー《パン・トラクター》のオペレーターだということだ。その点はだれにも否定できない。

　デニス本人はもちろん否定しない。

「むかしはあんなガキが昼メシどきにマシンにすわってるのを見つけただけで、尻をけとばしてやったもんだが」デニスはぶつくさ言った。「近ごろじゃ、一人前の仕事をさせて、一人前の給料はらってやるんだからな」

「坊主は一人前にやってるじゃないか」とトム。

「プエルトリコ野郎だぜ!」

トムはふり返ってデニスをまっすぐに見た。「おまえ、故郷《くに》はどこだと言ったっけ」考えてみせる。「ああ、そうそう。ジョージアだ」

「何が言いたいんだ」

トムはもう大股に歩み去っていた。「言わなきゃならんときがきたら言うさ」と、肩越しに言葉を投げつける。デニスはセブンに視線を戻した。

トムはスロープに目を走らせ、ケリーに出発しろと手をふった。ケリーは車体が旋回しないようにロックブレーキをかけて走行ギアに入れ、旋回《スイング》レバーを前方に押し出した。ドライブチェーンのピシピシ鳴る音と、サンゴ砂をジャリジャリ踏みしめる派手な音を響かせ、ショベルの巨大で平らな履帯《りたい》は、スロープを降りて車体を運んでいった。スロープのてっぺんを越えるとき、ずっしりしたマンガン鋼の開閉式底板《バケットドア》が餓《う》えた口のようにぱっくりと開いては閉じ、バケットにバタバタとぶつかったが、ふいにきちんと閉じて静かになった。マシンが下り坂にかかると、巨大なディーゼルエンジンから圧縮時のくぐもった低音が聞こえてきたが、そのとき高感度のガバナが働き、エンジン音は腹に響くドッドッという音に変わった。

ピーブルズがパイプをくわえ、海を見つめながら、排土板つきパン・トラクターのそばに立っていた。白髪で体格がよく、トムが見たこともないほどもじゃもじゃした灰色の眉の下から、見たこともないほど穏やかな灰色の目がのぞいている。ピーブルズが機械に腹を立てたことは一度もない――根っからのメカニックには珍しい話だ――そして彼が五十余年のあいだに学びとったのは、人間に腹を立てるのはそれ以上に無意味だということだった。なぜなら機械の場合は、どんな故障であれ悪い部分は直せるからだ。彼はパイプの柄《え》の周りから声を出した。

「うちの小僧を返してくれるといいんだがなあ」

トムは口元をわずかにほころばせた。ピーブルズ老人とトムは、はじめて会ったときからずっと理解し合ってきた。言葉がなくてもわかり合える、そういうたぐいの関係だった——たがいのことはほとんど知らない。友情を保つためにちょっとしたおしゃべりをする必要などなかったからだ。頼みこんだりしなくても、相手は誠意を尽くしてくれる、それがわかっていれば十分だった。

「リヴェラか？」トムはきいた。「ディッパー・スティックのために道をつけてくれたらすぐ追い返すさ。なんでだい——取りこみ中だったか？」

「いんにゃ。アーク溶接機の古いオイルを抜いて、接地テーブルを準備したいだけさ。おまえさんたちがなんか壊すといけねえからな」ふと口をつぐんで、「それにあの小僧、いろんなことをいっぺんに頭に詰めこみすぎとる。整備と操縦はべつもんだ」

「今のとこ問題はあるまい？」

「まあな。だが、この先問題が起きるといけねえ。人手が足りねえんなら話は別だが」

トムはパン・トラクターに飛び乗った。「ネコの手も借りたいってほどじゃないよ、ピーブィ。さしあたり手伝いが要《い》るなら、デニスを使ってくれ」

ピーブルズは何も言わなかった。ぺっと唾を吐く。むっつりと押し黙っている。

「デニスがどうかしたか？」トムはたずねた。

「あれ見ろよ」ピーブルズはパイプの柄をふり回した。デニスが海岸でチャブに話しかけていた。チャブの横に立ってその肩に手をかけ、例のごとく疲れ知らずでまくしたてている。トムとピーブルズが見守っていると、デニスは腰巾着《こしぎんちゃく》のアル・ノウルズを呼びつけた。

「デニスはしゃべりすぎる」とピーブルズ。「ふつうはな、いくらしゃべったところで、まあなんてことはねえ。だが、デニスの野郎、あいつはときどきおしゃべりが過ぎるぜ。ものごとを仕切る器《うつわ》じゃねえってことは、自分でちゃんとわきまえてんのさ。だからかわりに周りの連中をひっかきまわしてやがる」

「害はないさ」とトム。

　あいかわらず海岸に目をやりながら、ピーブルズはゆっくりと言った。

「今のとこはな」

　トムは何か言いかけたが、肩をすくめた。「リヴェラを返すよ」と、スロットルを開く。大型の発電機のように、二サイクルのエンジンがかん高い音を強めていった。トムは右腿の脇の小さなレバーで排土板を上げ、肩の後ろから突き出ている長いつまみで土溜め《パン》を上げた。ブレードの削る土砂がパンに入らず、横へまき出されるようにスクレーパーのリアゲートを調節し、発進させる。トラクターのギアをすばやく六速に入れ、這うように進むショベルにうなりを上げて近づき、迂回《うかい》して、ブームの下をするりとくぐり抜け、そのまま先へ進んだ。スクレーパーのブレードを軽く地面に当て、リヴェラの切り開いた道をきれいにならしてゆく。

デニスはしゃべっていた。「例のヒトラーもどきが出たぜ。なんでこのおれが、あんな口きかれなきゃならないんだ？　『故郷《くに》はジョージアだっけ？』だと。あいつ何様だ——ニュー・イングランド人《ヤンキー》か何かか？」

「メーコン出の貧乏白人さァ」アル・ノウルズがクックッと笑った。彼もジョージアの出身だ。ひょろっとして上背があり、いつも背中を丸めている。役に立つのは手足だけ。生まれてこのかた頭を使ったことなどなかったが、デニスに会ってからは、彼のことを手ごろな脳味噌の複製品として使うようになっていた。

「トムに悪気はないさ」とチャブ。

「ああ、悪気はないさ。ただ、やつの口のきき方ひとつで、おれたちのやる気も変わってきちまうんだぜ。特にカチンとくる言い方をされた日にゃな。あんたなら、そんなマズい仕切り方はしないよな、チャブ。アル、チャブならそんな真似すると思うか？」

「そりゃしねェよなァ」そう答えることを求められていると察して、アルは言った。

「よせよ」チャブはくすぐったいような落ち着かないような気分で考えていた。おれはトムに恨《うら》みなぞあったっけ？——トムのことはよく知らないし、好きでもないが、特に恨みは抱いていない。「トムがここの責任者だ、デニス。やらなきゃならん仕事がある——やっつけちまおうぜ。有給休暇のためなら、何だって辛抱できるさ」

「そりゃそうだけどよォ」とアル。

「限度ってものがあるだろ」とデニス。「なんであんな野郎をトップにすえとくんだよ、チャブ。どうしちまったんだ？　トムに負けないくらい整地や排水には詳しいんだろ。トムはあんたほどうまく斜面を区切れると思うか？」

「わかった、わかった、だが、飛行場さえ造れりゃ、どうだっていいじゃねえか。しかもボスってのは面倒な立場さ。万一うまくいかねえことがあったら、だれが責任をとるんだ？」

デニスはチャブの肩から手をはなし、つと後ろへさがると、アルのわき腹をひじで小突いた。

「聞いたか、アル？　まったくチャブは頭がいいぜ。トムじいやもまさかそう来るとは思うまい。チャブ、その件にについちゃ、アルとおれを頼りにしていいぜ」

「その件だと？」チャブは心底めんくらってきいた。

「あんた自分で言ったじゃないか。作業がうまくいかなきゃ、ボスが責任をとる。ボスの態度が悪けりゃ、作業はうまくいかない」

「そォそォ」アルが単細胞ならではの確信をこめて同意する。

チャブはこの、奇抜な論理展開に一瞬遅れてぎょっとし、会話が思わぬ方向にそれてしまったことに癇癪《かんしゃく》を起こした。「そんなこた言ってねえ！　この仕事はとにかく片付けなきゃならん！　できることなら、おれにも、ここにいるだれにも怠け者のレッテルなぞ貼らせはせんぞ」

「そうこなくちゃ」デニスは意気ごんでみせた。「あいつは仕事の効率を下げてる。おれたちがそのことをどう考えてるか、思い知らせてやるんだ」

「てめえはしゃべりすぎだ」チャブは言い、頭がすっかり混乱してしまわないうちに立ち去った。デニスと話をするたびに、欲しくもない会員カードをポケットにつっこまれ、そのカードをいさぎよく捨ててしまうこともできない、そんな気分で歩み去ることになるのだった。

リヴェラは断崖の下まで道を造ると、ぐるりとセブンの向きを変え、マスター・クラッチを押し出して切り、スロットルを絞ってアイドリングを始めた。トムがパン・トラクターで道を進んでくるところだった。彼が近づいてくるあいだに、リヴェラはシートからブルドーザーの陰へ滑り降り、終減速機《ファイナル・ドライブ》のケーシングと起動輪《スプロケットホイール》の軸受けに敏感な手を当てて、オーバーヒートしていないか確かめた。トムはパン・トラクターをセブンの隣に寄せて、リヴェラを車上へ差し招いた。

「どうした《ケ・パサ》、坊主、何かあったか?」

リヴェラは首をふり、にやっと笑った。「なんでもない。いうことないよ、あの『デー・シエテ』あいつ——」

「あの、何だって? 『デイジー・エッタ』?」

「デー・シエテ。スペイン語でDセブン。英語でなにか意味ある?」

「聞きちがえた」トムがほほえむ。「だがまあ、英語でデイジー・エッタといや、女の名前さ」

トムはパン・トラクターのギアをニュートラルに入れ、クラッチをつないでマシンから飛び降りた。リヴェラがついてきた。二人はセブンに乗りこみ、トムが運転席についた。

リヴェラは「デイジー・エッタ」と言い、満面に笑みを浮かべたので、奥歯の後ろで小さく舌打ちのような音が鳴るほどだった。彼は片手をのばし、小指を長い操向《そうこう》クラッチ・レバーの一本に巻きつけて、思い切り手前に引き倒した。トムは大笑いした。

「たいしたもんだ。今まで造られた中でいちばん運転しやすいキャタピラ社のマシン《キャット》か。ステアリングは油圧式、クラッチとブレーキは唾を吐きかけるだけでぴたりと停車させるし、前後進レバーをあやつればどんなスピードでも前進、後退させられる。旧式のやつとはわけが違うぜ。八年から十年前にゃ倍力スプリングもなかったからな。操向クラッチを引き戻すのに六十ポンドの力が入り用だった。あのころアングルドーザーで斜面を削るのは実に骨が折れたぜ。そのうち試してみろよ。片手でブレードを操作しながら、もう片方の手でブルドーザーの鼻面が斜面にかからんようにするんだ。一日十時間。そんだけやって何が手に入ると思う？　時給八十セントと」――トムはタバコを手にとり、火のついたほうでカチカチになっている手のひらをつついて――「こいつさ」

「すごいや《サンタ・マリア》！」

「ちょいと話がしたいんだ、坊主。断崖を調べて、てっぺんの石も見たいしな。ケリーがここまで来て掘削を始めるのに、まあ小一時間はかかるだろう」

ブルドーザーはうなりを上げて斜面を登った。トムは丈《たけ》が四フィートある藪《やぶ》の下の地面を感じながら、山腹のヘアピンカーブに似たジグザグのコースをとった。二人の目の前のフードから突き出た排気筒にはマフラーがついていたが、巨大な四本のシリンダーが十四トンの鉄塊《てっかい》を引きあげる騒音は、どんな会話もかき消すほどだった。だから二人は無言ですわっていた。トムが運転し、リヴェラは操縦装置の上をひらめくトムの手を眺めていた。

断崖はゆがんだ背骨のように小島をほぼ縦断する低い尾根からそびえていた。中腹へ向けて急勾配になり、重機類が降ろされた海岸の露頭のほうへ岩棚をのばし、そこからさらに切り立って、一辺半マイルくらいの、小さなほぼ真四角の台地に続いている。台地は起伏が多くでこぼこしていたが、全体を見渡す位置までくると、藪や石ころに覆われた地面は信じがたいほど平坦だとわかった。中央に――二人ともいきなり気づいたのだが、ちょうどまん中に――低い草ぼうぼうの小山があった。トムはクラッチを切り、エンジンの回転を落とした。

「調査書によると、ここは岩だらけだそうだ」トムはシートから飛び降りながら言った。「少し歩いてみよう」

二人は小山をめざして歩いた。トムは歩きながら周囲に目を走らせていた。生い茂る短い草の中にかがみこみ、石のかけらを拾い上げる。青灰色で、固いが砕けやすい石だ。

「リヴェラ――見ろ。報告にあったのはこいつだ。そら――もっとある。だがみんな細かく砕けてる。できれば湿地を埋めるのにでかいやつが欲しいな」

「いい石？」とリヴェラ。

「おう、坊主――だがこの島の石じゃない。島全体が砂と泥灰土と、あそこの露頭のような砂岩でできてる。ここにあるこいつはダイアモンド・クレーみたいな青石だ。むちゃくちゃ固いぞ。泥灰土の山の上でこんな石を見たためしはない。山の近くでもだ。とにかくでかいのがないかそのへんを捜してみよう」

二人は先へ進んだ。リヴェラがふいにかがみこみ、草をかきわけた。

「トムさん――でっかいのが」

トムは近寄って、表土から突き出た岩の角を見おろした。「よーし。坊主、ガールフレンドを連れてきな。掘り出そう」

リヴェラはアイドリング中のブルドーザーまで飛んでゆき、運転席によじ登った。トムの待つ場所までマシンを動かし、停車させると、立ちあがってマシンのフロント越しにのぞきこみ、岩の位置を確かめた。それから腰をおろすとギアチェンジした。だが、リヴェラがマシンを動かすより早く、トムがかたわらのフェンダーに飛び乗ってきて、リヴェラの腕に手をかけ、引き止めていた。

「いや、坊主――いかん。三速じゃない。一速だ。スロットルは半開。そうそう。岩を土の中から叩き出そうとするな。そっと近づいて、ブレードを当てて、持ちあげろ。蹴り出すんじゃないぞ。ブレードの端じゃなく、まん中でとらえろ――両方の油圧シリンダーに負荷がかかるように。そんなふうにしろってだれに言われた?」

「だれにも言われてないよ、トムさん。人がやってるのを見て、そのとおりにしたんだ」

「ほう? そりゃだれだ?」

「デニスだけど――」

「いいか、坊主、デニスから何か学びたいと思ったら、やつがパンに乗ってるときに見ろ。あいつのブルドーザーのあやつり方は、しゃべり方といっしょだ。そういや――おまえに言おうとしてたことを思い出したぞ。あいつと何かトラブルはあったか?」

リヴェラは両手を広げた。「あの人おれに口きかないのに、トラブルなんてあるはずない」

「そうか、ならいい。これからもその調子でいけ。デニスは無害だと思うが、おまえは近づかんほうがいい」

トムは続けて、オペレーターとメカニックの一人二役に関するピーブルズの忠告を若者に伝えた。リヴェラの浅黒く痩せた顔がうつむき、その手がブレードの操作レバーにさまよってゆき、そっと触れると、合金のグリップと、それを留《と》めている切削《せっさく》ナットをさすった。トムの話がすっかり終わると、リヴェラは言った。

「わかったよ――トムさんがそうしろって言うなら、トムさんが壊して、おれが直す。でもトムさんに助けがいるときは、おれが〈デイジー・エッタ〉を走らせる。いい？」

「そうとも、坊主、いい子だ。だが忘れるな。何でもできる人間はいないんだぞ」

「トムさんは何でもできる」と若者。

トムはマシンを飛び降り、リヴェラはギアを一速に入れて、じりじりと岩に近づき、ブレードをそっと当てた。巨大なエンジンが負荷を受けて力をかき集める音が聞こえた。リヴェラが少しスロットルを開くと、マシンはがっちりと岩をとらえた。履帯がスリップし、地面にめりこんで、後方に砕けた土の山を築く。トムが親指を立ててこぶしを上げると、若者はブレードを上げ始めた。セブンがぬかるみを渡る雄牛のように鼻面を下げる。履帯の前部がいっそう深く埋まり、まるで歯止めをきかせたように、ブレードが岩の表面を一インチだけ上に滑った。岩が動き、ふいにかぶさっていた土の中から持ちあがって、船の舳先《へさき》がゆっくりとかき分ける波のように、草の生えた地面を両脇へ盛りあがらせた。ブレードが支えきれずに岩の上を滑る。岩塊《がんかい》がラジエーターコアに突き刺さる寸前、リヴェラはマスター・クラッチをすばやく切った。後退し、ふたたび岩にブレードを当てて、とうとう日の当たる場所に転がした。

トムは首の後ろを掻きながら、そいつをまじまじと見つめていた。リヴェラがマシンから降りてきてかたわらに立った。長いこと二人は何も言わなかった。

岩はほぼ長方形で、一端を約三十度の角度で削り取ったレンガのようだった。傾いた面に四角く飛び出した部分がある。加工された材木のさねのようだ。大きさは三×三×二フィート。重さは六、七百ポンドあるにちがいない。

「さてと、こいつぁ」トムは目を丸くして言った。「この島のもんじゃない。仮にそうだとしても、自然にできたもんじゃない」

「建物に使う石《ウナ・ピエドラ・デ・ウナ・カーサ》」リヴェラがそっと言った。「トムさん、ここに建物があったんだね」

トムはふいに小山をふり返った。

「あるんだ、建物が――というか、建物の残骸が。どのくらい古いものかは見当も――」

ゆっくりと薄れてゆく日ざしの中、二人はそこに立ちすくみ、小山を見つめていた。そのとき二人の胸に、何か重苦しいものがのしかかってきた。まるで周囲の風や物音がいっさい途絶えてしまったかのように。それでも風は吹いていたし、背後では〈デイジー・エッタ〉がアイドリングの低音を響かせ、何一つ変わりはなく――いや、そうだろうか？　何一つ変わってはいないのだろうか？　この先も何一つ変わらず、変わるはずもないのだろうか、この場所では？

トムは二度口を開け、何か言おうとしたが言えなかった、あるいは言いたくなかった――自分でもどちらかはっきりしない。リヴェラがだしぬけにしゃがみこんだ。背をぴんとのばし、目を見開いている。

ひどく寒くなってきた。「寒いな」トムは言った。われながらかすれた声だった。それでも風は生暖かく吹きつけていたし、リヴェラのひざの下の地面も暖かかった。この寒さは熱が足りないせいではなく、何か別のものが足りないせいなのだ――おそらくはただのぬくもりではなく、生命力だけが持つぬくもりが。重苦しい感じは増していった。この場所は変だと二人が気づいたときにその感覚は始まり、二人がそれを意識するにつれていや増してゆくようだった。

リヴェラがスペイン語でそっと何かをつぶやいた。

「何を見てる？」トムはきいた。

リヴェラは激しく身を震わせ、片腕をふりあげた。ぶつかってくるトムの声をさえぎるかのように。

「おれ……なんにも見てないよ、トムさん。前にもこんな感じがあった。あれは――」うつろな目を皿のようにして、リヴェラは首をふった。「そのあと、ものすごい嵐が――」声が先細りになっていった。

トムは若者の肩をつかみ、乱暴に引き起こした。「坊主！　気はたしかか？」

若者はほとんど優しげにほほえんだ。唇の上のうぶ毛に細かい汗の玉が浮かんでいる。「なんでもないよ、トムさん。ただ、ものすごく怖いんだ」

「ビビってねえでキャットに戻れ、そして仕事にかかりやがれ！」トムは吼《ほ》えた。それから少し抑えた声で、「たしかにここには何か——おかしなとこがあるな、坊主、だがな、ほっといたって滑走路はできんぞ。いずれにせよ、肝《きも》の縮んだ野郎の扱いならおれは心得てる。おまえのこともなんとかしてやれるだろうよ。ほれ、小山まで行って、でかい石が隠れてねえか確かめるんだ。下の湿地を埋めにゃならんのだから」

リヴェラはためらい、何か言いかけたがゴクリと唾を飲み、ゆっくりとセブンまで歩いていった。トムはリヴェラを見守った。何かが近くにいるという得体の知れない圧迫感にぞくぞくと寒気を覚えていたが、あえて気づかぬふりをした。

ブルドーザーはブーブーと音を立てて小山に向かい、トムはふいに思い出した。このマシンはスペインの俗語ではプエルコ——雄ブタと呼ばれているのだ。リヴェラはブレードの切刃の角を小山の端に打ちこんだ。泥や低木が丸まって小山から崩れ落ち、斜面を離れて排土板ぞいに溜まってゆく。若者は小山を掘り進むと、土砂を運び去り、平坦な場所に捨てた。それから向きを変え、ふたたびこちらへ戻ってきた。

十分後、リヴェラは岩に突き当たった。マンガン鋼が岩にこすれてかん高い音を立て、切刃の角から灰色のほこりがひとしきり舞いあがった。マシンが通りすぎると、トムはひざをついて検分した。平坦な場所で見つけたのと同じ種類の岩だった——形も同じだ。だがこちらの岩は壁の一部で、岩塊の端の傾斜面同士が、あきらかにさねと溝を使って組み合わされている。

寒い、まるで――

トムは深く息を吸うと、目から汗をぬぐった。

「気にしねえぞ」とつぶやく。「この岩がいるんだ。湿地を埋めにゃならん」彼は立ちあがり、埋没した壁の割れ目にブレードを打ちこめとリヴェラに合図した。

リヴェラは壁のほうへセブンの向きを変えて停車し、ギアを一速に入れてスロットルを絞り、ブレードを下げた。トムはリヴェラの顔を見あげた。若者の唇には血の気がなかった。リヴェラはマスター・クラッチをそっとつないだ。ブレードが下に傾き、角《かど》が弧を描いてみごと割れ目に突き刺さった。

ブルドーザーは抗《あらが》うように盛大な音を立て、ブレードの端を軸に横滑りし始めた。トムは飛びのき、マシンの後ろへ駆け足で回りこんだ。マシンは今や壁とほぼ平行になっている。トムは離れた場所に立ち、いつでも合図できるように片手を上げ、ひたすら押しまくるブレードを注視していた。そのとき、あらゆることが一度に起こった。

パキッという鋭い音とともに、岩塊がずれてゆるみ、隣接する岩とともにくるりと回って、四角いほうの端を外へ突き出した。上に載っていた岩が落ちてきて、小山全体が沈みこむように見えた。そして、今まで岩のあった部分の黒い穴から、何かがひゅっと飛び出してきた。霧のようだが目に見える霧ではない。巨大だが計ることはできない。それとともに、例の冷たくない冷気の奔流と、オゾンの匂い、猛烈な静電放電のパチパチと耳を刺す音が押し寄せてきた。

自分が移動していることに気づいたとき、トムは壁から五十フィートも離れた場所にいた。

立ち止まって目をやると、セブンがいきなり荒馬のように一回跳ねあがった。そしてリヴェラは空中で二回まわった。トムは何か意味のないわめき声を上げて、若者のそばへ駆け寄った。リヴェラは生い茂る草の中にぐったりと倒れていた。トムは彼を抱きあげて走った。そのときになって、自分がマシンから逃げているのだと気づいた。

マシンは狂ったような動きを見せていた。排土板をふり上げ、ふり下ろす。ガバナのすさまじいうなりとともに、操縦レバーをむやみに揺らしてカーブを切り、小山から遠ざかる。ブレードをくりかえし地面に打ちこみ、えぐり取って巨大な窪みを作る。窪みの中をつっ切り、猛烈な金属音と咆哮《ほうこう》をとどろかせる。大きく不規則な弧を描いて遠ざかり、向きを変え、ブルンと音を立てて小山に引き返し、埋もれた壁を打ち据え、向きを変え、削り、吼える。

トムは息苦しさにすすり泣きながら台地のはずれまで来た。ひざまずき、若者の体をそっと草の上に横たえる。

「坊主、おい……坊主——」

絹糸のような長いまつ毛がふるえ、持ちあがった。若者の目玉はひっくり返り、白目の部分しかのぞいていない。それを見たとき、トムの中で何かがよじれた。リヴェラは長く震える息を吸ったが、ふいにそれが途切れた。二回咳きこみ、頭を激しく左右にふったので、トムは両手でその頭をはさみ、おさえてやった。

「アイ……聖母さま《マリア・マードレ》……おれ、どうなったんだ《ケ・メ・ハ・パサード》、トムさん——おれ、どうしたんだろう」

「セブンから落ちたんだ、間抜け。おまえ……だいじょうぶか?」

リヴェラは地面をひっかき、ひじをついてなかば身を起こそうとしたが、ふたたび弱々しく倒れこんだ。「だいじょうぶ。頭がすごく痛い。お、おれの足、どうなったんだ？」

「足？　痛いのか？」

「痛くない――」若々しい顔が蒼白になり、唇を必死で引き結んだ。「何も感じないよ、トムさん」

「動かせないか？」

リヴェラはやってみようとしながらかぶりをふった。トムは立ちあがった。「心配すんな。ケリーを連れてくる。すぐ戻る」

トムは足早に立ち去り、リヴェラの呼ぶ声にもふり返らなかった。背骨の折れた人間なら、以前《まえ》にも見たことがある。

小さな台地のはずれでトムは立ち止まり、聞き耳を立てた。深まりゆく夕闇の中、ブルドーザーが小山のわきにたたずんでいた。エンジンが動いている。エンストはしていないのだ。だが、トムが足を止めたのは、ブルドーザーがアイドリングしておらず、エンジンの回転数を上げ下げしているせいだった。まるで苛立った手がスロットルを動かしているかのように――ブルルーン、ブルルーンと、故障したガバナも許さないほど回転を上げていったかと思うと、ほとんど音を立てないくらい回転を落とす。やがて鋭く不規則な点火が起こり、爆音が静けさを破る。それからまたエンジンは回転を上げてゆき、絶叫に近い音を立て、あらゆる可動部分を危険にさらすほどの毎分回転数《rpm》を保ち、死病による震えのように巨体をガタガタと揺する。

トムは日に灼けた顔に当惑した険しい表情を浮かべて、足早にセブンのほうへ歩いていった。ガバナが故障することはままあるし、エンジンがコントロールできないほど回転を高め、木っ端微塵《こ ぱ み じん》に砕け散ることもたまにはある。だが、そんなふうに回転を上げるか、回転を下げて停止してしまうか、二つに一つなのだ。マスター・クラッチをつないだままマシンを離れるバカがいたとしたら、マシンはさっきのセブンのように発進し、走行するだろう——だが、ブレードの角が何か抵抗のないものにひっかからない限り、向きを変えることはないし、ひっかかった場合はエンストする可能性が高い。いずれにせよ、マシンがこんなふうに、エンジンの回転を上げたり下げたり、走ったり、曲がったり、ブレードを上下したりするとは、どうにも説明のつかないことだった。

トムの接近につれてエンジンは回転を落とし、しまいには安定した正常なアイドリング状態に近づいた。トムは突然、マシンに見られているというばかげた印象を抱いた。肩をすくめてそんな考えをはらいのけ、近寄ってフェンダーに片手をかけた。

セブンは荒馬のように反応した。巨大なディーゼルエンジンが吼え、マスター・クラッチ・レバーがはね返ってセンターを越えるのがはっきりと見えた。マシンが前方へ突進すると思い、トムは飛びすさった。だが、ギアがバックに入っていたようだ。マシンはいきなり後退したのだから。片方の履帯は固定されていたので、ブレードの左端がすばやく物騒な弧を描いて、飛びのいたトムの腰からほんの数分の一インチのところをかすめた。

それから、まるで壁に当たってはね返ったかのように、ブルドーザーはギアチェンジし、トムのほうへ向かってきた。十二フィートのブレードが上がり、がに股の支柱に載った二つの巨大なヘッドライトが、大蝦蟇《おおがま》の出目《でめ》さながらのしかかってくる。トムはやむをえず真上に飛びあがり、両手でブレードの上端をつかむと、思い切り体をのけぞらせ、両足をカーブした排土板につっ張った。ブレードが下がり、やわらかい表土にめりこんで、地面に深く小さな穴をうがった。排土板に溜まる土砂が盛りあがってきて、トムの脚の周りでうず巻いた。トムは必死で足踏みし、土砂のうずに巻きこまれまいとした。そのとき、穴の縁に高さ四フィートの砂山を残してブレードが上がった。履帯が穴に踏みこんでゆき、ブルドーザーは下向きに、次いで上向きに進み、それから砂山を上へ上へと登っていった。マシンが斜面からジャンプするオートバイのように空中へ跳ねあがったとき、一瞬安定した体勢があっけなく崩れて、十四トンの鉄塊はブレードから地面につっこみ、背骨にズンとくる衝撃が襲ってきた。

トムが放り出されたとき、頑丈な手の皮の一部がブレードにこそげ取られた。彼は背中から真っさかさまに落ちたが、足が地面につくと同時に力をこめて起きあがった。どんなマシンであれ、あんなふうにブレードを地面につっこんだら、たやすく脱出はできないとわかっていたからだ。彼はブレードの上端に飛びつき、ラジエーターキャップに片手をかけて跳躍した。ところがまるで邪魔するかのように、キャップは蝶番《ちょうつがい》から外れて手の中に飛びこんできた。それも、どこかに触れているのはその手だけという、ほんのわずかな瞬間に。トムはバランスを崩し、脚をバタバタさせて肩から落ち、今や真下の地面をかき回している履帯めがけて、フードのなめらかな角を滑り落ちていった。必死で吸気管に手をのばし、かろうじて指がかかった瞬間、ブルドーザーは自由になり、猛然とバックして砂山を登り始めた。ふたたび息を呑むような勢いで、マシンが頂上でぐるりと向きを変える。そしてすさまじい轟音《ごうおん》とともに、こんどはほぼまっすぐに履帯から着地した。

トムは衝撃に手をもぎはなされ、フードの上を後ろ向きに滑ってゆく途中、曲げたひじを排気筒にひっかけて、切れ味の悪い赤い金属に肉をえぐられた。彼はうめき声を上げ、その腕を排気筒にがっちりと巻きつけた。その勢いで体が排気筒をぐるりと回り、操向クラッチ・レバーに足からつっこんだ。一本を足の甲でひっかけ、脚を折ってすばやく身を起こし、ツルツルした温かい金属をひっかきながら必死に後ろへ這いずって、とうとうシートにどさりとすわりこんだ。

「さて」痛みのあまり視界が真っ赤に染まる中、トムは歯を食いしばって言った。「おれの言うことをきいてもらうぞ」マスター・クラッチをけとばして切る。

エンジンは急激に負荷を奪われ、泣き叫ぶような音を立てた。トムはスロットルをつかみ、親指を歯止め解除ボタンにかけ、レバーを押し出して燃料を遮断しようとした。

エンジンは停止しなかった。ゆるやかなアイドリング状態になったが、停止しようとはしなかった。

「だが、これがなくちゃ、どうにもなるまい」トムはつぶやく。「圧縮だ」

彼は立ちあがり、ダッシュボードの脇へ体を傾け、デコンプレバーに手をのばした。シートから腰を浮かせたとたん、エンジンがふたたび回転を上げ始めた。トムがふり返ると、スロットルは「開」の位置にすばやく戻っていた。トムの手がスロットルに触れると、こんどはマスター・クラッチがつながり、うなりを上げるマシンは前方へ勢いよく飛び出した。トムは頭をのけぞらせ、シートにどさりと尻もちをついた。油圧ブレードの操作レバーをひっつかみ、「フロート」の位置にする。次いで、下りてきた排土板が地面につくと同時に「パワーダウン」の位置に。切刃が地面に食いこみ、エンジンが奮闘し始めた。トムはブレードの操作レバーを握ったまま、もう一方の手でスロットルを押し出した。片方の操向クラッチ・レバーがさっと戻ってきて、トムの膝頭をしたたかに打ち据えた。思わずブレード操作レバーをはなすと、排土板が上がり始めた。エンジンも回転を上げ始める。スロットルが利《き》いていないのだ。トムは悪態をつきながらすばやく立ちあがった。だしぬけに、操向クラッチ・レバーが二本とも激しく揺れ始め、股間に三度ぶつかってきたが、なんとかそのまん中に体を割りこませた。

痛みに目もくらむ思いで、あえぎながらダッシュボードにしがみつく。右手の油圧計が、ガラスの砕ける音とともにダッシュボードから外れ、四分の一インチラインに入った亀裂から、熱いオイルがトムに降りかかってきた。そのショックで揺らいでいた意識が元に戻った。ぶつかってくる左操向クラッチにも、同じく狂ったように殴打し始めたマスター・クラッチにもかまわず、ダッシュボードの左端に身をかがめ、デコンプレバーを握る。ブルドーザーは前方へ突進して目が回るほど回転し、トムには自分が放り出されたとわかった。だが、体が運転席を離れるのを感じると同時に、手で思い切りデコンプレバーを押しさげていた。シリンダー・ヘッドの巨大なバルブが開放され、開いたまま固定された。霧状の燃料と超高温の空気がシューシューと噴き出す。トムの頭と肩が地面にぶつかると同時に、巨大な狂ったマシンは停止し、冷却装置の水が沸騰《ふっとう》するコポコポいう音を除いて静かになった。

数分後、トムは顔を上げてうめいた。寝返りをうって起きあがり、ひざに顎をのせる。苦痛の波があとからあとから押し寄せてきた。痛みが徐々に引いてゆくのを待って、マシンの元まで這いずってゆき、履帯をよじ登るようにして体を引き起こした。めまいを覚えながらも、せめて一晩ブルドーザーが動かないように工夫し始めた。

燃料タンクの下のコックを開き、温かい黄色の液体を地面に吐き出させる。燃料噴射《インジェクション》ポンプの脇にあるオイルタンクの排出口も開く。クランクボックスの中にあったワイヤーで、デコンプレバーを縛りつける。マシンの上に這いのぼり、吸気管のプレクリーナーからフードと円筒部分を引きはがし、着ていたシャツを脱いでパイプに詰める。スロットルをいっぱいに押し出し、ロッキングピンで固定する。さらに、タンクからポンプに通じるメインラインの燃料も遮断した。

それからトムはどさりと地面に降り立ち、リヴェラを残してきた台地の端までとぼとぼと歩いて戻った。

トムが怪我していることを仲間たちが知ったのは、一時間半たってからだった――なにしろやることがたくさんあったのだ――彼らはプエルトリコ人のために担架を用意し、エンジンの枠箱に軍用のテントで屋根をつけてシェルターを作った。救急セットと医学書を引っぱり出し、できるだけのことはしてやった――包帯を巻き、副木《そえぎ》を当て、アヘン剤を飲ませたのだ。トムの体は打ち身だらけで、排気筒にひっかけた右腕は皮がべろりとめくれていた。仲間たちは次にトムを手当てし、ピーブルズ老人が正看護師のようにサルファ剤の粉をはたきつけ、包帯を巻いてやった。それからようやく会話が始まった。

「パン・トラクターから放り出されたやつを見たことあるぜ」彼らがコーヒー沸かしを囲んでC号携帯食をもぐもぐやり始めると、デニスは言った。「キャットの肘掛の上にすわって後ろを向いてたのさ。そのときキャットが岩にぶつかって跳ねあがった。そいつは履帯の上に放り出されて、十フィートの長さに引きのばされちまった」デニスはコーヒーをすすり、しゃべりながら口につめこむだけだった食べ物をゆるめ、くちゃくちゃ音を立てて咀嚼《そしゃく》した。「パン・トラクターに乗ってるときでも、尻の片側だけそんなとこに載せとくなんざ大間抜けさ。なんであのガキはブルドーザーの上でそんな真似してたのかね」

「してなかった」とトム。

ケリーは尖《とが》った顎をこすった。「シートにちゃんとすわってたのに、放り出されたってのか？」

「そのとおりだ」

とても信じかねるという沈黙のあと、デニスが口を開いた。「じゃあ何やってたんだ――六十以上出してたとか？」

トムは圧力ランタンの人工的すぎる明るさに照らされた顔の輪を見回し、起こったことをありのままに話したら、どんな反応が返ってくるだろうと思った。何か言わねばならないが、あれが本当にあったこととはとうてい信じてもらえまい。

「坊主は作業中だった」しまいに彼は言った。「台地の上にあった古い建物の壁から岩を掘り出そうとしてた。一個めがゆるんだとき、ガバナがいかれちまったにちがいない。マシンは暴れ馬みたいに跳ねあがって、走り出した」

「走り出した？」

トムは口を開け、再びつぐんで、ただうなずいた。

デニスが言った。「とにかく、メカニックに操縦なぞさせるからそういうことになるのさ」

「そいつは何の関係もない」トムがきっぱりと言う。

ピーブルズがすばやく口をはさんだ。「トム――セブンはどうなった？　どこか壊れたのかね？」

「少し」とトム。「操向クラッチを見たほうがいい。それと、オーバーヒートしてた」

「シリンダー・ヘッドも割れてる」とハリス。がっちりした体格の若者で、バッファローなみの肩を持ち、大酒飲みで知られている。

「なんで知ってるんだ」

「みんながシェルターを作ってるとき、アルとおれとで担架を持って、坊主を迎えにいっただろ。そのとき見たのさ。シリンダーブロックの側面を湯が流れてた」

「坊主がそこに寝てんのに、わざわざ小山までブルドーザーを見にいったのか？　坊主のいる場所は教えただろうが！」

「小山まで！」アル・ノウルズの出目は、眼窩《がんか》から飛び出しそうだった。「キャットは坊主のいた場所から二十フィートのとこでエンストしてたんだぜ！」

「なんだと！」

「そうさ、トム」とハリス。「どうしちまったんだよ。あんたはあれをどこに置いてきたんだ？」

「言っただろ……小山のそばさ……おれたちが切り崩してた古い建物の」

「始動エンジンをかけたまま？」トムの頭に、小さな二気筒のガソリンエンジンの姿が浮かんだ。巨大なディーゼルエンジンのクランクケースにボルト留めされ、ベンディックス・ギアとクラッチを通じてフライホイールにつながり、ディーゼルエンジンを始動させる役目をする。トムは最後に見たマシンのひっそりした姿を思い出した。湯の沸く音しか立てていなかった。「とんでもない！」

アルとハリスが目を見交わした。「あんたさ、そのときはぼんやりしてたんだよ、トム」ハリスはいたわるような声で言った。「崖を半分登ったとこで音が聞こえたぜ。あのやかましい音は聞きちがえようがねえだろ。相当ふんばってるような音だった」

トムは両手を握りしめ、こめかみを軽く叩いた。「あのマシンは動かないようにしてきた」押し殺した声で言う。「圧縮を抜いて、レバーを縛りつけた。吸気管にシャツまで詰めた。タンクも空《から》にした。だが――始動エンジンにはさわらなかった」

なぜそこまでしたのかとピーブルズはきいた。トムはただぼんやりと彼を見て、首をふるばかりだった。「ワイヤーをひっこ抜きゃよかった。始動エンジンのことは考えなかった」とつぶやく。それから、「ハリス――おまえたちが頂上に着いたとき、始動エンジンは動いてたのか」

「いや――マシンはエンストしてた。それに熱かった――おそろしく熱かった。始動エンジンはオーバーヒートして停まっちまったんだろう。そうにちがいねえよ、トム。あんたは始動エンジンをかけたままにして、なんかのはずみでクラッチとベンディックスをつないじまったんだ」そう言いながらも、ハリスの声は自信を失っていった――このタイプのブルドーザーを発進させるには、十七もの別々の操作が必要なのだ。「とにかく、マシンはギアが入って、ちっぽけなエンジンでのろのろ進んできたってわけさ」

「おれにも経験あるぜ」とチャブ。「ハイウェイの工事でエイトに乗ってたとき、連接棒《コンロッド》が折れちまったんだ。しかたなく始動エンジンで四分の三マイルばかり進んだ。ただ、百ヤードごとに停車して、冷やしてやらなきゃならなかったけどな」

デニスが皮肉まじりに言った。「セブンはあのガキにご執心みたいだな。最初にちょいとコナかけて、あとから仕上げにおでましってわけだ」

アル・ノウルズが大げさにハッハッと笑った。

トムは首をふりながら立ちあがり、枠箱のあいだを抜けて、彼らが若者のために用意した即席の病室に向かった。

中には薄暗い灯りがともり、リヴェラは目を閉じてひどく静かに横たわっていた。トムは戸口――エンジンの枠箱の開いた側――で身をかがめ、しばらく彼の姿を見つめた。背後から仲間たちの声がボソボソと聞こえてくる。それを除けば、その夜は風もなくしんとしていた。リヴェラの顔は、黄褐色の肌から血の気が引いたときの奇妙な色合いをしていた。トムは彼の胸を見つめ、動いていないかと思って一瞬パニックに陥った。中へ入り、若者の心臓の上に手を当てる。リヴェラが身じろぎし、目をぱちっと開いた。急に吸いこんだ息が喉の奥にからんで耳障りな音を立てる。「トムさん……トムさん！」彼は弱々しく声を上げた。

「よしよし、坊主……どうした《ケ・パサ》？」

「あいつが戻ってくるよ……トムさん！」

「あいつ？」

「エル・デー・シエテ」

デイジー・エッタ――「戻ってきたりしないぞ、坊主。ここは台地の上じゃない。しっかりするんだ」

薬で朦朧《もうろう》とした黒い目が、何の表情も浮かべずにトムを見あげた。トムが後ずさっても、リヴェラの視線は動かなかった。何も見ていないのだ。「寝るんだ」トムはささやいた。若者の目は即座に閉じた。

だれかがアホな真似をしない限り、工事中に怪我人など出るはずはない、ケリーはそう話していた。「でな、たいがいは怪我人が出たときになって、自分がどれだけアホな真似してたか気がつくのさ」

「この場合アホな真似ってのは、オペレーターでもない若造をマシンに乗せて作業させてたってことさ」これ以上ないくらい気取った声でデニスが言う。

「おまえさん、さっきもそんなこと言おうとしてたな」ピーブルズ老人が静かに口をはさんだ。「ほんとはこんなこと言いたかねえんだ。比べたってしかたねえからな。だがな、おれはあのリヴェラって小僧と長いこといっしょにやってきたが、あいつと互角のやつならともかく、あいつをしのぐほど腕のいいやつには、そうそうお目にかかれなかったぜ。おまえさんについて言や、パン・トラクターをあやつる腕はたいしたもんさ。だがあの小僧とブルドーザーで勝負してみろ、でっかいハンデをつけたとしても、あいつに比べりゃおまえさんなぞ原価計算係《ドしろうと》にしか見えねえぜ」

デニスは中腰になり、何か口汚いことをつぶやいた。目でアル・ノウルズに加勢しろと伝え、味方につけた。次いで仲間たちを見回したが、だれも味方にはつかなかった。ピーブルズは悠々とすわりこんでパイプをふかし、もじゃもじゃした眉の下から見つめていた。デニスは腰をおろし、別の手で行くことにした。

「だからどうだっていうんだ？　あいつの腕がよかったとあんたは言うが、それじゃキャットから落ちて怪我したわけが、よけいわからなくなるじゃないか」

「そこがまだわからねえとこだ」とチャブ。「認めたかないが――」という思いのにじむ声だった。

このあたりでトムが戻ってきた。夢遊病者のように、デニスと自分とのあいだにまばゆい圧力ランタンをはさんで立っていた。デニスはトムが近くにいるとは知らず、長々としゃべり続けた。

「そりゃ永久にわからんだろうな。あのプエルトリコ人、ガキの割に図体がでかいだろ。何かトムの言ったことにむっときて、トムの背中を刺そうとしたのかもしれんぞ。それがやつらのやり口だからな。トムの体だが、マシンを停《と》めるだけで、あんなに打ち身ができるはずがない。しばらくもみ合ったあげくに、坊主は背骨を折っちまったってわけさ。トムは倒れた坊主の体をブルドーザーが轢《ひ》きつぶすようにしといて、ここへ降りてきておれたちに――」声がうわずって消えた。トムが目の前にぬっと立ちはだかったのだ。

トムは怪我していないほうの腕をのばしてデニスの胸倉をつかみ、その体を空っぽの麻袋のようにふり回した。

「クソ野郎」とうなる。「てめえなぞ、ブームでぶっつぶしてやる」デニスを立たせ、手首の外側で顔を殴りつける。デニスはくずおれた――倒れたというより、縮こまったのだ。「なあ、トム、ただの話さ。冗談だよ、トム、おれはただ――」

「しかも腰抜けだ」トムは怒鳴ると前へ踏み出し、がっしりしたテキサス・ブーツの足をふりあげた。ピーブルズが「トム！」と吼え、足は地面に戻った。

「失《う》せろ」低くとどろく声で監督は言った。「行け！」

デニスは立ち去った。アル・ノウルズがおずおずと言った。「なァ、トム、いくらあんたでもよォ――」

「ギョロ目のやせっぽち野郎！」トムはしわがれたきつい声で怒鳴った。「片割れといっしょに失せやがれ！」

「わかったよ、わかったよォ」蒼白な顔でアルは言い、デニスとともに暗闇に消えた。

「もうたくさんだ」チャブが言った。「おれは寝る」と、枠箱のところへ行き、蚊よけのついた寝袋を引っぱり出すと、一言も言わずに立ち去った。ハリスとケリーも立ちあがっていたが、ふたたび腰をおろした。ピーブルズ老人はじっとしていた。

トムは暗闇をにらみつけていた。両腕を体の脇にぴたりとつけ、こぶしを握りしめている。

「すわりな」ピーブルズがやさしく言った。トムはふり返り、彼を見つめた。

「すわりな。すわってもらわんと、その包帯をとり替えられん」ピーブルズはトムの肘《ひじ》に巻いた包帯を指差した。包帯には赤いしみが広がっていた。大柄なジョージア人が激昂して力をこめたとき、裂傷が開いてしまったのだ。トムは腰をおろした。

「アホな真似と言や」ピーブルズが仕事にとりかかると、ハリスが穏やかに言った。「おれのしでかしたことがピカ一だと言おうとしてたんだ。およそ重機乗りの中で、おれほどバカな真似をしでかしたやつは一人もいねえぜ。だれにも引けはとらねえ」

「いや、おれが一番かもしれん」とケリー。「いちどドラグラインを動かしてたんだ。ブーム・ギアに入れて、ブームを上げ始めた。スティックの長さは八十五フィート。マシンは湿地のまん中の木でできた台の上に載ってた。エンジンが点火しそこなう音がしたんで、おれは席を立ってフィルターガラスを見たんだ。そこで思ったより手間どっちまって、ブームはまっすぐ上にあがり、運転室を超えて後ろへのけぞり始めた。その揺れで台が傾いて、クレーンはものすごくゆっくりと、重々しく後ろへ滑り落ちて、尻から泥へつっこんじまった。目ん玉まで泥に漬かったぜ、あのマシン」彼はしのび笑いして「まるで溝掘り機だった！」

「それでもおれのやらかしたことのほうが、断然いかれてるぜ」とハリス。「河川工事で水路を広げてたんだ。三日間飲んだくれて、ほろ酔い気分で現場に戻った。ブルドーザーに乗りこんで、二十フィートの断崖の縁で作業してたのさ。崖のふもとにはヒッコリーの大木があって、ちょうど崖縁に沿って大枝が伸びてた。酒が残ってたせいか、おれはその枝を折らなくちゃと思った。片方の履帯を枝に、もう片方を崖縁に載せて、幹《みき》から離れていった。半分ぐらい来たところで、枝が少したわんだ。そうなって初めて、枝が折れたらどうなるんだろうと思った。まさにそのときさ、枝が折れたのは。なにしろヒッコリーだからな——折れるときはポッキリさ。深さ三十フィートの水の中へまっさかさまだ——おれもキャットもな。おれはなんとか水面に出た。わきあがってくる泡がおさまると、おれはぐるぐる泳ぎ回ってキャットを見おろした。バチャバチャやってるうちに、現場監督がすっとんできた。監督は何があったんだときいた。おれは叫んだ。『下見てくだせえ。水があんなに動いてる。キャットが下で働いてるみてえだ』」ハリスは唇をすぼめて、チッチッと舌打ちした。「そりゃもう、おっそろしくののしられたぜ」

「どこで次の仕事を見つけたんだ？」ケリーが爆笑しながらきいた。

「いや、クビにはならなかった」ハリスは大真面目に言った。「監督が言うにゃ、こんなボケナスをクビにするのはもったいねえ、おれの手元に置いといて、気が滅入ったときにゃそのツラ拝ませてもらうぜ、だと」

トムは言った。「ありがとよ、おまえら。だれでもまちがいはするってことを言うのに、これ以上のやり方はない」彼は立ちあがり、ランタンの前で腕を回して新しい包帯を確かめた。「好きなように考えてくれていいが、今日の午後あの台地の上では、一つもアホな真似なぞしちゃいなかった。とにかくこの件はこれで終わりだ。デニスの考えはまったく的外れだと言わなきゃならんか？」

ハリスは痛烈な一言で、デニスも、彼の言いそうなことも完全に片付けてのけた。ピーブルズは言った。「まあ気にすんな。デニスと出目金野郎がつるんだとこで、何もできやしねえよ。チャブはうまいこと言いくるめてやりゃ、何だってやるだろうさ」

「じゃああいつらみんな、あんたが手なずけてくれるか？」トムは肩をすくめた。「そんなことやってて、飛行場がちゃんと造れるのかね？」

「飛行場は造るさ」とピーブルズ。「ただ――トムよ、おれはおまえさんに意見する立場じゃねえが、この先態度の悪いスタッフにあまりきつく当たりなさんな。まずいことになるぜ」

「できることならな」トムはぶっきらぼうに答えた。彼らは解散し、眠りについた。

ピーブルズは正しかった。まずいことになったのだ。翌朝、夜のあいだにリヴェラが息を引き取ったのを見て、デニスは「人殺し」という言葉を口にした。

いろいろなことが起こったにもかかわらず、作業ははかどっていた。これほどの重機が備わっていれば、仕事を遅らせるほうがむずかしい。巨大なショベルが一掻きするたびに、ケリーは断崖から二立方ヤードを削り取ったし、ダンプターは今までに発明された中で最速の短距離用土工機械だ。デニスはパン・トラクターで作業用道路をきれいに保ち、トムとチャブは、セブンの穴を埋めるためにパンから外したブルドーザーに交代で乗って、運搬と杭《くい》打ちを代わるがわるおこなった。ピーブルズは測量時の標尺《ひょうしゃくしゅ》手として働き、その合間に野外修理場の準備を進めていた。水冷装置と充電器をつねに稼動させ、鍛造と溶接のための作業台を並べてゆく。オペレーターは自分のマシンに燃料を入れて整備し、遅れはほとんど見られなかった。中央の台地の側面に広がってゆく穴から出る岩と泥灰土は――まる三分の一を掘り出さねばならなかった――ブンブンうなりを上げるダンプターが、巨大な走行輪でほこりをもうもうと巻きあげながら、滑走路予定地の下端にかかる湿地のほとりに運んでいった。運ばれた土砂は、かん高い音を立てる二サイクルのブルドーザーがまき出し、広げ、踏み固めてゆく。埋立地の前方にべとべとした泥が積もり始めたら、注意深く配置した六十パーセントのダイナマイトで吹っ飛ばす。爆破による窪みは、荒れ地から運んだ大小の石で埋め、きれいな土砂の山からパン・トラクターで運び出した、固まりやすい泥灰土で表面を覆った。

修理場の準備ができると、ピーブルズは丘を登ってセブンのようすを見にいった。マシンの状態を確かめた彼は、しばらく頭を掻きながら立ちつくしていた。それからかぶりをふると、ゆっくりと丘を下ってトムを探しにいった。

「セブンを見てきたんだが」うなりを上げる二サイクルのブルドーザーに合図してトムを降りてこさせると、ピーブルズは言った。

「どうだった？」

ピーブルズは片腕を突き出した。「修理リストがこのくらいの長さになる」首をふってたずねる。「トム、じっさいのところ、上で何があったんだ」

「ガバナがいかれて、セブンが走り出した」トムは間髪を入れず、無表情で答えた。

「そうか、しかしな――」ピーブルズは長いあいだトムと目を合わせていた。それからため息をついて、「まあいいさ、トム。ともかくあの場所じゃ作業ができん。ここまで運んでこなけりゃな。あいつを引っぱってくるのに、このトラクターを使わせてもらうぜ。それに最初はちょいと手助けが入り用だ――遊動輪の調節ボルトが折れとるし、右の履帯が転輪《ローラ》から外れとる」

「ははぁ。だからあいつは始動エンジンで走り出したものの、坊主のとこまで行けなかったんだな。履帯はほとんど回らないんだろ？」

「あれほど遠くまで走れたのは奇跡だ。あの履帯じゃどうにもならねえ。ローラのフランジにひっかかっとる。これでまだ半分も挙《あ》げちゃいねえぞ。ハリスが言ってたとおり、シリンダー・ヘッドも壊れとるし、ちゃんと調べたら何が出てくることか、見当もつかねえ」

「ほっといたらどうだ？」

「なんだと？」

「あのブルドーザーがなくてもやっていけるさ」トムはふいに言った。「あそこに置いとこう。あんたにゃほかにすることがたくさんある」

「なんでそんなこと言うんだね」

「そうだな、そこまで手間をかけることもないし」

ピーブルズは小鼻を掻きながら、「新しいヘッドも、履帯のマスター・ピンも――スペアの始動エンジンまであるんだぜ。在庫がねえものは、作る道具がある」二人が話しているあいだに疾走するダンプターが残していった長い土砂の列を、ピーブルズは指さした。「このマシンをブルドーザーとして使っとるせいで、パンが一台動かせねえんだ。もう一台ブルドーザーがあるのに、使えねえとは言わせねえ。こんなふうに作業を続けていったら、いずれダンプターを一、二台休ませにゃならんぞ」

「口を開いてすぐ、そのくらい計算したさ」トムはむっつりと言った。「行こう」

二人はブルドーザーに乗りこみ、出発した。海岸の露頭でしばらく停車してケーブルと道具類を積みこんだ。

〈デイジー・エッタ〉は台地の端にいた。支柱に載ったヘッドライトが柔らかな草地をにらみつけている。草地にはまだ、若者の体の跡と、担架を担いだ二人の足跡が残っていた。車体は見るも無残なありさまだった——オリーブドラブの塗装にはいくつも引っかき傷があり、傷口のまばゆい金属には、早くも細かい赤錆が浮き始めている。地面は平坦だが、セブンはまっすぐ立ってはいなかった。右の履帯が下部ローラから外れ、まるで腰を傷めた人間のように車体が軽く傾いているのだ。そして、何ものであれセブンの中にいる意識と呼べそうなもの、そいつはブルドーザーのパラドックスについて思いをめぐらしていた。どんなオペレーターも、自分のマシンについて学ぶ際にそのパラドックスを経験せねばならないのだ。

　初心者には何より理解しづらいのがそのパラドックスだ。ブルドーザーは這い回る発電所、やかましく頑丈な巨獣、かの有名な抵抗しがたい力（「抵抗しがたい力が不動の物体に出会ったら何が起こるか」というパラドックスより）に一番近いものだ。初心者は畏《おそ》れの念と、ニュース映像で見た無敵の戦車の姿を胸に、あらゆる作業を楽々となしとげ、無限のパワーを手にした以上、どんな障害も似たようなものと思いこむ。だが彼は知らないのだ、鋳鉄《ちゅうてつ》製のラジエーターコアの壊れやすさ、強化マンガンにも寿命があること、オーバーヒートした軸受けの脆弱《ぜいじゃく》さ、そして何より、ブルドーザーとは実に泥に埋まりやすいものだということを。なんとか外へ這い出し、たった二十秒のうちに自分が役立たずのデカ物にしてしまった、あるいは、三十秒前には地上を走っていたのに、今や履帯が地中に消えてしまったマシンを見つめて、初心者は判断ミスを犯した人間ならだれもが背負いこむ、あのやましい失望にとらわれる。

　さて、〈デイジー・エッタ〉は今のところ故障し、役立たずになっていた。このマシンを作ったのは、これらの柔らかく粘《ねば》り強い二足動物たちだ。そして彼らが機械を作る他の種族と似通っているならば、修理することもできるだろう。スプリングを反対にきかせ、操作レバーをひねり、ナットと座金《ざがね》の摩擦をゼロにすることはできても、シリンダー・ヘッドの亀裂や、オーバーヒートした始動エンジンの内部でクランクシャフトに溶接されてしまったベアリングを直すことまではできない。学ばねばならないことがあった。それはすでに学んだ。〈デイジー・エッタ〉は修理されるだろう。そして次の機会には——そう、少なくとも〈デイジー・エッタ〉には自分の弱点はわかっている。

トムは二サイクルのマシンの向きを変え、ブレードの端が〈デイジー・エッタ〉の押しアームに触れるほど近くに寄せて停めた。彼らはマシンを降り、ピーブルズがピンと張った右の履帯の上にかがみこんだ。

「気をつけろ」とトム。

「何に？」

「いや——なんでもない」トムはセブンの周囲を回った。鍛えられた目でフレームや金具を調べてゆく。ふいに一歩踏み出し、燃料タンクの排出コックに手をかけた。それは閉まっていた。開けてみると、金色のオイルがどっと流れ出した。トムはコックを閉じ、マシンに登って、タンクの上の給油キャップを開けた。検油棒を引っぱり出し、曲げたひざでぬぐうと、中に浸し、引き抜いた。

オイルは四分の三以上残っていた。

「どうした？」ピーブルズが、トムの険しい顔をけげんそうに見ながらきいた。

「ピーブィ、おれはコックを開けといたんだ。タンクを空にしようと思って。オイルが地面に流れ出すようにしといた。こいつ、自力でコックを閉じやがった」

「なあ、トムよ、おまえさん、このマシンに神経をやられかけてるぜ。コックを開けたと思いこんどるだけさね。いちどメインラインのバルブが古くなって、ひとりでに閉じたのを見たことがあるが、それはエンジンが動いてるとき、燃料ポンプに引っぱられたせいさ。重力に任せてオイルを抜いてたわけじゃねえ」

「メインラインのバルブ?」トムは尻を浮かせて目をやった。こちらは開いていると一目でわかった。

「こっちも自分で開けやがった」

「わかった――わかったよ。そんな目でおれを見なさんな!」ピーブルズは彼としては最大限の苛立ちを浮かべていた。「だからどうしたと言うんだね」

トムは答えなかった。彼は理解を超えるものごとに出会ったとき、自分の正気を疑い出すようなタイプではなかった。自分が目で見て感じたことは、実際に起こったことだという、ゆるぎない確信を抱いていた。彼の中には、もっと繊細な男なら感じたかもしれない、めまいのするような狂気への不安など、みじんも存在していなかった。自分自身も、自分の見聞きしたことも疑っておらず、だからこそ何ものにもとらわれず、「なぜ」こうなったのかと夢中で考えることができた。「信じがたい」できごとを他人とわかち合おうとすれば、たとえそれが本当に起きたことでも、ますます面倒なことになると本能的にわかっていた。だから彼は貝のように口を閉ざし、かたくなに、注意深く調査を続けた。

ずれた履帯はローラのフランジにぴったりと張りついていたので、マスター・ピンを抜いて履帯を開くことは論外だった。履帯は元の位置に戻さねばならない――きわめて繊細な作業だ。まちがった方向にちょっと力をかけただけで、履帯が全部外れてしまうのだから。さらに面倒なことに、セブンのブレードは地面についており、マシンを動かす前に上げねばならなかった。だが、油圧ホイストはエンジンを直すまで使えないのだ。

ピーブルズは径二分の一インチ、長さ二十フィートのケーブルを、小さいブルドーザーの後部から外し、セブンのブレードの下の地面に穴を掘って、ケーブルの端の輪を押しこんだ。排土板を乗り超えると、フロントガードの下部にボルト留めした大きな牽引用フックにケーブルの輪をするりと掛ける。ケーブルのもう一方の端は、セブンの前方の地面に投げ出した。トムはもう一台のブルドーザーに乗ってすばやく移動させ、いつでも牽引できる位置についた。ピーブルズはケーブルをトムのマシンの牽引棒にひっかけ、セブンに飛び乗った。ギアをニュートラルに入れ、マスター・クラッチを切り、ブレード操作レバーを「フロート」の位置にし、それから片腕を上げた。

トムはマシンの肘掛に尻を載せ、後ろを見ながらゆっくりと進んで、ケーブルのたるみを引いていった。ケーブルが伸びてピンと張り始め、同時にセブンのブレードを無理やり押しあげてゆく。ピーブルズは手をふって、それ以上引くなと合図し、ブレードのレバーを「ホールド」の位置にした。ケーブルがブレードから離れてたわんだ。

「とにかく油圧システムは正常だ」トムがスロットルを絞ると、ピーブルズが呼びかけてきた。「移動して右のほうへ引っぱってくれ。ケーブルを履帯にひっかけん程度に、なるべく右へな。履帯を動かして元に戻せねえかやってみよう」

トムは後退し、鋭く右へ曲がって、ケーブルがセブンとほぼ直角になるように引っぱった。ピーブルズはブレーキでセブンの右の履帯を固定し、両方の操向クラッチを切った。左の履帯は今や自在に曲がれるが、右はまったく曲がれない。トムは一番低いギアに入れ、スロットルを四分の一開いて走行していた。マシンはほとんど前へ進まず、ひたすら重荷に力を注いでいる。セブンがかすかに揺れ、ピンと張った右の履帯を軸に回り始めた。信じがたい量のエネルギーが履帯の前部、遊動輪の上端に巻きついた部分にかかっている。ピーブルズは右ブレーキをゆるめ、熟練の足さばきで続けさまにグッ、グッと踏みこんだ。履帯が数インチ動いては停まり、前と横、交互にかかる力にうながされるように、元の位置に戻ろうとしていた。そのとき、かすかな衝撃とともに履帯が戻った。五個の下部ローラ、二個の上部ローラ、起動輪と遊動輪に正しくかかっていた。

ピーブルズはセブンから降り、起動輪と後ろの上部ローラのあいだに頭をつっこんで、下や左右に目を配り、フランジやローラの軸受け筒が壊れていないか確かめた。近づいてきたトムが、ピーブルズのズボンの尻に手をかけ、引っぱり出した。「修理場に運んでから、そんなことする時間はたっぷりあるだろ」落ち着かない気分を隠して話しかける。「動くか?」

「動くとも。あんな状態の履帯が、あれほど簡単に戻るのは見たことがねえ。まったく、こいつが手助けしようとしてたみてえだ！」

「そんなこともあるさ」トムは固い口調で答えた。「あんたは二サイクルのマシンを運転したほうがいい、ピーブィ。おれはこっちに乗る」

「あいよ」

そして二人は用心深く険しい斜面を降りた。トムはほとんどブレーキを踏まず、もう一台のマシンに下まですんなりと牽《ひ》かれていった。そして彼らは〈デイジー・エッタ〉をピーブルズの野外修理場まで運び、シリンダー・ヘッドを外し、始動エンジンを取り出し、焼けたクラッチの摩擦材《フェーシング》を取り外し、マシンをまったく無力な状態にして――

ふたたび元通りにしてしまった。

「だからあれはまちがいなく、冷酷な人殺しだったのさ」デニスは興奮してまくし立てた。「おれたちゃここで、そんな野郎から指示を受けてるんだぜ。いったいどうすりゃいいんだ？」

彼らは冷却装置のそばにいた――デニスはそこまでマシンを走らせ、チャブを待ち伏せしていたのだ。

チャブ・ホートンのタバコは腕木《うでぎ》信号機のように上下し、小さな円を描いていた。「その件はまあおいとこう。アスファルト敷きの連中はあと二週間かそこらでやってくる。そのとき報告すりゃいい。それに、おまえもおれも上で何があったのかは知らねえんだ。とりあえず滑走路は造らにゃならんしな」

「何があったか知らないって？　チャブ、あんた頭いいんだろ。たとえ正気のトム・イェーガーと比べたって、まだあんたのほうがここの仕事をうまく仕切れるくらいにさ。そんなに頭がいいっていうのに、まさかあんなバカげた話を本気にしちゃいないよな、マシンがあのグリースザルを放り出して逃げてったなんて。なあ――」デニスは身を乗り出し、チャブの胸を小突いた。「トムはガバナのせいだと言ってたろ。おれはそのガバナをこの目で見たし、ピーブルズじいさんの話によりゃ、ガバナはまったくいかれてなかったそうだぜ。スロットルの操作レバーが軸から外れちゃいたが――スロットルが利かなくなったら、ブルドーザーはどうなるか知ってるよな。アイドリングかエンストだ。まちがっても走っていったりはしねえ」

「ああ、そうかもしれん、だが――」

「だが、じゃねえよ！　人殺しをする人間はまともじゃねえ。いっぺんやったら、もういっぺんやるかもしれん。おれは殺されるのはごめんだね」

これを聞いて、チャブのしっかりした、だが聡明とまではいかない頭の中で、二つの思いが交錯した。一つは、気に食わないが追いはらうこともできないデニスが、自分に何か不本意なことをさせようとしている、というもの。もう一つは、べらべらとまくし立ててはいるが、その実デニスは口もきけないほどおびえている、というものだ。

「おまえはどうしたいんだ――保安官でも呼ぶか？」

デニスはおもしろそうにハハハと笑った――この調子だから追いはらうのがむずかしいのだ。

「おれの考えはこうさ。あんたがここにいる以上、仕事を知ってるのはトムだけじゃないってことだ。おれたちがトムから指示を受けるのをやめれば、あんたが同じくらい、いや、もっとうまく指示を出せるだろ。トムにはどうしようもないさ」

「いい加減にしやがれ、デニス」チャブはふいに激昂して言った。「おまえいったい何やってんだよ――おれに王国の鍵でも渡そうってのか？　なんでおれにここの仕事を仕切らせてえんだ？」彼は立ちあがった。「おまえの話に乗ったから、どうなるってんだ？　飛行場が早くできるってのか？　おれの給料袋に余分の金が入るってのか？　おまえ、おれがどうしたいと思ってんだ――偉そうにしたいってか？　おれはな、むかし議員に立候補するチャンスを見送ったんだぜ。自分の言いなりになるバカどもを手に入れるために、指一本でも動かすと思うか――今でもやつらはちゃんと仕事してるってのによ」

「なあ、チャブ――おれはトラブルを起こして楽しもうってんじゃない。ぜんぜんそんなつもりじゃないんだよ。でも、あの野郎をどうにかしないと、おれたちの身が危ないんだぜ。わからねえのか？」

「いいか、おしゃべり野郎。男がせっせと働いてりゃ、問題を起こしてる暇なぞねえんだ。トムだって同じさ――覚えとけ。おまえも同じだ。そのトラクターに乗って、断崖の穴まで戻りやがれ」デニスは完全にふいをつかれ、思わずマシンをふり返った。

「へらず口で土砂が運べねえとは残念だな」チャブは歩み去りながら言った。「こんな仕事、朝メシ前だろうによ」

チャブは位置杭で海岸の小石をはじき、一人毒づきながら、ゆっくりと露頭に向かって歩いていった。彼は基本的に単純な男で、何ごともできるだけシンプルにおこなうのが一番だと思っていた。仕事をするなら、やれと言われたことはきちんとやりたいし、話をややこしくする事件など起こってほしくはなかった。オペレーターとして、また調査団のボスとして、地ならしの仕事は長年やってきたが、ある点だけは人なみはずれていた――たいていの工事関係者の生きがいである、派閥争いや内輪もめから常に距離をおいてきたのだ。彼はさまざまな仕事の場で、自分の周囲に渦巻く中傷に閉口し、困惑してきた。あからさまな中傷にはむかついたし、ほのめかしには首をひねり、当惑するばかりだった。あまり機転がきくほうではないので、愚直なところが言動にはっきりと現れてしまうのだ。上司や部下とつきあうとき、あくまで正直な態度を貫けば、ほぼ例外なくみんなが迷惑するとわかってはいたが、だからといって、別のやり方をするような機知は持ち合わせておらず、試してみようとも思わなかった。虫歯が痛めば、できるだけさっさと抜いてもらう。監督から不当な扱いを受ければ、それは困るときっぱり言うし、腹にすえかねれば別の仕事を探すのだった。派閥同士の駆け引きがしゃくに障るときは、そう告げて立ち去るのが常だった。さもなくば怒鳴りつけておいてとどまるかだ。仕事の妨《さまた》げとなることがらを、ひたすら自己中心的に処理することで、雇い主からは絶大な信頼を寄せられてきた。だからこの場合も、行動の方針を選ぶのにためらいはなかった。ただ――相手におまえは人殺しかときくには、どう切り出したらいいのだろう。

監督はばかでかいレンチを手に、セブンに新しくとりつけた履帯調節ボルトを締めていた。

「よお、チャブ！　いいとこへ来た。レンチの端にパイプを差しこんで、めいっぱい締めあげちまおう」チャブはパイプをとりにいった。二人はそれを四フィートのレンチの柄《え》に差しこみ、背中を汗がつたうまで引っぱった。トムはときどきバールで履帯のゆとりを確かめていた。しまいに彼はよしと言い、二人は日差しを浴びながら、息を切らして立っていた。

「トム」チャブはあえぎながら言った。「あのプエルトリコ人を殺したのか」

まるで火のついたタバコをうなじに押し当てられたように、トムは顔を上げた。

「なぜって」とチャブ。「もしもそうなら、この仕事を仕切らせとくわけにはいかんからな」

トムは言った。「冗談にしちゃたちが悪いぞ」

「おれは本気だぜ。やったのか？」

「やってない！」トムは樽《たる》の上に腰をおろし、バンダナで顔をぬぐった。「いったい何を思いついたんだ」

「知りたかっただけさ。心配してるやつもいるしな」

トムは目を細くした。「心配してるやつだと？　読めたぞ。いいか、チャブ。リヴェラはそこにいるあいつに殺されたんだ」肩越しに親指でセブンを指す。セブンは修理を終え、あとは欠けた切刃の角を直すばかりだった。話をするトムの向こうで、ピーブルズが溶接機を準備している。「坊主が投げ出される前、マシンに乗せたのはおれかという意味なら、答えはイエスだ。その意味ではおれが殺したようなもんだし、責任を感じないわけじゃない。あの場所は何かおかしいような気がしたんだ。だが、何がおかしいのかはわからなかったし、だれかが怪我するとは思ってもみなかった」

「おかしいって何が？」

「今でもわからん」トムは立ちあがった。「回りくどい言い方をするのにも疲れたよ、チャブ、だれがどう考えようと、おれはもう気にしない。あのセブンには何かおかしなとこがある。造られたときには備わってなかったものが。あれは最高のブルドーザーだが、台地の上で起きたことが何であれ、そのせいでおかしくなっちまったのさ。さ、もう行けよ、そして好きなように考えるといい。あいつらに聞かせたい話を適当にでっちあげるんだな。ついでに伝えといてくれ——あのマシンを動かしていいのはおれだけだ。いいか？　おれ一人だぞ！」

「トム——」

トムの忍耐もそこまでだった。「おれが言いたいのはそれだけだ！　だれかがまた怪我するとしたら、そいつはこのおれだ、いいか？　それで充分だろう？」

トムはかっかしながら大股に歩み去った。チャブはじっと見送っていた。長いことたってから、手を上げて唇のタバコをつまんだ。そのときようやく、タバコを二つに嚙みちぎってしまったことに気づいた。半分はまだ口の中にある。彼は吐き出し、首をふりながらその場に立ちつくした。

「セブンはどうだい、ピーブィ」

ピーブルズは溶接機から顔を上げた。「よお、チャブ、あと二十分で乗れるとも」溶接機と大型ブルドーザーのあいだの距離を測る。「四十フィートのケーブルが入り用だ」彼はそう言って、溶接機の裏の収納フックから垂れている、アークケーブルと接地ケーブルの輪に目をやった。「溶接機を動かすためにトラクターをここまで運んできたかねえし、セブンを近くに寄せるためにわざわざエンジンをかけるのも面倒だ」ピーブルズはアークケーブルをより分けて脇へ放り投げ、接地ケーブルを腕からくり出しながらブルドーザーに近づいていった。マシンから八フィートのところで最後の一巻きを放り出し、ケーブルの先のアースクリップを握り締める。そしてクリップをつかんだ左手でケーブルを強く引きながら、右手をセブンの排土板にさしのべた。クリップを充分引き寄せて、マシンに留めるつもりなのだ。

チャブはピーブルズを見守りながらタバコを嚙み、アーク溶接機のボタンを何の気なしにもてあそんでいた。始動ボタンを押すと、六気筒のエンジンがブーンという音で応えた。チャブはぼんやりとワーク・セレクターのつまみを回し、アーク発生スイッチを押した――

信じがたい量のエネルギーが、細く、激しく、青白く燃えて、足元の電極棒ホルダーから飛び出し、五十フィート先のピーブルズめがけて伸びていった。老人の指はちょうどブルドーザーの排土板にかかったところだった。ピーブルズは頭と肩を一瞬紫の光に包まれ、次の瞬間体を二つに折ってくずおれた。溶接機の操作盤の裏でサーキット・ブレーカーがカチッと鳴ったが遅すぎた。セブンはエンジンもかけずに、平坦な地面の上をゆっくりと後ずさり、やがてロードローラーにぶつかって停止した。

口元からタバコが落ちたが、チャブは気づかなかった。右のこぶしを口に入れ、むっちりした肉に歯を立てた。目をぎょろりと見開いたまま、その場にかがみこんで震えていた。文字通り恐怖でおかしくなっていた。ピーブルズ老人は焼け焦げ、真っ二つに近い状態だったからだ。彼らは老人をリヴェラの隣に葬った。そのあとはだれもろくに口をきかなかった。老人がみんなにとってどれほど身近な存在だったか、今さらながら気づかされたのだ。しょっちゅう飲んだくれ、浮わついた人生を送ってきたハリスも、このときばかりは神妙に口をつぐみ、ケリーの足どりもいくぶんしなやかさを失って見えた。デニスは何時間もしまりのない口元をひきつらせ、下唇を噛み続けていたので、やがてその部分が腫れあがり、痛み出すほどだった。アル・ノウルズはわりあい平然としていたが、脳ミソがニワトリ以下なのだから当然といえた。チャブ・ホートンは数時間後に立ち直り、おおむねいつもの調子に戻った。そしてトム・イェーガーの胸のうちには、キャンプを襲った正体不明の呪いに対する、どす黒く激しい怒りが渦巻いていた。

そして彼らは仕事を続けた。ほかにすることもなかった。ショベルはリズミカルに、旋回、掘削、旋回、投下をくりかえし、ダンプターはかん高いうなりを上げて、ショベルのそばと残りわずかな湿地のあいだを往復した。滑走路の上端は除草された。チャブとトムは位置杭を打ち、デニスはパンに乗って、でこぼこの地面を削ったり埋めたりする長い作業にとりかかった。ハリスがもう一台を運転し、デニスのすぐあとに続いた。陸地の上に滑走路の形が現れ、次いで平行に走る誘導路が現れて、三日間がすぎた。ピーブルズの死がもたらした恐怖は薄らいで、その件を話し合うこともできるようになった。話し合ったところで、ほとんどだれの役にも立たなかったが。トムはあらゆる作業に手を出した。ショベルの運転を交代してケリーを休ませてやり、パンで二、三周し、何時間もダンプターを走らせる。腕はゆっくりと、だがきれいに治りかけていたが、それでも彼は、傷の痛みにひねくれた喜びを感じながら、むっつりと作業していた。仕事に就《つ》いている者はひとり残らず、初めて産んだ子を気遣う母親のような目で、自分のマシンを見守っていた。きわめて腕のいいメカニック亡き今、大きな故障は命とりだ。

トムがピーブルズの死に関して一度だけ話すことにしたのは、ある昼下がり、ケリーを片隅に連れてゆき、溶接機についてたずねたときのことだった。つぎはぎだらけの過去を持つケリーは、かつて技術大学に通ったことがあり、そこで電気工学と女を学んだのだ。電気工学はほんの少々、女については退学処分になるくらいたっぷりと。そこで、ひょっとするとケリーならアークの異状について何か知っているかもしれないと思い、トムは質問をぶつけてみたのだ。

ケリーは長手袋を外してふり回し、サシチョウバエを追い払った。「あれはどういうアークだったかって？　見当もつかんね。溶接機があんな風になるなんて、聞いたことあるかい？」

「いや。溶接機はあんな動作はしない。いちど四百アンペアの溶接機からまともに放電を食らったやつを見たことがあるが、尻もちをついただけでピンピンしてた」

「人を殺すのは電流じゃない」とケリー。「電圧だ。電圧ってのは電流を流す圧力のことさ。一定量の水があるとして、それを電流と考えてくれ。その水をおれの手でまともに浴びせられても、あんたは痛くもかゆくもない。細いホースでかけられれば、多少水圧を感じる。だが、ディーゼルエンジンのインジェクターノズルの細かい穴から、千二百ポンドばかりの力で押し出されたら、血を見ることになるぜ。だがなあ、溶接用のアーク発生器ってのは、それほどの電圧を生み出すようにはできとらんよ。電機子コイルや界磁コイルのどこがどうショートしたらそんなことになるのか見当もつかん」

「チャブはワーク・セレクターをいじくってたそうだ。あのあとだれかがつまみを触ったとは思えん。セレクターのつまみは低電流作業の領域まで下げられていたし、電流調節のつまみはまん中あたりを指してた。その程度の電流じゃ、四分の一インチのロッドでまともなビードも作れんし、ましてや人を殺したり——ブルドーザーを平らな地面の上で三十フィートも後退させたりできるはずがない」

「五十フィート飛ぶこともな」とケリー。「そんなアークを発生させるには、何千ボルトもの電圧が入り用だ」

「セブンの中の何かが、アークを引き出したとは考えられんか？　つまり、あのアークが押し出されたんじゃなく、引き出されたんだとしたら？　実はな、セブンはあのあと四時間も熱を持ってたんだ」

ケリーはかぶりをふった。「そんな話は聞いたこともない。いいか、直流の電極をプラスとかマイナスとか呼ぶのは、何か呼び名が入り用だからだ。電流がマイナスからプラスへ流れるってのも、理論上都合がいいからそう言ってるだけなのさ。電極の中に電流を押し出すマイナスの力や、引き出すプラスの力があるわけじゃないんだ、わかるかい？」

「何か異常な条件のせいで、一種の巨大なプラスの場が生まれるってことはないか？　つまり、マイナスの電流をたっぷり吸い出し、あんたが言ってた、インジェクターノズルを通した水みたいに、大きな圧力のもとでほとばしらせるような」

「いいや、トム。そんな話はだれも聞いたことがない。だが、どうかな――静電気にはだれにもわかってない性質があるんだ。おれに言えるのはこれだけさ、ここで起こったのは、起こるはずのなかったことだし、起こったとしても、ピーブルズが死んじまうはずがなかった。そうとしか答えられんよ」

トムは目をそらして滑走路の上端を見た。そこに二つの墓があった。一瞬、むき出しの苦悩と憤怒《ふんぬ》を感じたが、きびすを返してそれ以上何も言わずに歩み去った。溶接機をもう一度見ようと戻ってみると、〈デイジー・エッタ〉が消えていた。

アル・ノウルズとハリスは水冷装置の近くにしゃがみこんでいた。

「まずいな」とハリス。

「こんなのありかよォ」とアル。「トムが作業場からカッカして戻ってきて、『セブンはどこだ、どこに行った?』って言いやがんのよ。あんなおっそろしい言い方、聞いたことねェよ」

「デニスが乗ってったんだろ」

「そォさァ」

ハリスは言った。「あいつ、少し前にギャアギャアわめきながらおれんとこに来たぜ。だれもあのマシンに乗るなっていうトムの命令をチャブから聞かされたんだ。デニスはむちゃくちゃ頭に来てた。トムのそういうやり口はもうたくさんだ、セブンには何か、おれたちに見つかっちゃならねえ秘密があるんだろうって。トムを犯人呼ばわりし出すかもしれねえな。あの小僧を殺したのはトムだって、あいつ喉元まで出かかってるぜ」

「あんたはそう思わねェの？」

ハリスは首をふった。「トムのことはずっと知ってるが、そんな人じゃねえ。台地の上でほんとは何があったか言わないとしたら、言わないだけの理由があるんだ。なんでデニスはあのブルドーザーに乗ってってたんだ？」

「パンの前輪がパンクしちまったんだよォ。デニスはマシンを替えようと思ってここに戻ってきたんだ——ダンプターとかに。そしたらセブンがいつでも乗れるようになってた。デニスはセブンを見ながらトムの悪口ゆってた。ほかのマシンに乗って体ガタガタゆすぶられんのにも飽きちまったし、たまには乗り心地のいいやつに乗せてもらうぜって。おれさァ、セブンに乗ってるとこトムに見つかったら、すげェ怒られるぜってゆったんだけどよ。そしたらまたトムのこと悪く言い始めてさァ」

「あいつにあれに乗るほどの度胸があるとは思わなかったな」

「デニスはさァ、しゃべってるうちに、カーッとなっちまったんだよォ」

チャブ・ホートンが息せききって小走りに近づいてきたので、二人は顔を上げた。「おい、おまえら、来てくれ。デニスのとこへ行ったほうがいい」

「どうした？」ハリスが立ちあがりながらきいた。

「さっきカンカンに怒ったトムがおれを追い越してったんだ。埋め立てた湿地に向かってた。

おれがどうしたんだときいたら、やつはこう怒鳴り返した。デニスがセブンに乗っていきやがった、あいつは人殺しがどうのとしょっちゅう言ってたが、あのマシンを乗り回してたら、自分もそういう目に遭《あ》うんだぜって」チャブは目を見張り、タバコの脇の唇をなめた。

「おいおい」ハリスは冷静に言った。「そういう言い方は間が悪いぜ」

「まさかトムのやつ――」

「よせよ!」

彼らは半分も行かないうちにトムに出くわした。トムはゆっくりとうなだれて歩いていた。ハリスが呼びかけた。トムは顔を上げて立ち止まり、妙に元気のない姿勢で待っていた。

「デニスはどこだ」チャブが叫ぶ。

トムは三人が近づくまで待ってから、弱々しく腕をあげ、肩越しに親指で指した。顔色がひどく悪い。

「トム――デニスは――」

トムはうなずき、少しふらついた。がっちりした顎が、今は緩《ゆる》んでいる。

「アル、トムについててくれ。具合が悪そうだ。ハリス、来い」

トムはその場でいきなり嘔吐《おうと》した。盛大に。アルはあっけにとられ、ぽかんと口を開けて見守っていた。

チャブとハリスはデニスを見つけた。十二平方フィートにわたるデニスの亡骸《なきがら》を。すりつぶされ、こね回され、押しのばされて、荒れた地面の一角にこびりついていた。〈デイジー・エッタ〉は消えていた。

二人は露頭に戻り、トムとともに腰をおろした。アル・ノウルズはダンプターに乗りこみ、轟音とともにケリーを呼びにいった。

「見たか」しばらくして、トムはくたびれたようにきいた。

ハリスは言った。「ああ」

うなりを上げるダンプターと、もうもうたるほこりの渦が到着した。ケリーが運転し、アルは荷台の枠をがっちりとつかんでいた。ケリーは飛び降り、トムの元へ走った。「トム――いったい何があった？ デニスが死んだって？ それであんたは……あんたは――」

トムの顔がゆっくりと上がった。面長の顔からしまりのない表情が消え、ふいに目に光が宿った。このときようやく、仲間たちがどう考えるかということに思い当たったのだ。

「おれが――どうしたっていうんだ？」

「あんたがデニスを殺したとアルは言ってる」

トムはアル・ノウルズをキッとにらみつけた。アルは視線に鞭打たれたように身をすくめた。

ハリスが言う。「どうなんだ、トム？」

「どうもこうもない。あいつはセブンに殺されたんだ。自分の目で見ただろう」

「おれはずっとあんたの肩を持ってた」ハリスはゆっくりと言った。「あんたの言うことはぜんぶ信じてたし、疑ったりしなかった」

「だがこれはあんまりだってのか？」

ハリスはうなずいた。「あんまりだ、トム」

トムは険しい顔の輪を見回し、ふいに笑い声を上げた。立ちあがり、高さのある枠箱に背中をもたせかける。「で、おまえら、どうするつもりだ?」

だれも口をきかない。「おれがあそこへ行って、あのおしゃべり野郎をマシンから殴り落として、轢き殺したと思ってるんだろう?」まだだれも口をきかない。「いいか、おれはあそこへ行って、おまえらが見たのと同じものを見たんだ。おれが着いたときやつはもう死んでた。この説明じゃ不足か?」彼は言葉を切り、唇をなめた。「で、おれはやつを殺したあとブルドーザーに乗りこみ、うんと遠くまで運んでいって、現場に着いたおまえらにはその姿も見えず音も聞こえないようにしたってのか? そのあと羽をはやして舞い戻り、おまえらと出くわしたときには、こっちまで半分来てたってわけか――湿地へ行く途中、チャブと話してからたった十分後に!」

ケリーがあやふやな声で言った。「ブルドーザー?」

「そうだ」トムはきつい口調でハリスにきいた。「おまえとチャブがあそこへ行ってデニスを見たとき、ブルドーザーはあったか?」

「いや――」

チャブはだしぬけに自分の太ももをぴしゃりと叩いた。「湿地に沈めたんだろう、トム」

トムは腹立たしげに言った。「こんなことしてても時間の無駄だ。おまえらの頭ん中じゃ、もう筋書きはできあがってるんだろ。なんでいちいちおれにきいたりするんだ」

「まあそうカッカするな」とケリー。「おれたちはただ、本当のことが知りたいだけさ。いったい何があったんだ。あんたはチャブに会ったときこう言ったんだろ、デニスがあのマシンを乗りまわしてたら、きっと殺されることになるって。ちがうか?」

「そのとおりだ」

「で、それから?」

「マシンがやつを殺した」

チャブは驚くほど辛抱強く、こうたずねた。「ピーブルズが死んだ日に、あんたこう言ったよな。何かが台地の上でセブンを狂わせたって。あれはどういう意味だったんだ」

トムは怒鳴りつけた。「言ったとおりだ。おまえらはおれをこの件の犯人と決めつけてやがるし、おれの言い分に耳を貸すつもりもねえんだろ。いいか、聞け。何かがセブンの中に入ったんだ。その正体はわからんし、この先もわかることはあるまい。セブンが壊れちまったあと、そいつもくたばったものとおれは思ってた。それでもセブンをバラバラの無力な状態にしたとき、そのままにしといたほうがいいような気がしたんだ。まさにそのとおりだったが、いまさら言っても遅すぎる。あいつはリヴェラを殺し、デニスを殺し、ピーブルズの死にも何かかかわりがあるにちがいない。そしてこの島に生きた人間がいる限り、あいつは殺すのをやめないだろうぜ」

「こりゃ驚いた!」とチャブ。

「ああ、トム、そのとおりだ」ケリーは穏やかに言った。「ブルドーザーはおれたちを襲ってくる。だが心配するな。つかまえてバラバラにしてやるよ。そのことはもう心配するな。だいじょうぶだ」

「そうだよ、トム」とハリス。「落ち着くまで二、三日キャンプでゆっくりしてな。チャブとおれたちとで、あんたの代わりに仕事はやっとくからさ。日に当たりすぎたんだよ」

「うすらバカども」トムは歯ぎしりし、この上なく辛らつな声で言った。「死にたかねえんだろ!」と叫ぶ。「行って、あのいかれたブルドーザーを止めてこい!」

「あのいかれたブルドーザーは、あんたが沈めた湿地の底さ」チャブがうなる。頭を下げ、じりじりと前に出る。「そうさ、おれたちゃ死にたくねえ。いちばんいいのは、もうだれも殺せねえように、あんたを閉じこめとくことさ。つかまえろ!」

チャブは跳びかかった。トムは左手で彼を押し戻し、右手で横から殴りつけた。チャブがハリスをまきぞえにひっくり返る。アル・ノウルズが道具箱に突進し、十四インチのモンキーレンチを引っぱり出した。そのままいかにも役に立っているような顔で、乱闘を避けてぐるぐる回る。トムはケリーにパンチを放った。ケリーの頭がカメのようにひっこむ。こぶしが空を打ち、トムはぐらりとバランスを崩した。ハリスがひざ立ちのままトムの脚にしがみつく。チャブががっちりした肩でトムの腰にぶつかってくる。トムは顔から地面につっぷした。アル・ノウルズがレンチを両手に構え、野球のバットのようにふりかざした。だが、思い切りふりあげたところでケリーが手をのばし、レンチをひったくると、トムの耳の後ろを軽く殴った。トムはぐったりした。

夜遅かったが、だれも眠る気はなさそうだった。圧力ランタンを囲んで腰をおろし、だらだらと言葉を交わしていた。チャブとケリーは暇つぶしにカシノのゲームをしていたが、点数を数えるのも忘れていた。ハリスは独房の中の人間のように行きつ戻りつし、アル・ノウルズは灯りの近くにうずくまり、目を皿のようにして見つめ、見つめ――

「酒飲みてえ」とハリス。

「10がそろった」カシノ組の一人が言う。

アル・ノウルズは言った。「殺しちまえばよかったのによォ。いま殺しちまおうぜェ」

「人死にはもうたくさんだ」とチャブ。「黙ってろ」そしてケリーに向かって「ビッグ・カシノもいただきだ」と言いながらカードをさらった。

ケリーはその腕をつかんでにやっと笑った。「ビッグ・カシノはダイヤの10だ。ハートの10じゃない。忘れたか？」

「おっと」

「アスファルト敷きの連中、いつ来んだよォ」アル・ノウルズの声は震えていた。

「あと十二日だ」とハリス。「酒持ってきてくれねえかな」

「おい、おまえら」

彼らは黙りこんだ。

「おい！」

「トムだ」とケリー。「6の付け札《ビルド》だ、チャブ」

「あいつのアバラ、へし折ってくるぜ」ノウルズがじっとしたまま言った。

「聞こえたぞ」暗闇の中から声がする。「縛られてなかったら――」

「どうするかはわかってる」チャブが言う。「もう証拠はいらねえ」

「チャブ、これ以上トムにかまうな！」ケリーはトランプを放り出し、立ちあがった。「トム、水いるか？」

「くれ」

「すわっとけよ」とチャブ。

「ほっとこォぜェ」アル・ノウルズも言う。

「うるせえ！」ケリーはカップに水をくみにいき、トムのところへ運んだ。大柄なジョージア人は縛りあげられていた。手首を結び合わされ、両肘にかけたロープを背後できつく縛られているため、両手をみぞおちの上から動かすことができない。ひざと足首も縛られていたが、足首と首のあいだに短い縄をかけるという、ノウルズのささやかなアイディアは却下された。

「すまん、ケリー」トムは頭をケリーに支えてもらってむさぼるように飲んだ。「生き返った」とさらに飲む。「何が頭に当たったんだ」

「だれかが殴ったのさ。キャットはとり憑かれてるとあんたが言ったあたりでな」

「ああ、そうだった」トムは首を回し、痛みに目をしばたたいた。

「おれたちを恨むかときいても、しょうがないよな」

「ケリー、おまえらが本当のことに気づくまでに、まただれかが殺されなきゃならんのか？」

「これ以上死人が出るとは、だれも思っちゃいない――こうなったからには」

残りの男たちがそろそろと近づいてきた。「そいつ、まともなことを話す気でいるか？」チャブが知りたがる。

アル・ノウルズが笑い声を上げた。「ヒューヒュー！　もう危ねェやつには見えねェなァ」

ハリスがだしぬけに言った。「アル、首から生皮剝がされて、口に貼られてえか？」

「おれが幽霊話をでっちあげるような男だと思うか？」

「おれの知る限り、あんたがそんな真似をしたためしはねえ」ハリスがトムのかたわらにひざまずく。「それに、今まで人を殺したこともねえ」

「ああ、もう向こうへ行け、行っちまえよ」トムはうんざりしたように言った。

「立っておれらを追い払ってみなってんだよォ」アルがあざけった。

ハリスが立ちあがり、アルの口元を手の甲で殴りつけた。アルはヒーッと声を上げ、三歩しりぞいて、グリース入りのドラム缶にけつまずいた。「言ったはずだ」ハリスの口調はほとんど悲しげだった。「言ったはずだぞ、アル」

ぼそぼそと意見を述べる仲間たちの声をトムが制した。「黙れ！」とささやき、「黙らんか！」と吼える。

みんな黙った。

「チャブ」トムはすばやく、平静な声で話しかけた。「おれがセブンをどうしたと言った？」

「湿地に沈めた」

「そうだな。あれを聞け」

「聞くって、何を？」

「黙って聞くんだ！」

そこで彼らは耳を澄ました。この晩も静かで風はなく、黒といぶし銀の風景に細い月がかかって、何一つはっきりと照らされてはいなかった。かすかな波のささやきが海岸から漂ってくる。そして、湿地のある右手のはるか遠くでは、泥穴を荒らされて憤《いきどお》ったカエルがゲロゲロと抗議の声をあげていた。だが、彼らに忍び寄り、ゾッと背筋を凍らせたのは、キャンプの裏の断崖から聞こえてくる音だった。

まちがいない、始動エンジンの断続音だ。

「セブンだ！」

「そのとおりだ、チャブ」とトム。

「だ、だれがエンジンかけてるんだ？」

「みんないるか？」

「ピーブルズとデニスとリヴェラを除いたらみんないる」とトム。

「デニスの幽霊だ」アルがうめく。

チャブが叱りつけた。「黙れ、ボケナス」

「ディーゼルに切り替わった」ケリーが耳をそばだてて言う。

「すぐにここまでやってくる」とトム。「なあ、おまえら、みんなそろってイカレちまうはずはないよな。もうじき真相をその目で確かめられるだろうよ」

「あんたにゃ好都合ってとこか？」

「まあな。リヴェラはあのマシンを〈デイジー・エッタ〉と呼んでた。スペイン語でデー・シエテだからな。〈デイジー・エッタ〉、あの女、男が欲しいのさ」

「トム」とハリス。「くだらんこと言うなよ。なんかゾクゾクしてきたぜ」

「なんとかしなきゃならんからな。このままじゃおれは逃げられん」トムがゆっくりと言う。

「見てくる」とチャブ。「あのキャットにだれも乗ってなかったら、あんたを自由にする」

「そりゃありがたい。やつが来る前に戻ってくるか？」

「戻ってくる。ハリス、いっしょに来い。パン・トラクターに乗っていこう。セブンより足が速いからな。ケリー、アルといっしょにもう一台に乗ってくれ」

「デニスのマシンはパンのタイヤがパンクしてるんだよォ」アルの声は震えていた。

「ならピンを抜いてケーブルを切れ！　行け！」ケリーとアル・ノウルズは走り去った。

「気をつけてな、チャブ」

　チャブはトムのところへ行き、かがみこんだ。「どうやらあんたに謝ることになりそうだ、トム」

「いいさ。おれだって同じことをしただろうよ。行かなきゃならんと思うなら、行ってきな。だがさっさと戻ってこいよ」

「行かなきゃならん。そしてさっさと戻ってくる」

ハリスが言った。「逃げちゃだめだぜ、大将」トムはにやりと笑い返し、二人は出かけた。

だがさっさと戻ってはこなかった。二度と戻らなかったのだ。

三十分後、アル・ノウルズをひきつれてドスドスと戻ってきたのはケリーだった。「アル――ナイフ貸せ」

ケリーはロープを切り始めた。顔がひきつっている。

「少し見えた」トムがささやく。「チャブとハリスか?」

ケリーはうなずいた。「あんたの言ったとおり、セブンにはだれも乗ってなかった」まるで心の中にはそのことしかなく、必死でこらえていなければ何度もそう口走ってしまいそうな言い方だった。

「ライトが見えた」とトム。「トラクターが丘を登っていった。じきにもう一台が交差するように走っていって、斜面全体が明るくなった」

「あいつがどこか上のほうでアイドリングしてるのが聞こえたんだ」ケリーが言う。「オリーブドラブの塗装だから――見えなかった」

「パン・トラクターがひっくり返るのが見えた――くそ、坂を四、五回転がって落ちた。停まったときもライトはついてた。そのとき何かがトラクターにぶつかって、もう一度転がしたんだ。ライトもそれで消えちまった。最初にトラクターをひっくり返したのは何だ?」

「セブンだ。断崖の縁で待ち構えてやがった。チャブとハリスが六、七十フィート下を通りかかるのを待ってたんだ。崖縁を乗り越えて、クラッチをつないだままトラクターにつっこんできた。ぶつかったときは、時速三十マイルは出てたにちがいない。横からぶち当たってきたんだ。チャブとハリスにはどうしようもなかった。あいつは丘を転げ落ちるパンを追いかけていって、パンが停まるともう一度突き飛ばした」

「足首、さすってやろうか？」アルがきいた。

「この野郎！　失せやがれ！」

「なァ、トム――」アルが泣き声を出す。

「やめろ、トム」とケリー。「生き残ったのはおれたちだけなんだ、仲間割れしてる場合じゃない。アル、この先口のきき方にゃ気をつけるんだぜ、いいな」

「わかってるよォ。おれ、あんたたちに言いたかったんだ。デニスのことで、あんたが嘘なんかついてないって、おれにゃわかってたんだよ、トム。ちょっと考えてみればよかったのさ。おれ、思い出したんだ、デニスがあのブルドーザーに乗るってゆったときのこと……覚えてっかい、ケリー？……デニスはクランクを取ってきて、マシンの横に回って、穴にさしこんだんだ。そしたらいきなり始動エンジンがかかった。『こりゃ驚いた』ってデニスはおれにゆった。『こいつ、自分でエンジンかけたぜ！　ハンドルも回してないのによ！』って。そいでおれはさァ、『そいつ、走りたくてうずうずしてんだなァ！』ってゆったんだよ」

「『思い出す』のにちょうどいいタイミングだな」トムは歯ぎしりして言った。「まあいい――ここから逃げよう」

「どこへ？」

「セブンが走ることも登ることもできない場所を知らないか」

「むずかしいな。でかい岩があれば、ひょっとしたら」

「このあたりにそれほどでかい岩はない」とトム。

ケリーはしばらく考えて、指をパチンと鳴らした。「おれがショベルで最後に掘削した崖の上だ。高さは少なくとも十四フィートある。おれが小さめの岩と表土をかき出してたら、チャブに言われたんだ、バックしてこっちの窪みから泥灰土を掘り出せって。おれは最初に掘削してたとこの裏側にショベルを打ちこんで、たっぷりと泥灰土をかき出した。だからその場所はうんと狭くなって、崖から三十フィートばかり張り出してるぜ。一番狭いところは幅が四フィートくらいしかない。〈デイジー・エッタ〉が上からおれたちに近づこうとしたら、狭いとこにまたがって宙吊りになっちまう。下から来ようとしても、摩擦不足で登ってこられない。地面が崩れやすいし、傾斜が急すぎるからな」

「あいつが自力でスロープを作ったらどうする」

「逃げりゃいい」

「よし、行くぞ」

アルはスピードが出るからダンプターにしようと言い張ったが、怒鳴りつけられて口をつぐんだ。トムはパンクの心配がなく、ちょっとやそっとでは転覆させられないマシンを選びたかったのだ。三人はデニスのマシンだった、ブルドーザーのブレードのついた二サイクルのパン・トラクターに乗って、暗闇の中へひっそりと走り出た。

〈デイジー・エッタ〉がやってきて彼らの目を覚ましたのは、六時間近くたったころだった。夜明けが近づいており、東の空は白《しら》み始め、さわやかな海風も吹き出していた。ケリーが最初に、アルが二番目に見張りをして、トムを一晩休ませてやった。疲労困憊《こんぱい》していたトムは、その取り決めに文句を言うどころではなかった。アルは見張りにつくが早いか居眠りを始めたが、あまりの恐怖に心底震えあがっていたため、巨大なディーゼルエンジンのかすかなうなりが聞こえたとたん、はじかれたように立ちあがった。彼らが眠っていた高く狭い崖の縁でよろめき、バランスをとろうとじたばたしながら悲鳴を上げる。

「どうした」ケリーが即座にはっきりと目を覚ましてきいた。

「あいつがやって来るよォ」アルは泣きわめいた。「どうすんだ、どうすんだよォ――」

ケリーは立ちあがり、明け方の薄闇に目をこらした。エンジンのうつろな轟《とどろ》きが聞こえてくる。奇妙なことに、一度に二回ずつ聞こえてくるのだった。彼らに向かってくる音と、下や周囲の崖にこだまする音と。

「あいつ、やって来るよォ、どうすりゃいいんだ?」アルが大声でくり返す。「どうなっちまうんだよォ」

「おれの頭がもげちまうのさ」トムが眠たげに言った。寝返りをうって半身を起こし、ガンガンする頭を両手で抱える。「耳の後ろの卵がかえったら、大型の削岩機が出てくるだろうよ」ケリーに目をやり、「やつはどこだ?」

「よくわからん」とケリー。「キャンプのあたりだ」

「たぶんおれたちの匂いを嗅ぎとろうとしてるんだろう」

「そんなことできると思うか?」

「あいつは何だってできるさ」とトム。「アル、めそめそするな」

太陽が海と空のあいだの細い隙間に緋色の縁をすべりこませ、バラ色の光が岩や木の一つ一つに形と影を与えた。ケリーの視線がすばやく何度も往復し、数分後に動きをとらえた。

「いた!」

「どこだ」

「グリースの棚のとこ」

トムは立ちあがり、目をこらした。「何してんだ?」

しばらく間《ま》をおいて、ケリーは言った。「働いてる。燃料缶の前に穴を掘ってる」

「おいおい。自分にグリース塗ろうとしてるとか言うなよ」

「必要ないさ。あいつを組み立てたあと、グリースはしっかり塗りこんだし、クランクケースには新しいオイルも入れた。だが、燃料が要るのかもしれんな」

「タンクに半分以上残ってるだろう」

「ああ、ひょっとすると、今日は仕事がたっぷりあると思ってるのかもしれん」ケリーがこう言うと、アルは泣き出した。二人は彼を無視した。

燃料缶はキャンプのはずれにピラミッド状に積まれていた。四十四ガロン入りのドラム缶が横にして積んである。セブンはそのすぐ前を行き来し、通過するたびに地面の土を削り取っては、ドラム缶から離れた場所に捨てていた。やがて積みあげたドラム缶に接する形で、幅十四フィート、深さ六フィート、長さ三十フィートの大きな穴ができあがった。

「何してるんだと思う？」

「さあな。燃料が欲しいみたいだが、いったい……おい、見ろ！　穴の中で停まったぞ……向きを変えてる……排土板の上の角を一番下のドラム缶に突き刺した！」

トムは爪で顎の無精ひげを掻いた。「あの化け物、どれだけのことができるんだ！　何もかも計算しやがったんだぜ。燃料缶に穴を開けようとすりゃ、缶を転がしちまうだけだ。仮に穴を開けたとしても、持ちあげることはできん。あいつはホースを扱うようにはできてない。だから……な？　あれ見ろよ！　自分の位置を山の一番下のドラム缶より低くして、それから穴を開けたんだ。積んである山全体の重みに支えられて、まんまと穴が開けられるってわけさ。それからバックして、流れ出す燃料の下にタンクを持っていってる」

「キャップはどうやって外したんだ？」

トムは鼻を鳴らし、彼らに話してきかせた。リヴェラが負傷した日、トムがフードに飛び乗ろうとすると、ラジエーターキャップが蝶番から外れたことを。

「いいか」しばらく考えてからトムは言った。「もしもあいつがあのころ、今ほど物を知ってたら、おれもリヴェラとピープルズの隣で眠ってただろうよ。あいつはまだ動き方がわかってなかったのさ。それまで一度も走ったことがないように走り回ってた。あれからずいぶんいろんなことを覚えたんだな」

「なるほどな」とケリー。「で、覚えたことをこの場所で、おれたち相手に使おうってわけだ。こっちへ来るぜ」

ケリーの言うとおりだった。おおむね形のついた滑走路をまっすぐつっ切って、セブンがこちらへ近づいてきた。露の降りた地面を踏みしだき、履帯の下から前日のほこりを巻きあげながら。路肩を越えるとしっかりした地面をたくみに選びとり、ところどころにある窪みを乗り越え、岩を迂回し、自由に、すばやく、やすやすと走ってきた。オペレーターなしで走る姿をじっさいにはっきりと見るのはトムにも初めてで、その光景に全身が粟立《あわだ》つのを覚えた。ブルドーザーは不自然だった。座席に小さな人の姿がないだけで、輪郭がどこか現実味を欠き、幻のように見えた。ばかでかく、緻密で、物騒な感じだった。

「どうすりゃいいんだよォ」アル・ノウルズが泣きわめく。

「すわって待つんだ」とケリー。「てめえは口を閉じろ。あと五分しないと、あいつが下から来るつもりか、上から来るつもりかわからん」

「逃げたいなら」トムはやんわりと言った。「とっとと逃げろよ」アルは腰をおろした。

ケリーは考えこむように最愛のパワーショベルを見下ろしていた。ショベルは彼らの右下の掘削された地面に、ずんぐりした無骨な姿でうずくまっている。「あいつ、ディッパー・スティックに太刀打《たちう》ちできるかな?」

「ケンカになったら」とトム。「〈デイジー・エッタ〉に分《ぶ》が悪いだろう。だがあいつは戦わんよ。パンチの届く範囲にショベルを持っていくことはできん。〈デイジー〉は安全な場所からあざ笑うだけさ」

「見えなくなったぜェ」アルが泣き声を出す。

トムは目をやった。「崖を登ってるな。上から来るつもりだ。ここにじっとして見届けるとしようぜ、あいつがあの狭い道を越えてここまで来ようとするほど間抜けかどうか。もしも来ようとすりゃ、履帯が道の両側に落ちて、腹が地面にぶつかっちまう。たぶん抜け出そうとしてひっくり返っちまうだろうよ」

それからの待ち時間は果てしなかった。丘の向こうからエンジンの奮闘する音が聞こえてくる。マシンは二回短く停車してギアチェンジした。いちど車体のぐらつきを示すかのように音が高まり、連続したかん高いうなりに変わったとき、三人は期待に満ちた顔を見合わせた。そして状況に思い当たった。マシンは特に勾配のきつい箇所を登ろうとしており、摩擦を得るのに苦労しているのだ。だがセブンはやってのけた。エンジンの回転を上げて丘のてっぺんを越え、それから四速に入れて、重量感たっぷりの動きで開けた場所に姿を現した。車体を揺らしながら掘削地の手前まで来て停車し、スロットルを絞り、地面にブレードを下ろしてアイドリングする。アル・ノウルズは、三人が立っている張り出した崖の縁まで後ずさった。目が今にも飛び出しそうだ。

「オーケー――打つ手がねえなら、黙っとけよ」ケリーが険しい声で言う。

「あいつ状況をはかってやがる」とトム。「あの狭い道にうかうかと入ってきたりはしねえ」

〈デイジー・エッタ〉はブレードを上げ始め、地面から軽く浮かせて停めた。ギアのガチャガチャ鳴る音も立てずにギアチェンジし、そろそろとバックし始める。アイドリングとほとんど変わらないくらいの動きだ。

「あいつジャンプする気だ！」アルが悲鳴を上げる。「おれァ逃げるぜ！」

「じっとしてろ、バカ！」ケリーが叫ぶ。「ここにいる限り、あいつにつかまったりはしねえ！　降りていったら、ウサギみたいに狩られるのが落ちだぜ」

セブンのエンジンが爆音を響かせたとき、アルは我慢の限界を超えた。金切り声を上げて崖縁を飛び越え、這いずったり滑ったりしながら垂直に近い掘削面を降りてゆく。そしてふもとに着くが早いか、走り去っていった。

〈デイジー・エッタ〉はブレードを下げ、鼻面を上げてうなりながら突進してきた。ブレードが地面を削り取ってゆく。断崖の縁に近づくにつれて、マシンの前面に土砂が六立方ヤード、七立方ヤード、七・五立方ヤードと堆積《たいせき》していった。土砂を集めたブレードが彼らの避難場所に通じる隘路《あいろ》に食いこむ。道の大部分は柔らかく白くもろい泥灰土でできていた。巨大なマシンは土の中に鼻をうずめ、ブレードからあふれるほど盛りあがった表土を両側にまき散らした。

「あいつ埋まっちまうぞ！」ケリーが叫ぶ。

「いや――待て」トムはケリーの腕をつかんだ。「向きを変えようとしてる――変えた！　向きを変えたぞ！　崖の下に降りてくつもりだ！」

「ああ――それにあいつ、おれたちを断崖から切り離しやがった！」

ブルドーザーはできるだけ高くブレードを上げて、油圧ロッドを朝日にきらめかせ、大量の土砂から自由になると、くるりと旋回してふたたびブレードを下ろし、上のほうへ戻っていった。彼らと断崖のあいだをもう一度掘り進んだのだ。今やセブンの掘った場所は幅が広すぎて飛び越えることができない。とりわけ、足場の悪い断崖の縁めがけては。セブンはふたたび崖下に降りると、今や孤立した泥灰土の柱と化した彼らの避難場所に向き直り、エンジンの回転を落として待った。

「こんなことになるとは」ケリーは面目なさそうに言った。「あいつが登ってこられないことはわかってたんだが、別の方法でくるとは思わなかった！」

「気にするな。とりあえずここにいよう。さて、どうなるかな――アイドリングしてるうちにあいつの燃料が切れるのが先か、おれたちが飢え死にするのが先か」

「いや、長丁場にはならんだろう、トム。あいつは血を見たくてうずうずしてる。アルはどこだ。あのトラクターで近くを通って、やつをひきつける根性があるかな」

「あのトラクターに乗って逃げ出す根性しかなかったぜ」とトム。「気づかなかったのか？」

「あの――なんだと！」ケリーは、ゆうべマシンを停めてきた場所に目をやった。マシンは消えていた。「あの薄汚い、チビの黄色いネズミ野郎！」

「ののしっても無駄だ」はなばなしい罵詈《ばり》雑言《ぞうごん》が始まりそうだと見てとって、トムはきっぱりと口をはさんだ。「ほかに期待できそうなことはないか」

〈デイジー・エッタ〉はどうやら、彼らのみごとな孤立状態を打ち破る方法を思いついたようだ。スロットルを急に開いてブルンと音を立て、ブレードの端を彼らの峰に近づけ、思い切り打ちこむと、表面の土砂を削りとり、車体の横や後ろに落としながら通過していった。彼らのささやかな台地の側面から、八インチが消えた。

「おっと、こりゃまずいな」とトム。

「切り崩しておれたちを落とす気だ」ケリーがむっつりと言う。「二十分くらいかかるな。トム、逃げよう」

「そりゃいかん。あいつが今どれだけ速く走れるか知らんだろう。忘れるな、人間が動かしてたときとは比べ物にもならんのだぞ。高速からバックへ、バックから五速前進へ、こんなふうにシフトできる」――指をパチンと鳴らし――「まばたきより早く旋回できるし、あのブレードを思いのままにふり回すこともできる」

ブルドーザーが轟音とともに真下を通過し、彼らの小さな台地はだしぬけに一フィート低くなった。

「なるほどな」とケリー。「じゃあどうしようってんだ。ここにとどまって、あいつに足元の地面を掘らせとくのか？」

「気をつけろと言ってるだけさ」トムは言った。「いいか。あいつが土砂を溜めこむまで待つんだ。捨てるのに少し時間がかかる。その隙に逃げよう。二手に分かれるぞ――二人ともつかまえることはできんからな。あんたは開けたほうへ向かって、断崖のカーブを回りこみ、登れる場所にたどり着け。それからこの掘削地まで戻ってくるんだ。どんなブルドーザーも、十四フィートの掘削面を人間より速く這い降りることはできんからな。おれは下に着いたら掘削面の近くをすりぬける。やつがあんたを追いかければ、おれはあっさり逃げられる。おれのほうが追いかけられたら、なんとかショベルにたどり着いて、せいぜいやつを手こずらせてやるさ。あいつがお望みなら、ディッパー・スティックの中や周りや下で一日中かくれんぼしたっていいんだぜ」

「なんでおれが開けたほうなんだ」

「その長い脚なら、あの距離でもやつに追いつかれんだろう」

「たしかにな」ケリーはにやりと笑った。「やってやろうじゃないか」

二人は身を固くして待った。〈デイジー・エッタ〉が至近距離をバックし、ふたたび掘削を始めた。エンジンが土砂の重みに派手な音を立て始めると、トムは「今だ!」と合図し、二人とも身を躍らせた。ケリーは例によってネコのようにひらりと着地し、縄をかけられたせいでひざや足首に青あざのできていたトムは、二歩よろめいて転がり落ちた。ケリーがトムを引き起こすのと、ブルドーザーの鋼のフロント部分が斜面を回りこんでくるのとが同時だった。セブンはすぐさま五速に入れ、うなりを上げて近づいてきた。ケリーは左へ、トムは右へ跳びすさり、足音高く逃げ去った。ケリーは滑走路へ向かい、トムはまっすぐショベルをめざす。〈デイジー・エッタ〉は二人とも追いかけようとしてそのまま直進し、一瞬彼らが別々の方向へ遠ざかるのを許した。それからトムのほうが遅いと見てとったらしく、そちらへぐるりと向きを変えた。だが、その一瞬のためらいのお陰で、トムは必要な短い距離を稼ぐことができた。

脚をピストンのように動かしてショベルのもとへ急ぎ、履帯のあいだへ飛びこんだ。

トムが地面に倒れると同時に、巨大なマンガン鋼の排土板がショベルの右の履帯にぶつかってきて、その衝撃は四十七トンの大型マシンを震撼させた。それでもトムは停まらなかった。車体の下を這い進み、後ろへ出て立ちあがると、ジャンプしてリアウィンドウの枠をつかみ、もう一方の手も枠に叩きつけ、体を引きあげて中へ転がりこむ。とりあえずここなら安全だ。巨大な履帯そのものが、めいっぱいに上げたセブンのブレードより高いし、運転室の床は履帯の上部よりたっぷり十六インチ上にある。トムは運転室のドアまで行き、外をのぞいた。ブルドーザーは後退し、アイドリングしていた。

「見てろ」トムは歯をくいしばり、巨大なディーゼルエンジンのところへ行った。検油棒でおもむろに燃料をチェックし、棒を戻すと、ガバナの遮断棒を収納庫から取ってガバナのケーシングに差しこんだ。マスター・スロットルを半開にセットし、始動ハンドルを引きあげ、遮断棒をぐいと引く。エンジンはフードつきの排気筒から青い煙のかたまりを吐き出して始動した。トムは遮断棒をしまい、燃料流量計と圧力計を確かめ、ドアまで行ってふたたび外をのぞいた。セブンは先ほどの位置にとどまり、台地の上でしていたように、エンジンの回転数を不規則に上下させていた。あいつ、跳びかかる勇気をかき集めてやがる、そんな突拍子もない考えが胸に浮かんだ。トムは座席にすべりこむと、マスター・クラッチをつないだ。運転室の半分を占める巨大なギア群が従順に回転し始める。トムは両方のブレーキロックをかかとで蹴って解除し、上がってくるペダルに軽く両足をかけた。

それから頭上に手をのばし、スロットルをすばやく引いた。エンジンの回転が上がるのを待って、バケット上下《ホイスト》レバーと旋回《スイング》レバーを握り、手前に引き戻す。エンジンが咆哮を放ち、二ヤードのバケットが冷えた摩擦式クラッチの伝える力を受けてにわかに振動し、地面を離れた。巨大マシンが勢いよく右に旋回する。トムはホイストレバーを押し出し、片足でブレーキを踏んで、バケットの上昇を停めた。バケット押し出し《クラウド》レバーを前に出す。バケットはめいっぱい押し出され、後端がセブンのフードをこすって、マフラーつきの排気筒と吸気管のプレクリーナーをもぎとった。トムは毒づいた。セブンはすばやく後退するはずと踏んでいたのだ。その読みが当たっていれば、鋳鉄製のラジエーターコアをうち砕いてやれたはずだった。ところがセブンは瞬時に判断をくだし、踏みとどまったのだ。

だが、今やセブンは動いていた。それも敏速に。トムがショベルの激しい旋回を停めるより早く、あの信じがたい速さのギアチェンジをして後方へ下がり、向きを変えて攻撃の届く範囲から抜け出してしまった。ショベルは重たい旋回クラッチからツンとくる煙を吐いて回転をゆるめ、停止したかと思うと、逆方向に回り始めた。トムはセブンに向かい合う位置で回転を停め、バケットを数フィート上げて手前に引いた。どんな事態にも対処できるよう半分ほど引き戻したのだ。四本の巨大なバケット刃が日光を浴びてきらめく。トムはケーブルとブーム、そしてバケットアームに鍛えられた目を走らせた。スライド部分の特殊潤滑油が黒光りし、グリースを塗りこんだケーブルや連結金具がゆるやかに垂れているようすに満足を覚える。巨大マシンはたのもしい姿で、いつでもすさまじいパワーを発揮できるよう、いたって従順に待機していた。

トムはセブンの破損したエンジンフードを探るように見た。折れた吸気管の端がぱっくりと開いてトムをにらみ返す。「ハハッ！」彼は言った。「乾いた泥灰土を二、三杯ぶちこんでやったら見物《みもの》だろうな」

トムはブルドーザーに用心深い目を当てたまま、斜面のほうへ向きを変え、バケットを下げて泥灰土に打ちこんだ。そのまま深く食いこませる。エンジンは救いを求めて叫びながら、ひたすらバケットを押しまくった。負荷が最大になったとき、すさまじい衝撃がトムの体を座席の上で激しく揺り動かした。肩越しにドアの外へ目をやると、セブンがふたたび後退してゆくところだった。走り寄ってきて運転室の後ろのカウンターウェイトに強烈なパンチを浴びせたのだ。トムはにやりと口もとをゆがめた。もっとましな攻撃でなければ効きはしない。後部にあるのは八～十トンの鋼《はがね》のかたまりだけ。このさい塗装を削られようが、トムには痛くも痒くもない。

トムは、満杯のバケットの両側に白い泥灰土をこぼしながら、ふたたび元の方向へマシンを旋回させた。ショベルは今や申し分のない動きを見せている。なぜならショベルというのは、バケットをいっぱいにしてまっすぐ立っているときいちばんバランスがいいように、後部におもりをつけてあるからだ。バケット上昇クラッチと旋回クラッチ、それにブレーキライニングが熱を帯び、夜中に結露した水滴を乾かしていった。マシンが操縦に応える感触に、トムの中のオペレーター魂が喜びを覚える。トムはスイングレバーを軽く引いて右に旋回させ、押し出して左に旋回させた。セブンの始めていたゆるやかな動きを追ったのだ。セブンは試合開始を待つ格闘家のように、用心深く行き来している。トムはつねに自分とブルドーザーのあいだにバケットをはさむようにした。さすがのセブンも、一日二十時間、嬉々として固い岩を砕くために造られた道具には歯が立たないとわかっていたからだ。

〈デイジー・エッタ〉がうなりを上げて突進してきた。トムはホイストレバーを思い切り引いた。バケットが上昇し、その下をブルドーザーがすりぬける。トムの手がバケット開放ボタンを殴りつける。巨大な鋼のあぎとが開き、セブンの壊れたフードめがけて泥灰土をぶちまけた。ブルドーザーのファンが土砂を吹き飛ばし、もうもうと砂ぼこりが立つ。だが、トムがバケットを停めて土砂を落とした一瞬は、ブルドーザーが後方へ逃れ去るには充分な時間だった。バケットをセブンに叩きつけ、エンジンブロックの上にあるコイル状のインジェクターチューブを粉砕しようとしたときには、セブンは退《しりぞ》いていたからだ。

砂ぼこりが晴れると、ブルドーザーが再度つっこんできた。左に行くと見せかけ、地面すれすれまで下りていたバケットめがけてブレードをふりおろす。トムはマシンを旋回させて迎え撃った。フェイントにだまされ、少し接近を許しすぎてしまった。バケットがブレードと激突して火花の雨を降らせ、ガーンという音を半マイル四方に響きわたらせる。セブンは近づいてくるとき、ブレードを高々と上げていた。ブレードの裏のA字型の支柱が二本のバケット刃のあいだにはさまったのを見て、トムは言葉にならない叫びを発した。ホイストレバーをひっつかんでバケットを上昇させ、ブルドーザーのフロント部分をまるごと持ちあげようとする。

〈デイジー・エッタ〉は車体を上下に揺すり、履帯で激しく地面をえぐりながら、身をもぎはなそうとブレードを上げ下げした。トムはバケットを引き戻してブルドーザーをもっと近くへ寄せようとした。これほどの重量を持ちあげるには、ブームの位置が低すぎたからだ。じっさいショベルの右の履帯は、今にも地面から浮きあがりそうだった。だが、バケットを前後に動かすクラッチだけでは、セブンをどうすることもできない。クラッチが過熱し、スリップし始めた。

トムは少しバケットを上げた。右の履帯が地面から一フィート浮きあがる。トムは毒づき、バケットを下ろした。一瞬のうちにブルドーザーは身をもぎはなした。トムはブルドーザーを追って必死にショベルを旋回させたが、とり逃がした。セブンは長いカーブを描いてつっこんでくる。トムは旋回してふたたび迎え撃った。ショベルの浴びせた痛烈な一撃を、セブンはブレードで受け止めた。そして今回は打たれたあとも退かず、バケットを押してじりじりと近づいてきた。トムがセブンの意図をつかめないでいるうちに、バケットはショベルの履帯の前まで来ており、それから履帯のあいだの地面に押しつけられていた。想像を絶するほどすばやくたくみな操作だった。しかも〈デイジー・エッタ〉がバケットを履帯のあいだに閉じこめている限り、ショベルは旋回することができないのだ。

トムは死に物狂いでクラウドレバーを動かしたが、ブームが上昇しただけだった。ブームを下に押さえつけているのは、それ自体の重みだけだったからだ。ホイストレバーを動かしたところ、クラッチから煙が上がり、エンジンの回転が危険なくらい下がって、エンスト寸前になってしまった。

トムはもう一度罵声《ばせい》を上げて、左手の小さなレバーのかたまりに手をのばした。ギアを切り替えるレバーだ。このタイプのショベルでは、バケットの押し出しと上げ下げを除くあらゆる操作をスイングレバーで行う。ギアを選択したオペレーターは、スイングレバーで前後への走行——つまり、履帯にパワーを送ること——ブームの上げ下げ、旋回をコントロールするのだ。マシンが一度にできるのはこのうちの一つだけ。走行ギアに入れれば旋回はできない。旋回ギアに入れればブームの上げ下げはできない。長年オペレーターをやっていると、一度ならずこうした能力の限界にいらだつことになる。だが今や、まともなことなど一つもないのだ。

トムは旋回ギアのレバーを押しさげ、走行ギアのレバーを引きあげた。走行に関わるクラッチは摩擦式ではなく噛合式だ。だから突起を噛み合わせる前にスロットルを絞り、アイドリングせねばならない。ショベルのエンジンが回転を落とすと、〈デイジー・エッタ〉は何か手を打てそうだと判断し、バケットに猛然と力をかけてきた。だが、トムはあらゆるレバーをニュートラルにしていたので、〈デイジー・エッタ〉は新品の鋭い滑り止めを回して深々と土砂をえぐりながら、地面に埋まってゆくはめになった。

トムはふたたびスロットルを開き、スイングレバーを押し出した。ドライブチェーンが盛大なピシピシという音を立て、巨大な履帯が回り始めた。

〈デイジー・エッタ〉の滑り止めは鋭かった。履帯は幅二十インチ、長さ十四フィート、その上に十四トンの鋼が乗っている。だがショベルの巨大で平らな履帯は幅三フィート、長さ二十フィート、乗っているのは四十七トン。とうてい勝負にならない。ショベルのエンジンはたいへんな作業に音《ね》をあげて吼え立てたが、エンストする気配はなかった。〈デイジー・エッタ〉は、後ろへ押されながら前進ギアに入れるという信じがたい離れ業をやってのけたが、何の役にも立たなかった。セブンの履帯が前進しようとして空回りし、地面に深くもぐりこむ。そしてゆっくりと、着実に、セブンはショベルによって後方へ押し出され、掘削面に追いやられていった。

奮闘するマシンのものではない音が聞こえた。トムが外を見ると、ケリーが掘削面の頂上にいた。タバコをふかし、崖縁から足をぶらぶらさせ、大試合のリングサイドにいるかのように——じっさいそのとおりなのだが——両手でパンチを打つ真似をしている。

ブルドーザーにはもはや選択の余地は残されていなかった。ショベルの前からどかなければ、このまま斜面に押しつけられ、燃料タンクを潰されてしまう。いったん斜面に釘付けになれば、おもむろにバケットをふりあげたトムに、粉々にされてしまいかねない。一方、斜面に押しつけられる前に向きを変えれば、トムのバケットを解放せざるをえない。セブンはやむなくこちらを選んだ。

ショベルのエンジンがトムに警告を発したが、いたって控えめな警告だった。負荷を奪われた際のささやくような音によって、ブルドーザーがギアをバックに入れているとトムに気づかせたのだ。トムがホイストレバーをすばやく引き戻すと、ブルドーザーの後退と同時にバケットが上昇した。トムはバケットを押し出し、下へ叩きつけた——が、当たらなかった。ブルドーザーがすばやく脇へよけたせいだ――ショベルが走行ギアに入っているあいだは、旋回して追いかけることもできない。そのとき〈デイジー・エッタ〉がつっこんできた。片方の履帯を斜面にかけ、押しアームの先で地面をこすらんばかりにして、ブレードの片端を高々と上げている。まさかそう来るとは思わなかったので、トムは完全にふいを突かれた。ブルドーザーはバケットめがけて突進し、ブレードの切刃をバケット刃の隙間に打ちこんだ。今回は車体の全重量をかけてバケットをその場に釘付けにしたのだ。ブルドーザー自身も逃れるすべはない――だが同時に、バケットをショベルのセンターピンからかなりはずれた位置に固定したので、トムがバケットを上げようとすれば、怪物《ショベル》のバランスを崩し、転倒させるはめになるだろう。〈デイジー・エッタ〉は履帯をきしらせながら、バケットを引きずって後退していった。やがてバケットが衝突よけのブロックにひっかかった。するとブルドーザーは横に移動して斜面に向かい始めた。トムが試しにバケットを引き戻そうとすると、ブルドーザーはギアチェンジしてバケットとともに前進し、ブレードの片端を斜面に深々と突き立てた。

膠着《こうちゃく》状態。ブルドーザーはバケットにぶら下がり、その動きを奪っていた。トムはバケットを引き戻そうとしたが、ブルドーザーは斜面にがっちりとブレードを食いこませていた。トムは旋回やバケット上げも試みた。過酷な作業を強いられたクラッチは、煙を吐くことしかできなかった。トムはうなり、スロットルを絞ってアイドリングし、窓から身をのり出した。〈デイジー・エッタ〉もアイドリング中だったが、マフラーがないため騒音を響かせていた。筒を奪われた排気管が耳障りで平板な音を立てている。だが、二基の大型エンジンの咆哮を聞いたあとでは、この程度の静けさでも無音に近く思われた。

ケリーが声をかけてきた。「相撃ちか？」

「そのようだ。あいつに近づいて、少しおとなしくさせてやれると思うか？」

ケリーは肩をすくめた。「さあな。そいつが本当に自分から停まったとしたら、今までにないことだ。そのマシンはあなどれんぞ、トム。何か奥の手を隠してるんでなきゃ、みすみすそんなとこにはまりこんだりするもんか」

「まあ、あのざまを見ろよ！　仮にあいつが行儀のいいブルドーザーで、あそこから救い出してやらなきゃならんとしたら？　バケット刃から外れるくらいブレードを高く上げることはできんだろう。できると思うか？」

「ちょっとばかり時間がかかるかもしれん」ケリーはゆっくりと言った。「そいつもいよいよおしまいってことか」

「よし、とどめを刺そう」

「どうやって？」

「棒を持ってきて、管をはぎ取るんだ」トムが言っているのは、圧力がかかるとポンプからインジェクターまで燃料を運ぶ、コイル状の真鍮管《しんちゅうかん》のことだった。何フィートもの長さがあり、ポンプのオイルタンクから出てシリンダー・ヘッドの上部に重なり、膨張コイルの役目をしている。

トムがそう言うと、アイドリングしていた〈デイジー・エッタ〉はだしぬけに、このマシンの特徴である、狂ったようなエンジン回転数の上げ下げを始めた。

「こいつ！」トムは騒音に負けじと声を張りあげる。「盗み聞きしやがった！」

ケリーは掘削面を滑り降り、ショベルの履帯に降り立つと、窓から首をつっこんできた。

「棒を取ってきてやってみるか？」

「やろう！」

トムは工具箱のところへ行き、ケリーがマシンのケーブル交換に使っているバールを取り出すと、地面に飛び降りた。二人は用心深くブルドーザーに近づいていった。ブルドーザーは二人の接近につれてエンジンの回転数を上昇させ、激しく振動し始めた。フロント部分を上下させ、履帯を回し始め、がっちりはさまったブレードをふりほどこうとする。

「まあまあ、姉ちゃん、落ち着けよ」トムが言う。「地面に埋まっちまうだけだぜ。いい娘《こ》だからおとなしくしてな。身から出た錆だぜ」

「気をつけろ」とケリー。トムはバールを持ちあげ、フェンダーに片手をかけた。

ブルドーザーは文字通り身を震わせ、ラジエーター上部のゴムホース接合部から、熱湯を勢いよく噴き出した。扇状に広がった煮え湯が二人の顔面を直撃する。二人は罵声を上げてよろよろと後ずさった。

「だいじょうぶか、トム」しばらくたって、ケリーがあえぎながら言った。湯の大部分は口と頬のあたりにかかっていた。トムはひざをつき、シャツの裾をはみ出させて、顔をこすっていた。

「目が……くそっ、目が――」

「見せてみろ！」ケリーはトムのかたわらにしゃがむと、彼の手首をつかみ、手を顔からそっと外した。そして口笛を漏らした。「ちくしょう」と歯ぎしりする。それからトムを立たせてやり、数フィート離れた場所まで連れていった。「ここにいろ」かすれた声で言う。ふり返り、バールを拾うと、ブルドーザーめざして歩いていった。「この化け物――！」怒声を上げ、コイル状の管めがけて、バールを槍《やり》のように投げつける。ねらいが少し高かった。バールは破損したフードに当たり、金属に深いへこみを作った。へこみはすぐさまボコッと派手な音を立てて盛りあがり、バールをケリーめがけて投げ返した。ケリーは頭をひょいと下げた。バールはひゅっと頭上を越え、トムのふくらはぎに当たった。トムは打たれた雄牛のようにひざを折ったが、よろめきながらふたたび立ちあがった。

「くそ！」ケリーは怒鳴り、トムの腕をつかむと、掘削面のカーブの先へ押していった。「すわってろ！　すぐ戻る」

「どこへ行くんだ？　ケリー――気をつけろよ！」

「気をつけるとも！」

ケリーは長い脚でショベルまでの道を一気に駆け戻った。運転室に飛び乗り、エンジンの後方に手をのばしてマスター・スロットルを全開にする。座席の後ろに近づいて運転スロットルを開くと、エンジンが咆哮を上げた。ケリーはホイストレバーを引いて無理やり手前に倒すと、しなやかな足どりできびすを返し、マシンから飛び降りた。

ホイストドラムが回転し、ケーブルのゆるみを引きあげた。負荷のかかったケーブルがピンと張り詰める。のしかかったブルドーザーの重みの下で、バケットが小刻みに振動する。それからゆっくりと、巨大で平らな履帯の後部が地面を離れ始めた。ばかでかく従順なメカのかたまりは前のめりになり、履帯の先だけを地面につけていた。エンジンは回転数を落とし、信じがたい量の負荷を受け止めていたが、それでも奮闘をやめなかった。二本あるホイストケーブルの一本が切れ、ビュンビュン音を立てて跳ね回った。そのとき、今までバランスを保っていたショベルが――いきなりぐらついた――

次の瞬間、ショベルはぐらりと傾き、大地を揺るがす轟音とともに転倒していた。ブーム部分の八トンの鋼が、ブルドーザーのブレードにガーンと激突し、のしかかって、自由を奪うバケット刃の列にがっちりと押しつけた。

〈デイジー・エッタ〉はもはや動こうとはせず、エンジンを弱々しく空ぶかししていた。ケリーは鼻に親指を当てて手をひらひらさせながら、ブルドーザーの脇を悠々と通りすぎ、トムの元へ戻った。

「ケリー！　戻ってこないかと思ったぞ！　何があったんだ？」

「ショベルが前に倒れた」

「なんだと！　ブルドーザーの上にか？」

「いや。だが、ブームがブレードの上に載ってる。あいつは罠にかかったネズミ同然だ」

「ネズミが脚を嚙み切って逃げ出さんよう用心したほうがいい」トムは真顔で言った。「まだ動いてるのか、あいつは？」

「ああ。だが、すぐに手は打つさ」

「もちろんだ。どんな手を打つ？」

「どんな手？　さあね。ダイナマイトがいいんじゃないか。目はどうだ」

トムは片目を薄く開けてうめいた。「いてえ。だが、少しは見える。湯はほとんどまぶたにかかったからな。ダイナマイトと言ったか？　まあ、まずは考えよう。頭を使うんだ」

トムは斜面に背中をもたせて脚をのばした。「なあ、ケリー、ここ数時間は死ぬほど忙しくて考える暇もなかったが、しきりに浮かんでくる考えがあるんだ――おれがそのことで頭を絞ってたのは、もうずいぶん前の話だ。リヴェラが怪我したいきさつをおれがひた隠しにして、それ以上の事態になってると、おまえらには知らせてもいなかったころさ。今ならおれが口を割って全部吐き出しちまっても、狂人扱いはしないよな」

「この先」ケリーは熱をこめて言った。「どんなやつのことも狂人扱いはしない。こんな目に遭った以上、何だって信じるさ」彼は腰をおろした。

「よし。あのブルドーザーのことだが、あいつの中に入ったのは何だと思う？」

「さあね。見当もつかんよ」

「まあ――そう言うな。『見当もつかん』で済ませちゃいかん。あいつをどうしたらいいか知るには、この件をあらゆる角度から考えてみなくちゃな。まずは話を整理しよう。あれはいつ始まった？　台地の上にいたときだ。どうやって？　リヴェラがセブンで古い建物を切り崩してた。あいつはその中から出てきた。さて、ここからが本題だ。あいつに関してこれだけのことが言える。あいつは知能を持ってる。マシンには入れるが、人間には入れん。それに――」

「それはどうかな。どうして人間には入れんとわかる?」

「そうするチャンスはあったのに、しなかったからだ。あいつが飛び出してきたとき、おれは穴のすぐそばにいた。リヴェラはそのときマシンの上にいた。あいつはおれたちをじかに襲いはしなかった。ブルドーザーの中に入り、ブルドーザーをあやつって襲ってきたんだ。つまりこうも考えられる、あいつはマシンの外にいるときは人間を傷つけられないが、マシンの中に入ったら、それしか望まなくなるんだ。いいか?

話を進めるぞ。あいつはマシンの中に入ったら出てこられない。そのチャンスはいくらでもあったのに、利用しなかったからな。たとえばショベルともみ合ったときだ。やつがショベルに乗り移ってたら、おれをこっぴどい目に遭わせてたことだろう――できるものなら絶対にそうしてたさ」

「そこまではわかった。だが、やつをどう始末すりゃいい?」

「そこが肝心のところだ。ブルドーザーを破壊するだけじゃ足りないと思う。燃やそうが、爆破しようが、何であれ台地の上でマシンの中に入ったやつを傷つけることはできんだろう」

「たしかにな。だが、ブルドーザーをぶち壊す以外に何ができる? あいつの正体は見当もつかないんだぜ」

「いや、見当はつくと思う。ピーブルズを殺したアークについて、おれがあんたにおかしな質問をしたのを覚えてるか。実は、あの事件が起こったとき、別のことがいろいろ思い出されたんだ。一つ——あれがあそこの穴から出てきたとき、溶接してるときと同じ匂いがした。たまに雷が間近に落ちたときも、そんな匂いがする」

「オゾンだ」とケリー。

「ああ——オゾンだ。次に、あれは肉じゃなく金属を好む。だが何より、あのアークだ。あれは実に奇妙だった。あんたも——おれよりよく——知ってるよな、アーク発生器にあんなことをする力はない。人間を殺したり、アークを五十フィート飛ばしたりはできないんだ。だが、あのときはやってのけた。だからおれはあんたにきいたのさ、何か、、、——一種のフィールドとかそういったものが——発生器から電流を一度に、ふつうより速く吸い出すことはできるかと。なぜなら、あいつは電気的なものだからだ。そう考えるとつじつまがあう」

「電子的、だろ」ケリーはあやしむような、考えこむような声を出した。

「どっちだか知らんがな。まあ、話はこれからだ。ピーブルズが殺されたとき、奇妙なことが起こった。チャブの話を覚えてるか？ セブンは後退したんだ——まっすぐ三十フィートばかり下がって、後ろにあったロードローラーにぶつかって停まった。だが、始動エンジンに燃料は入ってなかったんだ——そのときは始動エンジンすら使わずに動いたってわけだ——しかも圧縮バルブは開いたままだった！

ケリー、はっきり言ってブルドーザーの中にいるやつは、たいしたことはできん。台地の上で大暴れしたあと、自分を修理することはできなかった。マシンがふつうにやることに毛が生えた程度のことしかできないんだ。どうやらあいつがじっさいにやれるのは、操作レバーを動かしたように、スプリングの引く力を押す力に変えたり、スロットルレバーの歯止めを外したように、止まってるはずの金具を滑らせたりすることくらいだ。自分で始動エンジンをかけるくらいだから、歯車を回すことはできる。だが、もしもあいつに力があり余ってるとしたら、始動エンジンを使うことはなかったはずだ！　見たところ、あいつが今までにやってのけた最大の仕事は、ピーブルズがやられたとき、あの溶接機から後ずさったことさ。さて、なんであいつはあのとき、そんな真似をしたのか」

「硫黄《いおう》の臭いが気に食わなかったんだろう、聖書にそう書いてある」ケリーがむっつりと言う。

「いい線いってると思う。いいか、ケリー——あいつはものごとを感じるんだ。つまり、ムカつくこともできる。そうでなくちゃ、あんなふうにショベルに何度も向かってきたりするはずがない。ものを考えられるのさ。だが、それだけのことができるなら、怖がることもできるはずだ！」

「怖がる？　なんで怖がることがあるんだ？」

「よく聞け。アークに打たれたとき、あいつの中で何かが起こったんだ。なんだったかな、いちど雑誌で熱について読んだんだ——分子は熱くなると猛烈に動き回るとかなんとか」

「そのとおりだ。熱を加えると、分子の運動は激しくなる。だが——」

「だが、じゃない。マシンはあのあと四時間熱を帯びてた。だがその帯び方がおかしかったんだ。アーク溶接したときのようにアークの当たった周りだけが熱かったんじゃない。マシン全体が熱かった——排土板から燃料タンクのキャップにいたるまで。どこもかしこも。不運な親父が手をかけてたブレードのてっぺんも、ファイナル・ドライブのケーシングの裏も、同じくらいの熱さだった。

だからおれはこう思うんだ」しゃべるにつれて考えがまとまってきて、トムは興奮し始めた。「あいつは怖がってた——溶接機からあとずさるくらい。もてる力をふり絞って、あの溶接機から離れようとするぐらい。そのあと具合が悪くなった。なぜって、得体の知れないものにとり憑かれて以来、あいつが人の近くにいながら殺そうとしなかったのは、アークに打たれたあとの二日間だけだったからな。デニスがクランクを持ってきたとき、あいつはエンジンをかける元気を取り戻してた。それでも本調子になるまでは、だれかに動かしてもらわなきゃならなかった」

「だがやつはなぜ、デニスを乗せたとき、向きを変えて溶接機をぶち壊してしまわなかったんだ？」

「二つに一つだ。その力がなかったか、勇気がなかったか。ひょっとすると恐怖のあまり、あの場所を離れたい、溶接機から遠ざかりたいと思ってたのかもしれん」

「一晩あれば、そのために戻ってくることもできただろうに！」

「まだ怖かったんだ。いや……そう、そうだ！　まずは他にすることがあったのさ。あいつの念頭にあるのは、とにかく人を殺すことだ——そうとしか考えられん。そのために作られたんだ。ブルドーザーが、じゃないぞ——あのマシンは実にいい出来だ。マシンじゃなくて、それを走らせてるやつのほうさ」

「あいつはいったい何ものなんだ」ケリーが考えこむ。「その古い建物――寺院――とか、そういったもの――から出てきたんだな。どのくらい生きてるんだ？　いつからそこにいたんだ？　何に閉じこめられたんだ？」

「あいつを閉じこめていたのは、建物の内側を覆っていた、おかしな灰色のものさ」とトム。

「岩のようにも煙のようにも見えた。

見るからに気味悪かったのはその色さ。近づいたときリヴェラもおれもゾーッとしたぜ。何だったのかはきくなよ。よく見ようと思って近づいたときには、そいつは消えちまってた。とにかく、建物の中からはな。地面に小さなかたまりがあった。元の物体の一部なのか、全体が丸まってボール状になっちまったのかはわからん。あれのことを考えるだけでまた寒気がするぜ」

ケリーは立ちあがった。「まあそいつのことはいい。ここで少し長話しすぎたな。あんたの言うことは一理ある。ちょいとバカげたことを試してみたくなったよ。おれの言いたいこと、わかってくれるよな。あの溶接機でブルドーザーの中の悪魔を追い出せるっていうんなら、このおれに任せとけ。特に五十フィート離れた場所からでいいならな。どっかそのへんにダンプターがあるはずだ。ここから移動しよう。動けるか？」

「なんとか」トムは立ちあがり、二人はいっしょに掘削面をたどってダンプターのところまで行った。乗りこみ、エンジンをかけ、キャンプをめざした。

半分ほど来たところでケリーはふり返り、はっと息を呑むと、口をトムの耳元に寄せ、エンジンの絶叫をついて声を張りあげた。「トム！　罠にかかったネズミが脚を嚙み切るって話を覚えてるか？

〈デイジー〉もそれをやりやがった！　ブレードと押しアームを残して追っかけてくるぜ！」

　彼らは爆音とともにキャンプに入ると、溶接機のかたわらに停車し、追いかけてくる砂ぼこりを見て息を呑んだ。

　ケリーが言った。「ダンプターに溶接機をつなぐ牽引ピンがないか、そのへんを探してくれ。おれは水と食料を取ってくる！」

　トムはにやっと笑った。ケリーともあろうものが、ダンプターには牽引棒がついていないことを忘れるとは！　トムは膨れあがったまぶたの下の細い隙間からのぞくようにして、手さぐりで工具箱まで行き、その後ろをまさぐってU字型金具《シャックル》のありかをつきとめた。それからダンプターに乗りこみ、ぐるりと向きを変えると、バックで溶接機に近づいていった。溶接機の操舵棒《ステアリングタン》の先の輪にシャックルを通してピンをねじこみ、ダンプターのフロントの牽引フックにひっかける。ダンプターはその構造からいって、どちらが前か後ろかはっきりしないし、正逆転機がついていて、どんなスピードでも前進・後退できる。たまには「後ろ向きに」運転しても、まったく問題はないのだ。

　ケリーが息を切らし、足音を響かせて駆けてきた。「できたか？　よし。シャックル？　牽引棒がないのか！　〈デイジー〉はすごい勢いで近づいてくる。海岸に出よう。この窪地からだいぶ離れるまで姿を隠しながら行けるし、運転もまあまあしやすそうだ。このポンコツが砂に埋まっちまわなければな」

トムは「よし」と答えてケリーとともに乗りこみ、蓋《ふた》を開けたK号携帯食の缶詰を受け取った。「ただしゆっくり行ってくれ。あんまりガタガタ揺れると、溶接機がフックから外れちまうぞ。今あいつをなくすわけにはいかん」

ダンプターは出発し、うなりを上げて海岸を進んでいった。四分の一マイル向こうに、平地を横切ってくるセブンの姿が見えた。セブンはたちどころに向きを変え、二人を途中で捕まえるコースを取った。

「来るぞ！」ケリーが叫び、アクセルをぐっと踏みこんだ。トムは背もたれから身を乗り出して牽引中の溶接機に目を当てていた。「おい！　ゆっくり行け！　気をつけろ！　おいっ！」

手遅れだった。溶接機のタンは、その一揺れにあまりにも多くの反応を返した。シャックルがはねてフックから外れ、溶接機はがくんと傾いて左に勢いよく回った。タンが砂地にずぶりと突き刺さる。その上で本体が横揺れし、ボキリとタンを折り、ひどく斜めにかしいでようやく停まった。奇跡的に転倒だけはまぬがれた。

ケリーが急ブレーキを踏み、二人の頭は今にも肩から転げ落ちそうになった。二人は飛び降り、溶接機まで駆け戻った。溶接機は無傷だったが、今やとても牽引することはできない。

「決着をつけるとしたら、この場所になるな」

周辺の海岸は幅およそ三十ヤード、砂地はほぼ平坦で、すそを浸食されたソーグラスの土手が陸側の縁を形成し、小山や岬《みさき》をなして連なっていた。トムがマシンのそばにとどまり、始動ボタンやアーク発生ボタンの接触を確かめているあいだ、ケリーは小山の一つに登って頂上に立ち、今走ってきた海岸に目を走らせた。だしぬけに大声を上げ、手をふり始める。

「どうした?」

「アルだ!」ケリーが答える。「パン・トラクターに乗ってる!」

トムは作業を中断し、ケリーのかたわらまで来た。「セブンはどこだ? 見えんぞ」

「海岸で向きを変えて、車輪の跡を追ってくる。アル! アル! この小悪党、こっちだ!」

今やトムにもうっすらと見分けられた。パン・トラクターがまっすぐ二人のいる海岸へ近づいてくる。

「あいつ、〈デイジー・エッタ〉が見えてねえんだ」ケリーが吐き捨てるように言う。「でなきゃこっちへ来るわけねえからな」

五十ヤード手前でアルは停車し、スロットルを絞った。ケリーは大声を上げて彼に手をふった。アルはマシンの上に立ち、口の周りに丸く手を当てた。「セブンはどこだァ?」

「気にすんな! そのトラクターでここまで来い」

アルは動かない。ケリーはののしり、彼のほうへ駆け出した。「くんなよォ」近づいてきたケリーにアルが言い放つ。

「てめえの相手してる暇はねえんだ」とケリー。「そのトラクターで海岸まで来い」

「〈デイジー・エッタ〉はどこだってんだよォ」アルの声は奇妙にひきつっていた。

「おれたちを追ってくる」ケリーは肩越しに親指で指した。「海岸だ」

アルはパチッと音がするほどギョロ目を大きく見開いた。くるりときびすを返し、マシンから飛び降りて走り出す。ケリーは声にならない一言を発したが、それはなぜか、今までに彼の発したどんな悪態よりも口汚い感じだった。それから彼はマシンの座席に飛び乗った。「おい！」見る間に小さくなってゆくアルの後ろ姿に叫ぶ。「そっちへ行ったら、やつと鉢合わせだぞ」アルは聞こえないようすで海岸を走り去っていった。

ケリーはギアを五速に入れ、スロットルを開いた。トラクターが動き出すと、マスター・クラッチを乱暴に切り、オーバードライブ・レバーを引いて六速に入れ、クラッチをふたたびつないだ。マシンが停止する暇もないほどすばやい操作だった。疾走するマシンは、でこぼこの地面を飛んだり跳ねたりしながら、かん高い音を立てて海岸をめざした。

トムは手さぐりで溶接機まで戻りかけていた。セブンが間近に迫っているのが見えたというより聞きとれた――なにしろセブンは小夜啼鳥《ナイチンゲール》とは程遠いからだ。特に排気筒をなくした今は。

トムとケリーは同時に溶接機までたどり着いた。

「後ろへ回れ」トムは命じた。「タイロッドにシャックルを噛ませる。あの二つの小山のあいだの窪地までこいつを押していけないかやってみてくれ。ただしゆっくりとな――この発生器を壊したくはないだろう。アルはどこだ」

「きくなよ。海岸を〈デイジー〉めがけて走っていった」

「なんだと？」

二サイクルエンジンのかん高い音が、ケリーの返事をかき消した。返事があったとしたらの話だが。ケリーは溶接機の後ろへ回りこみ、ブレードを当てた。それから低速ギアに入れ、クラッチをなめらかに軽くつないで、トムの示した場所へ溶接機をゆっくりと押していった。突出した二つの崖のはざまの小さな谷だ。ここではその地形に合わせて、海岸線も高潮線も陸地に深く入りこんでおり、海水はほんの数フィート先にあった。

トムが手を上げるとケリーは停車した。張り出した岩棚の向こう側、今は彼らの目に入らない場所から、セブンの排気の平板な咆哮が聞こえてくる。ケリーはトラクターから飛び降り、溶接機のケーブル掛けからケーブルの輪を必死にくり出しているトムを手伝いにいった。「どんな手でいく？」

「どうにかしてセブンを接地しなくちゃならん」トムは息を弾ませて言った。ケーブルの最後の部分を投げ出してよじれを直し、パネルに向き直る。

「ピーブルズのときはどれくらいだった——およそ六十ボルト、電流は『特殊作業用』か？」ダイアルを回し、始動ボタンを押す。エンジンが即座に応えた。ケリーはアースクリップと溶接棒ホルダーを拾いあげて二つを軽く触れ合わせた。ソレノイド・ガバナが負荷を感知し、エンジンが低いうなりを上げると同時に、勢いよく火花が飛び散った。

「よし」トムは発生器のスイッチを切る。「さて、エレクトリック中将、あの怪物を接地する方法を考えてくれ」

ケリーは口元を引き締めてかぶりをふった。「さてね——だれかがやつにこのクリップを留めてくるしかない」

「いや、それはいかん。どっちかが殺されるとしたら——」

ケリーはしなやかな体に緊張をみなぎらせ、アースクリップを無造作に放りあげた。「そいつは言いっこなしだぜ、トム。あんたはまだそんなことができるほど目がよく見えない、だからおれのほうが適任だ。あんただって、やれるものなら自分でやっていただろう。だから——」

彼はふいに言葉を切った。接近するセブンの咆哮は着実に高まってきていたが、それが途絶えたかと思うと、〈デイジー・エッタ〉お好みの、不規則で異様なスロットル操作による、耳障りな音が聞こえ始めたからだ。

「あいつどうしたんだ?」

ケリーは駆け出し、土手をよじ登った。「トム!」とあえぐ。「トム——こっち来てみろ!」

トムもあとを追った。二人は並んで寝そべり、崖の頂上越しに驚くべき光景をのぞき見た。

〈デイジー・エッタ〉が海岸にいた。水際近くで停車している。その二、三十フィート手前にアル・ノウルズが立っていた。両手をさしのべ、早口にまくしたてている。〈デイジー〉の立てる音があまりに騒々しいので、アルの声は聞こえてこない。

「おれたちのためにあいつを引き止めといてくれるほどの根性が、アルにあったと思うか?」

トムはきいた。

「もしもそうだとしたら、この島で起きたいちばんの珍事ってことになる」ケリーがささやく。

「あいつにそんなとこがあったとはな」

セブンはエンジンの回転を上げて車体を震わせ、それからスロットルを絞った。そのままひどく回転を落としたので、エンジンを切ったのかと二人は思った。だがセブンは最後の二回転と同時にエンジンを吹かし、静かにアイドリングし始めた。それで二人にも声が聞こえるようになった。

アルの声はかん高く、ヒステリックだった。「――手伝いにきたんだよォ、手伝いにさァ、殺さないでくれよォ、手伝ってやっからさァ――」一歩前へ踏み出す。ブルドーザーがブルンとうなると、彼はひざをついた。「洗車して、グリース塗って、オイル交換してやるよ」かん高く平板な声は続いた。

「あいつ人間じゃねえな」ケリーはあきれはてて言った。

「しかも手に負えねえ」トムが苦笑いする。

「――手伝わせてくれよォ。あんたが壊れたら修理してやる。ほかのやつらをブチ殺す手伝いもしてやる――」

「いや、手伝いはいらんだろう！」とトム。

「あのダニ野郎」ケリーはうなった。「腐ったちっぽけな裏切り者のイタチ野郎！」と、立ちあがる。「おい、アル！　バカな真似はよせ！　今すぐだ！　そいつがおまえを殺さねえなら、おれがやってやる。そっから動かねえつもりならな」

アルは今や泣き叫んでいた。「うるせェ！」と絶叫する。「だれが一番強いか、おれにゃわかってんだよォ、おまえらだってそうだろ！」ブルドーザーを指差す。「こいつの望みどおりにしてやんなきゃ、みんなブチ殺されちまうんだぜ！」マシンをふり返る。「おれさァ、あんたのために、あいつらを、こ、殺してやるよ。あんたを洗って、ピカピカにして、フードも、な、直してやる。ブレードもつけ直して……」

長身の男が怒り狂って駆け出そうとしたとき、トムは腕をのばしてその両脚をつかんだ。「行くな」と吼える。「どうするつもりだ――アルをぶちのめす代わりに殺されたいのか」

ケリーは腰をかがめて引き返すと、トムのかたわらにどさりと身を投げ出し、両手に顔をうずめた。激しい怒りに身を震わせている。

「そう怒るな」とトム。「あいつは頭がイカれてんだ。〈デイジー〉と同じくらい話の通じない相手なのさ。痛い目に遭わせたいなら〈デイジー〉に任せとけ」

「いや、トム、そうじゃない。あいつが腹を立てる価値もないやつだってことはわかってるさ。だが、ここで手をこまねいて、あいつがむざむざ殺されるのを見ちゃいられねえ。見ちゃいられねえんだよ、トム」

トムはケリーの肩をドンと叩いた。かけるべき言葉がなかったからだ。ふいに彼は身をこわばらせ、指をパチンと鳴らした。

「接地できるぞ」海のほうを指差しながら、勢いこんで言う。「水だ――波のかかる濡れた砂浜。アースクリップをあそこまで持っていって、やつを近くへおびき寄せれば――」

「パン・トラクターを接地しよう。そして水の中へ運ぶんだ。届くはずだ――少なくとも、一部分は」

「それだ――やるぞ」

彼らは斜面を滑り降り、アースクリップをつかむと、パン・トラクターのフレームに固定した。

「おれがやる」トムは言い、口を開きかけたケリーを溶接機のほうへ押し戻した。「ごたごた言ってる暇はない」と言い捨て、マシンに飛び乗ってさっとギアを入れ、出発した。ケリーはトラクターのほうへ一歩踏み出したが、そのとき、溶接機の車輪にからまりそうな接地ケーブルの輪を目ざとく見つけた。彼は踏みとどまってケーブルの輪を放り出し、残りのケーブルがうまく伸びきるようにくり出していった。トムは訓練されたオペレーターの信じがたい集中力によって、後方の砂浜に引きずったケーブルの黒い筋だけを見つめていた。ケーブルがピンと張ったところで停車する。履帯の前部が穏やかな波に洗われていた。トムはセブンから離れたほうへ降り立って、じっと目を凝らした。何か動きがあり、エンジンのうなりは今やアイドリング音より少し高くなっていたが、あまりよくは見えなかった。

ケリーは溶接棒ホルダーを拾いあげ、張り出した土手の上へ偵察に行った。アルは立ちあがり、あいかわらずヒステリックにささやきながら、〈デイジー・エッタ〉のほうへにじり寄っていた。ケリーはすばやく引き返すとアーク発生スイッチを入れ、ふたたび土手を登って海岸と平行に走るソーグラスの藪の中を這い進んだ。やがて手の中のホルダーに引っぱられ、ケーブルが尽きたことがわかった。海岸をのぞき見て、今の場所を離れた場合のアークの発生具合を注意深く目測し、ケーブルをピンと張ったまま海岸に出た。どちらへ移動しても、とり憑かれたマシンから七十フィート以内に行くことはできない。まして五十フィート以内には。マシンをもっと近くへひき寄せなくては。それから濡れた砂浜へ、もしくは水中へおびき寄せるのだ――

マシンがどうやら動こうとしないのに調子づいて、アル・ノウルズは用心しながらも距離を縮めていった。相変わらずべらべらとまくし立てている。「――あいつらを殺しちまったらよォ、内緒にしとこうぜ、そのうち荷船がきておれたちを島から連れ出してくれっからよォ、別の仕事にかかって、もっとたくさん殺してやろうぜ……あんたの履帯が乾いてキーキー言い出したら、血でビショビショにすんだ、あんた王様になれるぜ……あっち見な、あっち見なよ、〈デイジー・エッタ〉、あすこにいるぜ、もう一台のブルドーザーのそばだよ、あいつらあすこにいるんだよ、殺しな、〈デイジー〉、殺しちまいな、〈デイジー〉、手伝わせてくれよォ……いいだろ。〈デイジー〉、いいだろ、いいってゆってくれよォ――」するとエンジンが咆哮で応えた。アルはぐっと身を乗り出してラジエーター・ガードにおずおずと手をかけたが、ブルドーザーはじっとしていた。うなりを上げてはいるが、動こうとはしない。アルは後ろへ下がって、腕で合図を送り、パン・トラクターのほうへゆっくりと歩き出した。犬を調教する人間のように、後ろに目をやりながら進んでゆく。「ほーらほら、あすこに一人いるぜ、殺せ、殺せ、殺しちまおうぜ……」

ブルドーザーはブルンと音を立て、エンジンの回転を上げて従った。

ケリーは唇を舐めたが、舌もからからに乾いていたので意味はなかった。気の狂った男が目の前を通り過ぎ、まっすぐ砂浜のまん中へ歩いてゆく。そしてもはやブルドーザーとは呼べないトラクターが彼のあとを追う。だがそこの砂は乾燥しきっていた。日光にあぶられ、さらさらに乾いているのだ。トラクターが通り過ぎると、ケリーは四つんばいで身を起こし、土手のすそを越えて砂浜に降り立ち、その場で身をかがめた。

アルがささやく。「いい娘《こ》だ、ハニー、愛してるぜェ、ホントに——」

ケリーは機銃掃射をかいくぐるように身を低くして走った。できるだけ身を小さくしようと心がけ、自分が納屋の扉みたいに大きいと感じながら。トラクターの通過でくぼんだ砂が今や足の下にある。彼は近づきすぎるのを恐れて立ち止まった。接地の不十分な、力の弱いアークが手の中のホルダーから飛び出して、トラクターの中のものを警戒させ、怒らせるだけに終わってはいけない。まさにその瞬間、アルに見つけられた。

「あすこだ!」アルが絶叫する。トラクターはぴたりと停まった。「後ろだ! つかまえろ、〈デイジー〉! 殺せ、殺せ、殺せェ」

ケリーは耐えがたいほどの激怒と敗北感を覚えながら、ほとんどくたびれたように立ちあがった。「水の中だ」彼は呼びかけた。全身全霊でそう願っていたからだ。「そいつを水の中へ入れろ! 履帯を濡らせ! アル!」

「殺せ、殺せ――」
トラクターが向きを変え始めたとき、パン・トラクターの向こうからやかましい音が聞こえてきた。トムがジャンプし、叫び、腕をふり回し、罵声を上げている。彼はマシンの後ろから走り出て、まっすぐセブンに向かってきた。〈デイジー・エッタ〉はエンジンのうなりを上げ、迎え撃とうと旋回した。アルがきわどいところで飛びすさる。トムはさっと向きを変え、激しく上下する足の下から砂をまきあげながら、まっすぐ水に入っていった。腰の深さあたりまで進んだとき、ふいに姿がかき消えた。水をはねかしながら海面に浮きあがり、まだ何か叫ぼうとしている。ケリーはホルダーをぐっと握りなおすと、突進した。

〈デイジー・エッタ〉はトムのがむしゃらな走りを追って、パン・トラクターから十五フィートもない場所まで来ていた。そして今や〈デイジー〉も波につかっていた。ケリーは長い脚に出せる限りの速さですばやく距離をつめた。あと少しで問題の五十フィート以内というとき、アル・ノウルズが殴りかかってきた。

アルは口から泡を吹き、わけのわからないことを口走っていた。二人は猛然とぶつかりあった。ケリーはストレートパンチを外し、アルの頭突きをみぞおちに食らって、盛大なウーッという声とともに息を詰まらせた。背の高い材木のようにひっくり返る。世界中がぐるぐるまわる赤灰色のもやと化していた。アルは自分より大柄な男にとびかかり、ひっかき、平手打ちした。頭に血がのぼりすぎて、こぶしを固めることもできないのだ。

「ぶっコロしてやるゥ」彼はゴロゴロと言った。「あいつが一人、おれが一人殺《や》るんだ、そしたらあいつも――」

ケリーは両腕で顔をガードし、もがいていた肺にようやく空気を吸いこむと、腕を突きあげ、勢いよく身を起こした。アルは斜め上にふっとばされた。ケリーは倒れこんだアルに長い腕を伸ばし、相手のゴワゴワした髪に指をねじこんで引き起こすと、もう一方のこぶしを固めて殴りつけた。まともに決まっていたら、殺していたかもしれない。だが、アルがどうにか身をよじったので、パンチは頰をえぐっただけだった。アルはくずおれ、動かなくなった。ケリーは溶接棒ホルダーを求めて、砂の上をしゃにむに這いまわった。探し当て、ふたたび走り出す。今やトムの姿は消えうせていた。セブンは波につかったまま、ゆっくりと左右に動き、後退し、獲物を探している。ケリーは溶接棒クリップとそこから伸びるケーブルを夢中で前に差し出し、マシンめがけてまっしぐらに走った。そのとき、それが発生した――細く音もなく噴出するエネルギーが。今回はフルパワーだ。哀れなピーブルズ老人の体とはちがって、このうず巻く水は格好の接地導体になっているからだ。〈デイジー・エッタ〉は文字通り、ケリーのほうへ跳びすさった。履帯の周りの水が蒸気となって立ちのぼる。エンジン音が高まり、調子を崩して、スイング・ジャズのドラムのようなリズミカルで起伏のあるビートに変わった。セブンは頭に袋をかぶせられたネコのようにうろうろしている。ケリーは手にしたホルダーからもう一撃が発射されることを願って、少し距離をつめた。だが電撃は出なかった、なぜなら――

「サーキット・ブレーカーか！」ケリーは叫んだ。

ホルダーをセブンの座席の前の床に放り投げ、狭い海岸をつっ切って溶接機をめざした。スイッチボードの裏に手をのばし、つまみに親指をかけ、引きおろす。

〈デイジー・エッタ〉はもう一度、さらにもう一度跳ねあがり、ふいにエンジンを停止した。熱気が逆巻く波となって上空の大気をかすませている。始動エンジンの小さな燃料タンクが大砲じみた轟きとともに破裂し、まだ三十ガロン余りのディーゼルオイルを残していた大型燃料タンクもそれに続いた。爆発したというより内側から弾《はじ》けて、マシンの後方の地面に巨大な炎の幕を投げかけたのだ。そのとき、エンジンが停止しているにもかかわらず、トラクターが痙攣するように身を震わせるのがケリーにもはっきりと見えた。フレーム全体がぞわぞわと波打ち、さざなみに似た動きが燃料タンクを離れて、マシンのフロントに近づき、履帯から上に登っていった。その動きはやがてラジエーターキャップのまん前の、ラジエーターコア上部にたどりついた。だしぬけに周辺六、七平方インチの外縁が、文字通りかすんで見えた。一瞬そこは正常に戻り、ついには溶け落ちて、液化した金属が側面を流れ落ち、塗装の燃えカスと出会ってかすかな火花を散らした。そのときようやく、ケリーは左手の激痛に気づいた。彼は目を落とした。溶接機のアーク発生装置は停止していたが、エンジンはなおも回転し、ドライブシャフトの脆弱な継ぎ手を打ち砕いていた。今や金クズ同然の発生器から煙があふれている。だがケリーは悲鳴を上げなかった。手がどうなったのかをその目で確かめるまでは——

ふたたび物がまともに見えるようになると、ケリーはトムの名を呼んだ。返事はなかった。やがてケリーは海面に何かを認め、そちらめがけて跳びこんだ。冷たい塩水が左手にかかるのもほとんど気にならなかった。ショックのあまり感覚が麻痺していたからだ。怪我していないほうの手でトムのシャツをひっつかむと、足元の砂が引いてゆくような気がした。つまりそういうことだったのだ――海岸からすぐの場所に深い穴があったのだ。セブンは穴の縁まで進んで、トムを背の立たない場所に釘付けにしていた、そして――

ケリーは激しく水を掻き、必死に海岸をめざした。こんなに近いのに、なかなかたどり着けない。刺すような塩水を肺いっぱいに呑み、いっそ溺死して楽になりたいと思いかけたとき、しっかりした砂浜にひざが当たって、その心地よい衝撃でわれに返った。すすり泣きが漏れるほど力をこめて、トムのずっしりした体を海岸の波のかからない場所まで引きあげる。子供のかん高い泣き声に気づいたのはそのときだった。一瞬気が動転して自分の泣き声かと思ったが、目をやると声の主はアル・ノウルズだった。ケリーはトムの元を離れ、呆けてしまった男に近づいた。

「立て」ケリーは怒鳴った。泣き声が高まっただけだった。ケリーはアルの体を転がし、仰向けにした――抵抗は一切なかった――口の周りを何往復も、相手の息が止まりかけるまで殴りつける。それからアルの体を引きあげて立たせ、トムのところへ連れていった。

「ひざまずけ、ゴミ野郎。片ひざをトムのひざのあいだに入れろ」アルは動かない。ケリーはもう一度殴りつけて言うことをきかせた。

「両手をトムの下位肋骨に当てろ。そこだ。よし。押すんだ、この野郎。よし、戻れ」ケリーは左手首を右手でつかみ、傷ついた手から血が流れるに任せてすわりこんだ。「押せ。そのまま――戻れ。押せ。戻れ。押せ。戻れ」

じきにトムは吐息を漏らし、弱々しく吐き始めた。そのあとはもうだいじょうぶだった。

これは狂気にとり憑かれ、生命を得たブルドーザー〈デイジー・エッタ〉の物語であり、ミサイルテストの物語ではない。それは話題にされないミサイルテストとして言及される以外、話題にされることのないミサイルテストだ。それでもあなたはそのテストについて聞いたことがあるかもしれない――いずれにせよただの噂だが。噂によれば、初期の中距離弾道弾《IRBM》の画期的なコントロールシステムがテストされ、その結果使い物にならないとわかったのだそうだ。それは大型のミサイルで、たっぷりと燃料を搭載し、遠い遠い場所まで飛んでいった。噂はさらにこう伝えている。(a)ミサイルは南米の人跡未踏の雨林に落ち、(b)被害はなかったのだと。だが本当に話題にされないのは、(a)も(b)も誤りであるという、厳重にガードされた報告書についてだ。(a)はなるほど誤りだが、(b)は奇妙なことに正しく、じっさいに被害はなかったのだとたしかに知っているのは、たった二人の人間(と、今やあなた自身)だけである。

アル・ノウルズもたぶん知っているだろうが、数には入らない。

それは〈デイジー・エッタ〉の死から二日後、トムとケリーが(よりによって)瓦礫《がれき》と化した寺院の冷気の中にすわっていたときのことだった。二人は紙と鉛筆を前に考えこみ、彼らの手に余る仕事をやりとげようとしていた。島で起こった事件の内容と、二人とその仲間が契約を果たせなかった理由を報告書にまとめなければならないのだ。二人はチャブとハリスを見つけ、ほかの三人の隣に埋葬した。アル・ノウルズは縛りあげ、日陰に放りこんでおいた。なぜなら、寝ているあいだのうわごとを漏れ聞いたところ、アルは〈デイジー・エッタ〉が死んだことを信じられず、今も〈デイジー〉のためにオペレーターを殺して回りたいようだったからだ。トムとケリーにわかっていたのは、捜査がおこなわれるはずだということ、そして自分たちの話はとうてい信じてもらえないだろうということだった。だが、〈デイジー・エッタ〉のような怪物から逃れたあとでは、人生は素晴らしすぎて、一時期でも監視されたり刑務所に入ったりして過ごしたくはなかった。

ミサイルの弾頭はキャンプのはずれ近くに落ちた。燃料缶のピラミッドと、ダイナマイトの貯蔵所のあいだだった。一瞬遅れて、第二段ロケットが二マイル離れた五つの墓の近くに落ちた。ケリーとトムはつまずきながら台地のへりまで行き、降り注ぐ瓦礫や舞いあがる破片を長いこと見つめていた。何が起こったか見当をつけたのはケリーだった。「天の助けってやつだ！」と嬉しそうに言う。彼は殴り書きした紙をトムから奪うと、真横に引き裂いた。

だがトムは首をふり、親指で後ろの小山を指した。「あいつがしゃべっちまう」

「あいつ？」ケリーはその一言を思い入れたっぷりに言い、アル・ノウルズの姿をありありと思い起こさせた。ぶつぶつとつぶやくような声、よだれを垂らした口、どんよりと見開かれた目を。「しゃべらせとけ」ケリーは言い、ふたたび紙を引き裂いた。

そこで二人はそうした。

（市田泉訳）

擬態

「ミミック」原作

ドナルド・A・ウォルハイム

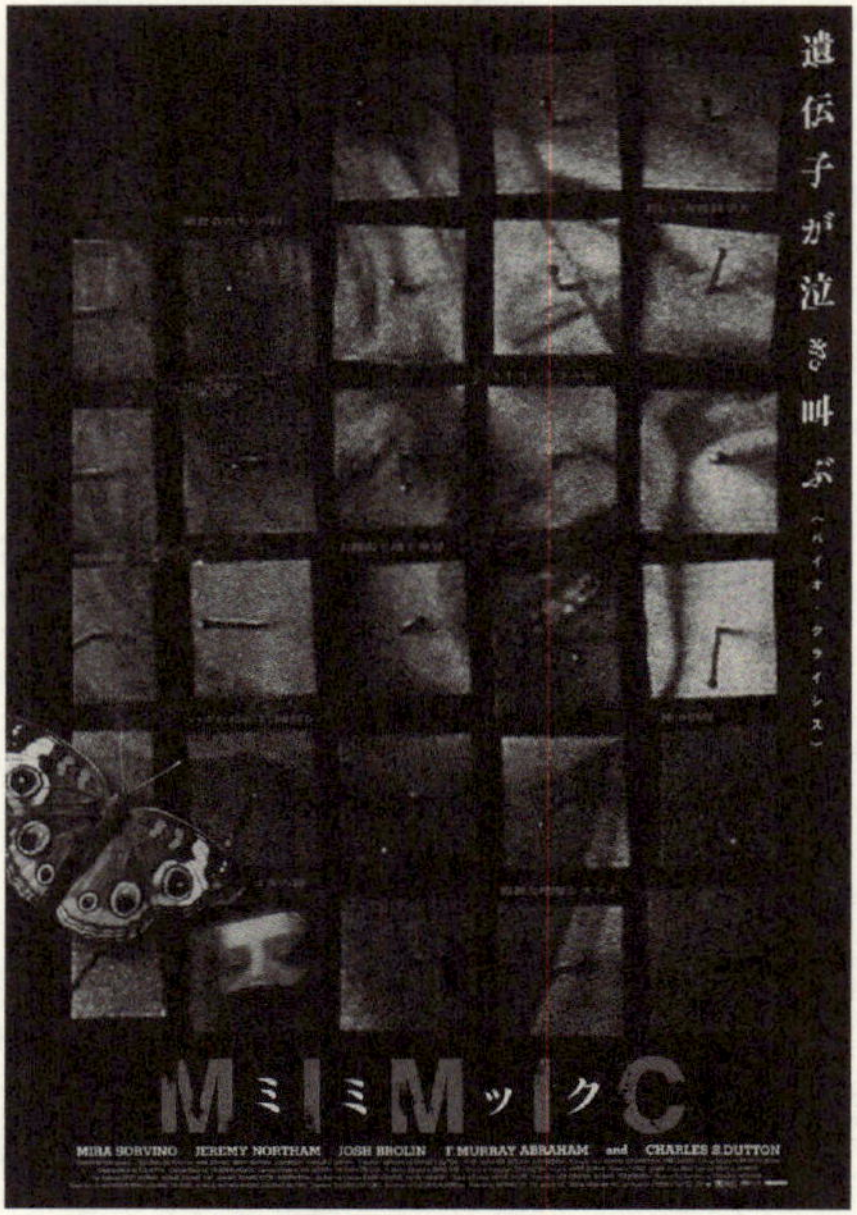
遺伝子が泣き叫ぶ
(バイオ・クライシス)
MIMIC
ミミック
MIRA SORVINO JEREMY NORTHAM JOSH BROLIN F.MURRAY ABRAHAM and CHARLES S.DUTTON

Mimic（1997）

世界の丸々半分が発見されてから、まだ五百年とたっていない。最後の大陸が発見されてからは、まだ二百年足らずだ。化学と物理学の歴史は百年あるかないかといったところ。航空学の歴史は四十年。原子科学は産声《うぶごえ》をあげたところだ。

それなのに、われわれはなんでも知っているつもりでいる。

われわれはほとんどなにも知らない、あるいはまったくなにも知らないのだ。驚天動地の事物のなかには、われわれのあずかり知らないものがある。それらが発見されると、われわれは心の底から愕然とするのだ。

われわれは未知なるものを遠い太平洋の島々や、凍《い》てついた北極の氷原に探し求める。いっぽうわれわれの鼻先では、毎日われわれと肩をすりあわせて、知られざるものが闊歩《かっぽ》しているのかもしれない。隠れずにいることが、えてしていちばん巧みな隠れ方であるというのは、自然の奇妙な事実である。

黒マントの男のことはもの心ついたときから知っていた。ぼくが子供のころから、男はずっとうちの町内に住みついていた。男の変人ぶりは知れわたっていたので、わざわざ口にするのは、行きずりの者くらいだった。ここ、世界最大の都市の中心、人がひしめくニューヨークでは、奇人変人も大手をふって歩けるのかもしれない。

子供のころ、黒衣の男が女をこわがるそぶりを見せるたびに、ぼくらは男をはやしたてた。子供らしい意地の悪さで、ぼくらはそういう機会に目を光らせていた。男を怒らせようとしたのだ。しかし、男はぼくらをあっさり無視したので、じきにぼくらは男にかまわなくなった。親たちがかまわないのとまったく同じように。

男の姿が見られるのは一日に二回。いちどは早朝、その百八十センチの長身が、通りの端に立つ下宿屋の薄汚れた暗い廊下から出てきて、通勤のため高架鉄道に向かって歩いていくとき――もういちどは、夜に帰ってくるときだ。男はいつも足首までとどく長い黒のマントをまとい、つば広の黒い帽子を目深《まぶか》にかぶっていた。古い土地の怪談から抜けだしてきたような姿だった。しかし、だれにも迷惑をかけなかったし、だれにも注意を払わなかった。

だれにも――ただし、女はべつかもしれない。

女が行く手を横切ると、男はぴたりと立ち止まり、ぴくりともしなくなる。男が目をつむるのが見えた。やがて女が行ってしまうと、あの切れ長で水色の目をぱっちりとあけ、なにごともなかったかのように歩きだすのだった。

男が女と口をきいたという話は聞いたことがなかった。男は週にいちど、アントニオの店で食料品を買いこむのが常だった――しかし、ほかに客がいないときにかぎられていた。アントニオがいちどいったところだと、男はけっして口をきかず、欲しいものを指さして、マントの下のどこかにあるポケットから引っ張りだしたドル札で支払うだけだという。アントニオは男が気に入らなかったが、男ともめごとを起こしたこともなかった。

考えてみれば、男ともめごとを起こした人はひとりもいなかった。

ぼくらは男に慣れた。ぼくらはその町で育った。男をたまに見かけた。男が帰ってきて、住んでいる下宿屋の暗い廊下へはいっていくときに。

遊び仲間のひとりもその下宿屋に住んでいた。たくさんの家族が住んでいたのだ。アントニオによれば、その人たちも男のことをろくに知らないのだという。もっとも、おかしな話がひとつふたつあったが。

男を訪ねて来た者はいない。男はだれとも口をきかない。そして男はいちど部屋のなかで金属のなにかをこしらえたことがある。

数年前の話だが、そのとき男は長く平たい金属板——ブリキ板か鉄板——を何枚か運んできた。そして男の部屋のなかで数日にわたりガンガン、バンバンと盛んに音がしていた。ところが、音はやんでしまい、話はそこでおしまいだった。

男の勤め先はわからない。これからもわからないだろう。金に不自由はしていなかった。管理人に請求されれば、家賃をきちんと支払うという評判だったからだ。

さて、そういう人々が大都会には住んでいて、どういう生活をしているのかはだれも知らない。その暮らしが終わるまでは。あるいは、風変わりなことが起きるまでは。

ぼくは大きくなり、大学にはいって、学問をおさめた。けっきょくある博物館の館長を補佐する仕事についた。甲虫の標本を作ったり、世界じゅうの動物の剝製、保存植物、何万にものぼる昆虫といった展示物を分類して毎日を過ごした。

自然は風変わりなものだ、とぼくは学んだ。博物館で働けば、いやというほど思い知らされる。自然がどのようにカモフラージュの技を使うか呑みこめる。木《こ》の葉や枝にそっくりのナナフシがいる。そっくりなんてものじゃない。本物の葉と見まちがえるようにまがいものの葉脈さえそなえているのだ。よっぽど注意して見ないかぎり、見分けはつかない。

自然は風変わりだし、その道の達人だ。中米にはスズメバチそっくりのガがいる。毛でできた偽物の針さえそなえていて、スズメバチの針そっくりに曲げたり、丸めたりする。スズメバチと同じ配色だし、たとえ体はやわらかく、スズメバチのように鎧《よろい》をまとっていなくても、ピカピカして鎧をまとっているように見える色あいをしている。おまけにスズメバチの飛ぶ昼間に飛び、ほかのガが飛ぶ夜には飛ばない。動きはスズメバチに似ている。自分が無力で、ほかの昆虫にとってスズメバチなみに危険きわまりないふりをしないかぎり、生きのびられないのが、どういうわけかわかっているのだ。

ぼくはグンタイアリと、その風変わりな模倣者について学んだ。

グンタイアリは何百万、何千万匹が巨大な隊列を組んで行進する。幅数メートルにおよぶ流れとなって移動し、行く手にあるものを片っ端から食いつくす。ジャングルのあらゆる生きものが彼らを恐れている。スズメバチ、ミツバチ、蛇、ほかのアリ、鳥、トカゲ、甲虫――人間さえ逃げだすか、さもなければ食われるかだ。

しかし、グンタイアリにまじって移動するほかの生きものもたくさんいる——アリとは縁もゆかりもなく、グンタイアリに知られたら、殺されてしまうはずの生きものが。しかし、グンタイアリには知られない。そのほかの生きものが偽装しているからだ。たとえば、アリのように見える甲虫がいる。アリの胸部とまぎらわしい模様をそなえていて、アリの速さを真似て走るのだ。あまりにも長いので、三匹のアリが一列縦隊になったような模様をつけたものさえいる。動きがとてもすばやいので、本物のアリが見直す暇がないのだ。

鎧をまとった甲虫のように見えるか弱いイモムシがいる。危険な動物のように見えるありとあらゆる生きものがいる。殺し屋であり、そのグループに君臨する闘士である動物には天敵がいない。グンタイアリ、スズメバチ、サメ、タカ、ネコ科の猛獣。だから、多くの弱い生きものが、それらのあいだにまぎれこもうとする——擬態しようとするのだ。

そして人間は最強の殺し屋であり、最強のハンターである。人間にはあらがえない、と自然界全体が知っている。轟音《ごうおん》をあげる銃、狡猾《こうかつ》な罠、武器の威力と機動性のおかげで動物界の頂点に君臨しているのである。

うちの町内の下宿屋から管理人が飛びだしてきて、大声で助けを呼んだ夜明けの時間に、ぼくがたまたま通りにいたのは——よくあることだが——まったくの僥倖《ぎょうこう》だった。徹夜で新しい展示品の標本作りをしてきたところだったのだ。

黒マントの変人が借りていたふた間の汚い部屋で見つかったものを目にしたのは、管理人のほかには、パトロール中の警察官とぼくだけだった。

管理人の説明によると――そのとき巡査とぼくは、グラグラする狭い階段を駆け登っていた――変人の部屋でドサッという鈍い音とかん高い悲鳴があがり、目がさめたのだという。ひどい苦痛にもだえる人のあげるすさまじいうめき声――苦悶にのたうちまわる人のたてる騒音――が、変人の部屋の閉じたドアの向こうから聞こえていた。管理人は耳をすまし、それから助けを呼びに走ったのだ。

ぼくらが駆けつけたとき、部屋は静まりかえっていた。ドアの下からほのかな明かりがもれていた。警察官がノックした。返事はなかった。警察官がドアに耳をあて、ぼくもそうした。かすかにカサカサいう音がした――紙がそよ風にあおられているような、まのびしたカサカサいう音がひっきりなしに聞こえた。警官がまたノックしたが、あいかわらず返事はない。そこで、ぼくらはふたりがかりでドアに体当たりした。二回の体当たりで、錆びた古い錠前がはじけ飛んだ。ぼくらは部屋になだれこんだ。

部屋は不潔で、床は紙屑、生ゴミ、汚物におおわれていた。部屋には家具がなく、妙だな、とぼくは思った。

片隅に金属の箱が立っていた。大きさは百二十センチ四方くらい。密封式の箱で、ねじとロープでつなぎあわせてある。てっぺんに蓋《ふた》があったが、いまは下りていて、蜜蠟《みつろう》のようなもので封印してあった。

黒マントの変人は床のどまんなかに倒れていた――息絶えて。

彼はあいかわらずマントをまとっていた。大きなスローチ・ハット（ソフト帽《縁の垂れた》）はすこし離れた床の上にころがっていた。箱の内部からかすかなカサカサいう音がしていた。

ぼくらは変人を仰向けにし、マントを脱がせた。しばらくはおかしなところに気づかなかった――

まず目にはいったのは、変哲のない地味な黒いスーツをまとった男だった。上着を着て、ぴっちりしたズボンをはいていた。

髪は短く、茶色い巻き毛。二センチ半ほどの長さで、ツンツンと立っていた。目はかっと見開かれていた。最初に気づいたのは眉毛がないことだった。それぞれの目の上の肉に奇妙な黒っぽい線が刻まれているだけなのだ。

とそのとき、鼻がないことに気づいた。しかし、これまで気がついた者はいなかったのだ。男の皮膚には奇妙な斑紋《はんもん》があった。鼻のあるべきところに黒っぽい翳《かげ》があって、ちらっと見ただけだったら、鼻で通るようになっているのだ。ちょうど腕のいい絵描きの作品のように。

口はちゃんとあり、かすかに開いていた――しかし、歯はなかった。頭は細い首につながっていた。

スーツは――スーツではなかった。体の一部だった。男の胴体だったのだ。

上着だと思っていたものは、甲虫がそなえているような黒い大きな翅鞘《ししょう》だった。男には昆虫のような胸部があり、翅鞘におおわれているだけだったが、マントを着ていれば、気づかれるはずがなかった。胴体は下ぶくれで、そこから先細りになって、二本の細長い後脚になっていた。腕は〝上着〟の衿《えり》の下から生えていた。もう一対の小さな腕が胸の前でしっかりとたたまれていた。この腕のすぐ上にあたる胸にできたばかりのまん丸い穴があいていて、色の薄い液体がいまだにジクジクとにじみだしていた。

管理人は支離滅裂《しりめつれつ》なことを口走りながら逃げだした。巡査は真っ青だったが、職務を放棄しなかった。小声で「アヴェ・マリア」をとめどなく唱えているのが聞こえた。いまは墜落した飛行機の胴体のようにひしゃげていた。

ぼくは産卵したばかりの雌スズメバチの姿を思いだした——その胸部はそんな風に空《から》っぽに見えたのだ。

その光景はショックが大きすぎて、かえって平静でいられた。心が受けつけず、ぼんやりとでも恐怖を感じられるのは、ようやくあとになってからなのだ。

カサカサいう音はあいかわらず箱から聞こえていた。ぼくは顔面蒼白の警官に合図し、ふたりでそこまで行って、箱の前に立った。警官が警棒を握り、蜜蠟の封印をはがした。

それから蓋を持ちあげて開いた。

有毒ガスがもわっと吹きだしてきた。ぼくらがよろよろとあとずさるのと、空飛ぶものが流れになっていきなり巨大な鉄容器から飛びだして来るのが同時だった。窓は開いていたので、そいつらは射し初《そ》めた曙光《しょこう》のなかへまっしぐらに飛びこんでいった。

何十匹といたにちがいない。体長は五センチから七センチ半。幅広くて薄い甲虫の翅《はね》で飛んでいた。見かけは小さな人間のようで、そいつらが飛ぶ姿には奇妙にぞっとさせられた——黒いスーツをまとい、無表情な顔に点のような水色の目を光らせているのだ。そして黒い甲虫の上着の下から生えた半透明の翅で飛んでいた。

ぼくはつりこまれるように窓辺へ駆け寄った。うっとりしていたといってもいい。恐怖はすぐに心にとどいたわけではなかった。痺《しび》れるような恐怖がこみあげてきたのは、心がものごとをつなぎあわせようとしたあとになってからだった。なにからなにまでまるっきり予想外だったのだ。

われわれはグンタイアリとその模倣者のことを知っていた。それなのに、自分たちもまた一種のグンタイアリであるという考えは脳裡をかすめもしなかった。ナナフシのことを知っていたのに、みずからを偽装して、ほかの動物ではなく、万物の霊長——すなわち人間自身をあざむく動物がいるという考えは脳裡をかすめもしなかったのだ。

あとで鉄箱の底に何本かの骨が見つかった。しかし、なんの骨かはわからなかった。ひょっとすると、本気で正体を突き止めようとしなかったのかもしれない。人間の骨であっても不思議はなかったのだ——

どうやら黒マントの変人は、女を恐れていたというよりは、不信の念をいだいていたらしい。ほかの男よりは女のほうが男に注意を向けるものだ。女のほうが早くその人間離れしたところ、欺瞞《ぎまん》に疑いをいだいたとしても不思議はない。さらにいえば、雌特有の本能的な嫉妬心がまじっていたのかもしれない。変人は男のなりをしていたが、性別はまちがいなく雌だった。鉄箱のなかのものは、その幼生だったのである。

しかし、ぼくをなにより震えあがらせたのは、窓辺へ駆け寄ったとき目にはいったべつのものだ。警察官は見なかった。ぼく以外に見た者はいないし、ぼくにしても一瞬見たにすぎない。自然はあらゆる角度で欺瞞をやってのける。進化はどんな棲息環境《ニッチ》にもふさわしい生きものを創りだす。どれほどありそうにない環境であっても。

窓辺へ行ったとき、空飛ぶものの小さな雲が空へ舞いあがり、紫にけぶるかなたへ去っていくのが目にはいった。夜が明けるところで、最初の陽射しが家々の屋根にちょうどあたるところだった。

ぶるっと身を震わせて、ぼくはその四階の部屋からもっと低い建物の屋根に視線をそらした。煙突と壁と空っぽの物干し綱から成る景色の上を、ちっぽけな恐怖のかたまりが飛びこえていった。

とそのとき、九メートルと離れていないとなりの屋根の煙突が目にはいった。ずんぐりした赤煉瓦造りの煙突で、二本の黒い排気筒がてっぺんと水平になっていた。と、いきなりそれが奇妙に震えた。と思うと、赤煉瓦の表面がペロリとめくれ、黒い排気筒の口がいきなり白くなったように思えた。

ふたつの大きな目がじっと空をにらんだ。

平たい翼をした大きなものが、不意に本物の煙突の表面から身を離し、飢《う》えたような勢いで空飛ぶものの雲を追いかけていった。
目で追っていると、やがてすべてが空に溶けこんでしまった。

（中村融訳）

主人への告別

「地球の静止する日」原作

ハリイ・ベイツ

The Day the Earth Stood Still (1951)

1

博物館の床を見下ろす高い梯子《はしご》の上から、クリフ・サザーランドは巨大なロボットの輪郭と影を丹念に調べると、眼を転じて、つめかけている見学者を考え込むように見つめた。太陽系のいたるところから、ヌートと航行船を自らの眼で見て、いま一度あの驚くべき悲劇を聴《き》くために、見学者はやってくる。

クリフ自身は、この展示物の所有者であるかのような関心を抱くようになっていた。それには相応の理由があった。この訪問者たちが未知の領域からやってきたとき、彼は連邦議会議事堂の構内にいたたった一人のフリーランスの報道カメラマンで、例の航行船の写真をプロとして初めて撮《と》ったのだった。その後の狂ったような数日間を一部始終、間近に目撃することにもなった。その後もずっと、八フィートのロボット、船、そして殺害された端整優雅な外交官クラートゥ、さらにはタイダルベーシンのまん中に建てられたクラートゥの堂々たる霊廟《れいびょう》の撮影を続けた。それは、居住可能な宇宙空間の隅々まで広がった何十億もの人々にとって価値のあるニュースであり続け、それをいま一度、できることなら新たな「視点」から撮影しておこうとしていたのである。

今回は、ヌートが不気味で恐ろしげに見える写真を狙っていた。前日に撮った写真は、求めているものとはほど遠かった。今日こそうまく撮ろうと思っていたのだが、光の加減がまだちょうどいいようになっておらず、光が弱まる午後をもう少し待たねばならなかった。

今回入館できたグループの最後の数名が慌てて入ってくると、謎めいた時空航行船の澄んだ緑色の巨体の曲線を眼にして感嘆の叫びを発したが、巨人ヌートの大きな頭と恐ろしい姿に心奪われて、船のことはすっかり忘れてしまった。人間の姿に粗雑に似せた、蝶番《ちょうつがい》で留《と》めたようなロボットなら見慣れているが、地球人の眼にこんなものが映ったことは一度もなかったのだ。ヌートは人間の姿とさほど変わらなかったからである。巨大だが、人間だった。人間の体の形を緑の金属が覆い、人間の筋肉の膨らみを緑の金属が形作ってはいたが。腰布を別にすると裸だった。想像を絶する科学文明の生み出した強力な機械仕掛けの神のような姿で立ち、その顔に何か考え込んでいるような、不機嫌そうな表情を浮かべていた。その姿を眼にした者は、ふざけたことをいったり、くだらない批判をしたりすることはなかった。そして、間近に立つとたいていはまったく口が利《き》けなくなった。不思議な、内側から光る赤い眼は、動ずることなく、見る者はみな自分にのみその視線が注がれていると感じた。そして、今にも怒りの一歩を踏み出し、思いもつかない行動に出るのではないかという思いが心に生まれるのだった。

天井に隠されているスピーカーから、かすかなざーという音が聞こえてくると、たちまち群衆のざわめきは鎮まった。録音された解説が始まろうとしているのだった。クリフは溜息をついた。もう暗唱できるほど聞いていたからだ。なにしろ収録の現場に居合わせて、解説を読み上げるスティルウェルという名の若者に会っていたのだから。

「ご来場の皆さん」明瞭な、聞き取りやすい声が流れはじめたが、クリフはもう聴いていなかった。ヌートの顔と身体《からだ》のくぼみに差す影が深くなっていた。そろそろ撮影にふさわしい時間になる。前の日に撮った写真を手に取ってしげしげと眺め、眼の前の被写体と見比べてみた。見ているうちに、眉間《みけん》に皺が寄った。前には気づかなかったが、不意に今、昨日と比べてヌートに何か違いがあるように感じられたのである。眼の前のヌートの姿勢は、写真の中のものとまったく違わなかった。細部に到るまで見比べてみても寸分違《たが》わぬように見えたが、それでもなお、違うという感じは消えなかった。ルーペを手に取って、注意深く被写体と写真とを見比べていった。輪郭の線一本一本に到るまで。すると、やはり違いがあるのが判った。

湧きあがる興奮とともに、クリフは露光時間を変えて二枚撮影した。もう少し待って、さらに何枚か撮影すべきだとは判っていたが、自分が重要な謎に予期せずぶつかったことは間違いなかったので、じっとしていられず、急いで撮影用具をかき集めると梯子を降りて建物を出た。二十分後には、好奇心に心を焼き尽くされそうになりながら、新しい写真をホテルの寝室で現像していた。

昨日と今日の写真のネガを見比べたとき、クリフは頭の皮が興奮でうずうずした。間違いなくここが傾いている。他には誰も気づいていないようだ。それでも、この発見は、太陽系のありとあらゆる新聞の第一面を飾るには違いないが、ほんの糸口にすぎない。記事の内容、すなわち何がほんとうに起こったのかという点については、他の者よりもよく知っているというわけではないのだ。それを突き止めるのが自分の仕事だ。

それはすなわち、あの建物に潜り込んで、ひと晩じゅう留《とど》まらねばならないことを意味している。まさに今夜。閉館になる前に戻る時間はまだある。小さいが、高感度の赤外線カメラを持っていくことにした。それがあれば、暗闇の中でも姿を捕らえ、真に迫った写真と記事がものにできるだろう。

クリフはその小さなカメラを掴んで飛び出し、エア・タクシーを拾って、博物館へと急ぎ戻った。そこには、やはり決して途絶えることのない行列をなした別の見学グループがいて、ちょうど解説が終わるところだった。自分が博物館には好きなように出入りしてよいという取り決めになっていることを天に感謝した。

何をするかはもう決めていた。最初に、ぶらぶらしている警備員のところへ行って一つ質問をし、予期したとおりの答えを耳にすると期待が満面に拡がった。次にすることは、夜の戸締まりをしにくる者たちの眼を逃れられる場所を見つけることだった。可能性のある場所は一つしかない。航時船の背後に設置された研究室である。研究室へと通じる、仕切りで作った通路に立っている二人目の警備員に堂々と記者証を提示して、科学者たちの取材に来たと告げると、次の瞬間にはもう研究室の入口の前にいた。

ここには何度も来たことがあって、部屋の様子はよく判っていた。航時船に侵入する作業に科学者が取り組むために、大雑把に区切って作った広い場所で、大きくて重い機器が所狭しと並んでいた。電気炉、高温炉、化学薬品の入ったガラスの大瓶、石綿《いしわた》の薄板、コンプレッサー、鉢、取瓶、顕微鏡、その他、冶金《やきん》学の研究室にはごくありふれたこまごまとした装置が山のように。白衣を着た男が三人、部屋の奥の方で実験に没頭していた。クリフは頃合いを見計らって中へと滑り込むと、なかば装置に埋まっているテーブルの下に隠れた。ここなら探されてもまず安全だろうと思った。さほど経《た》たないうちに夜になって、科学者たちも帰宅するだろう。

航時船の向こうから、また別の一団が入ってくるのが音で判った。これが今日の見学者の最後であってくれとクリフは願った。彼は、できるだけ楽な姿勢をとった。すぐに解説が始まるだろう。録音が話すはずのことを考えると、微笑みが浮かんでくるのを抑えられなかった。と、そのとき、スティルウェルの訓練された明瞭な声が聞こえてきた。入場者たちの足音や囁き声が静まり、航時船の巨体をあいだにはさんでいても、クリフには解説の声がひと言残らずはっきり聞こえた。

「ご来場の皆さん」と聞きなれた文句が始まった。「スミソニアン研究所より、この新しい宇宙館、ならびに今この瞬間も眼の前にある驚くべき展示品の見学に来館された皆さんに歓迎を申し上げます」

ここで一瞬の間があった。「今から三ヶ月前にあったことは、どなたももうご存知のことに違いありません。仮にテレビ中継をご覧にならず、ご自分の眼で見られなかったとしても。事実を手短におさらいしましょう。九月十六日の午後五時を少し回った頃、ワシントンを訪れる人たちでこの建物の外の構内が混雑していたのは普段と変わらず、誰の頭にもいつもと同じ考えがあったことも疑いの余地はありません。暖かく、天気のよい日でした。人々の流れは博物館の正面玄関から去ろうとしていました。ちょうど、皆さんが向いている方向の外の辺りです。この宇宙館は、もちろんその頃はまだありませんでした。誰もが帰宅しようとしているところで、何時間も立ちっぱなしで、博物館の展示品を見たり、敷地内のあちこちの建物を訪れたりして、疲れていたに違いありません。そのとき、あの事件が起きたのです。

ちょうど皆さんの右手の方に、今と同じ状態で、時空航行船が姿を現わしたのです。一瞬の出来事でした。空から降りてきたのではありませんでした。何十人もの目撃者がそう証言しています。ただ、姿を現わしたのです。さっきまでなかったのに、次の瞬間にはあったのです。今、航時船があるまさにこの場所に現れました。

航時船のすぐそばにいた人たちは、パニックに襲われて悲鳴を上げて逃げ出しました。興奮が津波のようにワシントンを拡がっていきました。ラジオ局、テレビ局、新聞社の記者たちが、たちまちここに押し寄せました。警察は船の周囲を広く立入禁止にし、軍隊がやってきて銃や光線砲を向けました。大惨事になるのではないかと憂慮されました。

というのは、これが太陽系のどこかからやってきた宇宙船ではないことは最初から明白だったからです。地球ではこれまでに二隻しか宇宙船が造られなかったことは、子供でも知っていました。他の惑星や衛星では一隻も造られていません。その二隻のうちの一隻は太陽に引き込まれて壊れてしまい、もう一隻はちょうど火星に無事到着したという連絡が入ったばかりでした。さらに、地球の宇宙船は船体が強いアルミニウム合金でできているのに対して、ご覧のとおり、この船は緑色の未知の金属で造られています。

船は姿を現わして、ここに居座っただけでした。誰も出てくることもなく、中に何らかの生命が存在する兆しも見られませんでした。ですから、どんな些細《ささい》なことでも、天にも届こうかという興奮をもたらしました。誰が、あるいは何が中にいるのか。訪問者たちは敵対的なのか、それとも友好的なのか。この船はどこから来たのか。空から降りてくることなく、どうやって、こんなに不意にこの場に到着したのか。

二日間、船はここにじっとしたままでした。皆さんがご覧になっているとおりの姿でした。内部に生命が存在することを示す何の動きも兆しもないままに。その頃までには、科学者たちは、これは宇宙船というよりもむしろ時空航行船であろうと説明するようになりました。この船がしたように実体化できるのは、そのような船だけだからです。そのような航行船を造ることは、われわれ地球人には理論的に理解可能ではあっても、現在の知識では手が出ないような試みであることや、相対性原理で推進力を得て、光自体も到達するのに何百万年もかかるような距離の宇宙の果てからやってきたとしても不思議がないことなどを、科学者たちは指摘しました。

この見解が広まると、民衆の緊張はいよいよ高まり、ほとんど堪《た》え難いほどになりました。この航行船はどこから来たのだろうか。これに乗っているのは誰なのだろうか。なぜ、地球に壊兵器の準備をしているのではないだろうか。そして何より、どうして姿を現わさないのだろうか。何か恐ろしい破壊兵器の準備をしているのではないだろうか。

それから、この船の入口はどこなのだろう。大胆にも様子を見にいった者たちは、何も見つからなかったと報告しました。船の卵形をした表面は、ほんのわずかな隙間《すきま》や割れ目によっても損なわれていない、完璧に滑《なめ》らかなものでした。政府高官たちからなる代表団を派遣してノックしてみましたが、搭乗者に聞こえたという兆しも見られませんでした。

とうとう、ちょうど二日後に、数万の人々が集まり遠くから見守るなか、軍の最強の砲や光線砲の砲口の下、船の壁面に乗降口が現れて、スロープが降りてくると、男が一人歩み出てきました。格好は人間ですが、その姿は神のようでもあり、すぐそばに巨大なロボットを従えていました。そして彼らが地面に降り立つと、スロープはするすると後戻りして船の乗降口は姿を消しました。

集まっていた数千人には、この異邦人が友好的であるということはすぐに見てとれました。まず最初にしたのは、右手を高くあげることでした。これは普遍的な平和の仕草です。しかし、近くにいた人たちに強い印象を与えたのは、そのことよりも顔に浮かんだ表情でした。優しさと、賢さと、純粋な気高さで輝いていました。薄い色のローブをまとった姿は、まるで慈悲深い神のようでした。

ただちに、この登場を待ち受けていた政府や軍の高官多数から成る委員会が、この訪問者を迎えるために進み出ました。優雅に、そして厳《おごそ》かに、訪問者は自らを指さし、次に付き従うロボットを指さし、いささか変わったアクセントでしたが完璧な英語でいいました。『私はクラートゥです』少なくともそんな名前に聞こえました。『それから、こちらはヌートです』これらの名前は、そのときはよく判らなかったのですが、記録されたテレビ映像のおかげで、誰の耳にも聞き取れるようになり、広く知れ渡ったのです。

そしてそのとき、人類の汚点としていつまでも残ることが起きてしまったのです。百ヤード離れたところにある樹の上から、紫の光線が一瞬きらめき、クラートゥが倒れました。集まっていた大群衆は、何が起きたのかも判らず、しばし呆然《ぼうぜん》と立ち尽くしました。主人のすぐ斜め後ろを進んでいたヌートは、ゆっくりと主人の方へ少し身体を傾け、二度、首を振ると、今まさに皆さんがご覧になっている場所でじっと立ち尽くしたのでした。

その後は大混乱になりました。警察が、クラートゥの狙撃者を樹から引きずり下ろしました。男は精神的におかしくなっていることが判りました。悪魔が地球人を皆殺しにしようとやってきたのだと喚《わめ》き続けていたのです。男は連れ去られ、クラートゥは明らかに死んではいましたが、蘇生させることはできないかと、ただちに最寄りの病院へと搬送されました。混乱し怯《おび》えた群衆は、連邦議会議事堂の構内をあてもなく歩き回り、それは日が暮れて夜が更《ふ》けるまで続きました。船は前と同様に沈黙を保ち、動きを見せませんでした。そして、ヌートもまた、止まったときのままの位置でまったく動きませんでした。

あれから、ヌートは二度と動いていません。あの晩も、その後の日々も、今ご覧になっているままの状態でまったく変わっていないのです。タイダルベーシンに霊廟が建てられ、今みなさんが立っていらっしゃるところで、クラートゥの葬儀が執《と》り行われました。世界中の主要国から政府高官たちが参列しました。そうするのが適切であるというだけでなく、もっとも安全だからでもありました。というのは、もしも船の中に他の生き物がいたならば、そのときはありそうなことに思えたわけですが、私たち地球人がこの出来事に心から哀悼《あいとう》の意を表しているのが伝わったはずだからです。もし、ヌートがまだ生きていたとしても、あるいは機能しているといったほうがいいのかもしれませんが、そんな様子はまったく見せませんでした。葬儀のあいだじゅうご覧のとおりの姿で立ち続けていました。主人が霊廟へと静かに運び出されて、その歴史的な訪問を収録したほんの短い映像記録とともに未来へとゆだねられるあいだも、そうやって立っていました。そのあとも、来る日も来る日も、来る夜も来る夜も、晴れの日も雨の日も、決して動くことなく、何が起きたのかに気づいているような気配を少しも見せることなく、そうやって立っています。

埋葬のあと、この宇宙館が博物館本館から船とヌートを覆うように建てられました。他にいい方法がなかったからです。ヌートも船も重すぎて、どんな手段を使っても安全に他の場所に動かすのは不可能だと判ったからです。

そのとき以来、船に入ろうとして冶金学者たちが傾けてきた努力と、完全な敗北についてはお聞き及びのとおりです。今、船の裏側には、どちら側からもご覧になれますとおり、研究室が作られていて、その試みがまだ続けられているのです。今のところこの緑色の驚異の金属には歯が立たないことがはっきりしています。破って中に入れないばかりか、クラートゥとヌートが出てきた箇所さえも特定できていないのです。皆さんがご覧になれるチョークの印が、精一杯の推定箇所です。

ヌートは一時的に調子が狂っているだけで、機能が回復したら危険なことにならないかと恐れる人は大勢いました。ですから、科学者たちはできれば完全に壊してしまおうとしたのです。その身体を作っている緑色の金属は、船の材質と同じもののようで、どんな攻撃も受けつけず、内部に侵入する方法をどうしても見つけられませんでしたが、科学者たちには他の手段もありました。高電圧高電流の電気をヌートに流しました。身体を覆う金属のあらゆる場所を高温に熱しました。ガスや酸や強力な腐食性の溶液に何日も浸《ひた》しました。知っている限りの種類の光線を照射しました。もうヌートを恐れる必要はありません。もはやその機能を残しているなどということは、とうていあり得ません。

しかし――慎重にならねばなりません。見学者がこの建物の中で無礼な行為に及ばないことは政府当局者も判っています。しかしながら、クラートゥとヌートを送りだした、考えも及ばぬ未知の強力な文明から、二人に何が起きたのかを調べに新たな使節が送られてくるかもしれないのです。送られてくるか否かにかかわらず、私たちは誰一人として誤解を招くような態度をとってはなりません。私たちは誰一人として、何が起こるのか予想できませんでした。そして、計り知れない悲嘆の只中にいますが、今なお責任を感じており、報復の可能性を避けるためにできることをしなければなりません。

皆さんがここで見学できるのはあと五分間です。鐘が鳴りましたら、お急ぎご退出願います。

どんなご質問にも、壁に控えておりますロボット係員がお答えいたします。どうぞ、偉業、神秘、そして人類の弱さの紛《まが》うかたなき象徴を間近でよくご覧ください」

録音の声が話すのをやめた。クリフは引き攣《つ》った手足を注意深く動かし、大きな笑みを浮かべた。自分の知っていることを彼らが知ったとしたら！

彼の写真は、今の解説とはいささか異なることを物語っているのだ。昨日の写真では床の上に描かれた線が、ロボットの足の外側にはっきり見えているのに、今日の写真ではその線を足が踏んでいる。ヌートが動いたのだ！

あるいは動かされたのか。これはちょっと考え難いが。そんなことをしたクレーンなり、あるいは他の証拠なりが、どこにあるというのだ。一夜のうちにそんなことをして、しかも素早く証拠を隠すのはまず不可能だろう。それに、そもそもどうしてそんなことをしなければならないのか。

それでも、確認のために、警備員に質問してみたのだった。その返事を一言一句までも思い出せそうだった。

「いいえ、主人が死んだときからずっとヌートは動いてはいませんし、動かしてもいません。クラートゥが死んだときにいた位置から動かさないようにしているのです。床はあとからヌートの下に作ったもので、ヌートを完全に機能できなくした科学者たちが、ちょうどヌートが立っているままに、その周囲に装置を組み上げたのです。何も恐れることはありませんよ」

クリフはまた微笑んだ。何も恐れることはないのだ。

今はまだ。

2

大きな鐘の音が入口の扉の上で鳴って閉館時間を告げて一瞬ののちに、すかさずスピーカーから声が聞こえてきた。「皆さん、五時になりました。閉館の時間です」

さっきの三人の科学者は、もうこんな時間かと驚いたように、あたふたと手を洗って普段着に着替えると、仕切りの向こうの廊下へと姿を消した。テーブルの下に隠れている若い写真家にはまったく気づかずに。展示室の床から響くさわがしい靴音はたちまち遠のいていって、とうとう二人の警備員が、夜に備えて万事問題がないことを確認しながら巡回する足音だけになった。二人のうちの一人が、一瞬、研究室の入口でちらりと中を見やってから、建物の入口で待つ仲間と合流した。その後、巨大な金属の扉ががちゃりと閉まり、そして静まり返った。

クリフは数分待ってから、おそるおそるテーブルの下から出た。身体を伸ばすと、足下の床でかすかな、かしゃっという音がした。用心深く身をかがめてみると、割れたガラスのピペットの破片が見つかった。テーブルから落としてしまったものだ。

そのおかげで、これまで思いつかなかったことに気がついた。ヌートが動いたのだったら、ヌートは見たり聞いたりできるかもしれず、だとしたら極めて危険だ。用心に用心を重ねなければならない。

辺りを見まわしてみた。部屋の両端がファイバーボードの仕切りになっており、その内側の端が船の丸みを帯びた底部と接していた。部屋の内側は船の表面そのもので、外側はこの棟の南側の壁となっていた。大きな窓が高いところに四つあった。通路だけが外へ通じる道だった。

動き回らなくても、建物についてすでに知っていることから、計画を立てることができた。この棟は決して使われることのない扉で、博物館本館の西側へとつながっており、その先はワシントン・モニュメントの方へ延びている。船は南側の壁のそばにあった。ヌートはその正面に立っている。北東の角からそんなに離れておらず、反対側の角に建物の入口と研究室への通路がある。来た道を戻れば、あのロボットからいちばん遠いところに行ける。そこがクリフが求めている場所だった。入口のすぐそば、低い壇の上に解説装置を収納している鏡板を張ったテーブルがあり、この部屋で何が起きるかを見張っているあいだ隠れていられるのは、このテーブルの陰だけだからだ。床の上にあるものといえば、他には六体の人型ロボット係員だけで、北側の壁に沿って並んでいた。見学者の質問に答えるよう配置されているのだ。なんとかテーブルにたどりつかなければならない。

向きを変えると用心しながら爪先立ち、研究室を出て、通路を歩いていった。すでにそこは暗くなっていた。外から展示室へと入ってくる光が、大きな船体に遮られていたからだ。音を立てずに部屋の端まで到達した。じりじりと前進して、船底越しにヌートを覗き見た。

一瞬、ぎょっとした。ロボットの眼がまっすぐ自分の方を見ている！　あるいは、そう思えたのだ。眼の向きのせいでそう見えるだけなのか、それとももう見つかってしまったのだろうか。ヌートの頭部は少しも変わったようには見えなかった。たぶん大丈夫だろう。とはいうものの、ロボットの眼に追われているという感じを受けながら部屋のそちら側の端を横切らずにすめばいいのにと思った。

頭を引っこめてすわりこみ、少し待った。すっかり暗くなってから、テーブルまでの旅に挑戦すべきではないだろうか。

一時間待った。とうとう外の照明の微《かす》かな光が差し込んで、館内が少し明るく見えてきた。そこで、クリフは立ち上がってもう一度船の向こうを見まわしてみた。ロボットの眼は、相変わらずクリフをまっすぐに凝視しているように見えたが、今や眼の内部の不思議な輝きがかなり強くなっているようだった。暗闇のせいに違いない、これには背筋が凍るような思いがした。ヌートには自分がここにいることが判っているのか。このロボットは何を考えているのか。たとえヌートのような驚くべきロボットであっても、人の作ったロボットの思考というものは、いったいどういうものとなり得るのだろう。

いよいよ向こう側へ進むときが来たので、クリフはカメラを背中へ回すと四つん這いになり、出入口のある壁に向かってそろそろと進み始めた。床との間にできるだけ隙間をつくらないようにぴったり張りついたまま、少しずつ前進を始めた。一度も止まることなく、ヌートの赤い眼を見上げて動揺しないように気をつけながら、一度に一インチずつ、クリフは這い進んだ。百フィートを移動するのに十分をかけた。指先がとうとうテーブルのある高さ一フィートの壇のところに触れたときには、もう汗びっしょりになっていた。なおもゆっくり、影のように静かに、壇の縁を乗り越え、テーブルの陰へと回り込んだ。やっと着いたのだ。つかのま緊張を緩めてから、姿を見られたかどうか知りたくて、おそるおそる振り向いてテーブルの横から覗いてみた。

ヌートの眼は、はっきりとクリフの方を見ている！　それとも、そう見えるということなのだろうか。辺りに垂れこめる暗闇を背に、ロボットが神秘的な闇よりも黒い影となって、ぬっと立ち尽くしていた。百五十フィートも離れているのに、部屋の支配者であるかのようだった。ロボットの位置が変わっているかどうか、クリフには判らなかった。

だが、もしもヌートがクリフの方を見ているのだとしても、少なくとも他には何もしていない。動いたと認識できるような動作は、ほんの微かなものも生じていない。その位置は、この三ヶ月のあいだ、暗闇の中でも雨の中でもまったく変わらなかったし、この一週間も博物館の中での位置はやはり変わっていないのだ。

クリフは覚悟を決めた。恐怖で逃げ出すようなことはするまい。そのとき、自分の身体のことに気がついた。さっきのゆっくりした移動で、膝と肘をすりむいてしまっていた。ズボンだってぼろぼろだろう。だが、今から起こると期待していることから考えれば、些細なことだ。もしもヌートがちゃんと動いて、持ってきた赤外線カメラで写真が撮れれば、スーツが五十着だって買えるようになる記事をものにできる。それに加えて、ヌートが動いた目的を知ることができたら——もし目的があればだが——記事は世界中の耳目《じもく》を引きつけるだろう。

クリフは腰を落ち着けて、またしばらく待つのに備えた。ヌートが今晩動くとしたって、いつ動くのかはまったく判らない。クリフの眼はもうすっかり暗闇に慣れていたので、その大きな物体をきちんと見分けられた。ときどき、ロボットの方を覗いてみた。長く懸命に見つめ続けたせいで、輪郭が揺らいで動き出したかのようにも見えてしまった。瞬《まばた》きをして、眼を休めると、自分の想像にすぎなかったことがわかった。

また腕時計の分針が、文字盤の上を一周這い進んだ。手持ち無沙汰のあまり、注意がおろそかになっていた。頭をテーブルの陰に隠しておく時間がどんどん長くなった。だから、ヌートが動いたときには、不意を突かれて、すっかり気が動転してしまった。退屈さにうんざりしていたときに、ふと気づくと、ヌートが床に降りて、まっすぐクリフの方へと進んできていたのだ。

だが、ほんとうに驚いたのはそのことではなかった。ヌートを見たとき、その動きを眼で捉えなかったことに怯えた。ヌートは、鼠に忍び寄る最中の猫のように、ぴくりとも動かなかった。眼は今までよりもいっそう輝いて、それが見つめている方向に疑う余地はなかった。まっすぐにこちらを見ている。

ほとんど息もできずに、なかば催眠状態で、クリフは見つめ返した。思考は混乱していた。このロボットの意図は何だ。どうしてじっと動かずに止まっているのだろう。そっと忍び寄ってきたのか。どうやってこんなに音も立てずに動けたのだろう。

漆黒《しっこく》の闇の中で、ヌートの眼が近づいてきた。ゆっくりとした、だが完璧なリズムで、ほとんど感じ取れないほどの音として耳に届くのは、ヌートの足音だった。いつもは臨機応変なクリフだったが、このときは不意を襲われた。恐怖で凍りつき、まったく逃げることもできず、金属の怪物が燃える眼で睨《にら》みながら迫ってくるあいだ、そこに横になっているだけだった。一瞬、クリフは気を失いかけた。回復したときには、ヌートがのしかかるように立っていて、足がもうクリフに届こうかというところだった。少し前かがみになって、燃える恐怖の眼でクリフの眼を覗き込んでいる！

もはや走って逃げようとするには遅すぎた。追いつめられた鼠のようにがたがた震えながら、クリフは自分を叩きつぶす一撃を待ち受けた。永遠とも思える時間が過ぎ、その間、ヌートは動かずにクリフを調べ尽くした。永遠の一秒一秒をクリフは、突然素早く訪れる完全なる死を覚悟して過ごした。そのとき不意に、意外にもそれは終わった。ヌートが身体をまっすぐに起こして、後ずさったのだ。向きを変え、そして、ロボットの中ではヌートだけが持つ滑らかなリズムで、もと来たところへと戻り始めた。

見逃してもらえたということが、なかなか信じられなかった。虫けらのように踏みつぶすこともできたのに、ただ振り向いて離れていったのだ。なぜだ。ロボットが人間のような気遣いをするわけがない。

ヌートはまっすぐに航行機の向こう側へと進んでいった。ある位置で立ちどまると、ヌートは不思議な一連の音を立てた。たちまち建物の内部の薄暗がりよりももっと黒い開口部が船の側面に現れた。そして、ものが擦《こす》れる微かな音とともに、スロープが滑り出てきて床に達した。ヌートはその斜面を昇り、少し前かがみになって船の中へと姿を消した。

そのとき初めて、クリフは写真を撮りにきたのだと思い出した。ヌートが動いたのに、クリフはその姿を撮らなかったのだ。だが、少なくとも今は、あとでどういう機会があるか判らないが、船の開いたドアからスロープが降りてきている写真なら撮れる。カメラを構え、露光を合わせて、シャッターを押した。

長い時間が過ぎたが、ヌートは出てこなかった。中で何をしているのだろう。クリフは不思議に思った。多少なりとも勇気が戻ってきていたので、這い進んで中を覗き込むという思いつきを、頭の中でちょっともてあそんでみた。しかし、それだけの勇気は自分の中に見出せなかった。ヌートは見逃してくれた。少なくとも、今回は。だからといって、ヌートの忍耐がどこまで続くかは誰にも判らない。

一時間が過ぎ、さらに一時間が過ぎた。ヌートは船の中で何かしている。だが、何を？　クリフには想像もできなかった。もし、あれがロボットではなく人間だったら、クリフも忍びよって覗き込んでいただろう。だが実際には人間ではなく、まったくの未知数であった。地球のいちばん単純なロボットでも、ある状況下では何をしでかすか判らないのだ。まして、未知の、想像を絶する文明世界から、こんな驚異の装置に乗ってやってきたものだったら……どんな超人的な力を持っていないともかぎらない。酸、熱、光線、破壊的な衝撃——すべてに耐えたロボットなのだ。地球の科学者は、どうあがいても彼に危害を及ぼせなかった。表面の艶《つや》さえまったく損なわれなかった。闇の中でも完璧にものが見えるかもしれない。船の中にいてさえ、音を聞くか何かを感知するかして、クリフの居場所が変わっただけでも判ってしまうかもしれない。

さらに時間が経って、午前二時を少し過ぎた頃、なんともほのぼのとしたことが起きた。だが、それは予想もしていなかったことだったので、一瞬、クリフの心の平静が崩壊しかかった。不意に、暗く静かな建物の中で、微かな翼の羽ばたきの音が聞こえたのだ。そしてすぐに、甲高く美しい鳥の声が響いてきた。モッキンバードだ。頭上の薄暗がりの中のどこかから。はっきりとした、響き渡るような鳴き声だ。十を超える小さな唄を、間を空けることなく次々に歌った。短く強く誘うような、渦巻くような、おだてるような、甘い囁きだ。その春の恋の唄は、世界最高の歌手の唄かもしれない。すると、その唄は、始まったときと同じように、不意に消えた。

侵略軍が船から溢れ出てきたとしても、クリフはこれほどは驚かなかっただろう。今は十二月だ。フロリダでさえもモッキンバードはまだ歌いはじめない。どうやって、こんな密閉された暗い博物館の中に入ってきたのだろうか。なぜ、どうやってあんなところで歌っていたのだろうか。

好奇心を膨らませながら、クリフは待った。そのとき突然、ヌートが船の出入口のすぐ外に立っているのに気がついた。静かに立って、輝く眼をまっすぐにクリフの方に向けていた。つかのま、博物館の中の静寂が深まったような感じがした。そして、クリフが横になっている場所の近くで、何かが床に落ちる柔らかな音がして、その静寂が破られた。

何なのだろう。ヌートの眼の光が変わり、滑らかな歩みでクリフの方へと歩き出した。少し進んで、ロボットは立ちどまり、身をかがめると何かを床から拾い上げた。しばらく身動きせず手の上の小さなものを見つめていた。クリフには、そのものが見えなくとも、それがモッキンバードだということが判った。死骸なのだろう。もう永遠に唄が失われてしまったことは明らかだったから。ヌートは向きを変えて、クリフをちらりと見ることもなく、船へと戻ってまた中へ入った。

この驚くべき出来事に続いて何かが起こるのをクリフが待つあいだ、数時間が経過した。ロボットに対する恐怖が弱まり始めたのは、おそらく好奇心のせいだろう。あの機械が友好的でなかったら、クリフのことを傷つけようという気があったら、とっくに済ませていたに違いない。完璧にそれができる機会があったときに。勇気を奮い起こして、あの入口の中をちょっと覗いてみようと考えはじめた。写真を一枚だ。写真を忘れるわけにはいかない。自分がそこにいる理由をすっかり失念していた。

偽《いつわ》りの曙《あけぼの》の深い闇の中で、勇気を奮い起こし、動き始めた。靴を脱ぎ靴下だけになって、靴の紐《ひも》同士を結び合わせると紐を首の後ろにかけ、壁に沿って固定されている六体のロボット係員のうちいちばん手近な一体の陰に、ぎこちなく、それでも素早く移動した。それから、ヌートに移動したことを気づかれたような気配がないかどうかを確認するために、しばらくじっとしていた。何も聞こえなかったので、次のロボット係員の背後へと滑り込み、また止まった。今度はもっと大胆に、いちばん遠い六番目のロボットまで全力疾走した。ちょうど船の乗降口の向こう側に位置する一体である。そこで、クリフはがっかりすることになった。船内に光がまったく見あたらなかったのだ。ただ暗闇とすべてに染み渡る静寂があるだけだった。それでも、写真は撮った方がいい。カメラを持ち上げると、暗い開口部に焦点を合わせ、露光時間を長めにとって撮影した。その後は、そこに立ったまま、次に何をしたらいいのか判らず、途方に暮れていた。

じっとしていると、押し殺したような独特の音が耳に届いてきた。どうやら船の中からであった。動物の立てる音である。最初は擦るような音と喘ぐような音、合間に鋭いかちっという音が何度かはさまり、今度は深く荒々しい唸り声が聞こえ、またこする音と喘ぐ音が続いた。まるで、何かがもがいているかのようだった。そのとき不意に、クリフがテーブルのところへ走って戻ろうかどうしようか決める間もなく、低く横幅のある黒い影が入口から飛び出してくると、すぐに向きを変えて人の背の高さに身体を伸ばした。その影の正体を悟る前から、激しい恐怖がクリフを襲った。

次の瞬間、ヌートが乗降口に姿を現わし、迷わずスロープを降りて、その影と向かい合った。ヌートが前進すると、影はゆっくりと数フィートほど後ずさりした。が、そのとき、影は踏みとどまると太い両腕を脇から上にあげて、胸を連打し始めた。その間にも、挑戦の深い咆哮《ほうこう》が咽喉《のど》から発せられていた。こんなふうに胸を叩き、あんな声を出せる生き物は、世界にたった一種類しかない。あの影はゴリラだったのだ。

しかも、巨大ゴリラだ。

ヌートは前進を続け、間近に迫るとそのまま突き進んで、獣に摑みかかった。クリフには、ヌートがこんなに素早く動けるとは思いもよらなかった。闇の中で何が起こっているのか、詳しいことは判らなかった。判っているのは二つの巨体が、一つは大きな金属のヌート、もう一つはずんぐりしているが恐ろしいまでに強いゴリラなのだが、それが一瞬のうちに沈黙を守るロボットと恐ろしく深い挑戦の咆哮を漲《みなぎ》らせているゴリラが一体となり、それから二つが分かれたということだけだった。あたかも、ゴリラが放り投げられたかのようだった。

獣はただちに立ち上がって、背を伸ばすと、耳をつんざくような叫び声をあげた。ヌートが前進した。両者はまた接近した。そしてまた前と同じようにして離れた。ロボットは容赦なく放り投げ続けたが、ゴリラは建物の奥へと後退を始めていた。とつぜんゴリラが壁の前の人形《ひとがた》の影に飛びついて、素早く横に動いて五番目のロボット係員にぶつかり、床に叩きつけて破壊した。

恐怖で身を固くして、クリフはロボット係員の背後でうずくまっていた。ヌートが自分とゴリラのあいだにいて前進を続けていることを神に感謝した。ゴリラはさらに後ずさった。とつぜんゴリラが隣のロボットに飛びついて、信じ難い力で固定されたそれを根元から引き抜くと、ヌートに向かって投げつけた。鋭い金属音とともに、ロボットがロボットを打った。そして、地球のロボットが跳ね返って床に落ち、転がって止まった。

あとで自分を罵《ののし》ることになるのだが、またもや写真のことをすっかり忘れていた。ゴリラは建物の奥へ後ずさりを続けた。恐ろしい怒りの爆発にまかせて、通り過ぎるたびにロボット係員をことごとく破壊し、その破片を無表情なヌートめがけて投げつけた。そのうちに彼らはテーブルの向かい側にまで達し、クリフはもうそこを離れている幸運に感謝した。しばらく沈黙が続いた。クリフには、どうなっているのか判らなかったが、ゴリラがとうとう建物の隅に追いつめられてしまったのだろうと想像した。

もしそうだったとしても、それは一瞬のことだった。沈黙は突然の恐ろしい咆哮に打ち破られ、背を丸めたがっしりとした獣の影が、クリフの方へと飛び出してきた。もと来た道を戻って、クリフと船の入口のちょうどあいだで向きを変えた。クリフは、ヌートが早く戻ってきてくれることを半狂乱になって祈った。もう狂った凶暴な野獣とのあいだに立つロボット係員は、一体しか残っていないからだ。暗がりの中からヌートが姿を現わした。ゴリラは身体を精一杯伸ばして、ふたたび胸を連打して挑戦の雄叫《おたけ》びを上げた。

そのとき、妙なことが起こった。ゴリラは四つん這いになると、ゆっくりと横に転がったのである。まるで衰弱したか、怪我をしたかのように。喘ぎながら、怯えたような声を出して、必死に立ち上がり、近づいてくるヌートに向かおうとした。待ち受けるうちに、その眼が最後に残ったロボット係員と、おそらくその後ろで縮こまっているクリフの姿をもとらえた。すさまじい破壊の怒りがこみあげたのか、ゴリラはゆらゆらとふらつきながらクリフの方へ進んできた。だが今回は、クリフは恐慌状態でありながらも、この獣が前へ進むのも困難で、やはり病気か重傷らしいことを見てとった。クリフは、ぎりぎりのところで飛びすさった。ゴリラは最後のロボット係員を引き抜くと、ヌートに向かって乱暴に投げつけたが、もう少しというところで狙いは外れた。

それが最後のあがきだった。ゴリラはふたたび力が抜けて、横向きにどさりと倒れると、何度か身体を前後にゆすっていたが、あとは痙攣《けいれん》するだけだった。それから静かに横たわり、ふたたび動くことはなかった。

夜明けの最初のほのかな光が部屋の中に広がってきた。逃げ込んでいた部屋の隅から、クリフは巨大ロボットの一挙手一投足を見てとることができた。その行動は実に不思議なものに感じられた。死んだゴリラのそばに立って見下ろす姿は、人間ならば悲しみと呼べるに違いないものだった。クリフにははっきりと見えた。ヌートの重い緑の顔には、今の経験に対してもの思いに沈むような悲しみが新たに湛《たた》えられていた。少しのあいだ、そうやって立っていたが、病気の息子に対して父親ならそうするだろうというような態度で、前にかがむとこの大きな獣を金属の両腕に抱えて、優しく船の中へと運んでいった。

クリフはテーブルのところへ飛んで帰った。また別の、危険で訳の判らないことが起きないかという恐怖に不意に襲われたのである。研究室の中の方が安全かもしれないと思いつき、震える足で研究室へと向かうと、いくつもある大きな炉の一つに隠れた。早く陽が昇りますようにと祈った。頭の中はすっかり混乱していた。夜中の驚くべき出来事が頭の中に次から次へと湧きあがってきたが、どれもこれも謎に満ちていた。筋の通った説明はまったくつかないように思えた。モッキンバード。ゴリラ。ヌートの悲しみに満ちた表情と、優しい態度。こんな途方もないとりあわせに、どんな説明がつくというのか!

陽が昇るのはゆっくりしていた。ずいぶん長い時間が過ぎた。やっとこの謎と危険の場所から、生きて抜け出せる気がしてきた。八時半になって、入口で音がした。人間の声の心地よい響きが耳に届いた。クリフは炉からそっと出ると、通路の方へ忍び足で進んだ。

ざわめきが突然とまって、怯えた叫び声と人の走る音が聞こえてから、静かになった。こっそり通路を進んで、おそるおそる船の向こう側を覗いてみた。

ヌートは今までと同じ場所に、主人が死んだときと同じ姿勢で立っていた。ふたたび固く閉ざされた時空航行船と、滅茶苦茶になった部屋の中をむっつりと見下ろすように立っていた。入口のドアは開けっ放しになっていたので、クリフは心臓が口から飛び出すかと思うほどの勢いで駆け出した。

数分後、ホテルの部屋で、すっかりへばって、椅子に腰を下ろすと、数秒後にはもう眠りに落ちた。それから、服を着たまま眠っていてもなお、ベッドの上まで這っていった。その日の午後遅くになるまで目覚めなかった。

3

クリフはなかなか目覚めなかった。最初のうちは、頭の中を飛び交う光景はほんとうの記憶で、突拍子もない夢ではないのだという実感がなかった。写真のことを思い出して、やっと立ち上がった。急いでカメラの中のフィルムを現像した。

夜の出来事がほんとうのことだったのだという証拠が手の中にあった。二枚ともきれいに現像できた。一枚目は、テーブルの後ろの位置からぼんやり見分けたときの、乗降口へと通じるスロープがはっきりと写っている。二枚目の、開いた入口を正面から撮ったものにはがっかりさせられた。開口部の向こうにただ壁があるだけで、そのせいで内部の様子が完全に遮られていたからだ。ヌートが中に入っているときにまったく光が漏れてこなかったのも、この壁のせいだろう。何をしていたにしても、ヌートにも光が必要だとすればの話だが。

ネガを見ていると、自分が恥ずかしくなった。何という情けないカメラマンなのだろう。こんなばかばかしい写真を二枚撮って帰ってくるとは。ほんとうにすごい写真を撮る機会などいくらでもあったのに。ヌートが動いている写真、ゴリラと戦うヌート、モッキンバードを手に乗せているヌート、背筋がぞくぞくするような写真じゃないか。それなのに、乗降口の写真を二枚撮っただけで帰ってきたのだ。ああ、それなりに価値はあるだろう。でもやはり、俺は第一級の阿呆だ。

こんなことをしでかしたうえに、すっかり眠りこけていたのだ。

もう街へ出て、どうなっているのか見にいったほうがいい。

さっとシャワーを浴びて髭《ひげ》を剃《そ》ると、服を着替え、カメラマンや記者が贔屓《ひいき》にしている近所のレストランに入った。独りでカウンター席に腰を下ろそうとしたとき、友人でもあり競争相手でもある男の姿が眼に入った。

「なあ、どう思う?」隣の椅子にすわると、この友人が訊いた。

「朝食を食べる前には、何かを思ったりはしないことにしているんだ」とクリフがいった。

「じゃあ、まだ聞いてないのか」

「聞いてないって、何を」と受け流したが、次に何をいわれるのかはよく判っていた。

「立派なカメラマンだな。こんな大変なことが起きたときに、ベッドの中で眠っていたとはね」といいながらも、その朝、博物館で発見されたことや世界中がそのニュースに沸き返ったことを話してくれた。クリフは三つのことを同時に、しかもかなりうまくやってのけた——大盛りの朝食を貪《むさぼ》り食うこと、特に新しいことが起きていないという自分の幸運に感謝を捧げること、そして驚いたような様子を見せることである。まだ食べ物を嚙みながら立ち上がると、急いで問題の建物へと急いだ。


扉の外には弥次馬が黒山の人だかりとなっていたが、クリフが記者証を見せると何の問題もなく入館できた。ヌートと船は、彼が立ち去ったときとまったく変化がなかったが、床の上はすっかり片づけられて、破壊されたロボット係員の残骸は壁際の一ヶ所にまとめられていた。他にも記者仲間が何人かいた。

「留守にしていてすっかり聞きそびれてしまったんだが、何が起きたのか説明がつくのかな」知り合いの一人、ガスに訊いてみた。

「もっと簡単なことを訊けよ。そんなこと誰に判る？　何かが船から出てきたんじゃないか、ヌートみたいなやつがもう一体いたんじゃないかと思われているようだな。で、どこにいたんだ」

「遅れを取り戻したほうがいいぞ。数十億の二本足がすっかり怯えている。クラートゥの死に対する復讐だ。地球は侵略されようとしているんだ」

「寝てた」

「だけど、それは……」

「ああ、そんなのはばかげているってことくらいは判る。だが、皆が聞かされているのは、そんな話だ。そう書けば新聞が売れるからな。だが、ちょうど新しい見方が出てきたところだ。びっくりするようなやつだ。こっちに来い」

クリフが連れていかれたテーブルのところには、一人の技術者が警備している数個の物体を、興味津々といった様子で覗き込んでいる一群がいた。暗褐色の短い毛が何本も乗っている細長いガラス板をガスが指さした。

「あれは大きな雄ゴリラから落ちた毛だ」とハードボイルド風に何気なくいった。「今朝の掃除のときに床の上で見つかったのがほとんどだが、他にロボット係員にくっついていたものもある」

クリフはびっくりした顔をしようと頑張った。ガスは次に薄い琥珀《こはく》色の液体の入った試験管を指さした。

「あれは血だ。薄まっているが、ゴリラの血だ。ヌートの腕に付いていた」

「なんだって！」クリフはなんとか驚きの声を絞り出した。「説明がつかないんじゃないか」

「仮説すらない。お前にも大きなチャンスがあるぞ」

クリフはガスから離れた。もうこれ以上芝居を続けられなかった。クリフは自分の記事をどうしようか決めかねていた。写真があれば、新聞社もけっこう高い値をつけてくれるだろう。だが、それは今後の行動の可能性が自分の手から離れてしまうことを意味する。心の底では、もう一夜この棟に留まってみたいと思っていた。だが、とにかく怖かった。とんでもなく強烈な体験だったのだ。そして、何よりまだ生きていたいと感じていた。

ヌートの方へと歩いていって、しばらく見つめていた。ヌートが動いたなどとは誰も思っていない。この緑の金属の顔に悲しみの表情を浮かべたことは、自分の他には誰も知らない。この恐ろしい眼！　ほんとうに自分のことを見て、昨夜の図々しい侵入者として認識しているのだろうかと思った。そんなふうに見えるのだが。眼を作っているこの未知の材質は何なのだろうか。向こうの人類の製作者たちが眼窩《がんか》に収めた物質は、われわれの科学を総動員しても機能を損なわせることすらできなかったものだ。ヌートは何を考えているのだろうか。ロボットに思考などというものがあるのだろうか。人間の作った陶土《とうど》の坩堝《るつぼ》から流れ出た金属でできた機械に。クリフに対して怒りを抱いているだろうか。クリフには判らなかった。ヌートは慈悲を示してくれた。見逃してくれたのだ。

もうひと晩隠れてみようか。

もしかしたらできるかもしれないと思った。

考えながら、部屋の中を歩いた。ヌートはもう一度動くだろう。ミクトン光線銃を持っていけば、また一頭ゴリラが現れても身を守れる。いや、五十頭でもだ。まだほんとうの記事になる話を摑んでいない。乗り物の情けない写真を二枚撮って帰っただけだ。

最初から、もう一夜留まることになるのは判っていたのかもしれない。夜の闇の中で、カメラと小さなミクトン銃で身を固め、ふたたびクリフは研究室の機材のテーブルの下に横になって、建物の金属の扉が夜に備えて音を立てるのを聞いた。

今回は記事になるものを持って帰ろう。それから写真だ。

もし守衛が中に配置されたりしていなければだが。

4

守衛が残っていることを知らせるような音がしないかと、長いあいだ聞き耳を立てていたが、建物に満ちた静寂が破られることはなかった。それはありがたかったが、しかし心の底からでもなかった。闇が深まり、もう後戻りできないところにまで来てしまったことを実感すると、誰か他の人がいるというのもそんなに不快なものではないと思えてくるのだ。

暗闇がすっかり深くなってから一時間ほどした頃、靴を脱いで両方の紐を結びつけると首に回して背中に投げ上げ、展示室へと通じる通路をそっと進んだ。何もかもが前の晩とそっくりだった。ヌートは部屋の向こうの端に、不気味なぼんやりとした影のように見えた。やはり赤く光る眼が、その頭部があると思《おぼ》しき場所にあった。昨夜と同様に、しかしもっと慎重に、腹ばいになって部屋の壁際をゆっくりと、例のテーブルのある低い壇へと進んで、その遮蔽物の裏にもぐりこむと、靴の位置を片方の肩にかけるように変えて、カメラと銃のホルスターを手に取って胸のあたりで構えた。今度こそ写真を撮るのだと己《おのれ》にいいきかせた。

クリフは腰を下ろして待った。一分たりともヌートを視界から外すことなく。彼の視力は、暗闇に完璧に適応していた。このときになってようやく、孤独と、多少の恐れを感じはじめた。ヌートの赤く光る眼が気になって仕方がなかった。ロボットにはこちらを傷つけようという気はないのだと自分に言い聞かせ続けなければならなかった。もっとも、監視されているという点については、疑う余地はなかった。

時間はゆっくりと過ぎていった。ときおり、入口の方の建物の外からかすかな物音がした。きっと守衛か、あるいは物好きなやつが見にきたのだろう。

九時頃、ヌートが動いたのが見えた。最初は頭部だけだった。顔の向きが変わってクリフがいる方向を向き、眼の輝きが強くなった。しばらくはそれだけだった。それから、暗い金属の輪郭が少し揺らいで、まっすぐクリフの方へ動きはじめた。もう怖くはないだろうと思っていた。それほどは。だが、このとき心臓が止まる思いをしていた。今度は何が起こるのだろう。

驚くほど静かにヌートは近寄ってきて、クリフのすぐそばにそびえる恐ろしい影となった。いつまでもその赤い眼が、ひれ伏した男を見つめていた。クリフは全身ががたがたと震えていた。これでは前よりもひどい。そんなことをするつもりはなかったのに、気がつくとその創造物に話しかけていた。

「傷つけないでくれ。ただ何が起きているのかを見たかっただけなんだ。それが私の仕事なんだ。私のいっていることが判るだろうか。邪魔をしたり傷つけたりしようと思って来たのではないんだ。私には……私にはそうしたくてもできるはずもない。お願いだ！」

ロボットはまったく動かなかった。自分のいったことが理解されたかどうか、いや聞こえたかどうかもクリフには判らなかった。もうこの緊張には耐えられないと思ったときに、ヌートが手を伸ばして、テーブルの抽斗《ひきだし》から何かを取った。あるいは、何かを返したのかもしれない。それから、一歩退くと向きを変えて戻っていった。助かった！　ロボットはまた見逃してくれた。

これで、クリフの恐怖が消えはじめた。ヌートには自分を傷つけるつもりはないのだと確信できそうな気がした。自分の意のままにできるときに、ロボットは二度とも見下ろすだけで静かに立ち去ったのだ。ヌートがテーブルの抽斗で何をしたのかは、クリフには想像もつかなかった。次に何が起こるのかを、今までにないほどの好奇心を漲らせて見守った。

昨夜と同じように、ロボットは船の端の方へまっすぐ歩いていき、何か一連の音を発して入口を開けた。スロープが降りてくると中へ入っていった。クリフが闇の中で独りになってから長い時間が過ぎた。おそらく二時間くらいだろう。船の中からは何も聞こえてこなかった。

入口に忍び寄って中を覗くべきだとは思っていたが、そこまで近寄っていくのは到底できなかった。銃があるから、またゴリラが出てきても対処できるだろうが、もしもヌートに捉まえられたらお終《しま》いだろう。ほんの一瞬、何か驚くようなことが起こらないかと願った。それが何かは判らない。またモッキンバードが甘い唄を歌うとか、もしかするとゴリラか、それとも……。やっと起こった出来事は、またしてもクリフをこれ以上はないという驚きで満たした。

不意に押し殺したような声が最初に、それからすぐに言葉が聞こえてきた。人間の言葉が。それもなじみ深い言葉だ。

「ご来場の皆さん」といってから、ほんの少し間が空いた。「スミソニアン研究所より、この新しい宇宙館、ならびに今この瞬間も眼の前にある驚くべき展示品の見学に来館された皆さんに歓迎を申し上げます」

これはスティルウェルの声の録音じゃないか。だが、頭上のスピーカーから聞こえてきているのではなく、船の中からもっと小さな声で聞こえてくる。

わずかに間があってから声は続いた。

「今から三ヶ月前に……三ヶ月前に――」ここで口ごもって、それから止まった。クリフの毛が逆立った。解説は口ごもったりしない。

一瞬の沈黙のあと、悲鳴が聞こえた。しわがれた男の悲鳴。船の中のどこからか聞こえてくる、押し殺したような悲鳴だ。それから息をのむような弱い声が、続いて叫び声が聞こえた。極度の恐怖か苦悩を感じている男の叫びだ。

全身の神経を張りつめさせて、クリフは乗降口を見つめた。船の内部からどさりという音が聞こえ、扉からまぎれもない人間の影が飛び出してきた。喘ぎながら、そしてよろよろと転びそうな様子でクリフの方へと部屋の中をまっすぐ走ってきた。二十フィートほど進んだところで、続いてヌートの大きな影が乗降口から出てきた。

クリフは息をのんで見入った。その男はスティルウェルだと見分けられるようになっていた。クリフが隠れているテーブルの方へまっすぐ進んでくる。まるで机の背後へ隠れようとしているかのようだ。が、あともう数フィートというところで、膝が折れて床に倒れた。いつの間にかヌートがスティルウェルを見下ろしていたが、彼はそれに気づいていないようだった。とても具合が悪そうだったが、這い進んでテーブルの背後に身を隠そうという発作的な虚しい努力を続けていた。

ヌートが動かなかったので、クリフは思い切って話しかけてみた。

「どうしたんだ、スティルウェル。何かしてやろうか。怖がることはないんだ。クリフ・サザランドだ。ほら、カメラマンの」

ここでクリフに出会ったということにはまったく驚く素振りも見せずに、溺れる者が藁《わら》をも掴むように、クリフの存在にすがりついて喘《あえ》いでいった。

「助けてくれ。ヌートが……ヌートが――」その先を続けられないようだった。

「ヌートがどうした?」頭上にのしかかる燃える眼をしたロボットをいやでも意識してしまい、その男の方へ近寄るのも怖かった。クリフは安心させるように付け加えた。「ヌートに傷つけられることはない。ぜったいにそんなことはしないから。傷つけようとしているんじゃないんだ。何があったんだ。ぼくは何をしたらいい?」

とつぜん力が湧き出してきたかのように、スティルウェルは両肘で身体を起こした。

「ここはどこなんだ」

「宇宙館だ。判らないのか」

しばらくスティルウェルの荒い息だけが聞こえていた。それから、かすれた弱々しい声でこう訊ねた。

「ぼくはどうやってここに来たんだろう」

「判らない」とクリフが答えた。

「解説を録音しているところだったんだ。それから気づいたらとつぜん、ここに来ていた……つまりあの中の――」

スティルウェルは言葉を途切れさせ、また恐怖が戻ってきた様子を見せた。

「それからどうしたんだ」クリフは静かに訊ねてみた。

「箱の中にいた。上の方にロボットのヌートが見えた。ヌートだ！　でも、ヌートは無力化したんじゃなかったのか。動いたことなんかなかったのに」

「落ち着くんだ。ヌートは傷つけようとしているわけじゃないと思うから」

スティルウェルは床の上に仰向けになった。

「弱っているんだ」といって喘いだ。「何か――医者を呼んでもらえないか」

彼は、上から見下ろしているものにまったく気づいていなかった。闇を通してじっと見ているものが、あれほど恐れているロボットであることに。

クリフが戸惑い、どうしたらいいか判らず途方に暮れているあいだに、男の呼吸が短い喘ぎに変わった。時計がチクタクいうような規則的な動きだ。クリフは思い切って前へ出て、男の方へと進んでみたが、もはやその男を助けるためにできることはなかった。その喘ぎは弱くなって、ただの痙攣のようになり、それから不意に静かになった。クリフは男の胸に手を当て、それから頭上の影の中の眼を見上げて囁いた。

「死んだ」

ロボットには判ったようだった。あるいは聞こえただけだったのか。前にかがんで、動かぬ身体を凝視した。

「どういうことだ、ヌート」思わずロボットにいった。「何をしているんだ。何かぼくにできることはないか。友好的でないことをしているとは思えないし、この男を殺そうとしたとも思えない。でも、何があったんだ。ぼくのいっていることが判るか。話せないのか。何をしようとしているんだ」

ヌートは何の音も立てず、何の動きも見せず、ただ足下の動かぬ身体をじっと見つめるだけだった。間近に見えるロボットの顔には、悲しみの表情が見えた。

ヌートは数分間、そうやって立っていたが、やがて身をかがめるとぐったりした身体を注意深く——というより「優しく」だとクリフには思えた——力強い両腕に抱えて、壁際のばらばらになったロボット係員を置いてあるところへ歩いていった。遺体をロボットたちのそばに、そっと横たえた。それからヌートは船に戻っていった。

もはや恐怖を感じることなく、クリフは部屋の壁際をそっと歩いた。床の上の砕けたロボットの残骸のすぐ近くにまで進んだところで、不意にぴたりと止まった。ヌートがまた姿を現わしたからだ。

また別の身体のようなものを抱えていた。ただ、もっと大きかった。片腕に抱えていたその身体を、スティルウェルの遺体の横にそっと横たえた。そして反対側の手に持っていたものは、クリフには何なのか見えなかったのだが、今置いた身体の横に置いた。それからまた船に戻り、新たに抱えてきた身体をまたその横に優しく横たえた。この最後の往復のあと、しばらくじっと横たわる身体を見下ろして、船の方を振り返ると身動きすることなく立ちつくした。まるでスロープの近くで深い考えに耽《ふけ》っているかのように。

クリフはできるだけ好奇心を抑えていたが、それからそっと前へ進んでヌートが横たえた物体を見下ろした。一つ目は予想どおりスティルウェルの遺体だ。その横のもっと大きくてもさもさした毛に覆われているのは、昨夜のゴリラだ。ゴリラのそばに反対側の手から下ろしていたのは、モッキンバードの小さな体だ。この二つは船の中にひと晩じゅう置いてあったということだ。驚くほど優しく扱ってはいたが、船の中を片づけたというだけのことなのだろうか。しかし、どういういきさつなのか判らない四つ目の身体があった。もっと近寄って、身をかがめて見てみた。

自分が眼にしたものに息をのんだ。あり得ない！　方向を間違えたか何かしたのか。振り返って、最初の亡骸《なきがら》を間近で見た。身体を流れる血が一気に冷たくなったような気がした。最初の遺体はスティルウェルのもので、列の最後にあるものもやはりスティルウェルなのだ。二つのスティルウェルの亡骸があるということになる。どちらもまったくそっくりで、どちらも死んでいた。

クリフは叫び声を上げて後ずさった。パニックに襲われて部屋を走り、ヌートから遠ざかると、喚《わめ》きながら入口の扉をがんがん叩いた。外側では物音がしていた。

「出してくれ！　出してくれ！　出してくれ！　はやく！」恐怖に駆られて叫んだ。

二枚の扉のあいだに隙間ができると、野生動物のようにそのあいだをむりやりすり抜けて、芝生の上を走っていった。近くの小道の夜更かしのカップルが驚いてクリフを見ていた。だが、これで少しクリフの頭に正気が戻ってきて足を緩め、やがて立ちどまった。建物を振り返ると、何もかもがいつもと変わらないように見えた。クリフの恐怖とは裏腹に、ヌートがあとを追ってくることはなかった。

クリフはまだ靴下のままだった。ぜいぜい息を切らしたまま、濡れた芝の上に腰を下ろして靴を履《は》いた。立ち上がって建物を眺め、考えをまとめようとしてみた。なんとも信じ難く、わけが判らない。死んだスティルウェル、死んだゴリラ、死んだモッキンバード――どれも眼の前で死んでいったのだ。それから、最後の衝撃である二番目の死んだスティルウェル。こちらは死ぬところを見ていない。ヌートの奇妙な優しさと、その顔に浮かぶのを二度目撃した悲しみの表情。

眺めているうちに、建物の周辺が騒がしくなってきた。宇宙館の出入口に何人か人が集まってきて、頭上にはサイレンを鳴らした警察のヘリコプターが現われ、また遠くから別のサイレンが聞こえてくると、あちこちから人が駆け寄ってきた。最初はほんの数人だったが、次第に増えていった。警察の飛行車が、宇宙館の出入口のすぐ外の芝生の上に降りた。中を覗き込んでいる警官が見えたように思えた。そのとき、建物の明かりがぱっとついた。クリフも自分を取り戻して、建物に戻った。

中に入ると、スロープの横に立って考え込んでいたヌートは、またいつもの場所のいつもの姿勢に戻っていた。まるで、動いたこともないかのように。船の乗降口は閉じて、スロープは消えていた。しかし、奇妙な取り合わせの四体の死体は、暗闇の中に残して逃げてきたときのままに、破壊されたロボット係員のそばに今なお横たわっていた。

すぐ背後で叫び声が聞こえてびっくりした。制服姿の博物館の守衛がクリフを指さしていた。「あの男です」と守衛が叫んでいた。「私が扉を開けるとあの男が飛び出してきて、狂ったように走っていったんです」

警察官がクリフのところに集まってきた。

「何者だ。これはいったいどういうことだ」中の一人が乱暴な口調で問いただした。

「クリフ・サザランドです。カメラマンです」クリフは落ち着いて受け答えをした。「中にいて、逃げ出したのは私です。守衛のかたのいうとおりです」

「何をしていたんだ」と警官がクリフをじろじろと見ながら質問した。「それに、この死体はどこから来たんだ」

「紳士の皆さんに喜んでお話しします。ただ、ビジネスが先です。この部屋では驚くようなことが進行しているのです。私はそれを目撃しました。その顚末《てんまつ》をお話しできます」クリフは、ここでにっこり微笑んだ。「ですが、どこかの通信社と記事に関する契約を結んでからでなければ、弁護士の助言なしに質問にお答えすることはできないと申し上げざるを得ません。ことの次第はお話しします。その飛行車にある無線を使わせていただけるなら――ほんの一瞬でいいのです――話の全貌は、そのあとすぐご報告できます――おそらく三十分後には、放送局が放映を始めるでしょうから。私のことを信じてください。しばらくは皆さんにできることは何もありませんし、それくらい遅れても何も失うものはありませんから」

質問をした警官は眼をぱちくりさせていたが、別の一人が素早く反応して、おそらくは紳士ではないのだろう、両拳を握りしめてクリフの方へ足を踏みだした。クリフは記者証を手渡してこの警官を武装解除させた。

今や五十人ほどの人々が集まってきていた。警官はそれをちらりと眺めて、ポケットに突っ込んだ。関係者がヘリコプターで駆けつけていた。その中には二人、クリフも顔見知りの通信社の警官に付き従われてヘリコプターまで歩いていくのを許してくれた。警官は文句をいったが、クリフが二人に耳打ちし、話をすると、クリフはこれまでに稼いだことのある年収額以上の契約をまとめることができた。そこで、無線で五分ほどそれから、写真やネガを全部通信社の二人に手渡して、記事にする話もした。二人は一秒も無駄にすることなく、電光のように社に戻っていった。

次々に人々が集まってきて、警察は建物を立入禁止にした。十分後、クリフが契約した通信社が送り込んだラジオやテレビの取材陣が強引に入ってきた。さらに数分後、係の手で設置された眩《まばゆ》い光の下で、クリフはヌートからあまり離れていない船のすぐそばに立って――ヌートの真下に立つのを本人が拒否したのだった――カメラやマイクの前で話し始めた。その内容は瞬時にして、太陽系のすみずみにまで伝えられた。

その後すぐに、警察はクリフを留置場に入れた。一般原則としてそうだったし、かなり腹を立てていたせいでもあった。

5

クリフはその夜ひと晩を留置場で過ごした。翌朝八時になり、通信社がようやく弁護士を引っ張ってきて、クリフを連れ出した。いよいよ立ち去ろうというときに、連邦政府の職員がクリフの腕を摑んでいった。

「北米捜査局《CBI》でさらに質問に答えていただくことになっています」と捜査官が告げ、クリフは快くついていった。

三十五人もの連邦政府高官や、いわゆるお偉方がクリフを立派な会議室で待ち受けていた。大統領秘書官、州政府次官、国防次官、科学者、軍の大佐、行政部高官、局長、そして〈C〉クラスの男たちだった。灰色の髭をたくわえた年配のサンダースCBI長官が議長だった。

出席者はクリフに話を最初からすっかり繰り返させた。ところによってはさらにもう一度話させたが、それはクリフのいうことを信じていなかったからではなく、二夜にわたるヌートの行動と出来事の謎に何らかの意味ある光を投じられるような事実を引き出したいという願いによるものだった。辛抱強く、クリフは自分の頭を絞り尽くすまで詳細に答えた。

質問はほとんどサンダース長官がしていた。一時間以上が経って、もう質問も終わったのではないかとクリフが思ったときに、サンダースがさらにいくつか質問を追加した。いずれも、何が起きたかに関するクリフの個人的な意見についてだった。

「酸だとか、光線、熱、その他の科学者たちが使ったものによってヌートの機能が狂ってしまっていると思いますか」

「そうだという証拠はまったくありません」

「ヌートにはものが見えると思いますか」

「間違いなく見えると思います。あるいは別の、それに相当するような機能を持っています」

「ヌートには音が聞こえると思いますか」

「はい。私がスティルウェルは死んだと囁いたとき、ヌートは身をかがめました。自分で確認するかのようでした。私がいったことを理解していたとしても、驚きはしません」

「ヌートは一度も話さなかったのですね。音を発したのは、その船を開けるときの音だけですね」

「ひと言も、英語でも他のどんな言語でも、口を利いてはいません」

「あなたの考えでは、ヌートの力は、われわれの処理方法のいずれかで弱まったでしょうか」

と科学者の一人がいった。

「ヌートがゴリラをいかに易々《やすやす》と相手にしたかをお話ししました。ゴリラを摑んで投げ返したのです。その後、ゴリラは建物じゅうを逃げ回りました。恐れたからです」

「私たちの検死では、どの死体からも、致死的な傷をまったく見出せなかったことに関しては、どう説明できますか。ゴリラも、モッキンバードも、あるいは二つのまったく同一のスティウェルの身体からもです」これは医療部門の高官から。

「私には説明できません」

「ヌートは危険だと思いますか」とサンダース。

「潜在的にはかなり危険かと」

「ですが、ヌートは敵意を抱いていないといいませんでしたか」

「私に対してはという意味です。そういう印象を受けましたが、そのもっともな理由をあげることはできないように思えます。いえるのはただ、私を意のままにできるときに、二度とも見逃したときの様子だけです。遺体を扱ったときの優しい態度に何か関係があるかもしれません。あるいはもしかしたら、二度その顔に浮かぶのを見た、悲しく物思いに沈んだような表情も」

「もうひと晩、一人であの建物に留まってみようという気はありませんか」

「どんなことがあっても嫌です」出席者たちの顔に笑みが浮かんだ。

「昨夜起きたことを撮影した写真がありますか」

「いいえ、ありません」クリフは懸命に落ち着きを失わないようにしながら答えたが、屈辱の大波に洗われた気分だった。それまで黙っていた男がこういったので救われた。

「少し前に、ヌートの一連の行動の関連について、何か目的があるという言葉を使われたようでしたが、少し説明していただけますか」

「はい、特に印象に残った点の一つがそれでした。ヌートは決して無駄な動きをしないということです。望むときには驚くような速さで動けます。ゴリラを攻撃するときに目撃しました。ですが、そうでないときにはたいてい、何か簡単な作業を順序立てて遂行しているように歩きまわっていました。それを見て、あることを思い出しました。ときどき、あるところで、何をしているところであっても、少し身をかがめるような格好になって、数分間じっとしているのです。ヌートの時間の尺度は、われわれと比べるとかなり変わっているかのようです。驚くほど素早いこともあれば、驚くほどゆっくりしていることもあります。長いあいだ動かなくなるのはこのせいかもしれません」

「非常に興味深い」と科学者の一人がいった。「この頃、夜のあいだだけ活動するのはどういう理由だろうか」

「何か、われわれに見られたくないことをしているのだと思います。夜にしか、一人になれる時間はありませんから」

「しかし、あなたがそこにいるのを見つけてからも、そのまま続けたではありませんか」

「判っています。でも、私のことを無害で作業を邪魔することもできないと判断したのではないかということくらいしか、他に説明を思いつきません。確かにそうだったわけですが」

「あなたがここに着く前に、ヌートを大きなグラステックスのブロックに封じ込めるという案を検討していました。ヌートがそんなことをさせるままにしていると思いますか」

「判りません。おそらく、そうさせるでしょう。酸や、光線や、熱のときにもじっとしていましたから。ですが、昼間実行したほうがいいかもしれません。ヌートが活動するのは夜のようですから」

「しかし、クラートゥと一緒に時空航行船から出てきたときには、昼間動きましたがね」

「ええ、そうですが」

　これで聞いておきたいと思う質問は尽きたようだった。サンダースはテーブルを打って、こういった。

「では、サザランドさんとはこれで終わりにしたいと思う。ご協力ありがとう。それから、愚かで不屈で勇敢な若いかた――若いビジネスマンにお祝いを申し上げたい」ここでわずかに微笑んだ。「もうご自由に退席してくださって構わないが、またあとでお呼びたてしなければならないこともあるかもしれない。では、またのちほど」

「グラステックスの件が決まるまで、ここにいてはいけないでしょうか。ここにいるあいだに、最新情報を手にしておきたいので」

「決定はすでになされている――というのが最新情報だ。グラステックスの注入はただちに開始されるだろう」

「ありがとうございます」とクリフはいってから、落ち着いてさらに訊ねた。「今晩、建物の外にいる許可を与えていただけないでしょうか。外でいいのです。何かが起こるような予感がするのです」

「もう一つスクープをものにしようというのだな」サンダースがそういったが、冷酷な様子でもなかった。「それで、警察には仕事を終えるまで待機させようというのではないかね」

「もう二度とそういうことはしません。何かあったら、すぐに話します」

長官は躊躇《ちゅうちょ》した。「どうしたものか。こういうことにしよう。あらゆる報道機関が記者を派遣したがるだろうが、そうさせるわけにはいかないのだ。そこで、もしあなたが全社の代表になるように手配できるのなら、許可しよう。何も起こらなくても、あなたの報道はヒステリックな人たちを落ち着かせることはできるだろう。手配できたら、知らせてくれたまえ」

クリフは礼をいって急いで部屋を出ると、通信社に電話をかけ、最新情報を無料で提供してからサンダースの提案を持ちだした。十分後に返事の電話がかかってきて、万事手配できたから、少し寝ておくようにといわれた。注入については彼らのほうで取材の手配はするからといわれた。明るい気分でクリフは博物館へと急いだ。数千人の弥次馬が取り囲み、強力な警察の警戒線がそれを押し返していた。今度ばかりは通り抜けられなかった。クリフは顔を知られていたし、警察はまだ怒っていた。でも、あまりそんなことは気にならなかった。突然、激しい疲労を感じて、休息が必要だと判った。ホテルに戻って、あとで起こしてもらうように頼んでから、ベッドに入った。

数分も眠らぬうちに電話が鳴った。眼を閉じたまま、電話に出た。通信社にいる仲間の一人からだった。特に知らせたいことがあるという。スティルウェルからたった今連絡があった。

本物のスティルウェルは、無事で元気でいる。あの二体の亡骸はある種の複製なのだ。どう説明したらいいのか、自分にもさっぱり判らない。自分に兄弟はいない、とのことだった。

つかのま、すっかり目が覚めたが、ベッドに戻った。もう何が起きても驚かなかった。

6

四時になって、すっかり元気になったクリフは、赤外線望遠レンズを肩からかけて、警戒線を通り抜け、宇宙館の入口をくぐった。クリフが来ることはあらかじめ判っていたので、何の問題もなかった。眼をヌートに転じたとき、奇妙な感覚が身体を走り抜けた。はっきりした理由は判らないが、その巨大ロボットに対して気の毒だという気持ちに近いものを感じたのだ。

ヌートはいつもとまったく同じように立っていた。右足を少し前に出して、いつもの陰鬱《いんうつ》な表情を顔に浮かべていた。しかし、今はそれだけではなかった。透明なグラステックスの巨大な塊《かたまり》の中にしっかりと閉じこめられていたのである。立っている床から、その八フィートに及ぶかという頭の上まで、そこからさらに上方に八フィート、右に左に、前に後ろにそれぞれ八フィートの巨大なブロックで、水のように透明な牢獄に全身を閉じこめられていては、ヌートの驚くべき筋力をもってしても、ぴくりとも動くことは叶《かな》わなかった。

人の作った機械であるロボットに可哀想だという気持ちを抱くのがばかげているのは間違いない。だがヌートのことを、人間が生きているのと同じようにほんとうに生きている存在として考えるようになっていた。目的と意思を見せた。複雑で臨機応変の行動をした。顔には二度もはっきりと悲しみの感情を浮かべた。何度も深く考え込む様子を見せた。ゴリラには無慈悲に対処し、モッキンバードと他の二つの遺体には優しく接した。さらに、二度もクリフを叩きつぶしてもいい理由があるときに、そうせずに思いとどまってくれた。ヌートがまだ生きているということに、クリフはもはやまったく疑いを抱いてはいなかった。「生きている」という言葉が何を意味しているとしても。

しかし、建物の外にはラジオ局やテレビ局の取材陣が待ち受けていた。クリフにはなすべき仕事があった。後ろを向いて、報道陣のもとへ行くと、誰もが忙しくなった。

一時間後、地面から十五フィートほどの高さの、建物から小道をはさんだところにある大木の上で独り、窓を通してヌートの上半身がはっきり見える場所にすわっていた。手近の大きな枝に結びつけているのは、赤外線望遠鏡、ラジオのマイク、集音器付赤外線テレビカメラの三つだった。まず、赤外線の望遠鏡を使えば闇の中でもまるで真昼のようにくっきりと拡大されたロボットの姿が見えるようになる。他の装置を使って、映像と音とを拾い上げ、クリフのコメントを付し、それを各地の放送局へと転送すると、そこから何百万マイルもの彼方にまで宇宙空間を通して全方位へ発信されるのだ。おそらく、こんなに重要な任務を負ったカメラマンはいまだかつて一人もいなかっただろう——写真を撮り忘れるようなカメラマンには一人もいなかったのは確かだろう。が、今はそんなことは忘れて、ちょっと得意になっていた。準備は整った。

遙か後方では、物見高い大群衆が大きな円を描いていた。そして恐れていた。グラステックスという合成樹脂は、ヌートを押さえておけるだろうか。もし駄目だったら、ヌートは復讐に飢えた状態で外へ出てくるのだろうか。想像を絶する生き物が航行船から出てきて、ヌートを解放するのだろうか。そして、おそらくは報復を。数百万人の聴取者たちはびくびくしていた。遠くで見守る群衆は、恐ろしいことは起こって欲しくないと願っていたが、何かは起こって欲しいとは思いながらもいつでも逃げられるようにしているのだった。

クリフからさほど遠くない、慎重に決められた四方の位置に、移動式光線砲が軍の部隊によって配備され、クリフの右手に当たる背後にある窪地では大砲を備えた大型戦車が待機していた。あらゆる武器が、宇宙館の出入口に向けられていた。もっと小型で動きの機敏な戦車が、北五十ヤードの位置で一列に並んでいた。その光線砲もまた扉に狙いを定めていたが、大砲は違った。建物の周囲の敷地には、綿密な計算によって出入口へと発射された砲弾が、不規則に拡がる首都の一部に損害を与えたり、人の命を奪ったりせずにすむ場所は一ヶ所しかなかった――大型戦車の配置された窪地である。

夕闇が降りて、軍の高官、政治家、その他の有力者たちの流れも途絶え、宇宙館の重い金属の扉が音を響かせ、夜に備えて閉ざされた。ほどなく、クリフは一人きりになった。残っているのは、周囲で武器を構えて監視している兵士たちだけである。

何時間かが過ぎた。月が昇ってきた。ときおりクリフは、スタジオに向かって何もかも静かだと報告した。裸眼ではヌートの姿はまったく見えなかったが、二つのほのかに光る赤い点のような眼だけは別だった。望遠鏡で見ると真昼に十フィートしか離れていないところから見ているようにはっきりと観察できた。その眼を別にすると、ヌートが死んで機能を失った金属ではないことを示す証拠は何もなかった。

さらに一時間が過ぎた。ときどき小型の腕時計式ラジオ＝テレビの調子を確認した。一回に数秒しか映さなかったのは、電池の容量に限りがあったからだ。放送はヌートと、クリフの顔と名前ばかりだった。あるときなどは、自分がすわっている樹と、さらに自分の姿が一瞬だけ小さなスクリーンに映しだされた。どこか近くの見通しのよい場所から、強力な赤外望遠撮影装置を使って姿を捕らえているのだ。それが、なんだかおかしく感じられた。

と、不意に何か見えたので、急いで眼を望遠鏡にあてた。ヌートの眼が動いていた。少なくとも、眼から発せられている光の強度が変化していた。まるで小さな二つの赤い懐中電灯を左右に振っているかのようであった。その光が交互にクリフの眼に入るのだった。

どきどきしながら、スタジオに合図を送り、種々の感知機のスイッチを入れ、この現象を説明した。クリフの声にこもる興奮に、数百万人が共鳴した。ヌートがこの恐ろしい牢獄を破って脱出できるなどということがあるだろうか。

数分が過ぎて、まだ眼の点滅は続いていたが、クリフにはロボットの身体が動いている、あるいは動こうと試みている気配も感じられなかった。クリフは手短に自分の見ていることを説明した。ヌートは明らかに生きている。しっかりと閉じこめられてしまったこの透明の牢獄を破ろうと力を入れているのは間違いない。だが、亀裂が入らないかぎり、動きが見られるはずもなかろう。

クリフは望遠鏡から眼を離して、驚愕した。闇に包まれたヌートを裸眼で見ると、機器を通しては見えなかった驚くべきものが眼に入ったのだ。微かな赤い輝きが、ロボットの全身に広がっていた。震える指でテレビカメラの焦点を調節しているあいだにも、その輝きは強まっていった。あたかも、ヌートの身体が高温に発熱して光を放つようになったかのようだ。

その様子をとぎれとぎれに興奮気味に説明した。クリフの注意はほとんどレンズの焦点を調整するのに奪われていたからだ。ヌートは暗い赤の人影から、眩《まぶ》しく輝く姿へと変わり、もう望遠鏡を通さなくてもはっきりと光って見えるようになった。そして、ヌートは動いた！　間違いなく動いた！

何らかの方法で身体の温度を上げて、自分を閉じこめている合成樹脂の弱点を突こうというわけだ。グラステックスは熱可塑《かそ》性の物質だったとクリフは思い出した。冷却すると固くなり、熱でふたたび柔らかくなる。ヌートは溶かして脱出しようとしているのだ。

クリフは二言三言でこれを説明した。ロボットは鮮紅色になっていて、氷のようなブロックの鋭かった角は丸みを帯びてきて、全体がだらりと沈みはじめた。変化はさらに加速して、ロボットの身体は前よりも動くようになってきた。合成樹脂の上端は沈んで、ロボットの頭の周りまで下がり、それから、首へ、腰へ、クリフに見えたのはそこまでだった。ヌートの身体は解放された！　その後、まだ深紅に輝いたまま、ヌートは動き出して視界から外れた。

クリフは眼を凝らし、耳をそばだてた。しかし、何も捕らえることはできず、ただ警察の警戒線の向こう側の群衆が発する遠い咆哮《ほうこう》と、周囲に配備された砲列から届く二、三の鋭い命令だけが聞こえてきた。彼らもおそらく中継を聴き、もしかしたらテレビで観て、そして待ち受けているのだろう。

数分が過ぎた。鋭い衝撃音が響いた。宇宙館の重い扉が勢いよく開いたのだ。金属の巨人が歩み出てきた。もはや輝いてはいなかった。じっと立ちどまって、赤い眼で闇を通してあちこちを注視した。

闇の中から命令を怒鳴る声が聞こえると、ヌートの身体が光線砲の集中砲火を浴びて明るく輝いた。ヌートの背後の金属の扉が溶けはじめたが、その大きな緑の身体は何の変化も示さなかった。そのとき、世界が終末をむかえたように見えた。耳を聾する轟音が響き、クリフの眼前の何もかもが煙と混沌《こんとん》の中で爆発したかのようだった。上っていた樹が片側に大きく揺れ、クリフはあやうく放り出されそうになった。破片が雨あられと降り注いだ。戦車が砲撃し、ヌートに命中したのだ。

クリフは樹にしっかりとしがみついて、もやの中で眼を凝らしていた。もやが晴れてくると、出入口付近の破壊の跡の中にゆらゆら動くものが、なんとか見えてきた。それから、ぼんやりとではあるが見間違いようもなく、ヌートの大きな体が立ち上がるのが判った。ゆっくり身を起こすと戦車の方を向いて、とつぜん大きな弧を描くように跳んだ。大きな砲はヌートを狙おうと揺れ動いたが、ヌートは脇へよけたかと思うと、戦車に跳び乗った。乗務員が蜘蛛の子を散らすように逃げるなか、一撃で砲塔を破壊した。そして振り向くと、クリフの方をまっすぐに見た。

ヌートはクリフの方へと進んできて、すぐに樹の真下に立った。クリフはもっと高いところへ上って逃げた。ヌートは二本の手を樹に回すと、ぐいと引き上げた。樹は根元から抜け、横倒しになった。クリフが慌てて逃げ出す暇もなく、ロボットが金属の両手で彼を掴み上げていた。

クリフはいよいよそのときが来たと思ったが、その夜、奇妙なことがまたしても彼の身に降りかかった。ヌートはクリフを傷つけなかった。腕を伸ばした格好でクリフを見つめてから、彼を持ち上げて、肩車をするように首の後ろに乗せた。そうして、クリフの片方の足首を掴むと、向きを変えて迷うことなく、建物から西へ遠ざかる方向へと道を進んでいった。

クリフにはなすすべもなく、ヌートに乗って道を進んだ。芝生の向こうに点々と配置された大砲の砲身が、二人が移動するにつれて向きを変えるのが見えた。標的はヌート――そしてクリフ自身――だ。しかし、誰も撃たなかった。ヌートにとって、肩に乗せているクリフは安全を確保するためのものなのだ。そうであって欲しいと願った。

ロボットはタイダルベーシンへと、まっすぐに歩を進めた。野戦砲の大半がそのあとをゆっくり追う。遙か後方で、混乱の暗い潮が空白地帯に流れ込むのが見えた。警察の警戒線が破れたのだ。前方では包囲がたちまち両脇へ薄く広がり、それ以外の方向からは潮が押し寄せてきて、一人一人の声や叫びが識別できるくらいにまで寄ってきた。五十フィートほど離れたところで止まり、もっと近くまで来ようという者は数えるほどもいなかった。ヌートは彼らにはまったく注意を払わなかった。肩に乗せている荷についても、蝿ほどにも気にしてはいなかった。ヌートの首と肩は、金属のような座り心地であったが、その下には、関節を曲げる動作のたびに表面下にある筋肉を感じることができた。人間と同じような筋肉だった。クリフには、この金属様の筋肉の仕組みが新鮮な驚きに感じられた。

蜜蜂が飛ぶように一直線に、道を横切り、芝生を越えて、木立を抜け、若い男を一人運びながらヌートが突き進むのを、数千人の興奮の声が追いかけた。頭上でヘリコプターがぶんぶん音を立て、飛行機が矢のように飛び交い、地上では周りを警察の車が神経を痛めつけるサイレンを鳴らしながら走り回った。眼の前にタイダルベーシンの静かな水面があった。そのまん中に殺害された大使クラートゥの大理石製の質素な霊廟があった。いつも夜になると投射される十数個のサーチライトの光を浴びて、黒く冷たく輝いている。死者と会おうというのだろうか。

一瞬の迷いもなく、ヌートは土手を降りて水の中へと入っていった。水は膝まで上り、腰へ、さらにクリフの足が水に入るまでになった。暗い水の中を通ってクラートゥの墓までまっすぐに、ロボットはその定められた道を進んでいった。

近づくにつれて、暗く輝く巨大な四角形の大理石が高くせり上がっていった。水底が緩やかな上り坂になり、ヌートの身体が水から上がりはじめ、やがて水を滴《したた》らせながらピラミッドの最初の段に足をかけた。簡素な縦長の棺《ひつぎ》が中央に安置された狭い祭壇のある頂上に、あっというまに到達した。

眼も眩むサーチライトの光の中で、巨大ロボットは棺の周囲を一周してから、前かがみの姿勢で身体を固定し、その上部を力いっぱい押した。大理石に亀裂が走った。厚い蓋《ふた》が斜めにずれ落ち、反対側で砕けて、大きな音を響かせた。ヌートは膝を突いて中を覗き込んだ。クリフは縁の真上に来る形になった。

収束光が作る鋭い影に入っている内部には、透明な合成樹脂の棺があり、何百年も耐えられるような厚い樹脂で封じられていた。そこに生前のクラートゥ——偉大な未知の世界からやってきた物言わぬ訪問者——の持ち物がすべて収められていた。眠っているかのように横たわり、顔には神のような気高さを漂わせ、そのせいで、よく判っていないものはクラートゥは神のような存在であると信じてしまうこともある。クラートゥはやってきたときに着ていたローブをまとっていた。萎《しお》れた花だとか、宝石、装飾品の類いはなかった。そんなものがあっても、不浄なものに感じられてしまうだろう。棺の中の足下の方に、密封された小さな箱があった。やはり透明な合成樹脂でできていて、中にはクラートゥの地球訪問の記録が収められている。彼の出現に伴って起きた事件の説明、ヌートと時空航行船の画像、そしてほんのわずかばかりの言葉と動きの全記録を収めた映像と音声である。

クリフはじっとすわっていた。ロボットの顔を見られればいいのにと思いながら。ヌートもまた敬虔《けいけん》な黙想の姿勢から動かなかった。が、それは長くはなかった。眩い光がピラミッドを照らし、怯え、取り乱した大群衆が見守るなか、深く敬愛する美しい主人への最後の挨拶をしていた。

とつぜん、それは終わった。ヌートは手を伸ばすと記録を収めた小さな箱を手に取り、立ち上がって階段を下りはじめた。

博物館へ向かってまっすぐに、水の中を通り、芝生を越えて、道を横切り、もと来た道を戻るのを、だれも止めることはできなかった。前方の混沌とした人々の輪が溶けて消え、背後ではまたその輪が閉じた。人々は少しでもよく見える場所を確保しようと互いに足を踏みつけあっていた。戻ってくるときの映像記録はまったくない。ＴＶカメラはどれも、霊廟へ行く途中で壊れてしまっていたのだ。

建物が近づいてくると、戦車の砲撃で、地面から天井まで届く幅二十フィートほどの穴が壁に開いているのが眼に入った。扉はまだ開いたままだった。ヌートはぎくしゃくしたところのまったくない歩調をほとんど緩めることなく、残骸を乗り越えてまっすぐに船の乗降口へと進んだ。クリフは、ここで自分は解放されるのだろうかと思った。

そのとおりだった。ロボットはクリフを下ろすと、扉の方を指さした。そして、身体の向きを変えると、船を開けるための音を発した。スロープが降りてきて、ヌートは中に入った。

そのときクリフは、狂ったとしか思えない勇気ある行動をとって、死ぬまで有名になった。スロープが戻りはじめたときに、そこに飛び乗って船の中へと入ったのだった。乗降口は閉まった。

7

真っ暗で、まったくの無音だった。クリフは動かなかった。ヌートが前方のすぐ近くにいるのを感じた。確かにそうだった。

ヌートの金属の手が、クリフの腰の辺りを摑んで冷たい身体の脇に引き寄せると、前の方へと運んでいった。隠れていた明かりが不意について、周囲に青い光が満ちた。

クリフを下ろすと、ヌートは彼をじっと見つめていた。クリフはすでに自分の軽率な行為を後悔していたが、いつもの測り難い眼は別にしてロボットは特に怒った様子は見せていなかった。ヌートが部屋の隅の椅子を指さした。クリフはすぐさまこの指示に従い、従順に椅子に腰を下ろした。しばらくは、辺りを見まわす勇気もなかった。

小さな実験室のような部屋にいると判った。複雑な金属やプラスティックの装置が、壁際や小さな実験台の上に並んでいた。どれ一つをとっても、その機能については想像もつかなかった。部屋の中央にはどっしりとした大きな金属の台があって、上には大きな箱が乗っていた。外の棺に似ていて、たくさんの配線が台の端にある複雑な装置に繋がっていた。そのすぐ真上から、たくさんのチューブが繋がっているランプの眩《まばゆ》い光が円錐形に降り注いでいた。

そのそばのテーブルの上にある半分隠されたものが、見慣れたものに感じられた。同時に、場違いなものに。クリフがすわっているところからは書類鞄《かばん》に見えた。地球人が使っているごく普通の書類鞄だ。何なのだろうか。

ヌートはクリフにまったく注意を払うことなく、ただちに太い道具の細い先端を使って記録を収めた容器の蓋をはぎとった。映像と音声を収めたフィルムを取り出すと、大きな実験台の端にある装置に組み込んで、三十分ほど調整をしていた。クリフはじっと見入っていた。あの金属のごつごつした指を操る技に感嘆しながら。この作業を終えると、今度は隣の台に乗っている装置で何やら長いあいだ作業を続けた。それから、少し考え込むように動きを一瞬止めてから、長い棒を押し込んだ。

棺形の箱から声が聞こえてきた。殺害された大使の声だ。

「私はクラートゥです。それから、こちらはヌートです」

あのときの録音だ！　心にそう閃《ひらめ》いた。大使が発した最初で唯一の言葉である。しかし次の瞬間、そうではないことが判った。その箱の中には人がいたのだ。男は動いて身を起こした。生きているクラートゥの顔が見えた。

クラートゥは何か驚いたような顔をして、知らない言語でヌートに早口で話しかけた。ヌートは、言葉で返事をした。ヌートの言葉を聞くのは初めての経験だ。その話しかたには、人間の感情に由来するような慌てた響きがあった。クラートゥの表情は、驚きから怪訝《けげん》な感じに変わっていった。彼らは数分間にわたって話し続けた。クラートゥは疲れ切っているようで、また横になろうとしたが、途中でクリフを見て動きを止めた。ヌートがまた長い説明をした。クラートゥがクリフを手招きして呼び寄せたので、前へ進んだ。

「ヌートが何もかも話してくれました」その声は低く穏やかだった。クリフの顔を黙って少し見つめると、顔に疲れたような微かな笑みが浮かんだ。

クリフには訊きたいことが百もあったが、なかなか口を開く勇気が出てこなかった。

「ですが、あなたは」クリフはやっとの思いでいった。敬意を払いながらも、しかし興奮を抑え切れずに。「あの霊廟の中のクラートゥではありませんね」

男の微笑みは消えて、首を振った。

「ええ」見下ろすヌートの方を向いて、自分の言語で何かいった。その言葉に、ロボットの金属の顔は苦痛を感じたかのように歪んだ。それからクリフに向き直り、「私は死にかけているのです」とあっさりと告げた。自分の言葉を地球人のために繰り返しているかのようだった。ふたたび、疲れたような微かな笑みが顔に浮かんだ。

クリフの口は凍りついてしまっていた。ただ、理解の糸口を求めてじっと見つめるだけだった。クラートゥはその心を読んだようだった。

「あなたにはお判りにならないでしょう。私たちとは違ってヌートには強い力があります。宇宙館が建てられ、解説が始まったとき、ヌートの頭に閃いたことがありました。直ちに行動を起こし、夜中にこの装置を組み立てました。これを使って私を再生したのです。あなたがたが記録していた私の声から。ご存知のように、ある特定の身体が、音声の特徴を定めます。ヌートは、記録の過程を逆行させる装置を作ったのです。ある特定の音声が、身体の特徴を定めるというわけです」

クリフは息をのんだ。そういうわけだったのか！

「しかし、ならばあなたは死ななくていいわけですね」クリフは突然、勢い込んで叫んだ。「この船から出てきたときの、元気だったときのあなたの声の記録がありますから。病院へお連れさせてください。地球の医師たちも、とても優秀です」

ほとんど判らないくらい、クラートゥは首を振った。

「まだお判りになっていない」という声はゆっくりで、さらに弱々しくなっていた。「あなたがたの録音は不完全なのです。おそらく、ほんのわずかな問題なのでしょうが、それが製品に欠陥を生じさせます。ヌートの実験で生まれたものは、みな数分間で死んでしまいました。ヌートによれば……私もそうなるはずです」

そのとき突然、「実験」の最初の材料が何なのかを理解した。宇宙館が開館した日に、スミソニアン博物館の職員が、世界のさまざまな動物の音声の録音が入った書類鞄を紛失した。この台の上に乗っている書類鞄がそれだ！　それからスティルウェルは、あのテーブルの抽斗に入っていた録音テープから作られたに違いない。

しかし、クリフの心は重く沈んだ。この訪問者に死んでほしくなかった。ゆっくりと、すばらしい思いつきが頭の中に浮かびあがってきた。その着想を湧きあがる興奮とともに説明した。

「録音が不完全だとおっしゃいました。もちろんそのとおりです。ですが、その原因は不完全な録音再生装置を使ったというところにあります。ですから、ヌートがプロセスを逆転させるに際してあなたの声を録音したのとまったく同じ装置の部品を使えば、どこが不完全なのかを検証できて、そうすれば、それを打ち消すようにもできますから、あなたは死ぬことなく生き続けられるのです！」

その最後の言葉が終わらないうちに、ヌートが猫のようにさっと振り向いて、クリフをきつく摑んだ。紛《まが》うかたなき人間の興奮が、その顔の金属の筋肉を輝かせていた。

「その装置を持ってくるんだ！」と、はっきりとした明快な英語で命令した。クリフを乗降口の方へ押しやろうとしたときに、クラートゥが手を上げて制した。

「急ぐことはありません。私にはもう間に合いません。あなたのお名前は？」

クリフは名前を告げた。

「最後まで一緒にいてください」そういって、クラートゥは眼を閉じて、身体の力を抜いた。少し微笑んだが、眼は開けずにつけ加えた。「悲しまないでください。私はまた生き返るでしょうから。それもあなたのお陰です。苦痛はないのです」その声は急速に衰えていった。クリフは、いろいろ訊きたいことはあったが、口も利けずにただ見つめることしかできなかった。

ふたたび、クラートゥは彼の考えを読み取ったようだった。

「判っています」蚊の鳴くような声だった。「判っています。私たちはお互いに訊かなければならないことがたくさんあります。あなたがたの文明について……そしてヌートの……」

「そしてあなたがたの」クリフがいった。

「そしてヌートの」と穏やかな声が繰り返した。「もしかしたら……いつの日か……私が戻ってきたときには……」

クラートゥは横になったまま動かなかった。いつまでたってもそのままだったので、ようやくクリフにもクラートゥが死んだのだと判った。涙が目から流れ出てきた。ほんの数分間のうちに、この男を愛するようになっていたのだった。クリフはヌートを見た。ロボットもまた、クラートゥが死んだことを知っていた。が、赤く光る眼に涙はなかった。その眼はクリフに注がれており、このときばかりは若者にもロボットの心に何があるのかが判った。

「ヌート」クリフは真剣な面持ちで宣言した。「もとの装置を持ってくる。必ず手に入れる。まるで、神聖な誓いをしているかのようでもあった。何もかも、もとのものと同じ装置を」

何もいわずにヌートはクリフを乗降口のところまで送っていった。そしてロックを解除する音を発した。出口が開くと、外でひしめきあう騒がしい地球人の群衆が、急に外へ逃げようと先を争って動き出した。宇宙館はがらがらになった。クリフはスロープを降りた。

この後の二時間のことを思い出そうとすると、記憶はいつも夢の中のように感じられる。平和に眠る死んだ男のいる謎めいた実験室こそ本物で、人生の中心になるものであり、騒がしい人間たちと話をした場面は、粗野でがさつな幕間《まくあい》にすぎないように思えるのだ。クリフはそのスロープからさほど遠くないところに立った。経験したことのほんの一部しか話さなかった。クリフの言葉は信用されて、国の高官たちができるかぎりの圧力を行使し、ロボットが命じたものが手に入るのを静かに待った。

装置が到着すると、クリフはそれを持って乗降口の少し手前まで運んだ。ヌートはそこでずっと待っていたかのようだった。ヌートの腕は、第二のクラートゥのほっそりした身体を抱えていた。優しくその身体をクリフに預けた。クリフは何もいわずにクラートゥの身体を受けとめた。あらかじめ、そうお互いに決めていたかのように。これが別れのときのようだった。

クリフはクラートゥにいいたいことがたくさんあったが、どうしてもいっておかねばならないことが心に残っていた。緑の大きな船の入口に緑の金属のロボットが立っている、今のこの機会をクリフは逃さないことにした。

「ヌート」ぐったりした身体を注意深く両手で受けとめながら、クリフは真剣にいった。「一つだけ頼みたいことがある。よく聴いて欲しい。君の主人にいって欲しいことがある――まだ戻ってきてはいないけれど――最初のクラートゥに起きたことは事故だったんだ。地球人は皆、計り知れないほど深く悲しんでいる。そう伝えてくれるだろうか」

「それは判っていた」とロボットは穏やかに答えた。

「でも約束して欲しいんだ。君の主人に伝えて欲しい――さっきの言葉をそのままに――生き返ったらすぐに」

「あなたは誤解している」とヌートが、やはり穏やかに、さらに言葉を続けた。クリフはそれを聞いたとき、眼がかすんで身体が動かなくなった。

回復して眼の焦点があったときには、あの大きな船は消えていた。突然、そこに存在しなくなったのだ。倒れるように一歩二歩後ろに下がった。耳には、巨大な鐘が鳴るように、ヌートの最後の言葉が響いていた。死ぬ日が来るときまで、その言葉を人に話すことは決してないだろう。

強力なロボットはこういったのだった。「あなたは誤解している。主人は私なのだ」

（中野善夫訳）

月世界征服

「月世界征服」原作

ロバート・A・ハインライン

Destination Moon (1950)

宇宙空間には船があふれ、内惑星には植民地が築かれ、地球の月は至近距離にあるので、月《ルナ》航路の操縦士たちが鼻歌まじりに船を飛ばす今日《こんにち》、「月へ飛ぶ」という言葉が不可能を表すいいまわしであった時代、可能だと考える人間が幻視者、すなわち頭のいかれた人間であった時代を想像するのは困難である。それに輪をかけて困難なのは、彼らが直面した障碍《しょうがい》を理解し、彼らが固執《こしつ》した理由、彼らが考えたことを納得することであり――

ファルクァースン著、『輸送の歴史』III－四一四。

1

モハーヴェ砂漠は射し初《そ》めた曙光《しょこう》で灰色に染まっていたが、建造現場では技術監督のオフィスに煌々《こうこう》と明かりが灯《とも》ったままだった。オフィスは静まり返り、コーヒー・ポットが不機嫌そうにブクブク音をたてているだけ。

その場には三人の男がつめていた——監督本人のロバート・コーリー博士（リンカーンばりの長身瘦軀《そうく》の持ち主）、退役海軍将官の〝レッド〟・ボウルズ少将、バーンズ航空機、バーンズ工具製作所、その他の企業の総帥、ジム・バーンズの三人である。

三人とも無精髭がのびていた。バーンズは髪ものび放題にのびていた。バーンズはコーリーのデスクについていた。ボウルズはカウチに寝そべっていた。眠っているようすで、見た目は丸々と太った赤毛の赤ん坊といったところ。コーリー博士はひどくすり切れたカーペットの模様をたどって、部屋を行ったり来たりしている。

博士は足を止め、窓の外に目をこらした。千ヤードかなたの砂漠には、流線形の大きな船が空に向かってそそり立っていた。地球の分厚い大気を突きぬけるときを、いまかいまかと待っているのだ。

大儀そうに向きを変えると、博士はデスクから一通の手紙をとりあげた。こういう文面だ——

カリフォルニア州、モハーヴェ

反応協会御中

親展

貴下《きか》の原子力ロケット船のエンジンを建造現場で試験するという申請は、遺憾《いかん》ながら却下する。

原子爆発の危険が現実には存在しないと認められるものの、かような危険に対する大衆の不安には根強いものがある。委員会の方針は――コーリーは最後の段落まで飛ばした――よって、試験は南太平洋の特殊兵器試験センターにて実施される。詳細については――

彼は読むのをやめ、手紙をバーンズに突きつけた。「エニウェトクでテストするはめになったら、資金を調達しないといかん」

バーンズの声には腹立ちがにじんでいた。「博士《ドック》、前にもいったが、企業連合《シンジケート》はもうびた一文ださない。ほかに金のはいる当てはない」

「ちぇっ――筋からいえば、資金をだすのは政府なんだ！」

バーンズはうなり声をあげ、「議会にいってくれ」

目をあげずに、ボウルズが口をはさんだ。「合衆国がぐずぐずしているうちに、ロシアが月に一番乗りするんだ――水爆のおまけつきで。それが〝政策〟なるものの実態だよ」

コーリーは唇をかんだ。「一刻の猶予もならんのだ」

「わかってる」バーンズは立ちあがり、窓辺へ足を運んだ。昇る朝日を浴びて、大きな船の磨かれた外板がキラリと光った。「一刻の猶予もならんのだ」と彼は小声で繰り返した。

ふり向くと、「ドック、つぎに出発に都合のいいときはいつだ？」

「予定したときだよ――来月だ」

「いや、今月ならいつかってことだ」

コーリーは壁のカレンダーにちらりと目をやり、使いこまれた本を書棚から抜きだすと、すばやく計算した。「明朝——四時ごろだ」

「それなら、決まりだ。明朝出発する」


ボウルズ提督がガバッと上体を起こした。「テストもしてない船で出発するだって？　ジム、きみは頭がおかしいんだ！」

「そうらしい。だが、いましかないんだ——いましか。ひと月も待ったら、新しい規則やらなにやらでがんじがらめにされるだろう。あの船は準備ができている。もっとも、動力装置のテストはすんでいないが。だから、テストはすっ飛ばすんだよ！」

「しかし、乗組員を選んでさえいないんだぞ！」

バーンズはにやりとした。「われわれが乗組員さ！」

コーリーもボウルズも返事をしなかった。バーンズは先をつづけた。「かまわないだろう？　離昇は自動で行われる。たしかに、若者を選ぶべきだという点でわれわれの意見は一致した。反射神経がすばやいとか、そういった長所があるからな——それなのに、われわれは三人とも自分が選ばれる理由を見つけようとしてきたんだ。レッド、きみはモフィアット演習場に潜りこんで、操縦士資格の検診を受けただろう。あいにく、失格だったが。嘘をつくな。筒抜けなんだよ。それにドック、きみは動力装置の世話をまかせてくれと暗にいってきた——奥さんにも根まわししてたんだろう」

「はあ？」

「シンジケートに働きかけて、きみが行くのを思いとどまらせてくれって頼まれたんだよ。心配するな。断った」

コーリーは真正面からバーンズを見すえた。「わたしは最初から行くつもりだった。家内はそれを知っていた」

「それでこそ男ってもんだ！　レッドは？」

ボウルズはおもむろに立ちあがった。「お見通しだったのか、ジム。検診の結果はそれほど悪くなかった――体重だけ超過していたんだ」

「合格だよ。とにかく、血気《けっき》にはやった若いビーヴァーに副操縦士の役をまかせたくはない」

「副操縦士だって？」

「わたしをさしおいて船長になろうっていうのか？　レッド、わたしはあの日からずっとこの荷物を自分で運ぶつもりだったんだ――まいったな、四年も前だぞ！――きみに連れられて、青写真を鞄《かばん》につめこんだドックが会いにきたあの日からな」彼は深呼吸すると、うれしくてたまらないといったようすで周囲を見まわした。

ボウルズがいった。「しかたない。操縦士はきみで、副操縦士がわし。ドックは主任だ。これで残るはレーダー係だけ。あの船の電子機器《エレクトロニクス》を使いこなせるようだれかを訓練するにしても、明朝にはとうてい間にあわんよ」

バーンズは肩をすくめ、「選り好《え》みなしだ――ウォードしかいない」彼はプロジェクトの主任電子工学《エレクトロニクス》技師の名前をあげた。

ボウルズがコーリーに向きなおり、「ウォードは行きたがるだろうか？」

コーリーは考えこんだようすだった。「きっと行きたがるよ。その話はしたことがないが」

電話機に手をのばし、「彼の宿舎にかけてみる」

バーンズがその手をさえぎった。「そう先走るな。話が広まったら、委員会は二十四時間のうちにわれわれを止められるんだ」

ボウルズは腕時計にちらりと目をやり、「二十一時間だ」

「どっちにしろ、時間はたっぷりある」

コーリーは眉間《みけん》にしわを寄せた。「秘密にはしておけんな。あの船に荷物を積みこまないといかん。ヘイスティングス博士に連絡して、軌道を計算してもらう必要もある」

「いちどにひとつだ」バーンズは言葉を切り、眉間にしわを寄せた。

「こういうふうにやろう。みんなにはただの予行演習だといっておく。ただし、なにからなにまで本番どおりだ。道路封鎖、食糧、記者、点検リスト、作業。ドック、動力装置の準備をしてくれ。レッド、きみは荷積みの責任者だ。わたしはモハーヴェへ出かけて、ヘイスティングスに電話する。それから大学に電話して、大型電算機の手配をする」

「どうして二十マイルもドライヴするんだ？」とコーリーが反対した。「ここから電話すればいい」

「ここの電話はまずまちがいなく盗聴されているからだよ——べつにFBIのことじゃないぞ！　われわれ三人とウォードをべつにすれば、真相を知らなければならない人間はヘイスティングスだけだ——軌道を計算してもらえば、どうせばれることだが」

バーンズは帽子に手をのばした。「ドック、もうウォードに電話してもいいぞ——じゃあ、あとで」

「待ってくれ！」とボウルズ。「ジム、あわてるな。とにかくヘイスティングスの居場所はここでもわかる。パロマーまで飛んで、彼をつかまえるはめになるかもしれん」

バーンズはパチンと指を鳴らし、「おっしゃるとおり、わたしこそあわててたよ、レッド。いちばん肝心なことを忘れていた——自分の飛行機を使えない理由を。常駐監視官用にまわしたんだった」彼がいったのは、原子力エネルギー委員会のプロジェクト担当者のことだった。

「ホームズか？　どうしてきみの飛行機が彼にいるんだ？」

「迷子になってもらうためさ。ネッド・ホームズを説得して、ワシントンへ飛び、ここでエンジンのテストが許可されるよう最後の請願をしてもらうことにする。彼はやってくれるだろう。申請却下は彼の考えじゃなかった。うちのアンディがわたしの飛行機に彼を乗せて飛び——アンディは砂漠に降りざるを得なくなる。電話から四十マイルはなれたところに。じつに悲しいことだ」

コーリーが苦笑いした。「誘拐みたいに聞こえるな」

バーンズはすっとぼけた。

「もちろん、出発前にホームズは原子炉に委員会の封印をしていくだろう」

「それをわれわれが破るんだ。まだ反対意見はあるか？　もしなければ、アンディ、ホームズ、ウォードをこの順番でつかまえよう」

ボウルズ提督が口笛を吹き、「ドック、きみのエンジンはちゃんと働いたほうがいいぞ。さもないと、われわれは死ぬまで監獄で暮らすことになる。さあ、忙しくなるぞ」

2

ジム・バーンズが建造現場へ帰ってきたときには、もう正午に近かった。正門につめた会社の警備員は、手をふって彼を通した。それにもかかわらず、バーンズは車を止めた。「やあ、ジョー」

「お早うございます、ミスター・バーンズ」

「ゲートが開いているな。本部から指示があったのかね？」

「ゲートについてですか？　ありません。だれかが電話してきて、今日はでかぶつ《ビッグ・ボーイ》の予行演習だといいました」警備員は親指を曲げ、二マイルはなれた船のほうに向けた。

「そのとおりだ。よく聞いてくれ。この予行演習は、文字どおり本番と同じでなければならん。そのゲートを閉じておくんだ。開く前には、わたしか、ボウルズ提督か、コーリー博士に確認してくれ」

「わかりました、ミスター・バーンズ」

「あの船を地面に釘付けにしておくためなら、なんでもする連中がいることを肝《きも》に銘《めい》じておいてくれ――しかも、その連中がかならずしも外国語訛りとはかぎらないことを」

「心配ご無用です、ミスター・バーンズ」

しかし、彼は心配だった。ゲートを封鎖しても、警備員のいないフェンスがまだ十四マイルも残っているのだ。

まあ、しかたない――それくらいの危険は受け入れるしかない。彼は居住区画の横を通りぬけ、円形にならんだ施設群を突っきった。そのあたりには人がひしめいていた。徒歩の者、トラックに乗った者、ジープに乗った者。トラックは船本体をとり巻く囲い場への入口にならんでいる。バーンズは管理棟に車を乗りつけた。

コーリーのオフィスで見つけたのは、ボウルズとコーリー本人――そしてコーリーの細君だった。コーリーは困りはてたようすだった。ミセス・コーリーは見るからに怒り狂っていた。

「こんにちは、みなさん」と彼はいった。「お邪魔かな？」

コーリーが顔をあげた。「はいれよ、ジム」

バーンズはミセス・コーリーにお辞儀した。「ご機嫌いかがですか、奥さん？」

彼女はバーンズをにらみ、「あなた！　あなたが悪いんです！」

「わたしがですか、ミセス・コーリー？　いったいなんの話です？」

「『なんの話』かよくわかってるくせに！　ああ、あなたが……あなたが……」彼女は息をこらえたかと思うと、ひとつの言葉にしてわっと吐きだした――「男ってものは！」そういうと、ドアをたたきしめて出ていった。

ドアが彼女の背後で閉まると、バーンズの吊りあがった眉毛が元にもどった。「知ってるわけか。奥さんに話すべきじゃなかったな、ドック、まだいまのところは」

「ちぇっ、ジム。ああまで反対するとは思わなかったんだ」

ボウルズが椅子にすわったままぐるっと体をまわし、「莫迦をいうな、ジム。ドックの奥さんには知らせる必要があった――妻は使用人じゃないんだ」

「悪かった。あとの祭りだが。ドック、通話をチェックしたか？」

「いや、どうしてだ？」

「チェックしろ。待て、わたしがやる」彼はドアまで足を運び、「女伯爵《カウンテス》、交換台を呼びだして、ガーティにいってくれ、外への通話はすべてきみのところへまわすようにって。外への通話はすべて、だれが、なぜ、だれにかけたがったのかをはっきりさせ――それから監督か、提督か、わたしに知らせるよう念を押しといてくれ。外からかかってきた通話も同じだ」

彼はドアを閉めると、ボウルズに向きなおった。

「きみの奥方は知ってるのか？」

「もちろんだ」

「もめごとは？」

「ない。海軍の妻はそういうことに慣れているんだ、ジム」

「そうだろうな。さて、ヘイスティングスの件は片がついた。彼によると、午前二時までにはテープを持ってここへ来られるそうだ。飛行機を待機させておいた」

コーリーは眉をひそめた。「ぎりぎりだな。自動操縦をセットするのにもっと時間をかけたいところだ」

「それより早くは約束できんそうだ。こっちはどうなってる?」

「荷積みは順調にいっている」とボウルズが答えた。「酸素を積んだトラックが遅れなければだが」

「飛行機で運ぶべきだったな」

「無理をいうな。トラックはいまこの瞬間カヨン峠《とうげ》にいるはずだ」

「わかった、わかった。動力装置は、ドック?」

「ネッド・ホームズが原子炉に貼っていった封印はまだ破いていない。タンクに注水中だが、はじめたばかりだ」

かたわらの電話機が彼の言葉をさえぎった。「もしもし?」

秘書の声が部屋に流れた。「奥様が長距離通話を希望されております、博士。奥様にはお待ちいただいております。代わられますか?」

「つないでくれ」と彼は弱々しくいった。ミセス・コーリーの言葉は聞こえなかったが、怒った調子は伝わってきた。コーリーは答えた。「いや……そのとおりだよ。残念だが、この件は……いや、通話がいつ解禁になるのかはわからない。東海岸への通話は差し止めているんだ……いや、車を使わせるわけにはいかない。わたしが使っている。わたしは――」彼は驚いた顔をして、受話器をもどした。「切られてしまった」

「これでわかったか?」とバーンズ。

「ジム、きみは阿呆だ」とボウルズが答えた。

「いや、わたしはひとり者だ。どうしてかって? あらゆる女が大好きな気晴らしに我慢できないからさ」

「というと?」

「駿馬《しゅんめ》を去勢しようとすることだよ。さあ、仕事にかかろう」

「了解」とコーリーは同意し、屋内通話器のキーをたたいた。「ヘレン、エレクトロニクス部門を呼びだして、ミスタ・ウォードにわたしが会いたがっていると伝えてくれ」

「彼にニュースを知らせてなかったのか?」とバーンズが語気を強めて訊いた。

「ウォードか? もちろん知らせたさ」

「どう受けとった?」

「真剣に受けとったよ。ウォードはえらく緊張している。最初は、すべての電子機器を準備する時間がないの一点張りだった」

「でも、折れたんだな?」

「折れたよ」コーリーは立ちあがった。「船へもどらないといかん」

「わしもだ」とボウルズが応じた。

バーンズはふたりについて部屋から出た。コーリーの秘書のデスクわきを通りかかると、彼女は「少々お待ちください、どうかご辛抱を——ただいま呼びだしております」といっていた。彼女は顔をあげると、コーリーを指さした。

コーリーはためらった。「やれ、やれ」とバーンズがいった。「いちいち電話にかまっていたら、出発できずじまいだぞ。ここは引き受けた。行ってくれ、おふたりさん。バギーを仕立てて行くんだ」

「わかった」コーリーは秘書にこういいそえた。「ミスタ・ウォードはつかまったかね？」

「エレクトロニクス部門にはいらっしゃいません。探しているところです」

「すぐに会いたい」

バーンズは部屋へもどり、一時間かけて電話の混雑をさばいた。優先される長距離通話のために回線が必要だという口実を設けて、個人通話はあっさりと差し止めた。通話が船の出発準備に関するものであれば、自分で処理するか、傍聴した。彼にできるのは、せいぜい建造現場を外界から切りはなし、陸の孤島にしておくことくらいだった。

主任冶金《やきん》学者とともに問題をひとつ解決し、先週の超過勤務に関して経理部に了承をあたえ、〝予行演習〟には三段ぶち抜きの記事にする価値があると報道協会に請けあい、船を見学する招待状をロサンゼルス市民クラブ連合宛に上機嫌でだした——来週の予定で。

それがすむと、コーリーの速記用口述録音機を借りて、ビジネス・マネージャー宛の覚え書きを作りはじめた。(a)飛行が成功した場合、(b)船が墜落した場合、それぞれについてプロジェクトの後始末に関する指示である。翌日には文章化するようにとメモをつけるつもりだった。

コーリー博士からの電話でさえぎられた。「ジムか? ウォードが見つからない」

「男子用トイレはあたってみたか?」

「あたっていない――だが、あたってみる」

「遠くに行くわけがないんだ。彼の部門で困ったことでも?」

「いや、だが、話をしないといけないんだ」

「ふむ、ひょっとするとテストを終えて、宿舎に仮眠をとりに行ったのかもしれん」

「部屋にかけても返事がない」

「受話器をはずしているのかも。だれかをやって、引っ張りださせよう」

「そうしてくれ」

この件を手配しているあいだ、プロジェクトの広報主任、ハーバート・スタイルズがやってきた。広報担当はどっかりと椅子にすわりこんだ。見るからに悲しそうだ。

「やあ、ハーブ」

「どうも。ねえ、ミスター・バーンズ、あたしとふたりでバーンズ航空機へもどり、こんないかれたゴミ捨て場とはおさらばしましょうや」

「いったいどうしたんだ、ハーブ？」

「まあ、ひょっとすると、なにがどうなってるのか、あなたにはわかってるのかもしれません。あたしがいわれたのはこうです、午前三時までにみんなをここへ集めろ——AP、UP、INS、ラジオ局、TV局、その他もろもろを。そうしたら、あなたは日曜日の学校みたいにここの門をぴったりと閉ざしちまう。しかも一から十まで予行演習、たかが練習のためにときた。頭がおかしいのはだれです？　あたしですか、それともあなたですか？」

スタイルズとは長いつきあいだった。「演習じゃないんだ、ハーブ」

「もちろんちがいます」スタイルズは煙草《たばこ》をかみつぶした。「さて——どうすりゃいいんです？」

「ハーブ、わたしは窮地におちいっている。われわれは発進する——明朝三時五十三分に。もしその前に情報がもれたら、連中はわれわれを止める方法を見つけるだろう」

「だれです、『連中』ってのは？　それになぜ？」

「たとえば原子力エネルギー委員会——テストしていない原子炉を積んだ船で飛ぼうとしているからだ」

スタイルズは口笛を吹いた。「委員会に逆らうんですか？　ああ、なんてこった！　でも、どうしてテストしないんです？」

バーンズは説明し、こう締めくくった。「——そういうわけでテストできないんだ。わたしは破産だよ、ハーブ」

「破産するのはひとりじゃありませんよ」

「それだけじゃないんだ。直感でもなんでも好きなように呼べばいいが、いま発進しなかったら、発進せずじまいになりそうな気がする——たとえ南太平洋でテストする資金があったとしても。このプロジェクトは悪運に祟《たた》られている——だが、わたしは運というものを信じない」

「というと？」

「この事業が失敗に終わってほしい人間がいるんだ。頭のいかれたやつもいれば、嫉妬心に駆られたやつもいる。さもなければ——」

「さもなければ」とスタイルズが言葉を引きとって、「合衆国が最初に原爆を持ったのが気に入らないのにもまして、最初に宇宙旅行をするのが気に入らないやつらですね」

「ご明察」

「そうすると、なにを警戒してほしいんです？　船に仕掛けられた時限爆弾ですか？　制御装置の破壊工作ですか？　それとも、一分隊の兵士をうしろ盾にした連邦保安官ですか？」

「わからないんだ！」

スタイルズは虚空を見つめた。

「ボス——」

「なんだ？」

「ひとつ——離昇が本番である、といますぐ発表しないといけません。この谷の住民を避難させなきゃいけないからです。保安官と州警察は、ただの演習のためには動いちゃくれません」

「しかし――」

「ひとつ――東海岸じゃもう就業時間は過ぎてます。委員会のほうは朝までそれほど心配ありません。ひとつ――破壊工作は即座になされるでしょう、すでに船内に仕掛けられてなければの話ですが」

「船に仕掛けられたものの心配をするには遅すぎる」

「それにもかかわらず、あたしがあなただったら、船を徹底的に調べるでしょう。レンチ一本あれば、最後の最後に操縦盤かなにかの裏に仕掛けられるんです――そのむかし『機会の標的』といっていたものを」

「簡単には止められん」

「やってやれないことはありません。あの船が基地にあるうちなら、どんな手だって打てるんです。さて、あたしの首があのポンコツにかかっているとすれば、搭乗員をべつにして、いまからだれひとり船内へは立ち入らせません。だれひとりです、たとえDAR（愛国婦人団体）が発行した百パーセント正真正銘の証明書を持っていてもです。なにが積みこまれるかを監視し、この細腕でおさめるべきところにおさめます」

バーンズは唇をかんだ。「そのとおりだ。ハーブ――きみはたったいまある仕事を買いとった」

「というと？」

「ここを引き継いでくれ」彼はしていたことを説明した。「マスコミのほうだが、道路封鎖と避難の手配をする必要に迫られるまで情報を伏せておけ――ひょっとすると、真夜中まで秘密を保っておけるかもしれん。わたしはあの船に乗りこみ――」

電話がけたたましく鳴った。彼は受話器をとりあげ、「もしもし？」

ボウルズからだった。

「ジム――エレクトロニクス部門まで来てくれ」

「トラブルか？」

「山ほどのな。ウォードに逃げられた」

「ええ、なんだって！ いますぐ行く」受話器をたたきつけ、「まかせたぞ、ハーブ！」

「了解！」

外へ出ると、彼は車に飛び乗り、円形にならんだ施設群をまわりこんでエレクトロニクス部門へ向かった。ボウルズとコーリーがウォードのオフィスで見つかった。ふたりといるのはウォードの第一助手、エマニュエル・トロウブだった。

「どうした？」

コーリーが答えた。「ウォードが入院した――急性虫垂炎だ」

ボウルズが鼻を鳴らし、「急性臆病だよ！」

「そういういいかたは公平じゃない！ ウォードは逃げだしたわけじゃない」

バーンズが割ってはいり、「どっちでもかまわん。問題は――これからどうするかだ」

コーリーは顔色が悪かった。「離昇はできん」

「黙れ！」バーンズはボウルズに向きなおり、「レッド、きみはエレクトロニクスをあつかえるか？」

「無理だ！　ふつうの双方向ならいじれるが――あの船はエレクトロニクスのかたまりだからな」

「右に同じだ――ドック、きみはできるな。それとも、できないのか？」

「あー、たぶんできる――だが、レーダーと動力装置の両方は操作できない」

「わたしに動力装置の操作方法を教えてくれ。そうすればレッドが操縦にまわる」

「なんだって？　たったの数時間で核技術者を養成しようなんて無理な相談だよ」

バーンズは世界がのしかかってきたような気分だった。彼はその気分をふり払い、トロウブに向きなおった。「マニー、きみが電子機器の大部分を設置したんだろう？」

「ぼくですか？　ひとつ残らず設置しましたよ。ミスター・ウォードは発射整備塔《ガントリー・クレーン》にあがるのが嫌いだったんです。神経質な人ですから」

バーンズはコーリーに目をやり、「どう思う？」

コーリーはそわそわした。「さあ」

ボウルズがいきなりいった。「トロウブ、大学はどこへ行った？」

トロウブは傷ついた顔をした。「学位なんてものはありませんが、上級エレクトロニクス技術者の文民資格を持ってますよ――P5です。レイセオン研究所に三年勤めました。十五のときからアマチュア無線の免許を持ってますし、信号部隊じゃ曹長でした。エレクトロニクス関係だったら、お手のものです」

バーンズはおだやかにいった。「提督に悪気はなかったんだ、マニー。体重はどれくらいだ?」

トロウブはひとりひとりを見まわした。「ミスター・バーンズ――これは演習じゃないんですね? 本番なんですね?」

「本番だ、マニー。われわれは発進する――」腕時計にちらっと目をやり、「――あと十三時間で」

トロウブは息を荒くしていた。「みなさんはぼくにいっしょに月へ行ってくれといってるんですか? それも今夜」

バーンズが答える暇もなく、ボウルズが口をはさんだ――

「そのとおりだ、マニー」

トロウブはゴクリと唾を飲んだ。「はい」と彼はいった。

「はい?」とバーンズが鸚鵡《おうむ》返しにいう。

「行きます」

コーリーがあわてていった。「トロウブ、じっくり考えてから決めてくれ」

「監督、ぼくの就職願書を見てください。『進んで飛行する』と書いておきました」

3

巨大な船は、囲いの内部に配置された投光照明《フラッドライト》にとり巻かれていた。ガントリー・クレーンの骨組みに囲われたままだったが、船の下部を噴射管までとり巻く仮設の耐放射線遮蔽板《シールド》はとりはずされていた。代わりに、放射能を警告するのに使われる三つ葉の標識が設置されていた——もっとも、放射線のレヴェルはまだ危険なほど高くはなっていなかったが。

しかし、原子炉の封印は破られており、船は出発の準備がととのっていた。その質量の十五分の十三は水である。これを原子炉によって一瞬にして白熱した蒸気に変え、秒速三万フィートで噴射する準備はできていた。

船の高いところには司令室があり、そのとなりにエアロックがある。エアロックの下には常設の耐放射線シールドが船幅いっぱいに設けられており、タンク、ポンプ、原子炉本体、補助動力機構から与圧された乗組員区画をへだてている。司令室の上、船の鼻先にあたる部分は与圧されていない貨物室である。

船の基部では三角形の翼《よく》が、大きすぎるひれ《フィン》のように広がっている——船が噴射して飛びだすときはフィンとなり、タンクを空《から》っぽにして地球へ帰って来るときは、グライダーの翼となるのだ。

ジム・バーンズはガントリー・クレーンの基部にいて、最後の最後まで命令を下していた。

クレーンまで電話線が引かれていた。電話が鳴りだしたので、彼は向きなおって応答した。

「ミスター・バーンズ?」

「そうだ、ハーブ」

「保安官事務所の報告だと、道路封鎖は完了して、全員が谷から出たそうです——ところで、アイドル・アワー観光牧場《ゲスト・ランチョ》を空にするのに、ずいぶんと袖の下を使いましたよ」

「かまわん」

「全員が出ましたが、じつは隠者のピートだけはべつです。梃子《てこ》でも動こうとしません」

「ゲートの北にあるあの掘《ほ》っ建《た》て小屋に住んでいる髭面の爺さんか?」

「その爺さんです。とうとうホントのことを話したんですが、平気の平左なんです。爺さんがいうには、月へ向かって飛ぶ船は見たことがないから、この年になって、そいつを見逃す手はないんだそうで」

バーンズはクスクス笑い、「爺さんを責めるわけにはいかんな。よし、うちの職員がサインする免責認可証にサインさせろ。爺さんがサインしなかったら、ショーは中止だといってやれ」

「サインしなかったら?」

「ハーブ、どこかの阿呆が噴射管の下に立っていたとしても、わたしは発進するよ。だが、爺さんにはいうな」

「わかりました。マスコミのほうはどうします?」

「もう教えてもかまわん――だが、つきまとわれるのは願いさげだ。免責認可証にサインしても、連中にはブロックハウス（人員器材保護用鉄筋ビル）にとどまってもらう」

「ニュース映画やTVの連中とひと悶着ありそうですね」

「遠くで見るので我慢するか、全然見ないかだ。連中を集めたら、きみが最後にはいって、すぐにドアを施錠してくれ。ブロックハウスに好きなだけ電話線を引いてもいいが、遮蔽されてない地域への立ち入りはいっさい禁止だ」

「ミスター・バーンズ――ほんとうに噴射はそんなに危険なんですか？」

バーンズの返事は、ブロックハウスから聞こえてきた携帯拡声器の声に呑みこまれた――

「お知らせします！ 最終バスに乗られるかたは、施設サークルの北口へお急ぎください」

じきにスタイルズがまた口を開いた――

「電話がはいりました――出られたほうがいいですよ、ボス。トラブルです」

「だれからだ？」

「ムロック基地の司令官です」

「つないでくれ」ややあって彼はこういっていた。「ジム・バーンズです、将軍。元気ですか？」

「やあ――どうも、ミスター・バーンズ。こんなことはいいたくないが、きみの部下は道理がわからんと見える。予行演習のためにレーダー要員を徹夜で勤務させてくれと頼む必要があるのかね？」

「むむむ……将軍、どっちみちそちらの追跡レーダーは、常に人が配置されているじゃないですか？　この国は『レーダーの傘』に守られているんだとばかり思ってましたよ」

将軍はこわばった口調で答えた。「それは適切な質問ではないな、ミスター・バーンズ」

「適切な質問じゃありませんでした。法律を承認するのと、それを適切に運用するのとでは大きなちがいがあるわけです」ちょっと考えこみ、「将軍、そちらの追跡スクリーンにかならず光点《ブリップ》があらわれる、といったらどうします？」

「どういう意味だね？」

バーンズはいった。「将軍、あなたとは開放式操縦席《コクピット》のころからのつきあいです。うちの飛行機をたくさん使ってもらいました」

「きみの作る飛行機は優秀だからね、ミスター・バーンズ」

「今夜ちょっと協力してほしいんです。じつは、ホワイティ」

「というと？」

「今夜飛びだすんです。お手数ですが、ホワイトサンズと連絡をつけて、連中もわれわれを追跡するよう手配してもらえませんか。ついでにホワイティ――」

「なんだね、ジム？」

「そちらの要員を組織して、ホワイトサンズと連絡をつけるのにあと一時間はかかるでしょうから、その前にワシントンへ電話を入れてもらえませんかね」

沈黙がいつまでもつづくので、バーンズはてっきり電話が切れたのだと思った。と、将軍が答えた。「それくらいかかるかもしれん。話しておいてもらったほうがいいことはほかにないかね？」

「いえ……これくらいです。ただし、例外がひとつ。わたしが行くんです、ホワイティ。わたしが操縦します」

「そうか。幸運を祈る、ジム」

「ありがとう、ホワイティ」

バーンズが視線を転じると、ライトを点滅させながら、この区域を旋回している飛行機が目に飛びこんできた。背後でエレヴェーターがキーキーと音をたてた。顔をあげると、コーリー、ボウルズ、トロウブが降りてくるところだった。コーリーが叫んだ。「ヘイスティングス博士だろうか？」

「そう願いたいものだ」

飛行機が着陸し、ジープが走り寄った。数分後、ジープは囲いのなかへ飛びこんできて、ガントリー・クレーンまでやってきた。ヘイスティングス博士が車から降りた。コーリーが走って出迎えた。

「ヘイスティングス博士！　持ってきてくれたかね？」

「おひさしぶり、諸君。ああ、持ってきたとも」ヘイスティングスはふくらんだポケットをポンとたたいた。

「あずからせてくれ！」

「船内に入れてもらえないかな？　じっくり話したい」

「飛び乗ってくれ」ふたりの学者はエレヴェーターに乗りこみ、上昇をはじめた。

ボウルズ提督がバーンズの袖に触れ、「ジム——ひとつ訊きたい」

「訊いてくれ」

ボウルズは目顔でトロウブを示した。バーンズはその意味を察して、ふたりは奥へ引っこんだ。「ジム」ボウルズが小声で訊いた。「このトロウブなる人物について、きみはなにを知っている？」

「きみの知っていることだけだ。どうして？」

「彼は外国生まれだろう？　ドイツか？　ポーランドか？」

「ロシアだ、わたしの知ってるかぎりでは。大事なことか？」

ボウルズは眉間にしわを寄せ、「破壊工作があったんだ、ジム」

「おだやかじゃないな！　どういう種類の？」

「地球発進用のレーダーが機能しようとしなかった。トロウブが前面をあけてから、わたしを呼んだ」

「どうなってた？」

「二本のリード線のあいだに鉛筆で印がつけてあった。つまり——」

「いわれなくてもわかる、炭素でショートさせるんだ。なるほど、破壊工作だ。それで？」

「わしがいいたいのは、彼があっさりと見つけたということだ。自分で印をつけたのでなければ、そこまで正確な場所がわかるだろうか？」

バーンズは考えこんだ。「もしわれわれを止めようとしているのなら、トロウブは行くのを断ればいいだけの話だ。彼抜きでは行けないんだ——トロウブはそれを知っている」

「彼の目的がたんにわれわれを止めることではなく、船を大破させることだとしたら？」

「巻き添えになって自分も死ぬのか？」

「なかには狂信的な連中もいるんだ、ジム。論理的になれよ、レッド」

バーンズは考えてみた。「論理は通用せん」

「しかし——」

「わたしはこういったんだ、『忘れろよ！』。船にもどって、見まわりをしてくれ。破壊工作者になったつもりで。爆弾をどこへ隠すか——さもなければ、なにを壊すか考えてみてくれ」

「承知しました《アィアィサー》！」

「よし。マニー！」

「はい、ミスター・バーンズ」トロウブが小走りに寄ってきた。バーンズは、上へ行って、点検をつづけるようにと彼に命じた。クレーンの基部にある電話が鳴った。こんどもスタイルズからだった。

「ボス？　たったいま正門から電話がありました。そこにいる保安官代理が、車の無線で道路封鎖中の代理人たちと連絡をとっていて——」

「よし。みごとな組織化だ、ハーブ」

「よくないんですよ！　北の道路封鎖地点から、執行官を乗せた車が来たと報告がはいってます。打ち上げを中止させる連邦裁判所命令を持ってるそうです。連中は執行官を通しますよ」

バーンズは小声で悪態をついた。「正門に電話しろ。そこの保安官代理に執行官を止めろといってくれ」

「いいました。うんといってくれません。連邦の管轄だから手出しできないそうです」

「万事休すか！」バーンズは考えるのをやめた。「保安官代理にいってやれ、その男が名乗っているとおりの人物か、念には念を入れてたしかめるようにとな。裁判所命令はまずまちがいなく偽物だといってやれ——どうせ偽物だ。その男を引き留めているあいだ、保安官事務所と連絡をとって、その命令書を発行したことになっている判事に電話を入れてもらえといってやれ」

「やってみます」とスタイルズは答えた。「でも、命令が正式なものだったらどうします、ボス？　そいつに一発食らわせて、花火大会が終わるまで、クローゼットに放りこんでおいたほうがよくないですか？」

バーンズはじっくり考えた。「だめだ——きみが死ぬまで石切場で働くはめになる。できるだけ時間を稼いでくれ——それからブロックハウスへ一目散に走るんだ。みんな避難したか？」

「あとはミセス・コーリーの車と運転手だけです」

「ボウルズ提督の奥方は？」

「提督がとっくに送り返しました――提督は船を見送られるのが好きじゃないんです」

「提督が迷信深い質《たち》で助かった！　ミセス・コーリーの車を囲いのなかへまわしてくれ。わたしがここでちゃんと乗せる」

「了解《ラジャー》！」

　バーンズがくるっとふり向くと、コーリーとヘイスティングスが降りてくるところだった。彼はいらだちで破裂しそうになりながら待った。降りきったとたん、コーリーが口を開いた。

「おお、ジム。わたしは――」

「気にするな！　あっちは万事順調か？」

「ああ、しかし――」

「時間がない！　奥方にさよならをいえよ。ヘイスティングス博士――さよなら、それとありがとう！　飛行機を待たせてある」

「ジム」とコーリーが抗議した。「なにをそうあせっているんだ？　まだ――」

「時間がないんだ！」一台の車が囲いのゲートを通りぬけ、こちらへやってきた。「きみの奥方だ。さよならをいったら、ここへもどって来い。さあ！」バーンズは向きを変え、クレーンの操作係のところまで行った。「バーニー！」

「お呼びですか？」

「われわれはこれから上へあがる――これが最後だ。われわれがクレーンからはなれたら、すぐにクレーンを後退させてくれ。安全爪は線路からはずしてあるな？」

「もちろんです」

「完全にはずしてあるか、それとも引っこめてあるだけか?」

「完全にはずしてあります。心配ご無用。レールから脱線させたりしません」

「いや、脱線させるんだ。クレーンを終点からはみださせてくれ」

「はあ？ ミスター・バーンズ、車輪を砂地に落としたら、元にもどすのに一週間はかかりますよ」

「そうとも、まさにそれがねらいなんだ。脱線させたら、説明する手間をかけるな。ブロックハウスめざして一目散に走れ」

操作係はとまどい顔だった。「わかりました――そうおっしゃるなら」

バーンズはエレヴェーターまでもどった。コーリーと細君は、車のそばに立っていた。細君は泣いていた。

バーンズは手でひさしを作って投光照明をさえぎり、正門に通じる道路を見ようとした。鋳《い》物《もの》工場が視界をさえぎっていた。不意にヘッドライトがその建物のまわりできらめき、円形にならんだ施設群へまわりこんで、囲いの入口へ向かってきた。バーンズが叫んだ。「ドック！ 時間切れだ！ 急げ！」

コーリーは顔をあげると、あわてて妻を抱きしめた。バーンズが叫んだ。「さっさとしろ！ ぐずぐずするな！」

コーリーは妻に手を貸して車に乗りこませるまで動かなかった。バーンズはエレヴェーターに乗りこみ、コーリーがたどり着くと、彼を引っ張りあげた。「バーニー！　あげろ！」ケーブルがきしみ、うめいた。プラットフォームはじりじりと上昇をはじめた。ミセス・コーリーの車がゲートに近づくのと同時に、もう一台の車がゲートにはいろうとした。両方の車が停止したかと思うと、見慣れない車が強引に突きぬけた。それは猛然とクレーンへ向かって驀進してきて、急停車した。ひとりの男が飛びだしてきた。

男はエレヴェーターに駆け寄った。プラットフォームは三十フィート頭上にあった。男は手をふり、叫んだ。「バーンズ！　降りて来い！」

バーンズは叫び返した。「聞こえない！　うるさすぎる！」

「エレヴェーターを止めろ！　裁判所命令だ！」

車の運転手が飛びだしてきて、クレーンの操作室へ向かって走った。バーンズは指をくわえて見ているしかなかった。

バーニーがうしろに手をのばし、レンチを握った。運転手はぴたりと足を止めた。「いいぞ！」バーンズは小声でいった。

エレヴェーターがエアロックのドアに達した。バーンズはコーリーをそっと押しやり、「お先にどうぞ！」といった。コーリーにつづいて船内にはいり、向きを変えると、タラップをドアのへりから持ちあげ、足で押してはずす。「バーニー！　頼む！」

クレーンの操作係はちらっと顔をあげ、制御装置を動かした。クレーンが小刻みに震えたかと思うと、のろのろと船からさがりはじめ、完全にはなれたあともさがりつづけた。クレーンはなおも後退し、ガタガタと線路からはみだすと、ブルブル震えた。駆動モーターがきしりをあげて止まった。バーニーはサドルからすべり降り、ゲートめざしてわき目もふらずに走り去った。

4

ムロック、ホワイトサンズ、ブロックハウスとの時計合わせはすんでいた。司令室はひっそりとしており、聞こえるのは空調機器のため息、無線回路の低いうなり、補助動力機構からもれる音だけ。各ステーションの時計は三：二九をさしていた——打ち上げまで二十四分だ。

四人はそれぞれの持ち場《ステーション》にいた。上ふたつの寝棚《バンク》は操縦士と副操縦士が占めている。下ふたつは動力技師とエレクトロニクス技師だ。各人の膝には制御コンソールがアーチ状にかかっている。来るべきすさまじい重量に逆らって体の一部を持ちあげなくても、指で自由にスイッチを操作できるよう腕は支持されている。計器を見られるよう頭も支持されている。

トロウブは頭をもたげ、ふたつある大きな石英《せきえい》ガラスの舷窓の片方から外をのぞいた。

「雲がかかってる。月は見えません」

バーンズが答えた。「われわれが行くところに雲はないさ」

「雲はないんですか?」

「なにを期待しているんだ、宇宙空間に」

「あー、わかりません。宇宙旅行に関する知識は、もっぱらバック・ロジャーズから仕入れたもんで。専門はエレクトロニクスなんです」

「二十三分前」とボウルズが知らせた。「船長、このバケツの名前はなんにする?」

「というと?」

「船を進水させるときは、名前をつけるのがしきたりだ」

「なるほど、そうだな。ドック、きみの意見は? この船はきみの赤ん坊だ」

「わたしの意見だって? 考えたこともない」

「それなら」とボウルズが言葉をついだ。「〈ルナ〉という名前はどうだろう?」

コーリーはじっくり考えた。「それでいいと思う、ほかの諸君に異論がなければ」

「宇宙船〈ルナ〉か」とバーンズが同意し、「いい名前じゃないか」

トロウブが神経質そうにクスリと笑って、「そうするとぼくらは『狂人たち《ルナティクス》』ですね」

「べつにかまわんだろう」とバーンズ。

「二十分前」とボウルズが知らせた。

「船をあったためてくれ、ドック。点検リストだ、全員」

「船はもう熱くなっている」とコーリーが答えた。「核分裂の比率をあげれば、船に咀嚼《そしやく》するものをあたえてやらなければならなくなる。ジム、ずっと考えていたんだ。まだテストはできる」

「というと？」

「半Gで発進するようにセットして、いちどだけ咳払いさせるんだ――そういうふうにセットしておいた」

「なにがいいたいんだ？　船はうまく飛ぶか、吹っ飛ぶかだ」

「わかった」とコーリーは答えた。

トロウブがゴクリと唾を飲んだ。「吹っ飛ぶかもしれないんですか？」

「心配するな」とコーリーが安心させた。「縮尺模型は、吹っ飛ぶまで一時間二十三分保《も》った」

「へえ。それはいい数字なんですか？」

「マニー」とバーンズが命令した。「『地上カメラ』のスイッチを入れてくれ。監視するに越したことはない」

「承知しました」彼らの頭上には大型のTVスクリーンがあった。トロウブは尾部のスキャナー、あるいは船首のもう一台にスクリーンをつなげることもできたし――いまのように――通常のTVチャンネルを映すこともできた。スクリーンが明るくなった。自分たちの船が目に飛びこんできた。投光照明を浴びて孤高の姿をさらしている。

　アナウンサーの声が映像といっしょにはいってきた。「――史上最強のこの船は、まもなく外宇宙へ飛びだします。その飛行は今日まで公表されておらず、その目的地は明かされておりません。この船が――」

放送はハーブ・スタイルズの声にさえぎられた。「ミスター・バーンズ！　ボス！」

バーンズは身を乗りだし、真下のカウチに寝そべったトロウブに目をやった。「つながっているのか？」

「少々お待ちを――どうぞ」

「どうした、ハーブ？」

「だれかが車をすっ飛ばしてきます。まっしぐらにこっちへ向かって」

「だれだ？」

「わかりません。北の道路封鎖地点と連絡がとれないんです」

「正門を呼びだしてくれ。そこで止めるんだ」

「もう人がいません。おっと――待ってください。北の道路封鎖地点とつながりました」

ややあって、スタイルが叫んだ。「兵隊を満載したトラックだ――封鎖を突破して、保安官代理を轢《ひ》いちまった！」

「落ち着け」とバーンズがたしなめた。「われわれに手をだせはしない。下でぐずぐずしていたら、連中には災難だ。時間どおりに発進する」

ボウルズが上体を起こした。「万が一ということがあるぞ、ジム」

「ほう？　いまなにができるっていうんだ？」

「尾部噴射管のどれかにダイナマイトを六本仕掛けられたら、この船はどうなる？　離昇するんだ――いますぐ！」

「予定時間前にか？　レッド、莫迦をいうな」

「とりあえず発進して、あとで訂正しろ！」

「ドック――そんなことができるのか？」

「ああ？　無理に決まっているだろう！」

バーンズはTVの画像に目をこらした。「マニー――ブロックハウスにサイレンを鳴らすよういってくれ！」

「ジム」コーリーが抗議した。「いま離昇するわけにはいかんぞ！」

「テスト用のセット・アップはそのままか？　半Gのままか？」

「ああ、だが――」

「待機！」彼の目は画面上の外部の光景に釘付けだった。ヘッドライトが鋳物工場をまわりこみ、囲いに向かって疾走して来る。サイレンのうめきが、コーリーの答えを呑みこんだ。

トラックはゲートにさしかかっていた。バーンズの人差し指が噴射ボタンを押しこんだ。

大型ポンプのうなりが、骨の髄まで震わせる咆哮《ほうこう》にかき消された。〈ルナ〉はぶるっと身震いした。

TVスクリーンのなかでは、白い光の花が船尾にパッと咲き、大きくふくらんで、ヘッドライト、建物、船の下半分をおおい隠した。

バーンズは指をさっともどした。騒音がやんだ。白熱した煙が白く濁った。静寂のなかでスタイルズの声がスピーカーから流れだした。「すごい──朝なのに──昼間だ!」

「ハーブ──聞こえるか?」

「はい。なにがあったんです?」

「携帯拡声器で近づくなといってやれ。とっとと出ていけとな。もし近づいてきたら、カリカリに揚げてやる」

「もう揚げちまったのかと思いました」

「さっさとやれ」彼は指を起こしてスクリーンを見まもった。煙が晴れた。トラックが見分けられた。

「九分前」とボウルズが落ち着いた声で知らせた。

スピーカーごしに、攻撃部隊にさがるように警告する携帯拡声器の声が聞こえた。ひとりの男がトラックから飛び降り、ほかの者がつづいた。バーンズの指が小刻みに震えた。

彼らは身をひるがえして逃げだした。

バーンズはため息をついた。「ドック、テストの結果に満足はいったか?」

「噴射の切れが悪い」とコーリーは不満をもらした。「一瞬で止まらないとだめだ」

「発進するのか、しないのか?」

コーリーはためらった。「どうなんだ?」とバーンズがつめ寄った。

「発進する」

トロウブが悲しげなため息をもらした。バーンズはぴしゃりといった。「動力装置――自動運転に切り替えろ！　全員――加速にそなえろ。マニー、ブロックハウス、ムロック、ホワイトサンズに〇三五二の秒読み終了にそなえて待機しろといってくれ」

「〇三五二」トロウブは復唱してから、言葉をつづけた。「船よりブロックハウス、ムロック、ホワイトサンズへ」

「動力装置、報告しろ」

「自動運転、支障なし《オール・グリーン》」

「副操縦士？」

「自動操縦に移行」ボウルズはつけ加えた。「八分前」

「ドック、船はちゃんと熱くなってるか？」

「核分裂の比率を最大限まであげている」と緊張のにじむ声でコーリーが答えた。「船はうずうずしているよ」

「そのままにしといてくれ。全員、安全ベルトを着用」

コーリーがはね起きた。「ジム――酔い止めを配るのを忘れた」

「その場からはなれるな！　船酔いするなら、船酔いするまでだ」

「一分前、もうすぐだ！」ボウルズの声はしゃがれていた。

「はじめろ、マニー！」

「ブロックハウス――ムロック――ホワイトサンズ。秒読みにそなえよ！」トロウブが言葉を切った。部屋は静まり返った。

「六十！　五十九――五十八――五十七――」

バーンズは肘掛けをつかみ、動悸を抑えようとした。目の前で秒針が時を刻むあいだ、トロウブが秒読みをつづけた。「三十九！　三十八！　三十七！」トロウブの声はかん高かった。「三十一！　あと半分！」

野外にサイレンが高く低くひびきわたった。バーンズの頭上のTVスクリーンのなかでは、〈ルナ〉が誇り高くそそり立ち、頭を闇に溶けこませていた。

「十一！」

「十！」

「九！」

「八！」――バーンズは唇をなめ、ゴクリと唾を飲んだ。

「五――四――三――二――」

「点火！」

その言葉は轟音《ごうおん》に呑みこまれた。その咆哮にくらべれば、テスト噴射など無に等しいように思えた。〈ルナ〉は肩をすくめ――空をめざして昇っていった。

5

この者たちを理解しようとするなら、時代性を考えなければならない。大西洋の横断は途方もない冒険だった——コロンブスがなしとげたときは。同じことが初期の宇宙飛行士についてもいえる。彼らが乗った船は、信じられないほど当座しのぎのものだったのだ。彼らは自分たちがなにをしているのか知らなかった。知っていたら、出かけはしなかっただろう。

ファルクァースン著、同書。Ⅲ - 四一五。

バーンズはクッションに体がめりこむのを感じた。喉がつまり、必死になって舌を呑みこまないようにする。半トンを超す体重で体が麻痺するのを感じた。胸をふくらませるのもひと苦労だった。重さよりも悪いのが騒音だった。耐えがたい超音波から、低すぎて聞こえない重低音まで、頭がおかしくなりそうな〝響きの欠けた〟音である。

音はドップラー効果をともなって音階を下っていき、轟音となって遠ざかった。実質五Gの加速で、六秒のうちにみずからの発する爆音を追いこしたのだ。あとには耳の痛くなるような静けさが残り、それを破るのはポンプを流れる水音だけだった。

つかのまバーンズはその静寂を満喫した。と、目が頭上のTVスクリーンをとらえた。画面には縮みゆく炎の点が映っていた。空に消えていく自分自身を見ているのだ、と彼はさとり、発進を見とどけなかったのを後悔した。「マニー」彼は苦労していった。「『後部景観』に切り替えろ」

「できません」トロウブがしゃがれ声でうめいた。「筋一本動かせません」

「やるんだ」

トロウブはやってのけた。スクリーンがぼやけたかと思うと、ある映像があらわれた。ボウルズがうなった。「こりゃあたまげた！」バーンズは目をこらした。船はロサンジェルスの上空にいた。巨大都市一帯は地図のようにくっきりと浮かびあがっていた。街灯とネオンで見分けられるのだ。それはみるみる縮んでいった。

薔薇色の光が東側の舷窓から射しこんできた。間髪を入れずに目もくらむような陽光がつづく。トロウブがかん高い声で叫んだ。「いったいなにごとだ？」

バーンズ自身も仰天していたが、なんとか声をうわずらせずに答えた。「日の出だ。それくらい高く昇ったんだ」言葉をつづける。「ドック――動力装置の調子はどうだ？」

「数値は正常だ」とコーリーが舌のもつれたような声で答えた。「あとどれくらいだ？」

バーンズは計器盤に目をやり、「三分以上だ」

コーリーは返事をしなかった。三分は長すぎて、耐えられそうになかった。じきにトロウブがいった。「空を見て！」コーリーは無理やり首をまわして見た。強烈な陽光にもかかわらず、空は真っ黒で、星がちりばめられていた。

三分五十秒で噴射がやんだ。最初のときと同様に、噴射停止《カットオフ》に手間どった。すさまじい重量はなかなか消えなかった。しかし、すっかり消えてなくなった。ロケットと乗組員は、月へ向かう上向きの自由〝落下〟軌道に乗っているのだ。それぞれと船に対して、彼らは無重量だった。

バーンズは胸のむかつきをおぼえ、無重量につきものの〝落下するエレヴェーター〟に乗っている感覚を恐れたが、予想していたので、とり乱しはしなかった。「動力装置」とぴしゃりという。「報告しろ!」

「動力装置は正常」とコーリーが弱々しく答えた。「噴射停止に気づいたか?」

「あとにしろ」とバーンズ。「副操縦士、こちらの航跡は高すぎるように思えるが」

「こちらの航跡表示は順調」ボウルズが苦しそうにいった。「——あるいは、わずかに高いかだ」

「マニー!」

返事はない。バーンズは繰り返した。「マニー? 返事をしろ——だいじょうぶか?」

トロウブの声は弱々しかった。「死にそうです。この船は落下してる——ああ、ちくしょう、止めてくれ!」

「落ち着け!」

「墜落するんですか?」

「いや、そうじゃない。これでいいんだ」

「『これでいい』とおっしゃる」トロウブはつぶやき、それからつけ加えた。「墜落したってかまうもんか」

バーンズは声をはりあげた。「ドック、酔い止めの薬をだしてくれ。マニーにはどうしても必要だ」彼はいいやめて、吐き気を抑えた。「わたしも一錠使うかもしれん」

「わたしもだ」とボウルズが同意した。「こんなに船に酔うなんて――」いったん言葉を切ってから、先をつづける。「――士官候補生のころ以来だ」

コーリーは安全ベルトをはずし、カウチから起きあがった。無重量の彼はふわふわと浮かび、スロー・モーションで動く潜水夫のように、ゆっくりと宙返りした。トロウブは顔をそむけて、うめき声をあげた。

「やめろ、マニー」とバーンズが命じた。「ホワイトサンズを呼びだしてみろ。一連の時間‐高度の数値がほしい」

「無理です――気分が悪い」

「やるんだ！」

コーリーは支柱のそばに浮かび、それをつかむと、体を戸棚に引き寄せた。錠剤の瓶を探しあて、あわてて一錠を呑みくだす。それからトロウブのカウチまで移動し、そのわきにならんだ。「さあ、トロウブ――これを呑みたまえ。気分がよくなる」

「なんです？」

「ドラマミンという薬だ。船酔い用だよ」

トロウブは錠剤を口に押しこんだ。「呑みこめません」

「がんばれ」トロウブは呑み下し、顎を食いしばって下しつづけた。コーリーはバーンズのところまで体を引きあげ、「必要かね、ジム？」

バーンズは答えようとして、顔をそむけ、ハンカチのなかにもどした。目から涙を流しながら、彼は錠剤を受けとった。ボウルズが声をはりあげた。「ドック――急いでくれ！」その声が途切れた。ややあって彼はつけ加えた。「遅かった」

「申しわけない」コーリーはボウルズのもとへ移動した。「うへ、ひどいざまだな」

「その薬をよこせ。コメントはいらん」

トロウブは前より落ち着いた声でいっていた。「宇宙船〈ルナ〉よりホワイトサンズ。ホワイトサンズ、応答願います」

とうとう応答があった。「ホワイトサンズから宇宙船――どうぞ」

「一連のレーダー計測値、時間、距離、方位を知らせてください」

新しい声が割ってはいった。「ホワイトサンズから宇宙船――貴船を追跡してきたが、数値は合理的ではない。貴船の目的地は？」

トロウブはちらっとバーンズを見てから、答えた。「〈ルナ〉からホワイトサンズへ――目的地は――月」

「復唱せよ。復唱せよ」

「本船の目的地は月です！」

沈黙が降りた。さっきと同じ声が答えた。「『目的地は――月』か――幸運を祈る、宇宙船〈ルナ〉！」

ボウルズがいきなり口を開いた。「おい！　見に来いよ！」安全ベルトをはずした彼は、太陽側の舷窓わきに浮かんでいた。

「あとにするよ」とバーンズは答えた。「まずこの航跡報告をやってしまわないと」

「そういわずに、応答があるまで見に来い。一生にいちどの見ものだぞ」

コーリーがボウルズに加わった。バーンズはためらった。見たくてたまらなかったが、トロウブひとりを働かせておくのは気がとがめた。「待ってくれ」彼は声をはりあげた。「船をまわせば、全員が見られる」

船の中心線にははずみ車《フライホイール》が積んである。バーンズは定位の数値を調べてから、船をフライホイールにつないだ。針路方向の動きに影響することなく、船はゆっくりと回転した。「どうだ？」

「反対まわりだ！」

「すまん」バーンズはやり直した。反対側で星々が流れすぎていった。地球が視野に飛びこんできた。彼はその光景を目にとらえ、あやうく回転を止めるのを忘れそうになった。

動力が切れたのは、高度八百マイルをわずかに超えたところだった。〈ルナ〉は秒速七マイルで自由落下にはいったのだった。この数分は着実に上昇をつづけており、いまは南カリフォルニアの三千マイル上空にあった。眼下——つまり反対側、彼らの視点からすれば下——は闇につつまれていた。沿岸都市が、クリスマスの明かりのように舷窓をよぎってのびている。その東では、曙光がグランド・キャニヨンを横切り、ミード湖を照らしている。さらに東では大平原《プレーリー》が昼間の光を浴びており、その灰褐色と緑を破るのは、まばゆく光る雲だけだ。平原は彎曲した地平線に溶けこんでいる。

　すごい速さで上昇しているので、その光景は動いていた。縮んでいた。そして半球がボールとなった。バーンズは船室の反対側から見まもった。「ちゃんと見えるか、マニー？」

「見えますよ」とトロウブが答えた。「見えますよ」と小声で繰り返し、「ねえ、あれは本物なんですか？」

　バーンズはいった。「おい、レッド、ドック——頭をさげてくれ。きみたちは透明じゃないんだ」

　トロウブはバーンズを見て、「行ってください、船長」

「いや、きみを残していくわけにはいかん」

「莫迦はいいっこなし。ぼくはあとで見ます」

「そうか——」バーンズは不意ににやりとした。「お言葉に甘えるよ、マニー」彼はぐいっと体を押しだすと、舷窓まで横切っていった。

　マニーは目をこらしつづけた。やがて無線が彼の注意を惹いた。「ホワイトサンズより宇宙船へ——レーダー報告にそなえよ」

最初の報告、さらにホワイトサンズとムロックに追跡できるかぎりはいって来つづける数字が、バーンズの疑惑を裏書きした。船は〝高い〟航跡を描いていた。つまり、ヘイスティングスの厳密な計算によって割りだされた予定の位置よりも前方を、予定より速いスピードで飛んでいるのだ。ちがいはわずかだ。自動操縦のディスプレイでは、計算上の針路とじっさいの針路のあいだには線一本分の差もない。

しかし、ちがいは大きくなるだろう。

ロケットにとって〝脱出速度〟は成否を決めるほど重要だ。ヘイスティングスは古典的な百時間軌道を計算しており、〈ルナ〉は四日後に月があるはずの場所へ到達する予定だった。しかし、肝心なのは初速である。噴射停止時の船の速度が一パーセント足らずちがっても、地球から月への移動時間は半分に——あるいは倍に——なる。〈ルナ〉は予定よりごくわずかに先行している——しかし、月の軌道に達したとき、月はそこにないだろう。

コーリー博士が薄くなりかけた髪を引っ張った。「なるほど、噴射停止の切れが悪かったが、それは予想していたし、質量の数値に気をつけていた。離昇だけではどうにも説明がつかない。ほら——見てくれ」

コーリーは日誌デスク——加速寝棚《バンク》の隙間に組みこまれた小さな棚——にかがみこんでいた。その手前の床《デッキ》に固定されたスツールに安全ベルトで体を留めている。バーンズはその肩口に浮かんで、計算結果を受けとり、ざっと調べた。「どうもわからないな」ややあってバーンズがいった。「きみの消費質量は、ヘイスティングスの計算よりもかなり高い」

「きみはまちがった数字を見ているんだ」とコーリーが指摘した。「きみは例のテストで使った水の質量を忘れたんだ。その分を消費質量の合計から引くと、じっさいに発進で消費した数字が得られる――この数字だ。つぎにそれを適用して――」コーリーは口ごもった。その表情がとまどいから失望に変わる。「ああ、しまった!」

「はあ? どうした、ドック? まちがいが見つかったのか?」

「ああ、わたしはなんてまぬけなんだ!」コーリーは猛然と計算をはじめた。

「なにが見つかったんだ?」コーリーは返事をしなかった。バーンズは彼の腕をつかんだ。

「どうした?」

「はあ? 邪魔しないでくれ」

「野球のバットで邪魔してやる。いったいなにが見つかったんだ?」

「ああ? なあ、ジム、理想的な場合、ロケットの最終速度はなんだ?」

「なにをいいだす? クイズ番組か? 噴射速度かける質量比の対数だ。正解だろう」

「その質量比をきみが変えたんだよ! 高く飛んでいるのも無理はない」

「わたしが?」

「わたしたちふたりが変えたんだ――きみと同じくらいわたしのせいでもある。いいか。きみはトラックいっぱいのごろつきを追い払うのに大量の水を使った――いっぽうヘイスティングスの数字は、はるばる月まで船を飛ばす特定の質量に基づいていた。船は離昇時、ほぼ正確に二百五十トンの重さがなければならなかった。船はきみが使った分だけ軽くなっていた――だから、速く飛びすぎているんだ」

「なんだって？　わたしが反応質量を浪費したから、船は速く飛びすぎているんだって？　そいつは筋が通らない」バーンズはスツールの脚に片足を引っかけて体を固定し、計算尺と対数表で問題を大急ぎで調べた。「なんてこった、わたしを釜ゆでにしてくれ！」彼は謙虚にこうつけ加えた。「ドック、わたしは船長に名乗りをあげるべきじゃなかった。なにもわかっていなかった」

コーリーが憂い顔をやわらげ、「そう自分を責めるな、ジム。ちゃんとわかっている人間なんていないんだ――まだいまのところは。わたしはたっぷり時間をかけて理論を練りあげてきたが、先走ってきみを急きたて、へまをさせてしまった」

「ドック、これはそんなに重大なことなのか？　誤差は一パーセント以下だ。一時間くらい早く月に到着するだけの話だろう」

「おおよそにいって、きみはまちがっている。肝心なのは初速だ、ジム。きみだって知っているだろう！」

「どれくらい肝心なんだ？　いつわれわれは月に着くんだ？」

コーリーは持参した粗末な道具をむっつりと見つめた――二十一インチの対数‐対数計算尺、七桁対数表、天測暦、事務用計算機（ちなみに、それと〝巨大電子頭脳〟との関係は、花火と原爆の関係に等しい）である。「わからない。ヘイスティングスにゆだねなければならない」彼はデスクの上面に鉛筆を投げだした。それは跳ね返って、ふわふわとはなれていった。「問題はこうだ――そもそも月へ着けるのか？」

「おいおい、そこまで深刻なわけがない！」

「そこまで深刻なんだ」

船室の反対側からボウルズが声をかけてきた。「食べに来いよ――さもないと、豚の餌にするぞ！」

しかし、コーリーがヘイスティングスに通信文を認《したた》めるあいだ、食事はおあずけになった。通信文は簡潔きわまりなかった――**軌道からそれた。ホワイトサンズとムロックのデータを使って正しいヴェクトルを算出せよ。大至急で頼む――コーリー**。

それを送信したあと、トロウブが腹はすいていないし、喉を通りそうにないと知らせた。ボウルズは〝調理場〟（ホット・プレート一枚だけ）をはなれ、トロウブのカウチまで移動した。トロウブは、無線機のつまみを操作するあいだ、安定を保つために安全ベルトでカウチに体を固定していた。「出て来いよ」とボウルズが助言した。「食べなくちゃだめだ」

トロウブの顔は灰色だった。「せっかくですが、提督、食べられません」

「するとわしの料理が気に入らないのか？　ところで、友人はわしを〝レッド〟と呼ぶ」

「ありがとう、あー――レッド。そういうわけじゃありません。ただ腹がすいてないんです」

ボウルズは頭を近づけ、低い声でいった。「きみを叱りたくないんだ、マニー。わしはもっとひどい窮地におちいったことがあるが、生きて出てきた。くよくよするのをやめるんだ」

「くよくよしてるわけじゃありません」

ボウルズはクスクス笑った。「恥ずかしがらなくてもいい。だれもが動転するんだ、はじめて砲撃にさらされると。食べに来なさい」

「食べられないんです。それに砲撃にさらされたことならあります」

「ほんとうか？」

「ええ、ほんとうです！　二個の名誉負傷章《パープル・ハーツ》が証拠です。提督、頼むからほっといてください。胃袋がひっくり返っているんです」

ボウルズはいった。「許してくれ、マニー」それからつけ加えて、「ひょっとしたら、もう一錠酔い止めがいるのかもしれんな」

「かもしれません」

「とって来よう」ボウルズはそうしてから、まもなく透明な袋にミルクをつめてまたもどってきた――正確にいえば、乳首のついたビニールの哺乳瓶である。「甘いミルクだ、マニー。これならきみの胃袋も驚かないかもしれん」

トロウブはしげしげとそれを見つめた。「ついでにおむつとガラガラがあればいいのに」と声にだしていい、「ありがとう、あ――レッド」

「お安いご用さ、マニー。もしそれが落ち着いたら、サンドイッチを作ってやる」彼は空中で向きを変え、ほかのふたりのところへもどった。

6

〈ルナ〉は驀進《ばくしん》をつづけた。地球は遠のいていった。無線信号が弱くなった――そして、依然としてヘイスティングスから連絡はなかった。コーリーは四六時中手持ちの道具を使って、予想されるヘイスティングスの回答を予想しようとしていた。トロウブは無線にはりついていた。バーンズとボウルズはもっぱら舷窓の外をながめて過ごした――うしろには縮みゆく雲のかかった地球、前には大きくなる凸《とつ》状の月と、またたかないまばゆい星々――やがてボウルズが言葉の途中で眠りこみ、静かにいびきをかきはじめた。

バーンズは彼をカウチのほうへそっと押していき、安全ベルトをゆるくかけて、窮屈な船室内でただよわないようにした。彼は自分のカウチをものほしげに見つめてから、代わりにトロウブに向きなおった。

「出てこい、マニー」と彼は命じた。「わたしが交代するから、すこし仮眠しろ」

「ぼくですか? ああ、だいじょうぶです、船長。船長こそすこし眠ってください。ぼくはあとでたっぷり眠ります」

バーンズはためらった。「ほんとうに交代しなくていいんだな?」

「かまいません。ぼくは――」いったん言葉を切り、「少々お待ちを」とつけ加えて、操作盤に向きなおった。いまはヘッドフォンをつけていて、スピーカーは使っていない。彼はヘッドフォンをきちんとつけると、鋭くいった。「どうぞ、地球」

ややあってトロウブがバーンズに向きなおり――「シカゴの〈トリビューン〉です――船長の独占記事を載せたいそうです」

「いや、わたしは眠るよ」

トロウブはバーンズの返事を伝えてから、向きなおり、「提督かコーリー博士はどうですか?」

「副操縦士は眠っているし、コーリー博士の邪魔をするわけにはいかん」

「ミスター・バーンズ」トロウブがおずおずといった。「ぼくが独占記事を提供してもかまいませんか?」

バーンズはクスクス笑った。「かまわんとも。だが、たんまりふんだくってやれよ」

バーンズが目を閉じたとたん、トロウブと顔のない相手との値段交渉が聞こえてきた。トロウブはその儲けを使う機会があるのだろうか、とバーンズは首をひねった。とにかく、トロウブのような男がこんなところでなにをしているのだろう、猛然と虚無へ突き進んでいる船のなかで。

それをいうなら、なぜジム・バーンズはここにいるのだろう?

インタヴューのあと、トロウブは無線の当直をつづけた。信号はますます弱くなり、まもなく雑音と変わらなくなった。船室は静まり返り、空気清浄機の静かなつぶやきが聞こえるだけだった。

だいぶたってから、無線機がいきなりよみがえった。ワシントンのＮＡＡが――とまもなくトロウブにはわかった――反射鏡《リフレクター》を使ってこちらへじかに送信してきたのだ。「暗号グループを受信できるか？」と彼は訊かれた。

トロウブはできると答えた。「ボウルズ少将宛急送公文書」とＮＡＡが言葉を返した。「ゼロ・ゼロ・ゼロ・ワン。暗号グループは以下のとおり――愛、伯父、王、休憩、了解――少年、可能、犬、品物、監房――」グループは延々とつづいた。

「コーリー博士！」

コーリーは、見知らぬ場所で目をさましたかのように、ぼんやりと周囲を見まわした。「ああ？　なんだね、マニー？　手をはなせないんだ」

「ヘイスティングス博士から連絡です」

「おお、そうか」コーリーは納得した。「そこから出て、わたしと代わってくれ」

無重量がわざわいして、場所を交代するのはひと苦労だった。トロウブは腕をさわられるのを感じた。「どうした、マニー？」

ふり向くと、バーンズとボウルズが目をさまし、安全ベルトをはずしていた。「やあ、船長。ヘイスティングス博士ですよ」

「助かった！」

「あー、提督――あなた宛です」トロウブは暗号文書を引っ張りだした。

ボウルズはそれをまじまじと見た。バーンズがまぜっかえした。「レースの結果か?」

ボウルズは返事をしなかった。彼は船首隔壁のほうへできるだけ遠くまで体を持っていった。それから内ポケットから薄い手帳をとりだし、手帳の助けを借りて通信文を解読しはじめた。バーンズは驚いたが、なにもいわなかった。

ヘイスティングスの報告は短かったが、耳に快《こころよ》いものではなかった。船は予定した場所で月の軌道に到達するが、五十時間も早すぎる——したがって、九万マイル以上も月をそれてしまうのだ!

バーンズは口笛を吹いた。「神風操縦士《パイロット》バーンズ、ってとこだな」

コーリーがいった。「笑いごとじゃない」

「笑ってたわけじゃないさ、ドック」とバーンズは答えた。「だが、泣いてもしかたがない。じきに悲劇になる」

トロウブが割ってはいった。「ねえ——どういう意味です?」

「彼がいうには」とボウルズがぶっきらぼうにいった。「船が外へ向かっていて、帰って来ないということだ」

「外ですか? 外というと——外宇宙へってことですか? 星のあるところですか?」

「そういうことだ」

「そうじゃない」とコーリーが割ってはいり、「わたしの計算によれば、船は火星軌道あたりで最遠地点に達するはずだ」

トロウブはため息をつき、「そうすると、こんどは火星ですか？　そう悪くないんじゃありませんか？　つまり、火星には人がいるんでしょう？　運河やらなにやらがあるんでしょう。水を積みなおして、帰って来られますよ」

「心にもないことをいうんじゃない、マニー」とボウルズ。「きみがひとり者でよかった」

「ひとり者？　だれがそういいました？」

「ちがうのか？」

「ぼくですか？　ぼくはとても家庭的な男なんです。子供は四人――結婚して十四年になります」

コーリーは真っ青になった。「マニー、知らなかったんだ」

「知っていたとしても変わりませんよ。保険には加入してます、ロケット実験搭乗者の資格で。これがピクニックじゃないのはわかってました」

バーンズがいった。「マニー、知っていたら、きみに頼みはしなかっただろう。申しわけない」コーリーに向きなおり、「いつ水が底をつくんだ――それに空気は？」

コーリーは声をうわずらせた。「頼むから！　みんな！　帰れないとはいわなかった。わたしがいったのは――」

「だが、きみは――」

「黙れ、レッド！　わたしがいったのは、この軌道は適当じゃないってことだ。西へ、月のほうへ針路を修正する必要がある。修正を行うのは――」ちらりと腕時計に視線を走らせ、「なんてこった！　いまから七分後だ」

バーンズはぐいっと首をまわした。「全員、加速配置だ！　方向転換にそなえろ！」

7

宇宙飛行において、もっとも困難をきわめる操船が、空気のない惑星への噴射着陸である。今日でさえ、それには細心の注意と熟練した操縦士が欠かせず――

ファルクァースン、同書。Ⅲ - 四一八。


四十時間にわたり船は月へ向かって落下した。方向転換はうまくいった。月に近づいていることは、肉眼でも見てとれた。四人は交代で無線当直につき、食べて眠り、おしゃべりし、燦然と輝く空をながめた。ボウルズとトロウブはチェスに対する共通の情熱を発見し、紙に鉛筆で印をつけて、「第一回惑星間選手権」――と提督が命名した――を競いあった。

トロウブが四勝三敗で優勝した。

〈ルナ〉は二十万マイルほど行ったところで地球と月の中間点を通過し、最終軌道を定めはじめた。修正したヴェクトルが、わずかに過剰補償で、船が月の西側周縁――地球から見て〝西〟だ――に向かっており、〈ルナ〉の軌道はいまだ人目に触れたことのない裏側で同名の天体と交差するか、あるいは船が高速で裏側をかすめ、鋭角に旋回して、地球へ引き返すこともあり得ると明らかになった。

着陸には原理的にふたつの形式があり得る――A型では、船は垂直に飛行し、噴射でブレーキをかけながら一回の操船で着陸する。いっぽうB型では、船はまず減速して周回軌道に乗り、静止してから、静止点からはずれるときに着陸地点へ後退する。

「A型だ、ジム――それがいちばん単純だ」

バーンズは首をふった。「いや、ドック。単純なのは紙の上だけだ。危険が大きすぎる」針路を修正してまっしぐらに進めば（A型）、ブレーキをかける瞬間の速度は秒速一マイル半となり、一秒の誤差で地表から八千フィート上空――あるいは地下！――に着陸するはめになるのだ。

バーンズが言葉をつづけた。「修正版〝A〟型じゃだめか？」

修正版A型では、意図的に早すぎる時点で噴射してから、船が空中停止して、静止点から降下していけばいいとレーダー・トラックに示されたときに噴射を切り、あとは必要なときに――おそらくは二、三回――噴射を繰り返す。

「莫迦をいうな、ジム、修正版〝A〟型は燃料を食いすぎる」

「遭難せずに降りたいんだよ」

「わたしだって帰りたいさ。この船は秒速十二マイル半の総量変化にあわせて計算されている。余裕は紙のように薄いんだ」

「それにもかかわらず、わたしは二秒早く噴射するように自動操縦をセットしたい」

「そんな余裕はない。話はこれまでだ」

「それなら自分で着陸させろよ。わたしはスーパーマンじゃない」

「おい、ジム――」

「すまん」バーンズは計算に目をやった。「しかし、なぜA型なんだ？　なぜB型じゃいけないんだ？」

「だが、ジム、B型は論外だ。それには最接近地点での減速が欠かせないし、現状では、『最接近』は接触になりかねない」

「衝突ってことか。しかし、そう杓子定規《しゃくしじょうぎ》になるなよ。周回軌道にはどこからでも乗れるんだ」

「しかし、それで反応質量も浪費される」

「いいかげんなA型で衝突するほうが、反応質量の浪費だ」とバーンズはいい返した。「〝B〟で行くぞ。〝A〟で危険を冒すつもりはない」

コーリーは不服そうな顔をした。バーンズは言葉をつづけた。「B型にはボーナスがあるんだ――ふたつのボーナスが」

「莫迦をいうな。完璧にやれば、A型と同じだけの反応質量を使う。いいかげんにやれば、もっと使うんだ」

「いいかげんにやるつもりはない。ボーナスというのはこういうことだ――A型ではこちらの面に着陸するが、B型なら月をぐるっとまわりこんで、着陸する前に裏側の写真を撮れるんだ。

きみの科学者魂に訴えるものがないかね?」

コーリーは気をそそられたようだった。「そのことは考えたが、余裕がなさすぎる。月へ降りるには一マイル半の運動が必要で、あがるのも同じ――三マイルだ。復路のためにじゅうぶんな質量を残しておき、大気圏に突入する前に秒速七マイルから五マイルに減速しなければならない。発進に七マイル分使ったので――合計すると十二になる。数字を見ろ。残りはいくらだ?」

バーンズは数字を見て、肩をすくめた。「ゼロに毛が生えた程度だ」

「最大でも数秒の余裕だ。B型着陸の移動で浪費するわけにはいかん」

「それなら第二のボーナスだ、ドック」バーンズはゆっくりといった。「B型なら、周回軌道に乗ったあと気を変えるチャンスがある。直進飛行ではどうにもならない」

コーリーはショックを受けたようすだった。「ジム、着陸せずに地球へ帰るというのか?」

バーンズは声をひそめた。「待ってくれ、ドック。タンクに降りる燃料がたっぷりあって――またあがることを心配せずにすむのなら、喜んで月に着陸する。わたしはひとり者だ。しかし、マニー・トロウブがいる。目をつぶるわけにはいかん。われわれは彼を急きたてた。いまは、パパが家へ帰って来るのを待っている四人の子持ちだとわかった。それで話がちがってくる」

コーリーはまばらな髪の毛を引っ張った。「彼は話しておくべきだったんだ」

「もし話していたら、われわれは離昇しなかっただろう」

「弱ったな、きみがエンジンをテストするなんていいださなければ、万事順調だったのに」

「莫迦いえ！　あの連中を噴射で追い払わなかったら、きっと船は壊されていた」

「そうとはかぎらん」

「いまさらいってもしかたがない。トロウブに訊いてみるか？」

「それがいい――だろうな。よし、トロウブにまかせよう」

船室の反対側で、トロウブがボウルズとのチェス・ゲームから顔をあげた。

「だれか呼びましたか？」

「ああ」とバーンズはうなずき、「ふたりともだ。決めないといけないことがある」

バーンズは状況をざっと説明した。「さて、ドックとわたしはつぎの点で意見の一致を見た。つまり、周回軌道に乗って、残りの燃料を計算する時間をとったあと、着陸するか、ぐるっとまわるだけで帰還するかをマニーが決めることにする」

ボウルズは驚いた顔をしたが、なにもいわなかった。

トロウブは面食らったようすだった。「ぼくがですか？　決めるのはぼくの仕事じゃない。ぼくはエレクトロニクス部門です」

「なぜなら」とバーンズが述べた。「子供がいるのはきみひとりだからだ」

「ええ、でも――ねえ――着陸したら、帰れなくなる心配がほんとうにあるんですか？」

「あるかもしれん」とバーンズが答え、コーリーはうなずいた。

「でも、はっきりしないんでしょう？」

「いいか、マニー」バーンズは言葉を返した。「タンクには着陸し、離昇し、地球へ帰還するだけの水はある――だが、ひとつの過《あやま》ちも許されない」

「ええ、でも、過ちを犯すつもりはないんでしょう？」

「約束はできない。すでにひとつ過ちを犯したから、こういう状況になったんだ」


トロウブの顔が優柔不断でひきつった。「でも、決めるのはぼくの仕事じゃない！」

ボウルズがだしぬけに口を開いた。「そのとおり。きみの仕事ではない！」彼は言葉をつづけた。「諸君、わしは黙っているつもりだった、着陸しないかもしれないとは夢にも思わんかったからな。しかし、いまはそうせざるを得ん状況だ。知ってのとおり、わしは暗号通信を受けとった。


要旨はこういうことだ――われわれの飛行は国際的に由々《ゆゆ》しい反響を呼んでいる。国連の安全保障会議がずっとつづいており、ソ連の要求によれば、月は国連の共有領土であるという宣言が――」

「そうであるべきだ」とコーリーが口をはさんだ。

「きみは要点をつかんでいない、博士。彼らの目的は、ひとえにわれわれの機先を制して月の領有宣言を無効にすることにある――われわれ、つまりじっさいに飛行を行っている者たちだ。

われわれの機先を制すれば、いいかね、国連は許可なく月に基地を築くことができなくなる——その許可が否決されるのは確実だ」

「しかし」とコーリーが指摘した。「それは諸刃の剣だ。ロシアが月に基地を設けるのをわれわれは否決するだろう。提督、わたしがきみと仕事をしてきたのは、子供のころからの野心を実現する道だったからであって、率直にいって、月をミサイル発射基地として使うことは——だれであっても——許さない」

ボウルズは真っ赤になった。「博士、これは月の中立を保証する試みではないんだ。これは連中が原子力の世界管理を止めるのに使ったのと同じ二枚舌なんだ。共産主義者は、連中が月にたどり着く時間ができるまで、われわれを繁文縟礼《はんぶんじょくれい》で縛りたいだけなんだ。ある朝めざめたら、ロシアの基地が月にあって、われわれの基地はないということになる——そして第三次世界大戦は、はじまらないうちに終わるんだ」

「しかし、提督——そうとはかぎらない」

ボウルズはバーンズに向きなおり、「いってやれ、ジム」

バーンズはいらだたしげな仕草をした。「象牙《ぞうげ》の塔から出てこいよ、ドック。宇宙旅行はいまここにある——われわれが実現した。月にミサイル基地ができるのは確実だ。たしかに、それは国連の基地で、世界平和を維持するためのものであるべきだ。しかし、国連は端《はな》から無力だった。最初の基地はわれわれのものになる——さもなければ、ロシアのものに。力を誤用しないのはどっちだと思う？　われわれか——それとも政治局《ポリトブロ》か？」

コーリーは目をおおってから、ボウルズを見て、「わかったよ」とぶっきらぼうにいった。「しかたがない――だが、気に入らないな」

つづく沈黙を破ったのはトロウブだった。「あー、この問題が、着陸するかしないかとどう結びつくかわからないんですが」

ボウルズは彼に向きなおり、「理由はこうだ。例のメッセージの後半は、わしを現役に復帰させたうえで、合衆国の名において月の領有を宣言せよと指示している――可及的すみやかにだ。外交官が既成事実《フェタコンプリ》と呼ぶものを作るのだよ。しかし、月の領有を宣言するには、着陸せねばならんのだ！」

トロウブは目をみはり、「ああ。なるほど」

ボウルズはおだやかな声でつづけた。「マニー、これはきみやわし、きみの子供たちをも超えた問題だ。きみの子供たちが平和で自由な世界で大きくなれるようにするいちばん確実な方法は、きみの首をいまこそ危険にさらすことだ。だからわれわれは着陸せねばならん」

トロウブはためらった。ボウルズが先をつづけた。「わかるだろう？　きみの子供たちのため――そして何百万というほかの子供たちのためなんだ」

バーンズがさえぎった。「レッド――無理強《じ》いはよせ！」

「ああ？」

「彼は自由に選択する――船が水平飛行に移り、状況をざっと検討したあとで」

「しかし、ジム、わしらの意見は一致したじゃないか。きみはドックに――」

「つべこべいうな！　きみは自分の意見を述べた。こんどはマニーを殉教者に仕立てあげようとするのをやめろ」

ボウルズは真っ赤になった。「いっておかなければならんが、わしは現役に復帰しただけでなく、この船を指揮する権限をあたえられたのだ」

バーンズは彼と視線をからみあわせた。「その権限を使うがいい――きみが適当だと思うことをなんでもやればいい。わたしが船長だし、生きているかぎりは船長のままだ」周囲を見まわし、「総員――接近にそなえよ。ドック、B型で試算してくれ。マニー、操縦用レーダーをあっためろ。ボウルズ！」

とうとうボウルズが答えた。「はい《イエッサー》」

「左舷窓に自動カメラをとりつけてくれ。裏側を通過するさいに連続写真を撮る」

「アイアイサー」

トロウブはカウチから身を乗りだし、左舷窓の外をのぞいた。「表と変わりばえしないなあ」

バーンズが答えた。「なにを期待していたんだ？　摩天楼か？　副操縦士、航跡はどうだ？」

「対地速度――一・三七。高度、五十一・二、徐々に接近中」

「了解、二十一を切らずに至近点に近接の予定――接触はなしだ。どうなってる？」

「二十に接近。しかし、接触はなし」

「了解。定位を引き継げ。高度が安定から開放に変化するとき噴射する」

「アイアイサー！」

〈ルナ〉は月の知られざる裏側をぐるっとまわるところだったが、乗組員は忙しすぎて、悪魔に引き裂かれたようなゴツゴツした風景をろくに見られなかった。船は至近点に近づいており、ほぼ水平に飛行していた。尾部を先に向け、秒速一マイル半の最高速度から秒速一マイルの周回軌道速度に減速する準備をしていた。バーンズの命令で、ボウルズは船の軸を正確に水平にすることに注意を払った。


ＴＶスクリーンは「尾部景観」と読めた。その中心には十字マークがあり、彼らの接近している山がちな地平線の映像にかぶっていた。ボウルズはフライホイールの反応に逆らって船を動かしてから、一本の十字線が地平線と重なったところで、ジャイロを使って船を安定させた。

バーンズは制御装置を半自動にセットし、噴射ボタンをひと押しすれば、噴射も停止もできるようにした。自動操縦には、実現したい速度変化のデータを食わせた。高度が四十マイル、三十マイルへと下がり、二十五を切った。「動力装置」とバーンズが声をはりあげた。「噴射にそなえて待機しろ！」


「準備よしだ、ジム」コーリーが冷静に報告した。

「エレクトロニクスは？」

「万事支障なしです、船長」

バーンズは右目で対地速度計、左目でレーダー高度計を見まもった……二十三、という表示だ……二十二……二十一・五……。

二十一・五……二十一・四——またしても一・四——またしても。一・五！　そしてじりじりとあがっていく。彼の指が噴射ボタンをぐいっと押しこんだ。

噴射は十四秒だけつづいてから停止したが、前と同じように切れが悪かった。バーンズは頭をふってすっきりさせ、計器盤に目をやった。高度は二十一・五。対地速度は一をわずかに超えたところ——船は予定の軌道にあった。彼はほっとしてため息をついた。「いまのところはこれだけだ、みんな。すべてを熱いままにしておけ。だが、ハンモックから出てもかまわんぞ」

ボウルズがいった。「わしが残って、計器盤の監視をしたほうがよくないか？」

「ご随意に——だが、重力の法則はどうにもならんぞ。ドック、燃料がどれくらい残っているか調べよう」時計にちらりと視線を走らせ、「決定を下すまで一時間ある。三十分もしたら、地球がまた視界にはいってくるだろう」

「噴射停止に手間どるのが気に入らないな」とコーリーが不平をいった。

「心配しなさんな。わたしの車は、左へ曲がるたびにクラクションを鳴らしたものだ」

ボウルズがコーヒーの容器を手にしてから、右舷窓わきのトロウブのもとへ行った。ふたりは自動カメラを避けて外をのぞき、月の風景が流れ過ぎるのを見まもった。「ゴツゴツした土地だな」とボウルズが感想を述べた。

トロウブは同意した。「カリフォルニアの荒れ地へ行くより見ごたえがありますね」

ふたりは目をこらしつづけた。やがてボウルズが空中で向きを変え、すーっと加速カウチまでもどった。

「トロウブ！」

マニーがデスクまでやってきた、「マニー」と月の地図を示しながらバーンズ。「着陸するなら地球側のどまんなかだろう——その黒っぽい点、〈中央の入江〉だ。そこは平原だ」

「そうすると、着陸するんですか？」

「きみしだいだ、マニー。だが、きみは決心しなければいかん。あと——あー、四十分でそこへ着く」

トロウブは困ったようすだった。「ねえ、ボス、いくらなんでも——」

その先はボウルズの声にさえぎられた。「船長！　接近しているぞ、徐々に！」

「まちがいないか？」

「まちがいない。高度十九・三——訂正、九・二……接近中」

「加速配置！」

バーンズは叫びながら、カウチに向かって飛んでいた。トロウブとコーリーが彼につづく。

安全ベルトを締めるが早いか、バーンズは声をはりあげた。「副操縦士——接触時点の予測をしろ。全員、操船にそなえて待機」彼は自分自身の計器盤を調べた。疑問の余地はない。船はわずかにいびつな円を描いている。

表示から予測を立てようとしていると、ボウルズから報告がはいった。「接触は九分後だ、船長、プラス・マイナスは一分」

バーンズは精神集中した。レーダー航跡は五から十パーセントの幅で震動している。下が山地だからだ。予測の線は広い帯になっている。バーンズにわかるかぎりでは、ボウルズの予測は正しい。

「どうする、船長？」ボウルズが言葉をつづけた。「船をぐるっとまわして前進しようか？」

ちょっと押してやれば船がスピード・アップし、実質的に船を持ちあげ、カーヴを描いて降りるのではなく、月をめぐって降下するようになるだろう。

その代わり反応質量を浪費することにもなる。

九分……およそ九百マイルだ。彼は、地球が前方の地平線上に顔をだすまで何分かかるか計算しようとした。

七分ほどだ——そうすれば地球が視界にはいる。〈中央の入江〉に着陸するのは不可能だが、貴重な水を使って軌道を修正しなくても、まだ地球が見えるところに着陸できるかもしれない。

「マニー」彼はぴしゃりといった。「七分後に着陸する——あるいは、永久に着陸しないかだ。心を決めてくれ！」

トロウブは返事をしなかった。

バーンズは待ち、一分が経過した。とうとう彼は弱々しい声でいった。「副操縦士——船をまわして前進しろ。全員、離脱にそなえろ」

不意にトロウブが口を開いた。「なんのために来たんですか？　月に着陸するためでしょう。

さあ、こいつを着陸させましょう！」

バーンズは息を呑み、「よくいった！　副操縦士、最後の指示は撤回。減速にそなえて船を安定させろ。地球が見えたら大声で知らせてくれ」

「アイアイアサー」

「地球だ！」

バーンズがちらっと顔をあげると、TVスクリーンに映った地球が目に飛びこんできた。連なった山の陰から迫りあがってくるところだ。ボウルズが言葉をつづけた。「着陸したほうがいいぞ、ジム。あの山脈は越えられっこない」

バーンズに異論はなかった。船の高度はいま三百マイル足らずだ。彼は叫んだ。「待機しろ。レッド、噴射を停止したら間髪を入れずに旋回をはじめてくれ」

「了解！」

「点火！」彼はボタンをぐいっと押した。この操船は手動だ。ねらいは前進運動を止めることだけだからだ。彼は対地速度レーダーを見まもり、いっぽう船はブルブルと震え――十分の九……七……五……四……三……二……一……百分の六。表示がゼロに落ちる寸前に指をはなし、噴射停止が予想どおり手間どることを祈った。

ボウルズに叫ぼうとしたが、船はすでに旋回していた。

地球と地平線がTVスクリーンのなかではねあがり、視界から消えた。

のろのろと進む十秒間、まっすぐ降下しているあいだ、〈ルナ〉は尾部を先頭にした着陸態勢にはいりつつあった。船はいま高度三百マイルを切っていた。バーンズは単位をマイルからフィートに切り替え、予測を立てはじめた。

ボウルズが先に答えをだした。「接触は七分二十秒後だ、船長」

バーンズはほっと肩の力を抜いた。「〝B〟型着陸ならではだ、ドック」彼は上機嫌で指摘した。「急ぐことはない——エレヴェーターに乗ってるようなもんだ」

「無駄口をたたかず、船を降ろしてくれ」とコーリーが厳しい声で答えた。

「わかった」とバーンズ。「副操縦士、噴射高度を予測してくれ」彼自身の手も同じ目的でふさがっていた。

ボウルズが答えた。「ジム、手動でやるのか、それとも自動か?」

「まだわからん」自動噴射のほうが早く、おそらく確実だ——しかし、噴射停止に手間どると、船がピンポン玉のようにはねまわりかねない。彼は自動操縦ディスプレイ上の十字線を安定させ、答えを読んだ——「五二〇フィートで噴射。そっちの答えは、レッド?」

「合致した」ボウルズはつけ加えた。「三秒以下の噴射だ、ジム。自動でやったほうがいい」

「自分の仕事に専念しろ」

「悪かった」

四十秒近く経過し、船が十一万フィートまで降下したところで、彼は決断した。「動力装置、手動着陸にセット。副操縦士、五百フィートで援護してくれ」

「ジム、それでは遅すぎる」とボウルズが抗議した。

「こちらの噴射予定時間のあと、十分の一秒だけ援護してくれ」

ボウルズはおとなしくなった。バーンズはTVスクリーンにちらりと視線を走らせた。船の下の地面は水平に思え、それとわかる軌道からのずれはなかった。彼は計器盤に目をもどした。

「訂正――五一〇で援護」

「五一〇――了解」

時計の針が秒を刻んだ。バーンズが指をボタンの上に浮かべていると、ボウルズが叫んだ。

「ジム――スクリーンを見ろ!」

顔をあげる――まだわずかに軌道からそれていた〈ルナ〉は、いま長大な亀裂、あるいは溝の上にいた――そしてそのなかへ着陸しようとしていたのだ。

バーンズはボタンを押しこんだ。

即座に指をはなす。〈ルナ〉は咳きこんで沈黙した。溝、峡谷、あるいはクレヴァスはまだ見えていたが、もはやスクリーンの中央にはなかった。「副操縦士――新しい予測だ!」

「どうしたんだ?」とコーリーが語気を強めて訊いた。

「静かに!」

「予測」ボウルズが読みあげた。「噴射は――三九〇」

ボウルズが報告したとき、バーンズは自分の予測にあわせて姿勢制御エンジンを調節していた。「了解」と彼は答えた。「三七〇で援護しろ」TVスクリーンに一瞥《いちべつ》をくれる。クレヴァスはスクリーンの端のほうにあった。眼下の地面はかなり平滑《へいかつ》に見える。船がわずかに軌道からそれたのはまちがいない。彼にできるのは、ジャイロが転覆を防いでくれるのを祈ることだけだ。「墜落にそなえて心がまえをしておけ！」

四八〇――四五〇――四〇〇――ボタンを押しこむ。

すさまじい圧力でガクンと首がのけぞった。高度計が見えなくなった。見なおす――一九〇――一五〇――一二五――

〝五十〟で指をパッとはなし、祈った。

噴射はいつもどおりすぐには停止しなかった。ガタガタという震動で体がますますクッションに押しこまれる。船は不安定な独楽《こま》のようによろめき――直立姿勢になった。

バーンズは、長いこと息をこらえていたのに気がついた。

8

コロンブスが見いだしたのは、快適な気候、豊かな土地、従順な原住民だった。探検者は太陽系のどこにも人間にとって友好的な条件を見いださなかった――そしてほかのどこよりも凶暴だったのが、われわれに最寄りの隣人だったのである。

ファルクァースン、同書。Ⅲ-四二〇。

まるで混乱した夢からさめるかのように、バーンズは頭がくらくらした。ボウルズの声でわれに返った。「船は舞い降りた、船長。ジャイロを切ってもいいか?」

彼は気をとり直し、「まず足場を確認しろ。よし——われわれは月の上にいるぞ!」彼はもどかしげに安全ベルトをはずした。

「たしかにそうだ!」とボウルズが答え、「みごとな着陸だった、ジム。わしはビビッたよ」

「ひどい着陸だった。きみにもわかってる」

「われわれは生きてるじゃないか。気にするな——われわれはやったんだ」

コーリーが割ってはいり、「動力装置は安定」

バーンズは驚いたようすで、「ああ、そうか。トロウブ、きみの部門はだいじょうぶか?」

マニーは弱々しく答えた。「そう思います。どうも気絶したらしくて」

「莫迦ばかしい!」とボウルズが元気づけた。「さあ——外をながめよう」

四人は左舷窓に群がり、いまは天頂からさほど遠くないところにある太陽の直射光に焼かれている琥珀《こはく》色の平原をながめわたした。数マイルかなた、星をちりばめた黒い空に突きだして、先ほど目にした峰々があった。その途中にひとつだけあばたがある。さしわたし一マイル弱のクレーターだ。そのほかに荒れ果てた平地の単調さを破るものはない……生命のかけらもない果てしない荒れ地、カラカラに乾ききった灼熱の真空。

トロウブが畏怖をにじませたささやき声で沈黙を破った。「すごい、なんてところだ! どれくらいここにいるんです、ミスター・バーンズ？」

「長くはないよ、マニー」彼は言葉に説得力を持たせようとした。「ドック」と言葉をつぎ、「質量比をチェックしよう」

「わかった、ジム」

ボウルズは右舷窓へ行った。外をちらりと見て、大声をあげる。「おい――これを見てくれ」

全員が彼のもとへ行った。眼下には船があやうく着陸しそうになった暗い割れ目があった。それは船すれすれを走っていた。間一髪のところでへりに触れるのを免《まぬか》れたのだ。バーンズはその恐るべき深みをのぞきこみ、それを避けるために質量を浪費したことを悔やまなかった。

ボウルズがしげしげとそれを見て、「もういっぺんいう、ジム、みごとな着陸だった」

「間一髪すぎて生きた心地がしない」

ボウルズは石英《せきえい》ガラスに顔を押しつけ、左右の先まで見ようとした。「ひとまわりしたが」と彼は不平をいった。「地球はどっちだ？」

「もちろん、東だ」とコーリー。

「東はどっちだ？」

「おいおい、ほんとうに混乱しているんだな。東は反対側の舷窓の外だよ」

「だが、そんなはずはない。まずそちらを見たが、地球は視界になかったんだ」ボウルズは反対側の舷窓へ引き返した。「見えるか？」

コーリーが彼のもとへ行き、「そっちが東だ」と述べた。「星々を見るんだ」

ボウルズは目をやり、「だが、どうも変だ。着陸する前、スクリーンに映った地球が見えた。きみも見ただろう、ジム？」

「ああ、見た」

「きみは、ドック」

「手がふさがっていた。どれくらいの高さだった？」

「地平線すれすれだった。しかし、この目で見たんだ」

コーリーは空を見てから、山脈を見た。「たしかに、きみは見た。そして地球はあそこにある――あの山脈のうしろに」

バーンズは音を殺して口笛を吹いた。「そういうことか。着陸したのが二、三マイル手前すぎたんだ」

ボウルズがひるんだ顔で、「見通し線からはずれたのか」と鈍い声でいった。「地獄が凍るまで領有宣言はできるが――メッセージをとどけられない」

トロウブがぎょっとしたようすで、「地球から切りはなされたんですか？　でも、ぼくも見ましたよ」

「なるほど、きみは見た」とバーンズ。「見たのは船が高いところにあったときだ。いまは低くなりすぎている」

「ああ」トロウブは外を見た。「でも、たいしたことじゃないんでしょう？　地球はあの山脈のうしろにある――でも、東にある。そのうち昇ってきますよ。月はどれくらいの速さで自転してるんです？　二十八日くらいでしたっけ？」

バーンズはコーリーに向きなおった。「教えてやってくれ、ドック」

「マニー——地球は昇りも沈みもしないんだ」

「というと？」

「月は常に地球に対して同じ面を向けている。ある点から見れば、地球は動かない。空にかかったままだ」

「というと？」トロウブは両手をかかげ、しげしげと見た。こぶしを地球と月に見立てているのが見てとれた。「ああ——なるほど」がっかりした顔になり、「やあ、そいつはまずいな。えらくまずい」

「そう落ちこむな、マニー」とバーンズがすかさずいった。「地球と接触できなくても、帰るまで待てばいいだけの話だ」彼は自分自身の不安については口を閉ざしていた。

ボウルズがこぶしを掌《てのひら》に打ちつけ、「地球と接触しなければならん！　帰るかどうかは問題ではない。四人分の命など安いものだ。しかし、いまメッセージ——このメッセージ、つまり合衆国の宇宙船が着陸し、領有宣言をしたというメッセージ——をとどけることは、合衆国の救済を意味するのだ」コーリーに向きなおり、「博士、あの山脈を飛びこえるだけの動力はあるんだろう？」

「ええ？　まあ、あることはある」

「ならばそうしよう——いますぐ」彼はカウチのほうに向きなおった。

「ちょっと待て、レッド」ボウルズが足を止めた。バーンズは言葉をつづけた。「もしあの山脈に近づくために、いちど上昇と下降をやってのけたら、帰る見こみがどうなるかは知っているだろう」

「もちろんだ！　それは重要ではない。われわれは命を祖国に捧げるのだ」

「そうかもしれん。そうじゃないかもしれん」バーンズはいったん言葉を切り、「もし月から離脱するだけの燃料が残らないとわかれば、きみの論点を認めよう」

「ジム・バーンズ、われわれは自分たちの命より祖国の安全を優先しなければならん」

「勝手なことをいうな、レッド。なるほど、月の領有宣言は今週国務省の役に立つかもしれん――役に立たないかもしれん。ロシアを刺激して宇宙飛行に全力を傾注させるいっぽうで、以前と同じように合衆国をつまずかせるかもしれん。領有宣言をしたことを誇りに思うが、本物の金を払ってまで有効にするつもりはないというふうになるかもしれん」

「ジム、それは詭弁《きべん》だ」

「そうか？　それがわたしの決定だ。先にほかのあらゆる手段を試す。メッセージをとどけられないとはかぎらない。なぜ試してみない？」

「見通し線からはずれているのにか？　莫迦をいうな」

「地球はあの山脈のそれほどうしろにあるわけじゃない。見通し線のある場所を見つけるんだ」

「ああ。そういうことか」ボウルズは山脈に目をやった。「距離はどれくらいだろう？」

「すぐにわかりますよ」とトロウブ。「スープ皿（レーダー・アンテナのこと）をぐるっとまわすまで待ってください」彼はカウチに向かおうとした。

「気にするな、マニー！」とバーンズが割ってはいり、「いや——つづけてくれ。知っても害にはならんだろう。しかし、山脈の話をしていたんじゃないんだ、レッド。あれは遠すぎる。だが、あたりを偵察したら、山が低くて、地球が見える場所が見つかるかもしれん。あるいは、丘かなにかが見つかるかもしれん——船内からは周囲が全部見えるわけじゃない。マニー、無線を船外へ運んで使うことはできるか？」

「船外ですか？　ええと——送信機は与圧式じゃありませんね。なんとかなりそうです。電力はどうします？」

ボウルズがいった。「ドック、ケーブルをどれくらいのばせる？」

バーンズが割ってはいった。「場所を見つけろ、そうしたらなにが必要かわかる」

「わかった！　ジム、わしはただちに外へ出る。マニー、いっしょに来てくれ。場所を見つけよう」

「外ですか？」トロウブが抑揚のない声でいった。

「そうだ。月に足跡を印す最初の人間になりたくないか？」

「あー、なりたいです」トロウブはギラギラと輝く敵意に満ちた地表をのぞき見た。

コーリーが奇妙な表情を見せた。バーンズはそれに気がついて、「ちょっと待ってくれ、レッド。一番乗りの名誉を担うのはドックだ。けっきょく、コーリー・エンジンのおかげで可能になったんだから」

「おお、そのとおりだ！　ドックに最初に梯子《はしご》を降りてもらおう。みんな行くぞ」

「わたしはあとから行く」とバーンズはきっぱりといった。「やることがある」

「ご随意に。行くぞ、ドック」

コーリーは恥ずかしそうな顔をした。「いや、べつにわたしが最初でなくてもいい。みんなで力をあわせてやったんだ」

「遠慮するなよ。宇宙服だ——さあ！」軍事政策にまつわる考えは、ボウルズの頭から消えてしまったようだった。彼はいま少年のように冒険心をたぎらせていた。エアロックに通じるハッチを早くも開きかけていた。

バーンズは三人が服を着るのを手伝った。宇宙服は、ジェット機のパイロットが使用する高高度与圧服を改良したものだ——あつかいにくく、体をすっぽりつつむ外皮で、潜水服に似ていないこともなく、てっぺんに〝金魚鉢〟型のヘルメットがついている。ヘルメットはフェイスプレートをのぞいて銀箔でおおわれている。携帯式無線、二本の酸素タンク、道具ベルトというのが服の主要な特徴である。三人が服を着こんだものの、まだヘルメットをかぶっていないとき、バーンズがいった。「船とおたがいが見えないところへは行くなよ。レッド、タンク一からタンク二に切り替えたら、ぐずぐずせずに帰って来るんだ」

「了解《アイアイ》」

「わたしはもう行く」彼は三人のヘルメットを固定した。コーリーをいちばんあとにまわし、彼に向かって小声でいった。「長居はするなよ。きみがいないと困る」

コーリーはうなずいた。バーンズは博士のヘルメットを締めると、司令室へよじ登り、ハッチを閉めた。バーンズがエアロックから出るまで待ち、コーリーがいった。「無線チェック。計器チェック」

「了解、ドック」トロウブの声がヘッドフォンに流れる。

「こっちも了解だ」とボウルズ。

「減圧の準備はいいか？」ふたりが同意した。コーリーはドアのそばのボタンに触れた。タービンのくぐもったうなりがした。しだいに宇宙服がふくらみはじめた。その感触は目新しいものではなかった。モハーヴェに設けられた彼ら自身の真空室で経験ずみだったのだ。トロウブはどんな気分だろう、とコーリーは思った。ルーブ・ゴールドバーグ（簡単にできそうなことをするのに用いる非常に手のこんだ機械・仕組みのこと）式外皮を信頼する最初の経験は、身の毛がよだつものかもしれない。「気分はどうだ、マニー？」

「快調です」

「最初は奇妙に思えるかもしれないな」

「でも、最初じゃありません」トロウブは答えた。「仕事なのでこの携帯式無線を真空室でチェックしました」

「おふたかたのおしゃべりが終わったら」とボウルズが割ってはいった。「表示が〝真空〟になっているのにお気づきだろう」

「えっ？」コーリーは向きを変え、外側のドアを開いた。

彼は戸口に立ち、北を見つめた。目が痛くなるほどの陽射しを浴びた平原が、真っ黒い地平線まで広がっている。右手には、空気のない月の風景のなかで驚くほどくっきりと、彼らが着陸して避けた山の連なりが見えた。コーリーは視線をあげ、目もくらむ真昼の砂漠の上に真夜中のあざやかさで浮かぶ北斗七星を見分けた。

ボウルズが彼の腕に触れ、「ちょっとどいてくれ、ドック。梯子を降ろす」

「すまん」

ボウルズは縄梯子の端をドアの外にあるフックに引っかけた。それが終わると、梯子を蹴りだし、「お先にどうぞ、ドック」

「あー。ありがとう」コーリーは最初の段に手をのばした。与圧服を着ていると、それだけでひと苦労だ。とうとう彼は膝をつき、敷居をつかんで、爪先を入れて降りはじめた。

重労働というよりは、動きにくい。宇宙服やらなにやらをあわせても、彼の体重は四十ポンド弱。手だけを使って降りるほうが簡単だとわかった。顎の下は見えなかったが、船の形で進み具合がわかった。とうとう噴射管と同じ高さまで来た。もうすこしだけ体を降ろして地面を探る——すると爪先が月の土壌に食いこんだ。

つぎの瞬間、彼は月の上に立っていた。

心臓を高鳴らせて、一瞬そこに立ちつくす。彼はそれを理解し、呑みこもうとして、それができないことに気がついた。彼は長すぎる夢の歳月に多すぎる回数その瞬間を生きてきた。それはいまだに夢だった。

人の足が肩をかすめた。彼はさがってトロウブに踏まれるのを避けた。じきにボウルズが合流した。「そうすると、これがそうか」と提督が無意味なことをいって、ゆっくりと体をめぐらし、「見ろ、マニー！　丘だ！　遠くないぞ」

コーリーが目をやると、ボウルズは噴射管の下で南を見ていた。平原は鋭く突きだした岩に単調さを破られていた。コーリーはボウルズの腕に触れ、「船からはなれよう。噴射炎が飛び散ったここは、きっと微量の放射能を帯びている」

「了解」ボウルズが彼につづいた。トロウブがしんがりを務めた。

9

コロンブスには自分なりの動機があった。イザベラ女王にはべつの動機が――

ファルクァースン。同書、Ⅲ - 四二一。

司令室にもどったバーンズは、すぐには仕事にとりかからなかった。代わりにすわりこんで考えた。この――二日だろうか？　三日だろうか？　じっさいは四日――というもの、自分には考えをまとめる機会、表向きの仮面を脱いで本心をさらけだす機会がなかった。

恐ろしく疲れた気がする。

彼は目をあげて山脈を見た。山脈はそこに高く峻険《しゅんけん》にそびえていた。彼を突き動かしてきた目的が達せられたことの証人である。

なんのためだ？　コーリーに科学の不分明な外縁を探検させるためか？　ボウルズが西側文明の安全を確実にする——あるいは、ひょっとすると新しい危機を招くのを助けるためか？　それとも、〝とても家庭的なタイプの男〟だが、同行を拒《こば》むのを恥と考える男を父に持つ四人の子供を父《てて》なし子にするためか？

いや、ジミー・バーンズが年齢のわりに小柄であり、喧嘩は苦手で、ちゃんとした服がなかったからだ——だから、自分はほかのだれよりも多くの金を稼ぎ、ほかのだれよりも多くの部下を持ち、ほかのだれよりも速い飛行機を作らなければならなかった。自分、ジェイムズ・A・バーンズが月へたどり着いたのは、自分に自信があったためしがなかったからだ。

マニーの子供たちのことを思うと、腹のなかで胃が岩のように固くなった。

彼はその気分をふり払い、無線操作盤のところへ行き、携帯式無線のキーをたたいて呼びかけた。「こちらジム・バーンズ、みなさん、スーパー石鹸〝SLMP〟の提供でおとどけしております。どうぞ、どうぞ、どこにいるにしろ！」

「ジム！」ボウルズの声が返ってきた。「どうぞ」

「ちょっと待ってくれ」とバーンズは答えた。「ドックはどこだ？」

「ここだ」とコーリーが答えた。「いまもどるところだ」

「よし」とバーンズ。「レッド、このスイッチを入れたままにしておく。ときどき大声をだしてくれ」

「お安いご用だ」とボウルズ。

バーンズはデスクまで行くと、残った質量の足し算をはじめた。軌道計算は複雑きわまりない。惑星から離脱するのに必要な量を計算するほうが単純だ。大雑把な答えをだすのに数分がかかった。

彼は手櫛《てぐし》で髪をすいた。あいかわらずのび放題だ――そしてこの界隈に理髪店はないのだ。人間の髪が死後ものびつづけるというのはほんとうだろうか、と彼は首をひねった。

ハッチがキーッと音をたて、コーリーが船室に登ってきた。「ふうー！　あの服を脱げてよかった。あの陽射しはほんとうに暑い」

「ガス膨張では冷却しきれなかったのか？」

「しきれなかった。あの服を着て動きまわるのもたいへんだよ、ジム――たくさんの改良が必要だ」

「改良されるさ」とバーンズは上の空で答えた。「しかし、この船の改良のほうが切迫した問題だ。コーリー・エンジンじゃない、ドック。操縦系統だ。繊細さが足りない」

「わかっている」コーリーは認めた。「あのお粗末な噴射停止――そのための予測を自動操縦に組みこんだ設計にして、フィードバック回路を使わなければ」

バーンズはうなずいた。「そう、たしかに、帰ったあとで――帰れたらの話だが」科学者に指を向け、「他言無用だぞ」

コーリーはちらっとその指を見て、「わかっている」

「レッドは故郷《くに》と見通し線が引ける場所を見つけられないだろう。あの山脈は恐ろしく高い。だが、彼には席をはずしてもらいたかった――マニーにも。レッドに話してもしかたがない。あの世へ行ったら、レッドは死後に名誉勲章を授けられるだろう――われわれもな」

コーリーはうなずいた。「だが、地球と接触を試みるという点では彼に賛成だ。わたしのほうが切実に必要としている」

「ヘイスティングスか？」

「そうだ、ジム、じゅうぶんな余裕があれば、発進して、無線連絡がついたあと修正すればいい。だが、余裕はない。連絡がつかなかったら、おしまいだ」

「わかってる。わたしが帰りの切符を使ってしまった、あの余計な噴射をしたときに」

「墜落していたほうがよかったとでもいうのか？ 忘れろ。ヘイスティングスと連絡をとらなければならん。できるかぎり最上の軌道が必要なんだ」

「とうてい無理だ！」

「そうとはかぎらん。秤動《ひょうどう》というものがある」

バーンズが呆気《あっけ》にとられた。「そうか、わたしはなんて莫迦なんだ！」彼は勢いこんで言葉をつづけた。「いま状況はどうなってる？ 地球は上昇中か、それとも下降中か？」

月の自転速度は一定だが、軌道速度はそうではない。月は地球にもっとも近づいたときもっとも速く動く。ちがいはわずかだが、そのため月は毎月ぐらぐらするように見える、まるで月の男（月面の斑点。わが国の兎にあたる）が頭をふっているかのように。このため月世界の空では地球が七度ほど前後に動くのだ。

コーリーが答えた。「上昇中だ――と思う。高く昇るか昇らないかしだいで――うむ、地球の位置を計算してから、星の景色を調べなければならない」

「とりかかろう。なにか手伝えることは？」

コーリーが答える暇もなく、ボウルズの声がスピーカーから流れだした。「おい！　ジム！」

バーンズは携帯式無線のキーをたたいた。「なんだ、レッド？」

「いま船の南の丘にいる。高さが足りるかもしれん。丘の裏側へまわりたい。もっと登りやすい場所があるかもしれん」

空気のない月面では、あらゆる無線に見通し線が欠かせない――だが、バーンズは理にかなった要求を拒みたくなかった。「了解――だが、無茶はするなよ」

「アイアイ、船長」

バーンズはコーリーに向きなおった。「とにかく時間がいる」

「ああ」コーリーは同意した。「知ってのとおり、ジム、こういう事態は想像していなかった。月そのものの話じゃない――ここに与圧された建物が建ち、快適な与圧服ができるのを待つだけだ。そうではなく、わたしがいいたいのは、自分たちがなにをしているかだ。てっきり時間いっぱいを探検や試料の採取や新しいデータの蒐集にまわすのだと思った。代わりに帰還の手立てを探るためだけに知恵をふり絞っている」

「そういうな、ひょっとしたらあとで時間があるかもしれん――いやというほど」

コーリーは笑みらしきものを浮かべてみせた。「かもしれん――」

彼は対数表と首っ引きで地球と月の相対位置をスケッチした。ややあって顔をあげ、「ついているぞ。地球はふれてもどる前に二度半近く昇るだろう」

「それで足りるのか？」

「調べてみよう。六分儀を掘りだしてくれ、ジム」バーンズが六分儀をとりだすと、コーリーはそれを東の舷窓へ持っていった。山巓の真上にある三つの星の高度を測る。これらを図表にプロットし、見かけの地平線のところに一本の線を引いた。それからこれらの星との地球の相対位置をプロットした。

「きわどいところだな」と彼は不平をもらした。「検算してくれ、ジム」

「わかった。結果はどうなった？」

「うむ――もし小数点を落としていなければ、地球はいまから三日のうちのいつか、二、三時間だけ昇るだろう」

バーンズはにやりとし、「まだ紙吹雪つきのパレードに出られそうだな、ドック」

「かもしれん。まず軌道の状況を再確認しよう」

バーンズが真顔になった。

コーリーは一時間にわたり作業した。バーンズの近似値を受けとり、それをわずかにましなものに変えた。とうとう手を止め、「わからない」といらだたしげにいった。「ひょっとするとヘイスティングスならもうすこし正確な値がだせるかもしれない」

「ドック」バーンズが答えた。「捨てられるだけのものを捨てて船を軽くしたらどうだろう？いいたくはないが、あれだけの器材はいらないだろう」

「この重量スケージュルを相手にわたしがなにをしていたと思うんだね？　理論的に船は備品をはぎとられているよ」

「そうか。それでもだめなのか？」

「それでもだめなんだ」

ボウルズとトロウブが疲れはてて帰ってきた。日射病で倒れる寸前だった。提督は落胆していた。丘に登る道が見つからなかったのだ。「明日また行く」と彼は頑固にいいはった。「つまり、食べてひと眠りしたらだ」

「忘れろよ」とバーンズが助言した。

「どういう意味だ？」

「ここから見通し線が引けそうなんだ」

「ええ？　もういっぺんいってくれ」

「秤動だ」バーンズは告げた。「ドックがもう計算した」

ボウルズの顔にうれしげな理解の色が浮かんだ。トロウブはとまどい顔だった。バーンズは説明した。

「そういうわけで」と彼は言葉をつづけた。「およそ七十二時間以内にメッセージを送る機会があるんだ」

ボウルズが疲労を忘れて立ちあがった。「それならいいんだ！」彼は大喜びで掌をたたいた。

「落ち着け、レッド」バーンズが助言した。「離昇できる見こみは前にもまして乏しくなっている」

「それがどうした？」とボウルズは肩をすくめた。「それは大事なことではない」

「おいおい、頼むよ。ネイサン・ヘイル（米国独立戦争の英雄。スパイ任務の途中で英国軍に捕らえられ、絞首刑に処された）気どりはやめてくれ。マニーと四人の子供に考えを向ける良識を持ってくれ」

ボウルズは反論しかけたが、思いとどまり――それから威厳たっぷりにまた言葉をつづけた。

「ジム、不愉快にさせるつもりはなかった。しかし、わしは本気でいったのだ。われわれのメッセージがとどくかぎり、帰ることは重要ではない。われわれの過ちは、つぎの遠征を容易にするだろう。一年以内に合衆国は十数隻の船、もっと優秀な船を月面に送りこめる。そうなれば、無謀にもわが国を攻撃しようとする国はなくなるだろう。それが重要なのだ。われわれではない」

ボウルズは言葉をついだ。「人間はだれしも死ぬ。集団は生きつづける。きみはマニーの子供のことを口にした。きみには子供がいないし、コーリーにもいない。マニーにはいる――だから、わしのいうことをきみたちより彼のほうがよく理解してくれるはずだ」トロウブに向きなおり、「そうだな、マニー？」

トロウブは顔をあげ、やがて目を伏せた。「レッドのいうとおりです、ミスター・バーンズ」

彼は小声で答えた。「でも、帰りたい」

バーンズは唇をかんだ。「もういい！」といらだたしげにいい、「レッド、夕食の用意をしてくれると助かるんだがな」


地球時間で三日間、彼らは汗水垂らして働いた。ボウルズとバーンズは船の備品をはぎとった――カメラ、空になった酸素タンク、予備の衣服、コーリーが使いたいと思っていた多くの科学機器――ウィルスン霧箱、ガイガー・カウンター、十二インチ・シュミット・カメラと時計、スチール・カメラ、自動カメラ、紫外線‐赤外線分光器、その他の器具である。コーリーはデスクにかじりついて計算し、検算し、また計算し――問題をできるだけすっきりした形にしてヘイスティングスにわたそうとした。トロウブは無線機をオーヴァーホールし、地球があらわれるまさにその位置に指向性アンテナを向けた。

とうとうその時間が刻々と迫ってきた。トロウブは無線操作盤のあるカウチにおり、いっぽうほかの三人は東側の舷窓に集まっていた。いわなければならないことは、ひとつのメッセージにまとめられていた――

公式な月の領有宣言、着陸の日時と場所に関する叙述、ヘイスティングス宛の長く専門的な通信、そして最後にボウルズの提供した暗号グループ。トロウブはそれをひとまとめにして送ることになる。必要とあれば何度でも。

「見えるぞ！」地球を見分けたといったのはコーリーだった。

バーンズはその点に目をこらし、「目の錯覚だよ、ドック。山頂に強い光があたっているんだ」太陽は彼らのうしろにあった。現地時間の〝午後〟である。東の山脈はまばゆく光っていた。

ボウルズが割ってはいった。「いや、ジム。あそこになにかある」

バーンズはふり返り、「送信開始！」

トロウブがキーをたたいた。

メッセージは——合間に耳をすましながら——何度も繰り返された。地球の弧がのろのろと、腹が立つほどのろのろと地平線上に昇ってきた。応答はなかったが、彼らは絶望しなかった。まだ地球のごく一部しか視界にはいって来ていないからだ。

とうとうバーンズがコーリーに向きなおり、「どういうふうに見える、ドック？　つまり、われわれに見える部分だが」

コーリーは目をこらし、「はっきりしない。雲が多すぎる」

「海のように見える。もしそうなら、もっと高くなるまで電話は鳴らないだろう」

コーリーの顔がしだいに恐怖に引きつっていった。「どうした？」とバーンズが語気を強めて訊いた。

「なんてこった！　姿勢を計算するのを忘れていた」

「なんだって？」

コーリーは返事をしなかった。デスクに飛びつき、天測暦をひっつかむと、走り書きをはじめ、やめ、地球、太陽、月の位置を示す図表を描いた。地球を表す円の上にグリニッジ標準時の線を引く。

バーンズは彼のほうに身を乗りだし、「なにをうろたえているんだ？」

「あれは海だ、太平洋だ」

ボウルズがふたりのもとへやってきた。「それがどうした？」

「わからないのか？　地球は東へ自転している。アメリカは遠ざかっていて――すでに視界から消えているんだ」コーリーはあわてて前の計算を検討した。「地球が最大高度に達するのは、およそ、あー。四時間八分後だ。そのあとは沈む」

トロウブがヘッドフォンをずらし、「静かにしてくれませんか」と抗議した。「こっちは耳をすましてるんですよ」

コーリーは鉛筆を放りだし、「だめなんだ、マニー。NAAとは見通し線が通じることはないんだ」

「はあ？　なんていいました？」

「地球の向きが悪い。われわれはいま太平洋を見ていて、じきにアジア、ヨーロッパ、最後に大西洋を見ることになる。合衆国が見えるころには、地球は山脈の陰に沈んでいるだろう」

「つまり、時間の無駄ってことですか？」

「送信をつづけてくれ、マニー」とバーンズがおだやかな声でいった。「耳をすましつづけてくれ。ほかの局とつながるかもしれん」

ボウルズが首をふった。「ありそうにないな」

「そうとはかぎらん。ハワイはまだ視界にある。パール・ハーバー局は強力だ」

「NAAと同じように、こちらへアンテナを向けていたらの話だ」

「とにかく、つづけてくれ、マニー」

トロウブはヘッドフォンを元にもどした。ボウルズが言葉をつづけた。「興奮してもしかたがない。どこかの局とつながるだろう」ふくみ笑いして、「ソヴィエトの局がまもなくわれわれのメッセージを聞くことになる。連中が否定の放送を流しているまさにそのとき、オーストラリアの局が世界に真実を告げているだろう」

コーリーが顔をあげ、「しかし、ヘイスティングスと話ができないんだ」

ボウルズが猫なで声でいった――

「先ほどいったように、長い目で見れば、それは重要ではない」

バーンズがいった。「黙れ、レッド。落ちこむな、ドック――ほかの局がこっちにアンテナを向けてる見こみはかなりある。つづけてくれ、マニー」

「頼むから黙っててくれませんか」

彼は何度も何度も試しつづけた。その合間に聞き耳を立てた、NAAの周波数だけでなく、周波数の全域にわたって。

八時間あまりのちに、地球の最後のかすかな弧が消え失せた。食べることはだれの念頭にも浮かばなかったし、トロウブはなにがあろうと持ち場をはなれなかった。


彼らは出発の準備を進めたが、心はここにあらずだった。コーリーはデスクにかじりついたままで、仮眠をとる以外は、上等の道具が欠けているのを努力で埋めあわせようとしていた。彼は時間を稼ぐために出発日時を先に設定した。目の痛くなる、雲ひとつない月世界の昼はじりじりと暮れていき、太陽が西へ降りていった。日没ちょうどに危険を冒す予定だった。状況は理論的に成功の見こみがないことがコーリーによって――そして彼の数字を検算したバーンズによって――認められた。計算によれば、船は上昇し、カーヴを描いて月をめぐり、地球と月の重力が平衡《へいこう》になる場である境界に近づくだろう――しかし、そこまでたどり着けはしない。落下して墜落するだろう。

死を待つくらいなら試して死ぬほうがましだ、という点でも全員の意見が一致した。つぎに地球が見えるまでひと月待ったらどうだ、とボウルズがほのめかしたが、算術がその機会を奪った。彼らは飢《う》え死にはしないだろう。渇き死にもしないだろう――窒息死をとげるのだ。ボウルズはそれを従容《しょうよう》として受け入れた。トロウブは寝棚に横たわっているか、ゾンビーのように歩きまわるかだった。コーリーは青い顔をした自動人形で、数字に埋没していた。バーンズはしだいに怒りっぽくなった。

コーリーの機嫌をとるために、コーリーには使う暇のなかった計器でボウルズは気まぐれに観測をした。退屈な仕事の合間には、裏側をまわる飛行のさいに撮影したフィルムを現像していた。その写真は捨てずにとっておくことになっていた。重さはたったの数オンスだし、放射能もれで曇るのを防ぐために現像しておくのが望ましかったからだ。バーンズはトロウブにその仕事をまかせ、彼を忙しくさせておいた。

トロウブはエアロック内で作業した。暗室に使えるのはそこだけだったのだ。ややあって彼がハッチごしに頭を突きだした。「ミスター・バーンズ?」

「なんだ、マニー?」あの試練以来、トロウブがはじめて生気の片鱗を見せたのに気づいてバーンズは満足をおぼえた。

「これがなんだかわかりますか」トロウブは彼に一枚のネガをわたした。バーンズはそれを広げて舷窓にかざした。「その小さな丸いものが見えますか? なんでしょうね?」

「クレーターじゃないか」

「いや、これがクレーターです。ちがいがわかりますか?」

バーンズはネガがポジになったらどう見えるか思い描こうとした。「きみはどう思う?」

「その、見た目は半球みたいです。ならびかたが妙じゃないですか?」

バーンズは見なおした。「たしかにえらく妙だ」と彼はゆっくりといった。「マニー、紙焼きにしてくれ」

「印画紙がありませんよ」

「そうだった。一本とられたな」

ボウルズがふたりのもとへやってきた。「珍しいものはなんだ？　月の乙女《おとめ》か？」

バーンズはネガを見せた。「そいつはなんだと思う？」

ボウルズはネガに目をやり、あらためて見た。とうとう口を開き、「マニー、これを拡大できるか？」

カメラのレンズを流用して、急ごしらえの幻灯機を作るのに一時間かかった。四人ともエアロックに集まり、トロウブが間にあわせのプロジェクターのスイッチを入れた。

ボウルズがいった。「後生《ごしょう》だから、焦点をあわせてくれ」トロウブが焦点をあわせた。彼のいう〝半球〟の映像はかなりくっきりした。数は六つで、半円形にならんでいる――そして見かけに不自然なところがあった。

バーンズが目をこらし、「レッド――この天体の領有を宣言するのが、すこし遅れたらしいな」

ボウルズがいった。「ふむむ――」とうとう彼は強調するようにつけ加えた。「建造物だ」

「ちょっと待ってくれ」とコーリーが抗議した。「たしかに人工的に見える。だが、自然界には非常に奇妙なならびかたのものがあるのだ」

「よく見ろ、ドック」とバーンズが助言した。「疑問の余地はない。問題は――月の領有宣言が一年ほど遅れたのか、それとも何百万年も遅れたのか、だ」

「というと？」

「あれは圧力ドームだ。作ったのはだれだ？　有史以前の月の住民か？　訪問した火星人か、それともロシア人か？」

トロウブがいった。「ミスター・バーンズ——どうして生きている月の住民じゃないんですか？」

「なんだって？　外を散歩して来いよ」

「だめな理由がわかりません。彼らを見たら、すぐにこういいますよ、『ちょっと前に空飛ぶ円盤はここから来たのか』って」

「マニー、空飛ぶ円盤なんてものはなかったんだ。自分をごまかすのはよせ」

トロウブは執拗にいった。「ぼくの知りあいが——」

「——自分の目で見たんだろう」とバーンズが言葉を引きとった。「忘れろ。われわれの心配の種は——あそこだ。あれは本物なんだ。フィルムに写っている」

「火星人も忘れろ」とボウルズがぶっきらぼうにいった。「それにとうのむかしに死に絶えた月の住民も」

「その口ぶりだと、ロシア人だと思っているらしいな」とバーンズ。

「わしが知っているのは、そのフィルムを可及的速やかに軍事情報部の手にわたさねばならんということだけだ」

「軍事情報部？　ああ、そうか、地球のか——いい考えだ」

「冷やかすな。わしは本気だ」

「わたしもだよ」

任務を達成したので、進んで死ぬつもりだったボウルズは、生きたくてたまらなくなった。帰りたくてたまらなくなった。自分自身が着陸を主張したことを彼は悔やんだ――そのときでさえ、なによりも重大な新しい証拠が船内におさまっていたのだ。

彼はフィルムをワシントンにとどける見こみのありそうな計画を必死に練り、トロウブが船外へ出たときを見計らって、バーンズにそれをぶつけてみた。「ジム――きみはひとりでこの船を帰還させられるか？」

「どういう意味だ？」

「数字をチェックしただろう。ひとりなら帰れるかもしれん――ほかの三人分だけ船が軽くなれば」

バーンズは怒ったようだった。「レッド、そいつはたわごとだ」

「ほかのふたりに訊いてくれ」

「だめだ！」バーンズはつけ加えた。「四人で来た。四人で帰る――さもなければ、だれも帰らない」

「そうか、すくなくとも、わしの分は船を軽くさせられる。それはわしの特権だ」

「これ以上そんなことをいったら、離昇するまで縛られているのがきみの特権になるぞ！」

ボウルズはバーンズの腕をつかんだ。「どうあってもあのフィルムを国防総省《ペンタゴン》にとどけねばならんのだ」

「わたしの顔に息を吹きかけないでくれ。できるならとどけるさ。捨てるものは残ってないか?」

「ジム、わしが引きずるはめになっても、この船は帰還するんだ」

「それなら引きずってくれ。わたしの質問に答えろ」

「着替えがある——それを捨てよう」ボウルズはあたりを見まわした。「捨てるもの、ときたか。ジム・バーンズ、きみはこの船を丸裸だという。とんでもない、わしが教えてやる! あの工具箱はどこだ?」

「さっきトロウブがほかの品物といっしょに外へ持っていった」

ボウルズはマイクに飛びついた。「マニー。弓のこを持ち帰ってくれ。必要なんだ!」バーンズに向きなおり、「船のはぎとりかたを教えてやる。あの無線機はあそこでなにをしている? 三本めの脚みたいに無用の長物だ。わしの分の自動操縦ディスプレイがどうしているんだ? きみのがあれば間にあう。ドック——そのスツールからどいてくれ!」

コーリーは閉じこもっていた数字の世界から顔をあげた。ふたりのやりとりは耳にはいってさえいなかった。「ああ? 呼んだかね?」

「そのスツールからどいてくれ——デッキからとりはずすんだ」

コーリーはとまどい顔だった。「いいとも、きみに必要なら」バーンズに向きなおり、「ジム、これが最終の数字だ」

バーンズはボウルズを見まもっていた。「数字はしまっておけよ、ドック。二、三修正をすることになりそうだ」

ボウルズの意志に駆りたてられて、彼らは最終期限と戦いながら、ふたたび船を丸裸にした。食糧――すべての食糧だ――人間はすぐには飢え死にしない。無線機。ふたつある計器。噴射に不可欠ではない工学機器。ホット・プレート。戸棚とドア、照明の固定具と絶縁物。弓のこで切りとれるか、素手《すで》で引きちぎれるものはなにもかも。司令室からエアロックへのびた梯子――それは最後に蹴ってはずされた。三着の宇宙服と縄梯子も道連れになった。

四着めの与圧服を捨てる方法はボウルズにも見つからなかった。最後の品物を押しだすあいだ、それを着ていないと生きていられないからだ――しかし、それさえ最小限にする方法が見つかった。彼は道具ベルト、バックパック、空気タンク、絶縁靴をとりはずし、宇宙服内の空気をむさぼりながら立っていた。いっぽうエアロックがこれを最後に〝真空〟から〝与圧〟へと循環した。

三本の手がのび、ハッチごしに彼を引きあげた。「配置につけ！」とバーンズがぴしゃりといった。「噴射にそなえて待機！」

秒読みを待っているとき、トロウブが手をのばして、バーンズの腕に触れた。「船長？」

「なんだ、マニー?」
トロウブは視線を走らせ、ほかのふたりが気づいているかどうかたしかめた。気づいていない。「ほんとうに帰れますか?」
バーンズは正直にいうことにした。「たぶん無理だ」彼はボウルズにちらりと目をやった。提督の頬はこけていた。彼の入れ歯もほかのものと同じ運命をたどったのだ。バーンズは口もとをほころばせた。「だが、やるだけやってみるさ!」

ファルクァースン、同書。Ⅲ‐四二三。

誇り高き〈ルナ〉がかつて立った場所に建立《こんりゅう》された記念碑は、あらゆる教室に写真が飾られている。多くの飛行がつづき、悲劇に終わるものもあれば、そうでないものもあり、その後宇宙輸送は現在の安全な事業となった。宇宙航路は開拓者たちの死体と輝かしい希望で舗装されている。彼らの夢が実現したおかげで、いくばくかのロマンが宇宙から消えてしまったのである。

(中村融訳)

「月世界征服」撮影始末記

ロバート・A・ハインライン

Astounding Science Fiction July 1950

「なぜ彼らはもっとSF映画を作らないのか？」

「なぜ彼らは――」ではじまる疑問には、たいていひとつの答えで用が足りる。「金」だ。

ハリウッドへやってきたとき、わたしには映画製作や費用に関する知識もなく、脚本を書いた経験もなく、あるのは最初の月飛行を題材にした最初のSF映画の脚本を書きたいという熱望だけだった。エージェントでもあり、熱心なSFファンでもあるルー・スクラーが、脚本家のアルフォード・ヴァン・ロンケルを紹介してくれた。わたしたちは協同で、わたしの宇宙旅行小説の一篇をたたき台に映画の脚本を書きあげた。

こうしてわれわれは仕事にとりかかり――

おっと、そうは問屋がおろさない。製作に関する単独で最大の問題は、喜んで金を危険にさらす奇特な人間を見つけることだ。何百万ドルも貯《た》めこんでいる人々は、イカレたアイデアで頭をいっぱいにしたSF作家に対して、天使の役割を演じることで金を稼いだわけではない。

われわれはジョージ・パル・プロダクションズのジョージ・パルと出会うという幸運に恵まれた。パルにわれわれの狂気が感染した。こうしてプロデューサーがつき――こんどこそわれわれは仕事にとりかかった。

まだそうは問屋がおろさない――プロデューサーと出資者は同じものではないのだ。脚本を書きあげてから一年近くたったころ、ジョージ・パルから知らせがあった。どうにか天使を説得したという（どうやって？　催眠術だろうか？　薬物だろうか？　わたしには見当もつきそうにない。もし百万ドルあったら、わたしはその上に腰をすえ、映画脚本を手に近寄ってくるSF作家を片っ端から撃つだろう）。

いくらハリウッド人種が高給とりだとはいえ、金がおいそれとは手にはいらないのは、ハリウッドもほかの場所と変わらない。ハリウッドの金満家が高額の小切手を切るのは、競争に勝つためにほかに選択肢がないときにかぎられる。彼らは低額の小切手を切るほうが好きだし、小切手をまったく切らないほうが好きなのだ。たとえ資金調達という高いハードルを越えても、金にまつわるトラブルは製作を通じてついてまわる。もしある特撮に関する問題を解決するのに三万ドルかかるのに、予算が五千ドルしかないとしたら、その五千ドルで三万ドルと遜色のない解決策をひねりださなければならない――ただそれだけの話だ。

以上のことを述べたのは、SF映画作りには週給千ドルが待っていると思いこんだ非映画人種が引きも切らずにやってくるからだ。予算はこういう。「とんでもない！」

科学的に正確で説得力のあるSF映画を作るにあたって二番めに高いハードルは、〝ハリウッド〟流のものの考えかただ――この場合、お偉方は科学的な正しさや妥当性を知らないか、気にしないかのどちらかであるという点だ。無知ならば対処のしようがある。ある人が「宇宙空間でロケットはなにを押して進むんだ?」と訊いたなら、説明はできる。いっぽう、彼のアプローチが「だれも月へ行ったことはないんだ。観客にちがいなんてわからないさ」であったなら、なにを説明するのも無理な相談だ。彼は知らないし、知りたいと思わないのだ。

　われわれは両方のトラブルを山ほどかかえた。

映画がファンタジーにならずにすんだのは、本物の科学との関係が、コミック・ブックと本物の科学との関係と五十歩百歩に終わらずにすんだのは、もっぱら監督アーヴィング・ピッシェルの誠実さと趣味のよさの賜物だろう。ミスター・ピッシェルは科学者ではないが、聡明であり、正直である。彼はミスター・ボーンステルとわたしの意見を尊重し、スクリーンに映るものが、予算と特撮の許すかぎり、正確であることに心を砕いた。

　映画の撮影にはいったときには、会社全体――俳優、裏方、カメラマン、事務職――が、興行的に成功するだけでなく、科学的に許容できる映画を作るという意気ごみに感化されていた。ウィリー・レイの『ロケットと宇宙旅行』(未訳)が、何十人もの会社スタッフの愛読書となった。ボーンステルとレイの『宇宙の征服』(白揚社・絶版)がそのころ(一九四九年)刊行され、われわれのあいだで好セールスを記録した。撮影の合間の待ち時間は、惑星間旅行の理論や将来の展望に関する議論で持ちきりだった。

　撮影が進むにつれ、技術的な背景をそなえた見学者が大挙してやってくるようになった――誘導ミサイル関係者、天文学者、ロケット工学者、航空工学者だ。会社は、自分たちの仕事が技術的な専門家に真剣に受けとめられていることを知って、本物志向の作品を製作することに誇りをいだいた。「それでどんなちがいがあるんだ？」という声はもう聞かれなかった。

こうして第三のハードルがあらわれる——宇宙船映画を撮《と》るさいの技術的な困難が。

宇宙飛行を説得力豊かな映画に撮る最良の方法は、数億ドルを工面して、原爆開発に従事したのと同じ水準の科学者、工学者を集め、ジェネラル・エレクトリック、ホワイトサンズ、ダグラス航空機の施設を引き継ぎ、宇宙船を建造することだ。

それから宇宙船に同乗して、起きることをカメラにおさめるわけである。

われわれは次善の策をとるしかなかった——つまり、地球から発進する前の二、三の場面をのぞいて、あらゆる場面に特殊効果、トリック撮影、照明《ライティング》に関する前代未聞の問題がからんできたということだ。このすべてが高くつき、ビジネス・マネージャーは胃潰瘍《いかいよう》を患《わずら》うことになる。通常の映画なら、特殊効果のからむシーンはせいぜい一、二個所。この映画はすべてのシーンに特殊効果がからまざるを得ず、その大部分がはじめて試されたものだった。

まだ映画をご覧でなければ、この先を読まれるのは、映画をご覧になってからのほうがいい。この場合は、だまされるほうが楽しいのだ。そのあとで、特殊効果を探したいとお考えなら、映画館へもどって、映画をもういちどご覧になるといい（推奨）。

月には空気がなく、六分の一しか重力がなく、大気に弱められていない日光が降り注いでおり、それをおおう真っ黒い空には、雲やスモッグに曇らされていない星々が燦然《さんぜん》と輝いている。

それは荘厳《そうごん》な距離とそそり立つ山脈の場所である。

　撮影用のスタジオは、高さが三十フィート、奥行きが百五十フィートといったところが相場だ。重力は地球標準。煙草の煙、アークライトの霧、ほこりが充満している——百人を超える専門技術者が詰めていることはいうまでもない。

　問題。スタジオ内で月にロケットを着陸させ、その果てしない景観を探検し、弱い重力のもとで飛んだり跳ねたりする人間をカメラにおさめること。これをテクニカラーで行う。そのため新たな問題が山ほど持ちあがる。無視できないのは、宇宙服を着ている人間にとりわけ熱いライトをあてる効果である。

　とっさに出てくる答えは、できるわけがない、だ。

　つぎに出てくる答えは、ロケーションに行け、である。砂漠のそれらしい場所を選び、植物を根こそぎ引っこぬいて、〝本物〟を撮影するのだ。ちょっと待った。例の真っ黒くて、星のちりばめられた空はどうする？　でっちあげろ——特殊効果を使え。残念ながら、青空がいったんテクニカラーの感光乳剤に記録されたら、そのまま残るのだ。白黒ならやりようもあるが、カラーではどうしようもない。

　したがって、スタジオにもどり、そこで撮影するしかない。澄みきった真空はどうする？　禁煙——強制するのはむずかしい——フィルムが多少は無駄になるのを覚悟で、換気扇をフル稼働させる。大きなドアをあけはなしにしておく——そうすると騒音がはいりこみ、サウンド・トラックがだめになる。しかたがない、サウンドをダビングしなければならない——するとコストはかさむ——しかし、空気は澄んでいなければならないのだ。

　低重力とけたはずれの跳躍——もちろん、ピアノ線だ——しかし、宇宙服を着ている人間をピアノ線で吊ろうとしたことはおありだろうか？　服の何カ所かでピアノ線をなかへ入れ、釘がタイアに刺さったのと同じ効果を生みださなければならない。いいかえれば、与圧服を着ている人間をピアノ線で吊ることはできないのだ（穴があけば空気がもれるから）。したがって、宇宙服のふくらみは詰めもので代用するしかない。すくなくとも、ピアノ線で吊る撮影のあいだは。しかし、詰めものをした宇宙服は、しわの寄りかたが与圧服とはちがうし、両者のちがいは一目瞭然。おまけに、ピアノ線用のジッパーが見えることになる。さらに悪いことに、詰めものをして服が膨張しているように見せかけるのなら、どうやって服を着るところを見せればいいのだ？

　背景でシューシューいっているあの音は、技術アドヴァイザー——不肖《ふしょう》わたくし——の発案によるものだ。本物の与圧服らしくなるだけでなく、空気タンクからガスを放出することで、ライトを浴びる俳優を冷却するという一石二鳥をねらったのだ。ところが、俳優はウールの詰めものをまとわなければならなくなり、自前で用意した空気を吸うこともできなくなった。夏の砂漠で真昼に毛皮のコートを着て、頭にバケツをかぶった状態で重労働をするのとたいして変わらない状況である。

　俳優というのは耐久力のある人種だ。彼らはやってのけた。

　詰めものをした宇宙服の欠点を補うため、われわれは宇宙服がふたつの部分——外側の摩擦防止服と内側の与圧服——から成っていることを示す〝設定を明らかにする《エスタブリッシング》シーン〟を挿入した。これは筋が通っている。深海潜水夫は、しばしば与圧服の上に摩擦防止服を着用する。とりわけ珊瑚《さんご》のまわりで作業するときは。両者の関係は、自動車タイアのカーカス（タイア胴を形成する枠組）と内側のチューブの関係に等しい。外側部分が衝撃を吸収し、内側部分が圧力を保つわけである。それはすぐれたエンジニアリングであり、われわれはだれはばかることなく新しいしわを宇宙服に寄せた。凸凹《でこぼこ》した月面をじっさいに歩き、峻険《しゅんけん》な山に登る最初の人間は、賢明であれば、同じ工夫を用いるだろう。

そういうわけで、ピアノ線で吊るときは詰めものを使い、それ以外のときは空気圧を使った。いつどこで切り替わるかおわかりだろうか。わたしにはわからなかった——そのシーンを撮影するところを見たのに。

さて、スタジオに押しこめるしかない月世界の風景についてだが——わたしはアリスタルコス・クレーターを選んだ。チェズリー・ボーンステルはアリスタルコスが気に入らなかった。彼が望む形もしていなければ、クレーター周壁の高さも、見かけの地平線までの距離も足らなかったからだ。ミスター・ボーンステルほど月面の外観に精通している人間はこの世にいない。彼は探しまわり、好みのクレーターを見つけた——北の高緯度地方にあり、地球に面しているハーパラス・クレーターである。高緯度は必要な条件だった。地球が地平線すれすれにあるので、カメラに地球を映しても、月世界の風景が同時に映りこむからだ。北緯のほうがよかったのは、教室にある見慣れた地球儀の姿で地球が見えるからだった。

場所選びがすむと、ミスター・ボーンステルは、ビーヴァーボード（木繊維から作った軽くて硬い代用板）、プラスティシーン（塑像用粘土の商標）、ティッシュペーパー、ペンキなど、ありあわせの材料を使って自宅のダイニング・テーブルの上に模型をこしらえた。つぎにその中心からピンホール写真を撮り――ちょっと待った。手順を箇条書きにしよう――

1 ウィルスン山天文台で撮影された写真を用意する。

2 ボーンステルが卓上模型を作る。

3 ピンホール・カメラでパノラマ写真を撮る。

4 それを引きのばす。

5 ボーンステルが細部まで正確な油彩画を描く。大きさは横二十フィート、縦二フィートほど。月面から百五十フィート上に位置するロケットの出口から見た景観である。

6 この絵を写真に撮り、縦三フィートほどに引きのばす。

7 この写真に基づき、ボーンステルの色を再現して、縦四フィートほどの背景画を描く。ただし、遠近法は幾何学的に変化させてあり、月面を見おろす形になっている。

8 縦二十フィートの背景画を描き、スタジオをぐるっととり巻くようにする。右記の絵に基づいているが、スタジオの床が楕円形だという事実にあわせて、遠近法はゆがめてある。

9 スタジオの床を湾曲させ、前景が背景と正しい遠近法でつながるようにする。

10　黒いビロードと〝星々〟から成る第二の背景を用意する。

結果はこの号（本篇は〈アスタウンディング〉一九五〇年七月号に発表された）の表紙でご覧になれる。風景はボーンステルの絵のように見える。なぜなら、ボーンステルの絵だからだ――ミケランジェロの壁画が、たとえ絵筆をふるったのが数十人にのぼる巨匠の弟子だとしても、依然として巨匠の作品であるという意味において。

あらゆるものが同様の手順を踏んだ。どんなものも美術部門――アーンスト・フェットとジエリー・パイチャー――の徹底的な予備調査を経たうえで、撮影のために製作されることには驚かされた。宇宙船の司令室を例にとろう。この部屋は円錐台のような形をしていて、宇宙船〈ルナ〉の船首付近に位置している。なかには四台の加速カウチ、多種多様な計器と制御装置、地球着陸用の操縦装置がついた航空機パイロットの座席、レーダースクリーン、舷窓、エアロックに通じるハッチがある――信じられないくらい窮屈で複雑怪奇なセットだ（映画産業にとってこれは〝セット〟、つまりカメラがまわっているあいだ、俳優が台詞《せりふ》を口にする場所にすぎなかった）。

ただでさえ複雑なのに加えて、俳優はこのセットのなかで、ときには空中で逆さまに吊られたり、垂直な壁のひとつを歩きまわったりしながら台詞を読むのだった。そのうえ空間は完璧に閉ざされており、エレヴェーターの箱なみの狭さ。おまけに巨大な防音カヴァー――通称〝ブリンプ（太っちょくらいの意味）〟、由来はだれも知らない――につつまれたテクニカラー用サウンド・

カメラをおさめなければならなかった。

わたしが司令室のラフ・スケッチを何枚か描いた。チェズリー・ボーンステルがそれを巧みな線画に描きなおし、宇宙船に関する彼自身の広範な知識をつけ加えた。ミニチュア班が模型を作り、それを監督、美術監督、カメラマンが吟味した。彼らはただちに模型をバラバラに引き裂いた。お話にならない。演技は撮影できないどころか、見えもしないのだ。三百六十度にぐるりと目がならんだアルクトゥールスの大目玉の怪物《バッグ・アイド・モンスター》でもなければ。

そういうわけでミニチュア班は、撮影の要求をかなえるべつの模型を作った。

そういうわけでわたしは、その模型をバラバラに引き裂いた。司令室がこんな造りの宇宙船に乗ったら、死体になるのがオチだ、とわたしはののしった。われわれはなにを作っているんだ？　新聞の連載漫画か？

そういうわけでミニチュア班は、三つめの模型を作った。

そして四つめを。

ようやくだれもが満足した。結果は、スクリーン上で見られるとおり、船が四人乗りだとすれば、いつの日かじっさいに飛行する船のひな型として使われても不思議のない司令室だ。経済的で機能的なデザインの見本であり、するはずになっていることがちゃんとできる。

だが、ユニークな長所がある。映画セットとして撮影できるのだ。

作家——つまり、小説家のこと。映画脚本家ではない——は、そういう点に頭を悩ませたりしない。彼は樽《たる》のなかでもグランド・セントラル駅のなかでも同じようにドラマチックなシーンを展開できる。彼の心眼《しんがん》はどんな方向、どんな距離も、移動の苦労や視点のぶれとは無縁に映しだす。彼は明瞭でないものを説明できる。しかし、映画において、カメラは起きていることを映すしかなく、それも観客がカメラを意識しないやりかたで映すほかない。さもなければ、幻影が失われるのだ。カメラは前後にぶれたり、タイミングをぶざまにずらしたりせずに、映す必要があるものをすべて映して、ひとつのアングルからひとつの情緒的効果をあげなければならない。これは映画撮影にはかならずついてまわる問題だ。司令室のシーンではひときわ深刻だったにすぎない。すべてを解決するのは、正真正銘のはなれ業《トゥール・ド・フォルス》だった。撮影監督のライオネル・リンデンは、その電子的な〈鉄の処女〉（女性の形をした拷問具）から出てきたときには、すっかり老けこんでいた。

カメラ・アングルにあわせて内装を配置することに加えて、選ばれたアングルにカメラをすえなければならなかった――この狭苦しい空間で。これを成しとげるために、司令室内のあらゆるパネルが、とりはずしのきくように作られた――通称〝ワイルド〟である。これでカメラは鼻を突きだせるようになり、ライトはとりつけが可能になった。天井と床と壁全体――司令室はメカーノ（金属片をボルトとナットでいろいろに組み立てて遊ぶ玩具）のように分解できた。つまり、ハリウッドの撮影でふつうに使われる安価なビーヴァーボードと木材の代わりに、鋼鉄でセットを組むということだ。じつは司令室は、本物の宇宙船の司令室より頑丈で重かった。またしてもコストがかさんだ。

セット全体が〝ワイルド〟で組まれていても、ひとつのアングルからべつのアングルに移るには、通常の映画セットで移るよりもはるかに長い時間がかかった。これらのパネルをボルト留《ど》めしたりはずしたり、重いライトをとりつけたり、とりはずしたりしなければならなかったからだ――そしてコストはうなぎ上りだ。スタジオ内での諸経費は、一時間あたりおよそ千ドルと見積もれる。たとえば、映画のなかで操縦士が首をまわし、だれかに話しかけてから、計器にちらっと視線を落とすとする。当然ながらカメラもちらっと下を見て、彼がしゃべっている内容を伝えることになる。あなたに計器盤がちらっと見えるようにするために、どれほどの時間と手間と金がかかっているのかを忘れないでほしい。これで映画館がポップコーンを売る理由もなんとなくおわかりだろう――赤字をださないためだ――そしてSF映画が毎日作られない理由も。リアリズムはべらぼうに高くつくのである。

司令室に関しては、コストも頭痛もまだまだついてまわった。〈アスタウンディング〉の読者なら先刻ご承知のように、ロケット船が噴射していないとき、船内のあらゆるものがふわふわと浮かぶ――〝自由落下〟だ。人間もふわりと浮かぶ――つまり、その閉所恐怖症を起こしそうな狭いクローゼットのなかにピアノ線を垂らすわけだ。ある時点で人間が加速カウチから浮かびあがり、部屋の中央へ移動するのを見せる必要があった。いいだろう。パネルをはずして、ピアノ線を通そう。しまった！　宇宙空間の宇宙船には〝上〟も〝下〟もないのに対し、ハリウッドのラス・パルマス・アヴェニューにある三号スタジオには、まちがいなく上下がある。支持用のピアノ線は垂れ下がるにちがいない――アイザック・ニュートンを参照のこと。

人間を窮屈なスペースから浮かすには、ピアノ線が角を曲がらなければならない。こうして、インドのロープ魔術を実践できるヒンドゥー行者が必要になった。

特殊効果担当のリー・ザヴィッツは、長年にわたり不可能な魔術を実践してきた。彼はセット全体、何トンもの鋼鉄を横倒しにし、ふつうなら水平方向になる面に俳優を立たせた。簡単じゃないか！

あまりにも簡単なので、美術部門はセット全体をおさめられるダブル・ジンバルを設計し、それを工作しなければならなかった。それを鉄骨で作り、大きすぎてトラック用のドアを通らないので、スタジオ内で組み立てなければならなかった。そのあつかいにくいものを回転させるために、新しい機構を設計し、設置しなければならなかった。そんなものがハリウッドにお目見えするのははじめてだったが、窮屈なスペースから人間を浮かばせることができ、のちには、〝磁力〟靴を用いて司令室の側面全体を歩きまわらせることができた。

この三階建てのダブル・ジンバル装置は、司令室のセットを空中高くに置いたので、大工がそのまわりに足場を組まなければならず、カメラは巨大なブーム（操作用可動アーム）に搭載されなければならなかった——あまりにも巨大で、あまりにも突拍子がなく、あまりにも金がかかるブームなので、セシル・B・デミルが見学に来たほどだ。カメラ自体はジンバルにとりつけてから、ブームに載せなければならなかった。そうすればセットといっしょに回転し——逆も真なり——特殊効果に使えるからだ。これはカメラの防音ブリンプをはずすことを意味し、それはサウンド・トラックのダビングを意味した。

(「気にするな。たかが金だ」とビジネス・マネージャーの前でいってはならない。ご機嫌斜めになる)

司令室の手品はこれで終わらなかった。新案特許のなかにはあからさまなものもあった。ぐるっとまわるダイアルの針、点滅するランプ、煌々《こうこう》と輝くTVやレーダーのスクリーンなどだ――あからさまだが、単調で退屈であり、ときにはむずかしい。船が六Gで発進する効果を生みだすには、ロケット噴射のサウンド・トラックだけでは足りない。噴射のあいだ、各人は千ポンドを超える体重になるのだ。リー・ザビッツと彼のスタッフは、それぞれの加速カウチに大きくふくらんだゴム袋を組みこんだ。エンジンが〝点火〟されるたびに、このゴム袋は突然しぼみ、俳優はクッションに〝押しこまれ〟ることになった。

千ポンドの体重は、マットレスだけでなく人間も押しつぶす。もちろん、それは顔に表れるだろう。メイクアップ係はそれぞれの俳優に薄い膜をはりつけた。膠《にかわ》で顔にはりつけ、うなじのところでその膜にくびきをとりつけられるようにした。そのくびきからのびている一連の梃子《てこ》のおかげで、人間の顔が〝すさまじい〟加速によって引っ張られることになった。あなたがご覧になるものの一部は、すばらしい俳優陣、ディック・ウェッスン、ワーナー・アンダースン、トム・パワーズ、ジョン・アーチャーの演技であり、一部はループ・ゴールドバーグ式の仕掛けである。

ゴム袋から急にもれだす空気は、悲しげな牝牛の鳴き声のような音をたてる。かくしてサウンド・トラックのダビングがさらに必要になった。噴射が停止すれば、空気は同じくらい唐突にゴム袋へもどされなければならない。そのためガソリン・スタンドで使われるものより複雑な空気圧縮システムが必要になった。

セットは圧搾空気や水圧や電気で動くシステムで足の踏み場もなかった。さまざまなガジェットを動かす——エアロックのドアを開閉させる、出口の梯子《はしご》を繰りだす、計器盤を働かせる——ためのものであり、すべてザヴィッツの設計になるものだった。リー・ザヴィッツは「風と共に去りぬ」のなかで〝アトランタを炎上させた〟男である。四十エーカーにおよぶ本物の火、数百人の俳優、ひとりの怪我人もなし。この映画の撮影中、いちどだけ彼がお手上げになったところを見た。もっとも、彼のせいではなかったが。ザヴィッツはロケット墜落につづく爆発を監督していた。それはモハーヴェ砂漠で実物大で行われ、カメラ・アングルは本物の砂漠に何マイルも広がっていた。カメラのうしろのジープから、ザヴィッツは無線で特殊効果班に合図《キュー》をだしていた。一連の爆発のさなかに無線機の真空管が吹っ飛んだ——アクションは中止になり、午後の仕事が水の泡と消えた。われわれは翌日もどってきて、はじめからやり直さなければならなかった、特殊効果班が徹夜で作りなおしたあとで。こういうわけで、映画を作ると胃潰瘍を患うが、けっして退屈はしないのである。

宇宙飛行の状況をリアリスティックに見せようとして、われわれがぶつかった単独で最大の困難は、空虚な宇宙空間にまばゆい星空を作りだすことだった。そもそも、宇宙空間で星がどう見えるか知っている者はいない。星のまたたきが目のなかで起こるのか、大気のなかで起こるのかさえ、たしかなところはわからないのだ。どちらの立場にもまことしやかな説がある。つぎに、テクニカラーのフィルムは人間の目より信じられないほど鈍感である。ライトが星より明るくなければ、フィルムにはまったく映らない。第三に、フィルムは——パロマー天文台で使われるものにしろ、テクニカラー・カメラに使われるものにしろ——点状の光源を光の環として記録し、その直径は明度によって変わる。リアリズムを貫徹するつもりなら、その点だけでもわれわれには打撃だった。人工的な光学システムに内在する特性を避ける方法はない。

いくつかの新趣向を検討し、最終的に自動車のヘッドライト電球に落ち着いた。それは白熱させられる、二、三の電球が焼け切れるのを気にしなければの話だが。それはさまざまな明るさになる。そして感光乳剤に記録できるかぎり、点状の光源に近いものを見せてくれる——じつをいえば、それ以上のものを。われわれは二千個近い電球を使い、七万フィート分の電線を張りめぐらせた。

だが、白い光のまわりに赤いハレーションが生じた。原因は、テクニカラーが三原色のために三層のフィルムを使っているという事実だ。そのうち二層は焦平面で背中あわせになっているが、赤を感じる乳剤は、感光乳剤の厚みだけわずかにずれているのだ。わたしはお手上げだったが、照明主任はそうではなかった。彼は緑のゼラチン膜、〝ジェル〟でそれぞれのライトをおおった。すると赤いハレーションは消え、満足のいく白光《はっこう》が残った。

ジェルは、電球が焼け切れるよりも頻繁に溶けた。昼休みと〝店仕舞い〟の時間に、毎日ジエルをとりかえなければならなかった。

月面セットの照明には、もうひとつ深刻な問題があった。周知のとおり、月の陽光は苛烈《かれつ》きわまりない可塑光《かそ》であり、すさまじく強烈で、すべてが一方向から降ってくる。光を散乱させたり、影に微光をまじらせたりする青空は頭上にないのだ。その陽光と同じくらい強烈なスタジオ用のライトが必要だった——単一のライトが。

そんなライトは作られたことがなかった。

戦時中、わたしは陽光の複製が不可欠な研究プロジェクトに従事していた。したがって断言できるのだが、陽光はまだ複製されたことがない。パイレックス（耐熱ガラスの商標）で遮蔽したアークライトが、いまのところ知られているうちでいちばん近い——だが、映画はすでに無数のアークライトを使用しており、最大のアークライト電球、〝獣《ブルート》〟でさえ陽光の強さでスタジオ全体を照らすにはほど遠い——月面セットに降り注ぐ濾過《ろか》されていない陽光は、千五百馬力を超えるエネルギーに匹敵するはずなのだ。そんなアークライトはない。

われわれは、けたはずれに強烈なライトの噂をいくつもたどった。いずれの場合も、ライトはスタジオ全体を照らせるほど強力ではないか、単色性《モノクロマテイツク》であるかのどちらかだと判明した——後者はテクニカラーにとって役立たずよりも悪いのだ。

われわれはブルートをずらりとならべることで問題を回避した。すべてを同じ方向に向け、スクリーンでおおって平行に近くなるようにしたのだ。梁《はり》に安全限界を超えそうなほど大きなライトを載せても、隙間を埋めるのに交差照明を使わなければならなかった。月面には、絶壁や地面からの反射で影のなかにある程度の〝微光《フイル》〟があった。われわれはやむを得ずフィルを作りすぎた嫌いがある。われわれは現代工学に提供できる最上の方法を用いた――次回は太陽の原子力光を原子力で模倣したものを喜んで使うつもりだ。

濾過されていない陽光を模倣するのは、宇宙空間を飛ぶ船の外側で宇宙服を着ている人間がかかわるシーンのほうがうまくいった。スタジオ全体を照らすのではなく、二、三人の人間を照らすだけでよかったからだ。ブルートをならべるだけで足りたし、フィルは必要でもなければ望まれてもいなかった。なぜなら、反射でフィルをまじらせる周囲の風景がなかったからだ。

その効果はなんとなく鬼気迫るものだった。半月のときの月のように光のあたった人間は、片側がまばゆく光っているのに対し、反対側はまったく光があたらず、漆黒《しっこく》の空そのものと見分けがつかないのである。

人間が船外の宇宙空間にいるこのシーンには、もうひとつの特殊効果がかかわっていた――圧搾《あっさく》酸素のタンクを急場しのぎのロケット・エンジンにして、船から流されてしまった男を救出する場面だ。大型鋼鉄タンク内の圧搾酸素にたくわえられたエネルギーは、この目的をかなえるのに十二分に足りる。わたしは実験で理論をたしかめた。酸素を充塡《じゅうてん》したタンクの弁を大きく開いたら、ぐいっと押してきたのだ。これは炭酸水の瓶を転用したCO_2カートリッジで、おもちゃの船を推進させるのに使われるのと同じ方法である――基本的なロケットの原理だ。

最初は散弾銃を使おうと考えた。だれもがその反動になじみがあるからだ。しかし散弾銃を月へ持っていく口実を思いつけなかった。つぎにヴェリー信号拳銃を使おうと考えた。強い反動があるし、信号用に月へ持っていっても不思議はない。しかし説得力があるようには見えなかったし、スタジオ内では火災を起こす恐れがあった。そういうわけで酸素タンクに落ち着いた。見るからに印象的だし、用は足りるし、宇宙船内で手にはいることは確実だからである。とはいえ、われわれはあいかわらずラス・パルマス・アヴェニューにいて、宇宙空間にはいなかったので、ピアノ線を使うしかなかった。四人をピアノ線で吊るのだ。いうまでもなく、酸素タンクや数本の命綱も。合計で三十六本のピアノ線が重い物体用に使われ、数十本の黒い糸が命綱用に使われた——そしてこのスパゲッティは一本たりとも見えてはならなかった。各人に数人の〝人形使い〟がつき、あやつるはめになった。操演に使われるのはパイプを溶接したごついフレームで、トニー・サーグがマリオネットに使う枠と似ていないこともないが、人形ではなく、人間を吊るせるほど頑丈な造りだった。これ自体が滑車《かっしゃ》と複滑車と頭上を移動するクレーンで操作されなければならなかった。すべての下には安全ネットが張られたが、俳優たちを安心させるのと、リー・ザヴィッツの心配の種をとりのぞくためだけだった。じつは、それぞれの装置について安全係数は四十を優に超えており、それぞれのピアノ線は八百ポンドまで耐えられたのだ。そのうえピアノ線をとりつけるため、各人が鉄を溶接した関節のある不恰好なハーネスを宇宙服の下に着用しなければならなかった。このハーネスは、中世の甲冑《かっちゅう》なみに重く、着心地が悪かった。

　セットアップは永久に終わらないように思えた。わずか数秒のフィルムを撮るためだけに、俳優たちは二時間もピアノ線で宙吊りにされなければならないのだ。操作を容易にするために、

〝酸素タンク〟はバルサ材で作られており、消火器タイプの小さなCO_2ボトルがはめこまれていた。これがまたべつの頭痛の種になった。使用した数秒後に、二酸化炭素の〝雪〟が降りはじめ、まっすぐ落下して、幻影をだいなしにしてしまうのだ。

しかし、ほんとうの頭痛の種はピアノ線だった。特撮班のひとりは、ペンキにひたしたスポンジを先端につけた長さ三十フィートの竿《さお》を持って一日じゅう走りまわってばかりだった。ピアノ線のハイライトをつぶそうとしたのだ。たいていうまくつぶせたが、その日のラッシュがスクリーンに映るまで、うまくいったかどうかはわからなかった。うまくつぶせなかったときは、あともどりして、退屈で単調な仕事を一からやり直さなければならなかった。

宇宙を飛行しているという幻影を創りだすには、こういう目立った努力にもまして、些細《ささい》なディテールに絶えず気を配ることが必要だ。たとえば、自由落下状態で船外へ出るために、乗組員がエアロックにはいろうとしている。彼らは〝磁力〟靴をはいているから、この時点ではピアノ線で吊らなくともよい。エアロック内のものはなにもかもがボルト留めされているから、上下がないという幻影をぶち壊しにするものはない。よしよし——「静かに、みんな！　カメラをまわせ！」

「スピード！」と音響担当が答える。

「アクション！」

俳優たちが、宇宙服のしまってあるロッカーまで行き、扉をあける——すると宇宙服がだらりと垂れ下がっていて、われわれはラス・パルマス・アヴェニューに引きもどされるのだ！

「カメラを止めろ！　中断！　リー・ザヴィッツはどこだ？」

そういうわけで宇宙服があわてて黒い糸で丸く吊られ、ちゃんと〝浮遊〟して見えるようになると、一からやり直しだ。

こういうディテールに気を配るのは、ふつうはスクリプト・ガールの仕事である。彼女にまかせておけば、三日の月曜日に置かれた火のついた煙草《たばこ》が、まったく同じ長さで十九日の水曜日にとりあげられることになる。しかし、スクリプト・ガールに宇宙飛行の専門家なみの知識を求めるのは、期待が大きすぎるだろう。とはいえ、撮影が終わるころには、われらがスクリプト・ガール、コーラ・パーマティアーは、細心の注意を払って組み立てられた宇宙飛行物語の欠点を指摘できるようになっていた。じっさい、だれもが真剣にとり組んだおかげで、多くの欠点が是正された。わたしが見つけたからではなく、ひとつのシーンを撮るのに必要な百人あまりの注意と助言のおかげで。リアリズムは些細なディテールの集合であり、気づきさえすれば、その大部分は簡単に処理できる。たとえば、ガイガー・カウンターを模倣するのに、われわれは非常に単純な工夫を用いた——本物を使ったのである。

宇宙船〈ルナ〉の飛行には、膨大な量の努力が舞台裏で注ぎこまれた。その努力はスクリーンには間接的にしかあらわれない。原子力エンジン——これだけは仮定しなければならなかった——をのぞけば、船と飛行の細目は、まるで旅がじっさいに行われるかのように計画された。質量比は、仮定された推力と船が期待されている動きに見あったものだった。噴射速度は質量比と首尾一貫していた。移動時間と距離は、図上にこと細かく記入された。そのため物語のどの瞬間をとっても、図表を参照すれば、地球や月がカメラに対してどのアングルにあるかがちゃんとわかった。これは正確な軌道に基づいていた――計算したのはわたしではなく、みなさんの旧友、ウィルスン山とパロマー山のロバート・S・リチャードスン博士である。

　これらの計算はスクリーン上にあらわれないが、結果はあらわれる。〈ルナ〉は六月二十日の午前四時十分前（太平洋標準時）に、カリフォルニアのルサーン・ヴァレーから発進した。半月が頭上にかかり、太陽は東の地平線のすぐ下にあった。噴射は三分五十二秒間つづき、高度八百七マイル、四十六時間軌道に乗る脱出速度に達したところで噴射を停止した。これらのデータはほとんど観客に伝えられない――しかし、観客が窓外に見るものは、上記のデータに見あっている。船が音速を超える時刻、陽光のなかへ飛びだす時刻、ボーンステルの描いたロサンゼルス郡と合衆国西部の背景画、すべてがデータと合致する。のちに、月への接近においても、同じ配慮がなされた。

　どうあがいても、われわれはあいかわらずラス・パルマス・アヴェニューにいる。地球から発進し、宇宙空間を突きぬけ、月に着陸するという演出の大半は、ミニチュアで行うしかなかった。長篇映画の製作に乗りだす前、ジョージ・パルはその〝人形アニメ《パペットゥーン》〟で知られていた。彼のスタッフが、世界でもっとも立体アニメーション製作に長けていることは疑問の余地がない。アニメーション監督のジョン・アボットは、数カ月のあいだ、食べて、眠り、月の夢を見て、ライヴ・アクションの隙間を埋めるのに必要な人形アニメーションをいくつも完成させた。アボットの仕事が成功をおさめるのは、そうと気づかれないときにかぎられる。請けあっていいが、あなたは気づかないだろう。ただし、論理的に推理すればべつだ。つまり、だれもまだ月へは行っていないのだから、月に着陸するための接近を見せるショットは、アニメーションでなければならない――そしてじっさいにアニメーションなのだ。もうひとつ例をあげよう。映画の早い時点でモハーヴェ砂漠のルサーン・ヴァレーに立つ〈ルナ〉が映る。その周囲を人間が登っていたり、作業していたり、ガントリー・クレーンのエレヴェーターに乗ったり、船内にはいったりしているのが映るので、実物大だとおわかりになるだろう――そしてじっさいに実物大だ。われわれはそれを分解して砂漠へ運び、そこで組み立てたのだ。それからガントリー・クレーンが後退し、〈ルナ〉が宇宙めざして飛び立つのが映る。

それが実物大のわけがない。だれも飛び立ったことがないのだから。

どこで切り替わるかおわかりだろうか。賭けてもいいが、あなたの選んだ時点は、早すぎるか遅すぎるかのどちらかだろう。

〈ルナ〉そのものは高さ百五十フィート。その卓上模型とミニチュアのガントリー・クレーンは、時計職人の夢だ。クレーンに搭載されたミニチュアの投光照明は、わたしの小指の先の大きさで――じっさいに光を放つ。こういう人形アニメーションは、無限の忍耐と技能の賜物《たまもの》だ。スクリーン上で一秒の動きのために、計画され、縮尺《スケール》をあわせた二十四の別個のセットアップが必要とされる。人形アニメーションの五分は、ライヴ・アクションの八十分より撮影に時間がかかるのだ。

ある時点で、この計画と努力のいっさいが水の泡と化すかに思われた。ストーリーに艶《つや》がなさすぎるので、ミュージカル・コメディの作家を呼び――シーッ！――お色気で景気づけようとお偉方が決めたのである。しばらくわれわれの手もとには、月面の観光牧場、カウボーイ、ギターとヒルビリー・ソング、一本のマイクに向かって歌う三人組の女性コーラス、カクテル・ラウンジの内装、その他もろもろが、さしものフレッシュ・ゴードンもとまどいそうな擬似科学的ギミックと組みあわさって登場する脚本があった。

それは撮影されなかった。月への道のりでこれほどイカレた遠まわりはなかった。〈ルナ〉が軌道にもどったという事実は、アーヴィング・ピッシェルの冷静さとねばり強さのおかげである。しかし、ときにわれわれの行く手にあったものが、この例でよくおわかりだろう。

どういうわけか、最後のシーンが撮影された日がやってきて、ハリウッド流の遠まわりはあったものの、月への最初の旅を題材にした映画ができあがった。アーヴィング・ピッシェルがこれを最後に「プリントしろ！」といい、われわれはお祝いをしようと、プロデューサーがスタジオの隅に設けておいてくれたバーへ移動した。わたしは個人的な損益対照表を作ろうとした――コストは十八カ月分の労働、心の平和、残りすくなかった髪の大部分だ。

それにもかかわらず、映画の〝ラフ・カット（粗編集されたフィルム）〟を見たとき、その値打ちはあったように思えたのである。

（中村融訳）

解説

添野知生

小説と映画はSFの歴史を支えてきた二本の巨大な柱である。

そのほかにもちろん、コミック、イラスト、ラジオ・ドラマ、テレビ番組、ゲームなどがあって、そのすべてが渾然《こんぜん》一体となってSFというジャンルを作りあげてきたわけだが、もっとも深くSFの可能性を探求し、もっとも広く人口に膾炙《かいしゃ》したのが、小説と映画なのはまちがいないだろう。

一九〇二年の「月世界旅行」に始まって、SF映画はその歴史の最初から、先行する小説を題材にしてきた。長い年月の間に映像化作品が増えると、原作になった中短篇だけを集めたアンソロジーという企画を誰もが考えるようになり、英語圏に限っても現在までに *Cinemonsters*（一九八七）、*Reel Terror*（一九九二）、*Reel Future*（一九九四）、*Space Movies*（一九九五・一九九六）、*The Reel Stuff*（一九九八）と、少なくとも五種類のアンソロジーが出ている。これらの本には定番の作品があり、「影が行く」「前哨」「蠅」「追憶売ります」「空襲」「わが友なる敵」などがくりかえし収録されてきた。

日本で独自に編集された本書のユニークさは、ここに挙げた定番作品がひとつも含まれていないことからも明らかだろう。ただ単によく知られた原作を並べてことたれりとするのではく、必ずしも〝原作〟にこだわらずに、読んでおもしろく、発見のある作品を厳選。小説が映像化される際のさまざまなパターンがコンパクトに集積されているのも特長で、各作品がどのように映画化され、どのように成功あるいは失敗したのかを知ることで、ＳＦの歴史の生きた実例集として読むことができるのだ。

それではさっそく作品ごとに映画との関係を見ていくことにしよう。

●「趣味の問題」“A Matter of Taste” レイ・ブラッドベリ

映画「イット・ケイム・フロム・アウタースペース」It Came from Outer Space
一九五三年　米　ユニヴァーサル・インターナショナル
製作：ウィリアム・アランド
監督：ジャック・アーノルド
脚本：ハリー・エセックス
原案：レイ・ブラッドベリ
米公開　一九五三年五月二十五日／日本未公開（一九九八年八月、ＷＯＷＯＷで初放送）

侵略SF華やかなりし一九五〇年代に、侵略意図をもたない異星人を描いたことで注目された重要作である。SF映画としては初の3D映画でもあった。

砂漠に囲まれたアリゾナ州の小さな町で、アマチュア天文学者のジョン（リチャード・カールソン）と婚約者エレン（バーバラ・ラッシュ）が、ある夜、隕石の落下を目撃する。翌朝、現場に一番乗りすると、クレーターの底にあったのは隕石ではなく人造物＝宇宙船だった。だが土砂の崩落により宇宙船は隠され、異星人の侵略を主張する主人公は、町の人々から変人扱いされる。

レイ・ブラッドベリ（一九二〇―）は、十三歳からロサンゼルスに住んで、ハリウッドを間近に見ながら育ち、SFと映画に等分の愛情を注いできた。作家として成功してからは、映画やテレビの仕事にも積極的に関わり、数多くの脚本を手がけてきた。ハリウッド大通りの〝ウォーク・オブ・フェイム〟に、映画スターに混じって名前入りの星がはめ込まれている小説家はブラッドベリぐらいだろう。

映画のエンド・クレジットには〝原案《ストーリー》〟としてブラッドベリの名前があり、これが彼のハリウッドにおける初仕事となったわけだが、実質的な役割については長い間、証言が交錯していた。ブラッドベリが書いた“The Meteor”という原稿をもとにしているが、その原稿は失われたという説があり、またブラッドベリ自身は、脚本家は彼の原稿を脚本形式に書き直しただけだと言い切っていた。

二〇〇五年に、ブラッドベリの友人ドン・オルブライトが編集した *It Came From Outer*

Space という豪華本が出版され、埋もれていた多数のタイプ原稿や書簡をそのままの形で公《おおやけ》にしたことから、この議論に決着がつくことになった。ブラッドベリの書いた〝原案〟は、“Ground Zero”（“Atomic Monster”）と題された第一稿に始まって四稿にまで及び、最終的な内容はほぼ完成した映画と同じだったのである。

　さらに読者を驚かせたのが、そこに未発表の短篇がひとつ、原作として誇らしげに収録されていたこと。それこそがここにおさめられた「趣味の問題」である。一九五二年の春に書かれ、〈F&SF〉誌に送られたが返却され、それきり埋もれていたという幻の作品。金星の知的生命体の視点から、人類とのファースト・コンタクトを描いた小傑作であり、人類の視点から書き直せという当時の編集者の返却通知はまったくの的外れに思える。

　ブラッドベリはプロデューサーのウィリアム・アランドに雇われて、ユニヴァーサル社の脚本部で三週間働くことになったとき、この未発表短篇の舞台を地球に移し、同じテーマを追求してみせたのだった。一見すると原作というにはあまりにも内容が違いすぎるが、「趣味の問題」の最後の場面が、完成した映画のなかにしっかり残されていることからも関係は明らかである。

　映画に登場する地球外生命体（通称ゼノモーフ）は、人間が自然に嫌悪感を催すような、極めつきに醜い姿をしている。映画の中で彼らは「君たちが我々の惑星に来たのなら、話は別だったろう」と人類に告げているのだが、それがまさに「趣味の問題」で描かれた物語だったのである。

●「ロト」"Lot"　ウォード・ムーア

映画「性本能と原爆戦」Panic in Year Zero!
一九六二年　米　AIP
製作：アーノルド・ハフランド、ルー・ラソフ
監督：レイ・ミランド
脚本：ジェイ・シムズ、ジョン・モートン
原案：ジェイ・シムズ
米公開　一九六二年七月五日／日本公開　一九六四年六月

全面核戦争が起き、世界中の大都市が壊滅的な被害を受けるなかで、アメリカでは、生き残った市民同士が〝もうひとつの戦争〟を戦うことを余儀なくされる——というSFスリラーである。のちに数多く作られたポスト・ホロコースト映画の先がけといえる。

ボールドウィン家の平凡な父親ハリー（レイ・ミランド）は、妻（ジーン・ヘイゲン）、息子、娘とともに、一家四人でキャンプに出発する。ロサンゼルスを離れて山道に入ったところで、強烈な光とともに、背後の大都市からキノコ雲があがる。

映画は全編にしっかりした緊張感があり、低予算の独立系作品としては堂々たるもの。一九

六二年十月のキューバ危機の直前という絶妙のタイミングで公開されており、ドライヴイン・シアターにかけつけた当時の観客にとって、嫌なリアリティがあったことは容易に想像できる。

中篇「ロト」は、ウォード・ムーアの代表作。〈F&SF〉誌の一九五三年五月号にデイヴィッド・ジモン名義（主人公の名前）で発表された。翌一九五四年十月号には続篇「ロトの娘」も掲載されている。九六年には二部作をまとめた単行本が限定版で出版され、SF作家マイケル・スワンウィックが序文を寄せた。最終戦争による文明の崩壊をひとりの中年男の妄執を通して描いた傑作であり、長すぎるためここには収録されなかったが、さらに嫌な展開が待ち受ける続篇「ロトの娘」も一読の価値がある（〈SFマガジン〉一九六七年十月号に訳出）。

ウォード・ムーア（一九〇三―一九七八）は、長篇四作といくつかの短篇で知られるSF作家で、南北戦争で南軍が勝利した世界を描いた改変歴史もの *Bring the Jubilee*（一九五三）が長篇では代表作と言われている。他にアヴラム・デイヴィッドスンとの共作 *Joyleg*（一九六二）がある。

じつは、映画「性本能と原爆戦」は、「ロト」「ロトの娘」二部作を原作としてクレジットしていない。原作とするかどうかの判断も本やデータベースによって分かれている。映画では、子どもは兄妹二人で、休暇旅行に出たところで全面戦争が始まる展開なので、事前に準備を整えて出発する「ロト」とは出発点が異なる。小説版の主人公ジモン氏が冷笑しているキャンピングカーを牽《ひ》いているのも、見かけ上の大きな違いになっている。父親を助けて活躍するのが娘ではなく息子のほうなのは、アイドル俳優フランキー・アヴァロンを息子にキャスティングしたためだろう。

だが、ひとたび気持ちを切り替えたあとの父親は、小説版の主人公と同じく、ひとりで考えて準備を進め、雑貨店で必要なものを買い込み、渋滞を回避して裏道を進み、キャンプ場をめざす。ロサンゼルスから北へ逃げる展開も同じ。そこまでの覚悟ができていない妻と衝突するのも同じである。ガソリンスタンドや洞窟の描写など、細かい部分の共通点も多い。あくまで娯楽映画であり、検閲コードもあるので最終的な展開は異なるとはいえ、「ロト」の映画化であることは明白だろう。

クレジットをめぐってウォード・ムーアとプロデューサーの間で係争があったとも言われ、関係者へのインタビューでこの点を明らかにしようとした研究者もいるのだが、原作者もプロデューサーも監督・主演のレイ・ミランドも没した今となっては、ことの次第は藪の中である。

●「殺人ブルドーザー」"Killdozer!" シオドア・スタージョン

映画「殺人ブルドーザー」Killdozer
一九七四年　米　ユニヴァーサルTV
製作：ハーバート・F・ソロウ
監督：ジェリー・ロンドン
脚本：シオドア・スタージョン、エド・マッキロップ

翻案：ハーバート・F・ソロウ
原作：シオドア・スタージョン
米公開　一九七四年二月二日、ABCで放送／日本公開　一九七六年一月三日、NETで放送

シオドア・スタージョン（一九一八―一九八五）の長中篇「殺人ブルドーザー」は、長いあいだ未訳の傑作として名のみ高かった、彼の代表作のひとつである。ついに翻訳されたことに感慨を覚えるファンも少なくないだろう。一九四四年五月ごろに書かれ、同年の〈アスタウンディング〉誌十一月号で発表。一九五九年の短篇集 *Aliens 4* に入る際に改稿され、その最終版がここに訳出された。当時のスタージョンにとっては、三年のブランクのあとの復帰作であり、その間、ジャマイカで親戚のホテルを経営し、じっさいにブルドーザーの運転もしていたという経験が生かされている。

原作小説は、第二次世界大戦中の太平洋の無人島が舞台であり、八人の土木作業員が、キャタピラー社のブルドーザーD－7に襲われる。機械と人間の奸智《かんち》を尽くした戦いには壮絶な迫力があり、何も考えずにそのまま映像化しても、SFアクションの相当な傑作ができあがるだろうと思えるのだが、残念ながらそうはならなかった。

映像版は、ユニヴァーサル社が米ABCテレビのために制作したテレビムービーである。一九七四年の放送に合わせて、マーヴェル・コミックスからコミック版も出た。「宇宙大作戦」「アトランティスから来た男」のプロデューサーだったハーバート・F・ソロウの企画で、原

作者自身が脚色したものを彼がさらに書き直したようだ。時代は現代に、舞台は大西洋に、作業員は六人に変更され、ケリー、チャブといった人物名は出てくるが役柄は異なっている。敵も戦車を思わせるオリーブドラブ色の軍用ブルドーザーから、黄色で大型のD‐9に変わった。

冒頭でまず、宇宙から飛来した青く光る隕石がアフリカに落下し、長い年月が経過したことが示される。現代に移って、アフリカ沖に浮かぶ無人島で、現場監督ケリー（クリント・ウォーカー）のもと、ベテラン整備工チャブ（ネヴィル・ブランド）、新人オペレーターのマック（ロバート・ユーリック）らアメリカ人が、石油会社のための工事を開始する。だが岩にぶつかったブルドーザーが青い光を浴び、翌日から暴走を開始。まず無線機を壊し、やがてキャンプ地を襲って作業員たちを惨殺する。生き残ったケリーら二人は、クレーン車で一対一の戦いを挑み、罠を仕掛ける。

不気味な電子音を背景に、血走った眼のようなライトを点灯して、夜の島をわがもの顔に走り回る大型ブルドーザー——という映像にはそれなりの恐怖感があるが、アクション演出が単調で工夫がなく、スタージョンの文章の迫力には遠く及ばない。原作にあった細かい説明が省かれているので、図体ばかり大きくて動きが遅く、静かに忍び寄ることもできないブルドーザーを相手に、人間たちがいつまでもやられているのが滑稽に感じられる、そんな失敗作になってしまった。

ちなみに、ユニヴァーサル社のテレビムービー枠では、これより三年前に、スティーヴン・スピルバーグという新人監督がやはり機械と人間の対決を描いた「激突！」で成功をおさめており、本作もいっそスピルバーグが監督していればよかったのにと思わずにはいられない。

●「擬態」"Mimic" ドナルド・A・ウォルハイム

映画「ミミック」Mimic
一九九七年 米 ディメンション・フィルムズ
製作：ボブ・ワインスタイン、B・J・ラック、オーレ・ボールネダル
監督：ギレルモ・デル・トロ
原案・脚本：マシュー・ロビンズ、ギレルモ・デル・トロ
原作：ドナルド・A・ウォルハイム
米公開 一九九七年八月二十二日／日本公開 一九九八年一月二十四日

これが初訳となる短篇「擬態」は、SF作家・編集者のドナルド・A・ウォルハイム（一九一四―一九九〇）が、マーティン・ピアスン名義で〈アストニッシング・ストーリーズ〉誌一九四二年十二月号に発表したもの。編集者として名高いウォルハイムだが、これは作家としての代表作のひとつといえそうで、各種のアンソロジーに繰り返し収録されている。

映画は、のちに「ブレイド2」「ヘルボーイ」で売れっ子となるメキシコ人監督ギレルモ・デル・トロのハリウッド・デビュー作として、一九九七年に公開された。

ニューヨーク市で致死性の伝染病が大流行し、感染源はゴキブリと判明。昆虫学者のスーザン・タイラー博士（ミラ・ソルヴィーノ）は、公衆衛生局の要請でやむなく、シロアリとカマキリの遺伝子から造り出した新種の昆虫〝ユダの血統〟を環境に放ち、ゴキブリを減らすことに成功する。ユダ自体は繁殖力がなく、六カ月で死ぬようにデザインされていた。だが三年後、街の片隅で奇怪な事件が発生する。

というわけで、特殊効果とCGで描かれた怪生物を最大の見ものとした作品。SFとしては、スーザンがあくまで昆虫学者としての知識で戦うのが美点になっている。ある程度の製作費をかけてまじめに作られた現代の怪獣映画として、非常に好感の持てる仕上がりなのだが、じつは完成までにさまざまな紆余曲折《うよきょくせつ》があり、監督自身は失敗作の烙印《らくいん》を押している。

半世紀以上前のごく短い短篇の映画化ということで、ほとんどゼロからプロットを創り出す必要があり、何人もの脚本家が企画を去来。最終的にはクレジットされなかったが、その中には監督として著名なジョン・セイルズやスティーヴン・ソダーバーグもいた。かつて「ピラニア」や「アリゲーター」の脚本を手がけたセイルズがまとめた初期稿は、原作に近い都市伝説を思わせる内容だったという。それを、人間の過《あやま》ちが怪物を造り出す〝フランケンシュタイン・テーマ〟の物語に書き換え、カトリック色の強い象徴的なアイテムで飾ったのは、あとから企画に加わった監督ギレルモ・デル・トロだった。

だが、そのデル・トロも撮影中から表現をめぐって製作会社と鋭く対立。彼の書いた脚本は、為《な》す術《すべ》もなく暗い、象徴的な場面で終わっているのに、完成した映画にはいかにもハリウッド映画らしい派手なエンディングが付け加えられていた。「もっとも深く傷ついたのは、ポップコーン映画としても、個人の内面を掘り下げた映画としても、中途半端な出来にしかならなかったことだ」と後にデル・トロは述べている。

これだけの紆余曲折を経てもなお、〝擬態〟をめぐるもっとも重要なセリフは、ほぼ原作のままで映画のなかに使われており、ウォルハイムのアイデアの強固な魅力を証明している。

●「主人への告別」〝Farewell to the Master〟　ハリイ・ベイツ

映画「地球の静止する日」The Day the Earth Stood Still
一九五一年　米　二十世紀フォックス
製作：ジュリアン・ブロースタイン
監督：ロバート・ワイズ
脚本：エドマンド・H・ノース
原作：ハリイ・ベイツ
米公開　一九五一年九月十八日／日本公開　一九五二年三月

言わずと知れたSF映画史上の傑作である。一九五〇年代のSF映画ブームが、地球外生命体をもっぱら人類に敵対するモンスターとして描いたのに対し、それに先んじて、高い知性と平和主義に基づく友好的な異星人像を提示したことが、高い評価の理由になっている。

円盤型宇宙船がワシントンDCに飛来し、国会議事堂に近い運動場に着陸。中から異星人クラトゥ（マイケル・レニー）とロボットのゴートが現れ、全地球人にメッセージがあると告げる。やがて政府が用意した収容先から姿を消したクラトゥは、旅行者を装って市内の下宿屋に現れ、未亡人ヘレン（パトリシア・ニール）の息子の案内で人類の生活を見て回る。「地球の静止する日」という題名は、メッセージを伝えるためにクラトゥが行う示威《しい》行為から来ている。

この映画に関しては、もっぱら監督であるロバート・ワイズの功績が称えられてきた。しかしワイズはさまざまなインタビューや解説で、彼が監督に決まった時点ですでに脚本の初稿は完成しており、そこに至るまでの企画の経緯は知らないと明言している。ここで思うのは、当時のハリウッドの映画作りが、いかに監督のみで語れるものではないか、優れたスタッフが分業制で撮影所システムを支えていたかということである。

これは決してロバート・ワイズの貢献を軽んじるものではない。企画に共感し、優れた技術で手際よく実際の作品を作りあげたワイズの功績は大きい。引き締まった無駄のない演出、それによって高まるサスペンス、きびきびしたスピード感は、明らかにワイズの独壇場であり、他の監督が引き受けていたら、まったく違ったものになっていただろう。

「地球の静止する日」の企画を立案し、原作を選び、SF映画としての芯の部分を作りあげた最大の功労者は、プロデューサーのジュリアン・ブロースタインである。そして彼に次いで貢献度が高いのは、驚いたことに、二十世紀フォックス社の製作部長だった、かのダリル・F・

ザナックなのである。

ブロースタインは、冷戦時代の国家対立を危惧し、何らかの形で世界情勢に言及した映画を作りたがっていた。直接のヒントになったのは新聞で読んだ「平和攻勢」の言葉だったという。政治的なテーマはそのままでは映画にならないが、SFならそれができると考え、二十世紀フォックス社のストーリー部門を総動員してSF雑誌をチェック。自らも二百作の長短篇に目を通したという。そしてたどり着いたのが、十年前に発表されたハリイ・ベイツの短篇だった。「主人への告別」の初出は、〈アスタウンディング〉誌一九四〇年十月号。ハリイ・ベイツ（一九〇〇―一九八一）は同誌の初代編集長であり、作家としてはアンソニー・ギルモア名義（デズモンド・W・ホールとの共同ペンネーム）で発表したスペースオペラ《ホーク・カース》シリーズが人気作だったという。編集長を辞して以降のベイツの足どりははっきりしないが、一九五〇年代までに数篇のSFを発表しており、そのひとつが「主人への告別」だった。

ブロースタインは「見知らぬものに人はどう反応するか」というテーマが気に入り、この短篇から「謎の人物とロボットを乗せた宇宙船がワシントンDCに出現する」という部分だけを生かすことを決める。ベテラン脚本家のエドモンド・H・ノースは、SFを読んだことも書いたこともなかったので専門家の助力を乞い、会社はすぐさまUCLAで天体力学を研究するサミュエル・ヘリック教授をスタッフに引き入れた。劇中の黒板の数式は彼が書いたものだという。

ダリル・F・ザナックという人物の〝セックス狂で、何人もの愛人を自社のスターに取り立て、他人を威圧し戦うことを好んだマッチョで横暴なタイクーン〟という評判を考えると、このような企画にゴーサインを出したこと自体が信じられないかもしれない。だが、原案段階から最終稿に至るまでに、彼がブロースタインに宛てて出した事細かな指示のメモが残されており、それを読むと、ザナックがSF映画というものに定見があったこと、プロデューサーや脚本家と肩を並べて議論し、いくつかの重要なアイデアを提案していることがよくわかる。

「宇宙船内部のシーンから始めるのはよくない。存在しないものから入ると観客は落ち着かない。ラジオの緊急放送からスタートすべき」

「クラトゥに必要以上に強大な力を与えない。映画の緊張感を保つため」

「SFだからこそ物語のリアルさは重要。近い将来起こりうると観客に思わせよ」

「ヒロインの婚約者を必要以上に悪役にしないように。彼はあくまで普通の人なのだ」

そして驚いたことに、

「ヘレンがゴートを訪ねるとき、クラトゥからパスワードのようなものを預かっていくことにしたらどうか」

「示威行為としてジブラルタルの岩を消滅させるのはやりすぎ。他の手段を考えよ」

とまで書いている。有名な「クラトゥ・バラダ・ニクト」の合言葉も、「地球の静止する日」という題名も、ザナックがいなければ存在しなかったのである。

そんなわけで、企画意図が先にあり、それに合ったアイデアを求めて原作を探すという、普通とは逆のやりかたで作られたがために、原作と映画がこれほど隔たったものになったわけだが、これにはさらに奇妙な後日談がある。一九七六年になってアーサー・トフティという作家が、「地球の静止する日」のノヴェライズ長篇を発表。〝リトールド版〟と銘打たれたそれは、「主人への告別」の登場人物であるカメラマンのクリフ・サザーランドやサンダース長官の側から、映画のプロットを語り直した内容で、「地球の静止する日」に「主人への告別」をむりやりはめ込んだような怪作だった。

●「月世界征服」"Destination Moon"

●「『月世界征服』撮影始末記」"Shooting Destination Moon" ロバート・A・ハインライン

映画「月世界征服」Destination Moon
一九五〇年 米 ジョージ・パル・プロダクションズ
製作：ジョージ・パル
製作：アーヴィング・ピシェル
脚本：リップ・ヴァン・ロンケル、ロバート・A・ハインライン、ジャイムズ・オハンロン
原作：ロバート・A・ハインライン
米公開 一九五〇年六月二十七日／日本公開 一九五一年三月

ハリウッドで初めての、宇宙開発をリアルに描いたSF映画である。原作はロバート・A・

ハインライン（一九〇七—一九八八）のジュヴナイル長篇『宇宙船ガリレオ号』。ハインライン自身も、脚本・監修で全面的に製作に参加した。

飛行機工場を経営するジム・バーンズ（ジョン・アーチャー）は、退役軍人のサイヤー将軍（トム・パワーズ）とともに、カーグレーブス博士（ワーナー・アンダーソン）の開発した画期的な原子力エンジンを載せた有人ロケットによる月探査計画を押し進める。これに機械工の若者ジョーを加えた四人が〈スペースシップ・ルナ〉に乗り組み、月をめざす。

一九四七年発表の『宇宙船ガリレオ号』から、ロケット開発者のカーグレーブス博士を生かし、三人の子どもたちを大人に変更して、完全に大人向けの映画に改変。当然のことながら、ナチスの残党がらみの冒険談もカットされた。国家計画ではなく、民間企業によるジョイント・ベンチャーとしての宇宙探険を描き、資金調達のための説明会まで登場するのはいかにもハインラインらしい。

世界的に見ても、一九二九年のドイツ映画「月世界の女」、一九三五年のソ連映画「宇宙飛行」に次ぐ、三本目のリアルな月面着陸映画であり、前の二本がそれぞれヘルマン・オーベルト、コンスタンチン・ツィオルコフスキーというロケット工学の偉人の監修だったのに対し、ここではハインラインがその任に当たっている。前二作に対して「月世界征服」の優れている点は、初のトーキーであり、カラー映画であること、天体画家チェズリー・ボーンステルの才能を存分に活用したこと、船外活動のシーンがあることだろう。

本書収録の中篇版「月世界征服」は、〈ショート・ストーリーズ〉誌一九五〇年九月号に掲載された。映画の全国公開に合わせて編集者の求めに応じて書かれたという。原作者自身によるノヴェライズというべきもので、映画の内容をよくなぞっている。全体を未来からの回想形式にし、結末を大きく変えて神話的な演出を施したことで、ハインラインらしい作品に仕上がっている。

ちなみにここに登場する「目的地は月」という感動的なセリフは劇中にはないもので、題名の意味がわかるシーンだけに、映画からカットされてしまったのが残念である。

また、ハインライン自身による〝メイキング・オブ「月世界征服」〟であり、昔も今も驚くほど変わらない、SF映画を作ることの楽しさと難しさをユーモアたっぷりに綴ったエッセイ「「月世界征服」撮影始末記」は、〈アスタウンディング〉誌一九五〇年七月号が初出（発売は五月末か六月の頭）。ニューヨーク市における映画のプレミア公開に先んじて、映画の一場面を表紙に使ったカバー・ストーリーの扱いで大々的に掲載された。かなりのちの一九七九年に中篇「月世界征服」と合わせて単行本化。二篇ともに本書が初訳である。

編者紹介 1960年愛知県生まれ。中央大学卒。英米のSF・ファンタジイ翻訳家、アンソロジスト。主な訳書に、ブラッドベリ『万華鏡』、ウィンダム『トリフィド時代』、ウェルズ『宇宙戦争』など。編著に『影が行く』『時の娘』『街角の書店』などがある。

検印
廃止

SF映画原作傑作選
地球の静止する日

2006年3月24日　初版
2019年9月6日　3版

著　者　レイ・ブラッドベリ
　　　　シオドア・スタージョン他

編　者　中《なか》村《むら》　融《とおる》

発行所　(株)東京創元社
　代表者　長谷川晋一

162-0814/東京都新宿区新小川町1-5
電　話　03・3268・8231-営業部
　　　　03・3268・8204-編集部
URL　http://www.tsogen.co.jp
精興社・本間製本

乱丁・落丁本は，ご面倒ですが小社までご送付ください。送料小社負担にてお取替えいたします。

ISBN 978-4-488-71502-1　C0197

2019年復刊フェア

◆ミステリ◆

『幽霊が多すぎる』

ポール・ギャリコ／山田蘭訳

男爵邸に幽霊出現！ トリック満載、著者唯一の長編本格ミステリ。

『クロフツ短編集１』（新カバー）

F・W・クロフツ／向後英一訳

フレンチ警部のめざましい業績を描く珠玉の短編集、全21編収録。

『クロフツ短編集２』（新カバー）

F・W・クロフツ／井上勇訳

アリバイ破りの名手フレンチ警部の推理と捜査を堪能できる全８編。

『見知らぬ者の墓』（新カバー）

マーガレット・ミラー／榊優子訳

己の名を刻んだ墓。没年は今から四年前——奇妙な夢の意味とは？

『夜鳥』

モーリス・ルヴェル／田中早苗訳

戦前の探偵文壇を熱狂させた、仏蘭西の鬼才による謎と恐怖の31編。

『だれもがポオを愛していた』

平石貴樹

ポオ作品に見立てた連続殺人の真相は？　ロジックに徹した名作！

◆ファンタジイ◆

『黒い玉』

トーマス・オーウェン／加藤尚宏訳

ベルギーを代表する幻想派作家が描く、ありふれた日常に潜む闇。

『スピリット・リング』（新カバー）

ロイス・マクマスター・ビジョルド／鍛治靖子訳

時代はルネサンス。黒魔術と戦う乙女の、恋と冒険のファンタジイ。

◆ＳＦ◆

『レッド・プラネット』

ロバート・A・ハインライン／山田順子訳

火星カンパニーの強引な植民計画を知り、立ち向かう少年ふたり！

『地球の静止する日　ＳＦ映画原作傑作選』（新カバー）

R・ブラッドベリ、T・スタージョン他／中村融編訳

名作ＳＦ映画の原作小説の中から精選した傑作６編＋エッセイ１編。